LIZ WEBB
Das Waldhaus

Liz Webb
Das Waldhaus
Jede Lüge führt dich näher an die Wahrheit

Roman

Aus dem Englischen von
Ivana Marinović

GOLDMANN

Die englische Originalausgabe erschien 2023 unter dem Titel
»The Daughter« bei Allison & Busby, London.

Der Verlag behält sich die Verwertung der urheberrechtlich
geschützten Inhalte dieses Werkes für Zwecke des Text- und
Data-Minings nach § 44 b UrhG ausdrücklich vor.
Jegliche unbefugte Nutzung ist hiermit ausgeschlossen.

Penguin Random House Verlagsgruppe FSC® N001967

3. Auflage
Deutsche Erstveröffentlichung März 2024
Copyright © 2023 by Elizabeth Anne Linden
Copyright © der deutschsprachigen Ausgabe 2024
by Wilhelm Goldmann Verlag, München,
in der Penguin Random House Verlagsgruppe GmbH,
Neumarkter Straße 28, 81673 München
Umschlaggestaltung: UNO Werbeagentur, München
Umschlagmotiv: Quitten: FinePic®, München; Motte: FinePic®, München;
Gartentor: © Irene Lamprakou / Trevillion Images (ILU117447.jpg) RM
Redaktion: Christine Neumann
LK · Herstellung: ik
Satz: GGP Media GmbH, Pößneck
Druck und Bindung: GGP Media GmbH, Pößneck
Printed in Germany
ISBN: 978-3-442-49538-2

www.goldmann-verlag.de

Für Andy und Archie

Und Gott der Herr gebot dem Menschen und sprach: Du sollst essen von allerlei Bäumen im Garten; aber von dem Baum der Erkenntnis des Guten und Bösen sollst du nicht essen; denn welches Tages du davon issest, wirst du des Todes sterben.

Genesis 2, 16–17

KAPITEL EINS

Normale Menschen essen keine rohen Quitten. Doch ich versenke die Zähne in der pelzigen Haut eines prallen gelben Exemplars, und sofort zieht die Bitternis des Fruchtfleischs mir Gaumen und Gesicht zusammen. Die Quitte habe ich gestern Nacht, gegen zwei Uhr früh, vom Baum im Vorgarten meines Vaters gepflückt, als ich seiner Trage zum Rettungswagen folgte. Er befand sich auf Messers Schneide, aber heute Vormittag ist Dad wieder stabil und dämmert in seinem hohen, akkurat bezogenen Krankenhausbett vor sich hin. Der Ausblick hier oben, aus dem neunten Stock des University College Hospital, ist spektakulär, aber Dad bekommt davon nichts mit. Ich lehne die Stirn gegen das große umlaufende Eckfenster und bedampfe das Glas mit einem Kreis meines Quittenatems.

»Wo ist Feynman?«, meldet sich Dad plötzlich.

Ich setze ein Lächeln auf und drehe mich zu ihm um. »Er ist zu Hause«, antworte ich.

»Warst du mit ihm Gassi?«

»Ja, ich bin heute früh mit ihm um den Block.«

Dad nickt.

Ich nehme den zerkratzten Plastikbecher von Dads Tablett mit dem unangerührten Mittagessen und hebe den biegbaren Trinkhalm an seinen Mund.

»Wo ist Feynman?«, wiederholt Dad.

»Er ist tot«, murmle ich.

»Wann ist er gestorben?«

»Vor dreiundzwanzig Jahren.«

Dad nickt erneut.

Als ich den Becher auf dem wischfesten Tisch über dem Bett abstelle, schweift mein Blick zu dem reglosen alten Mann im Bett gegenüber und der neben ihm sitzenden schwitzenden Frau, die in dicken Wollstrümpfen steckt, obwohl es für September recht mild ist.

»Wo ist Feynman?«, fragt Dad schon wieder.
»Wer ist Feynman?«, entgegne ich unwirsch.
»Unser Hund!«
»Hab noch nie von ihm gehört.«

Bei dieser letzten Entgegnung sehe ich Panik in Dads wässrigen Augen aufflackern. Herrje. Was soll's, dass wir dieses Gespräch heute schon zehnmal geführt haben. Immerhin bringt sich mein gebrechlicher, zerschlagener Vater die fünfzehn Sekunden, die es dauert, aktiv ein. Als ich mir mit dem Unterarm übers Gesicht wische, bleibt eine feuchte Schneckenspur meiner Tränen darauf zurück.

Feynman war ein wunderschöner goldener Labrador, der mir und meinem Bruder Reece gehörte, als wir noch Kinder waren. Er war nach Dads persönlichem Helden, dem schrulligen Quantenphysiker Richard Feynman, benannt. Beide Feynmans sind schon lange tot. Und wie der Zufall es will, erlagen sie beide einem Nierenleiden. Feynman der Physiker starb 1988, und seine letzten Worte lauteten angeblich, dass Sterben langweilig sei. In Anbetracht von Dads schleichendem Verfall die letzten sechs Monate, seit ich bei ihm eingezogen bin, kann ich ihm nur von ganzem Herzen beipflichten. Zumindest aus meiner Warte. Da Dad mittlerweile über das Gedächtnis eines Goldfischs verfügt, ist er sich seines nahenden Todes entweder völlig unbewusst, oder aber die Erkenntnis holt ihn wie ein fürchterlicher Schock tagtäglich immer wieder von Neuem ein. Ich hoffe aufrichtig, dass Ersteres der Fall ist. Reece, der schon immer mein genaues Gegenteil war, würde auf Letzteres hoffen.

Feynman der Hund starb 1996 infolge einer Niereninsuffizienz. Laut unserer Tierärztin, der blöden Kuh, war diese durch »eine mangelhafte Mundhygiene« herbeigeführt worden, und das trotz des fast schon religiösen Eifers, mit dem ich ihm seine besabberten Beißerchen schrubbte. Nachdem Feynman von der Tierärztin friedlich eingeschläfert worden war, hielten wir eine Familienbestattung im Garten ab. Ich hatte eines meiner schwarzen knielangen Schlabber-T-Shirts an, die ich mit vierzehn vornehmlich trug, als ich Feynman sein liebstes (und offenbar unnützes) Kauspielzeug mit ins Grab warf. Reece, der in seinem neuen Designeranzug steckte, den Mum ihm gerade erst zu seinem Achtzehnten gekauft hatte, warf ein Snoop-Dogg-Album hinterher. Dad, die Hände in den Taschen seiner kastanienbraunen Strickjacke vergraben, beweinte den herzzerreißenden Verlust seines langjährigen Gefährten offen. Und meine schöne Mutter, hinreißend in ihrem engen schwarzen Etuikleid, lehnte sich Halt suchend an meinen Vater, da ihre schwindelerregend hohen Stilettos mit den knallroten Sohlen im Gras versanken. Damals erschien mir das Ganze furchtbar traumatisch – aber ich hatte ja keine Ahnung von dem Orkan aus Hass und Schuldzuweisungen, der sich, nur drei Wochen später, um das Begräbnis meiner Mutter entfesseln würde.

»Wie geht es ihm denn?«, ruft die Wollstrumpffrau von der anderen Seite der makellosen Krankenstation rüber, wobei sie auf Dad zeigt.

»Mhmm«, brumme ich in der Hoffnung, dass sie mich, wenn ich jeglichen Blickkontakt vermeide, in Ruhe lassen wird. Ganz mein Glück wieder mal, dass Dad gegenüber dem einzigen anderen Patienten der voll besetzten Achtbettenstation liegen muss, der ebenfalls Besuch hat.

»Ihr Vater?«, erkundigt sie sich.

»Mhm.«

»Demenz?«

»Mhm.«

»Genau wie mein Vater«, sagt sie, auf den Bettlägerigen deutend. Sie spricht mit einem harten Akzent, den ich nicht einordnen kann. Ihr Vater unter der recht unkonventionellen gelb, grün und rot gestreiften Tagesdecke, die grell unter den anderen sieben blauen Bettbezügen hervorsticht, reagiert nicht.

Wie konnte mein einst so dynamischer, sportlicher Dad nur in diesem Kloster dämmernder Erinnerungen landen?

»Ist schlimme Sache, diese Demenz«, fährt sie fort. »Kappt die Menschen ab.«

»Mhm.«

Wie viele »Mhms« wird es wohl brauchen, um ihren Redefluss zu stoppen?

Sie wäre sicher entsetzt, sollte mir rausrutschen, dass Demenz nicht nur was Schlechtes ist. Aber für Dad hat sie nun mal einen makabren Vorteil: Er erinnert sich an praktisch nichts mehr aus den letzten dreiundzwanzig Jahren. Seine Zeitreisen führen ihn meist weit in die Vergangenheit zurück, als Mum noch lebte, als ich interessante Kieselsteine sammelte statt nervöser Ticks, und als Reece Dad nur »komplett daneben« nannte, wenn der behauptete, dass die Tottenham Hotspurs die Champions League gewinnen könnten.

Wie auch immer, Dad hat jetzt größere Probleme. Als die Notfallsanitäter gestern Nacht eintrafen, lag er, kaum noch atmend, am Fuß der Treppe, den linken Arm in einem unnatürlichen Winkel unter sich vergraben. Heute früh dann bekam ich mitgeteilt, dass er sich das Schlüsselbein gebrochen habe, aber so alt sei, dass man es nur sporadisch zusammenwachsen lassen würde; außerdem, dass es zu früh sei, um zu sagen, ob seine gegenwärtige Verwirrung der Gehirnerschütterung oder doch seiner normalen Demenz anzulasten sei. Das Schlimmste jedoch, auch wenn es nichts mit dem Sturz zu tun hat, war die Überraschung des Arztes, dass ich, als Dads Pflegerin, nichts von seinem fortgeschrittenen Prostatakrebs wusste. Jegliche Hoffnung auf Heilung sei vergebens, aber man habe ihm Morphin verabreicht, da man davon ausgehen muss, dass er beträchtliche Schmerzen leidet.

»Gute Birne?«, erkundigt sich Wollstrumpf und deutet auf die Quitte, an der ich mümmle. Sie hat die gleiche spitze Nase wie ihr nicht ansprechbarer Vater – ein bisschen wie Papa Spitznase und Tochter Spitznase aus einem lustigen Zeichentrickfilm über eine glückliche Spitznasenfamilie. Ich selbst bin kein erkennbares Teil einer Familie. Ich habe zwar Dads früher mal braunes Haar geerbt, jedoch nicht seine einst feinen Gesichtszüge oder seinen strammen Fahrradfahrerkörper. Überhaupt habe ich meinen Eltern nie geähnelt, weder meinem attraktiven, drahtigen Vater, noch meiner wunderschönen, gertenschlanken Mutter – obwohl der ganze Stress, meine beschämenden Geheimnisse zu verbergen, mich dieses Jahr um gefühlt die Hälfte meines Körpergewichts gebracht hat und ich gelegentlich mit Befremden meine, in einer spiegelnden Schaufensterscheibe Mums Silhouette in meiner zu erhaschen.

»Die Birne?«, wiederholt Wollstrumpf. Ihre zierlichen weißen Stiefeletten quietschen auf dem hellgrauen Linoleum, als sie sich zu mir umdreht. »Ist sie saftig? Ich kaufe mein Obst immer auf dem Markt. So kann ich anfassen, bevor ich kaufe.«

»Mhm«, erwidere ich.

»Haben Sie noch eine?«, fragt sie trotz meiner Mauer aus »Mhms« unverdrossen optimistisch.

»Ah-ahmm«, verneine ich kopfschüttelnd.

Ich habe noch vier in meiner Tasche, aber wozu ihr den Tag noch mehr vermiesen? Es handelt sich nun mal nicht um süße, saftige Birnen; das hier sind harte, fiese Quitten. Quitten werden normalerweise nur gegart verzehrt. Zu schlotziger blassrosa Marmelade verkocht, die niemand, der bei rechtem Verstand ist, essen würde, wenn es als Alternative Erdbeere, Himbeere oder eigentlich egal welche Kackbeere gäbe. Rohe Quitten sind sogar noch widerlicher. Und diese hier sind ganz besonders ungenießbar, da sie weit vor ihrer Zeit sind. Trotzdem, ich habe ihnen die letzten sechs Monate im Vorgarten meines Vaters ungeduldig beim Wachsen zugesehen und verzweifelt darauf gewartet, dass sie reiften, da sie mich so sehr an Mum erinnern. Sie war eine fürchterliche Köchin, aber jeden Herbst wieder verkündete sie: »Die Früchte sind reif«, schlang sich theatralisch ein Tuch um den Kopf und veranstaltete ein Riesenschauspiel daraus, unsere Quitten mit einem hübschen Weidenkorb zu »ernten«. Danach lagerte sie die Früchte behutsam für ein paar Wochen ein, damit sie schön weich wurden, wobei sie sie immer wieder einzeln überprüfte wie kostbare Schätze. Und dann, endlich – eine alberne Rüschenschürze umgeknotet und zum Radio mitträllernd –, verbrachte sie Stunden damit, sie mit bergeweise Zucker einzukochen, um kübelweise Marmelade herzustellen.

Ich verspüre nicht den Wunsch, die schleimige Pampe selbst zu fabrizieren, aber um mich mit meiner lebhaften, unerreichbaren Mutter zu verbinden, genieße ich es, diese Quitte roh zu verspeisen. Es gibt mir das Gefühl, hier zu sein – ganz in diesem Moment. Die pralle, holzige Schale, die sich unter meinen Zähnen spaltet; das mürbe Fruchtfleisch, das zerbröselt, während es in meinem Mund herumgewälzt wird wie in einem Zementmischer; der bittere Saft, der in meinen rissigen Lippen brennt und meine trockene Kehle verätzt. Ich sollte diese Gesamterfahrung als Abkürzung zu diesem ganzen Achtsamkeits-Quatsch vermarkten.

»Dschinn«, ächzt Dad, wobei seine rechte Hand ausschlägt und gegen den Tisch knallt, sodass die Brühe aus dem Becher schwappt und etwas, das aussieht wie Erbsenpartikel, in alle Richtungen davonfliegt.

»Vorsicht, Dad. Keine Dschinns hier, nur ich«, sage ich, während ich den Tisch Richtung Fußende rolle, damit er sich nicht wehtut.

»Ähnn!«, fährt er fort und sieht mich eindringlich an.

»Ich verstehe nicht, Dad. Was sagtest du?« Ich beuge mich vor, wobei ich Seife und Brühe einatme.

»Jen.«

Oh. Das ist jetzt neu. Ich schätze, mein abgespeckter Körper hat seinen schlechten Augen einen Streich gespielt.

»Nein, Dad, nicht Jen. Ich bin nicht Mum. Ich bin Hannah. Han-nah.«

»Tut mir leid«, krächzt er.

»Ist schon gut, du musst dich nicht ...«

»Es tut mir so leid, Jen«, unterbricht er mich und greift nach meinem Arm.

Ich reiße mich los, verstört, weil er mich so berührt, als wäre ich Mum. Als mir dabei eine lose Strähne ins Gesicht fällt, wird mir bewusst, dass mein Haar noch nie so lang war. Mums Länge. Ich hatte als Kind einen braunen Bob, schnippelte ihn nach Mums Tod raspelkurz ab und wechselte dann wild zwischen kahl rasiert und dauergewellt ab, zwischen Grün, Blau und spitzen Tigerstreifen – alles, um mein mir entgleitendes Leben mit drastischen Neufindungsversuchen in den Griff zu bekommen. Doch seit ich mich auf den Weg des geringsten Widerstands verlegt habe, ist mein Haar zu einer faden braunen Version von Mums langer blonder Mähne ausgewachsen. In Kombination mit meinem krassen Gewichtsverlust hat es offenbar die Wirkung von einem Mentos-Kaubonbon, das man in das Cola-Light-Hirn meines Vaters geworfen hat und das nun einen Schwall abgekapselter Erinnerungen aufschäumen lässt.

»Was tut dir leid?«, frage ich leise.

Geschmeichelt, dass Dad meine nervöse, aufgekratzte Wenigkeit überhaupt mit meiner selbstbewussten, charismatischen Mutter verwechseln könnte, gebe ich mich für einen Moment dieser völlig absonderlichen Vorstellung hin, und meine sonst so gebückte Haltung entspannt sich zu ihrer Nonchalance. Mich mit ihrer Lockerheit zu bewegen, während ich gleichzeitig den exotischen Quittenduft einatme, der aus meiner Tasche dringt, lässt den Funken einer tief sitzenden Erinnerung in mir aufflackern: Mum, wie sie Dad mit einem ihrer schnörkelig verzierten Löffelchen mit Quittenmarmelade füttert. Er musste lachen, sodass er versehentlich ein bisschen davon ausspuckte, woraufhin sie mit einem Schwung ihres Haars den Kopf in den Nacken warf und ihr hohes Lachen ausstieß, das wie ein jaulender kleiner Fuchs klang. Reece und ich verdrehten die Augen über ihre Albernheiten, aber sie fuhr nur damit fort, die Marmelade in unseren Dad hineinzulöffeln, als wäre sie eine dickbusige, missbilligende Matrone, die einem Kind Medizin einflößt. Bald schon kugelten wir uns alle vor Lachen, hielten uns die Bäuche und flehten sie an aufzuhören.

Ich vermisse ihre Albernheiten. Vermisse es, wie sie einen ganzen Raum damit anstecken konnte. Vermisse es, wer ich in ihrer Gegenwart war. Die Zeit hat mich nicht geheilt. Sie hat mich nur verhärten lassen.

»Aaargh!«, schreit Dad. Seine schmalen Lippen teilen sich, seine winzigen Pupillen weiten sich zu schwarzen Scheiben, und die Spur von Farbe in seinen Wangen verwischt zu einem klammen Grau.

Ich tätschle sanft seine heile Schulter, wobei ich das vogelgleiche Gerippe unter dem Krankenhaushemd spüren kann. »Ist schon gut, Dad, alles gut.«

Sein Mund öffnet sich zu einem breiten Lächeln.

Nur dass es kein Lächeln ist.

Sondern eine Grimasse. Seine dünne Haut spannt sich straff um den klaffenden Mund – das gelbe Gebiss entblößt, die Zunge spitz und reptilienhaft rausgestreckt.

Die Erinnerung an Mum hat scheinbar einen Herzanfall ausgelöst.

»Hilfe, bitte helfen Sie uns!«, rufe ich.

Doch als ich einen Schritt vom Bett wegmache, schießt seine rechte Hand vor, und er packt meinen Oberarm mit verblüffender Kraft. Seine spröden Fingernägel schrammen über meine Haut, als er sich mit speicheltriefendem Kinn hochzerrt; und wie er sich so abrupt aufsetzt, werde ich gleichzeitig nach vorne gerissen und unsere Stirnen knallen aneinander. Der einschießende Schmerz lässt mich den Halt verlieren, und ich falle vornüber aufs Bett, wobei ich mir den Ellbogen an der Bettkante prelle. Ich versuche, mich aufzurichten, aber Dad drückt mich weiter runter, wobei seine Fingernägel meine Haut aufreißen.

»Jen!«, fleht er.

»Hör auf, Dad«, bitte ich, während ich mich abmühe, auf die Füße zu kommen und mich aus seinem Griff zu winden.

»Ist was passiert?« Wollstrumpf springt erschrocken von ihrem Stuhl auf.

»Holen Sie Hilfe!«, rufe ich, und sie eilt über den Gang davon.

Als ich mich hochstemme, hebe ich Dad mit mir hoch. Ich zwänge meine Finger unter seine, versuche, ihm dabei nicht wehzutun, doch er klammert sie sofort wieder um meinen Arm.

»Es tut mir so leid, Jen«, flüstert er, wobei seine Lippen mein Ohr streifen, sein warmer Atem säuerlich an meinem Hals. »Ich wollte das nicht.« Er dreht den Kopf so, dass ich ihm unmittelbar in die aufgerissenen, starren Augäpfel blicke.

»Wolltest was nicht?«, keuche ich, immer noch herumfummelnd, um seinen unnachgiebigen Griff zu lösen.

»Dich ...«

Doch bevor er noch ein weiteres Wort sagen kann, gelingt es mir endlich, alle seine Finger gleichzeitig abzuschälen, und er bricht auf dem Bett zusammen. Um Atem ringend, taumle ich zurück und umklammere meinen pulsierenden Arm, an dem das Blut unter meiner Hand hervorsickert.

»Ich bin Hannah, Dad«, schluchze ich. »Ich bin deine Tochter. Mum ist ... nicht hier.«

Wollstrumpf ruft etwas in der Ferne.

Dad liegt reglos auf dem Bett und starrt an die Decke, als sei die letzte Minute nie passiert.

Aber sie ist passiert.

Er dachte, er würde mit Mum reden, und er hat sie um Verzeihung gebeten. Seine Entschuldigung könnte sich auf so gut wie alles beziehen – den Müll nicht rausgebracht zu haben, einen Streit, sogar eine Affäre. Doch der Damm in meinem Kopf bekommt Risse, und die Erinnerungen schießen nur so durch den bröckelnden Schutzwall. Als ich Dads Beine betrachte, erinnere ich mich an die Zeit, als sie noch muskulös und flink waren; als ich seine altersfleckigen, knotigen Hände anstarre, sehe ich die kraftvollen, breiten Pranken von einst; und als ich meinen tränenvernebelten Blick zu der blassvioletten Ader an seiner Schläfe hebe, erinnere ich mich an ihr heftiges Pulsieren in Momenten der Anstrengung – oder des Zorns.

Ich beuge mich vor und flüstere die Frage, von der ich seit dreiundzwanzig Jahren nicht zugelassen habe, dass ich sie ausspreche.

»Dad, hast du Mum ermordet?«

KAPITEL ZWEI

»Hannah Davidson?«, ertönt eine schneidende Stimme hinter mir.

»Ja?« Ich drehe mich um. Es ist eine schlanke Frau mittleren Alters mit einem blonden Bob und dieser gewissen unmerklichen, aber doch vorhandenen Make-up-Schicht auf dem Gesicht. Wollstrumpf muss sie zu Hilfe gerufen haben. Nur sieht sie nicht aus wie eine Pflegerin, mit dem beigen Bleistiftrock und der gleichfarbigen Seidenbluse, die förmlich wirken soll, jedoch in der Art, wie sie sich locker um ihre Oberweite schmiegt, auch unaufdringlich sexy ist. Vielleicht ist sie die Oberärztin.

»Danke, aber es geht ihm schon wieder gut«, sage ich und versuche, meine Atmung zu verlangsamen.

»Dürfte ich wohl ein Wort mit Ihnen sprechen, Miss Davidson?« Ihr Blick huscht zu Dad, der halb vom Bett hängt.

»Wir kommen klar, wirklich«, versichere ich, während ich Dad wieder auf seine Kissen bette. Wie viel von der ganzen Sache hat sie mitangesehen?

»Ich muss mich unter vier Augen mit Ihnen unterhalten«, fährt sie unbeirrt fort, und ihre Augen zucken zu meinem blutenden Arm. »Wenn Sie mir bitte folgen würden.« Keine Frage – ein Befehl.

»Aber weswegen?«

Sie bedenkt mich mit einem milden Halblächeln, wie zu einem Baby auf dem Töpfchen. »Da entlang«, sagt sie und geht voran.

Ich bin siebenunddreißig, fühle mich jedoch wie ein Schulkind, das zur Direktorin zitiert wurde. Ich ziehe mir meinen formlosen grauen Pulli über, um meinen Arm zu bedecken, rücke den Bund meiner absurd locker sitzenden Hose höher und schlüpfe in meine Turnschuhe, wobei ich die Fersen auf Anhieb nicht ganz reinkriege, sodass ich unbeholfen hinter ihren klackernden beigefarbenen Pumps herschlurfen muss.

Ich werfe einen Blick zu meinem armen Vater zurück. Warum habe ich nur plötzlich an ihm gezweifelt? Er ist auf seinem Kissenberg bereits eingeschlafen, wobei er wie eine verschrobene Version der Prinzessin auf der Erbse aussieht. Im Gegensatz zu jener sensiblen Königstochter habe ich jedoch noch nicht einmal ein Korn des Zweifels, das mich quält. Dads wirre Entschuldigung an »Mum« hat zwar kurz mein verkatertes Hirn ins Schlingern gebracht, aber ich weiß, dass Dad unschuldig ist – jede Zelle, jedes Atom, jedes noch so kleine Partikelchen in mir surrt vor Gewissheit.

Miss Beige-Pumps hat bereits einen Raum neben der Schwesternstation betreten. Der ist mir zuvor schon aufgefallen – ganz klar ein »Schlechte Neuigkeiten«-Zimmer. O Gott, ja, sie ist die Oberärztin hier … mit furchtbaren Neuigkeiten. Es ist Freitag, der Dreizehnte, natürlich passiert es heute. Ich folge ihr in das penibel aufgeräumte kleine Büro. Sie lässt sich hinter dem Schreibtisch nieder.

»Setzen Sie sich«, sagt sie knapp, auf einen grauen Plastikstuhl deutend. Die Tür hinter uns ist zugefallen, doch sie streckt den Arm aus und zieht sie fester heran, um auch den Schnapper einrasten zu lassen.

»Philip Davidson ist Ihr Vater, ja?«

Ich nicke. Jetzt kommt's. Und es geht nicht mehr nur um das Sterben auf Raten, das Dad die letzten Monate betrieben hat. Das hier ist die knallharte Version. Nun werden Dad und seine braunen Augen, seine betretenen Blicke beim Küssen und seine ausgelassene Art zu tanzen, bei der er immer Kastagnettenbewegungen vollführte, in einer Kiste verbrannt. So wie Mum.

Alles um mich herum erscheint auf einmal krass scharf umrissen: der Monitor und die präzise ausgerichtete Tastatur, das Zickzackgelenk der weißen Schreibtischlampe, die Furchen zwischen den strapazierfähigen grauen Teppichfliesen. Das ist der letzte Moment, danach gibt es kein Zurück. Fünf, vier, drei …

»Nun, Miss Davidson, im Falle einer Verletzung wie der Ihres Vaters, wenn die begründete Sorge vorliegt …«

Mein Kopf schnellt hoch. »Wie bitte?«

Ihr Gesicht ist eine reaktionslose Maske. »… sieht das Krankenhausprotokoll vor, die häusliche Situation zu überprüfen. Die Sanitäter, die Ihren Vater abholten, haben hier vermerkt, dass Sie einen«, sie blickt in ihre Notizen, »konfusen Eindruck machten.« Ihre mattbeigen Lippen teilen sich leicht, während sie den Kopf schräg legt.

»Ich? Nein.«

»Konfus und«, sie schaut noch mal nach, »desorientiert.«

»Na ja, es war mitten in der Nacht, also war ich wohl etwas neben der Spur.«

Sie notiert mit ihrem glänzenden bordeauxroten Füllfederhalter etwas in ihrer Akte. Ich rücke auf meinem harten Sitz hin und her.

»Und hier steht, dass Sie nach Alkohol rochen?«

»Nein! Ich meine, ja, ich hatte am Abend was getrunken.«

Sie notiert etwas.

»Aber das ist ja nicht verboten.« Meine Stimme ist zu laut.

»Und Sie sagten den Sanitätern, dass Sie Ihren Vater am Fuß der Treppe ›gefunden‹ hätten.«

Ich muss husten und schlage mir gegen die Brust.

»Möchten Sie etwas Wasser?«

Ich nicke, und sie gießt mir ein Glas ein. Ich kippe es runter und nehme einen tiefen Atemzug.

»Ich habe meinen Vater nicht ›gefunden‹ – ich habe ihn *gefunden*. Am Fuß der Treppe. Wo er hingefallen war.« Aufwachen, Hannah, das hier ist offiziell, mit echten Konsequenzen!

»Das Krankenhaus ist bei gewissen Anzeichen rechtlich dazu verpflichtet, häuslichen Unfällen auf den Grund zu gehen«, erwidert sie, eine ihrer stilvoll gezupften Augenbrauen wölbend, »um eine Misshandlung hilfsbedürftiger Personen auszuschließen. Ich bin sicher, Sie verstehen, dass diesem Protokoll Folge geleistet werden muss.«

Ich nicke und muss mir Mühe geben, dass meine Augen vor lauter Panik nicht hervorglupschen.

»Ich bin hier, um mir ein Bild sowohl über die Sicherheit des Patienten als auch die Bedürfnisse der Betreuungsperson zu machen. Könnten Sie mir die Lebenssituation Ihres Vaters schildern?«

Meine Güte, sie hat diese »unverbindliche« Art echt verinnerlicht. Aber vielleicht hat sie recht damit, sich mit mir zu unterhalten. Vielleicht ist mein ureigenes Chaos in Dads Leben hinübergeschwappt. Sicher wäre nichts von alldem passiert, wenn der gute, alte Reece sich der Sache angenommen hätte. Und so schmerzhaft es auch ist, an meinen Bruder zu denken, versuche ich doch, seine unbeirrbare Coolness in mir zu mobilisieren, um diese beigefarbene Bedrohung abzuwehren.

»Ich lebe zurzeit bei meinem Vater«, beginne ich langsam. Seit ich nach London zurückgekehrt bin, fort von den verschreibungspflichtigen Antidepressiva meines Arztes in Brighton, ist mein Hirn bestenfalls am Rotieren, doch in Stresssituationen wie diesen befinde ich mich in einer regelrechten Achterbahn. Also erinnere ich mich an das, was Reece mir einmal gegen die Übelkeit beim Autofahren beigebracht hatte – nämlich einen Punkt in der Ferne zu fixieren –, und starre zwei Dellen in dem grauen Teppichboden an. »Sein Gesundheitszustand verschlechtert sich zusehends. Letztes Jahr hatte ich zwei Pflegekräfte organisiert, aber er hatte generell Probleme damit … sich an Dinge zu erinnern, sich zurechtzufinden, sich um sich selbst zu kümmern.«

»Mhmm«, macht sie unverbindlich, um mir genug »Zeit zum Erklären« zu geben – beziehungsweise genug Stricke, um mich zu Fall zu bringen.

Reece meinte mal, er habe es bloß mit Blickkontakt und seiner Fähigkeit, sich zu verkaufen, an die Uni nach Cambridge geschafft. Also schaue ich ihr direkt in die Augen und filetiere innerlich meine jüngste Lebensgeschichte fein säuberlich, um ihr das beste Stück davon zu präsentieren.

»Mein Vater braucht mich. Also habe ich vor sechs Monaten meine Wohnung in Brighton aufgegeben, meinen Job an den Nagel gehängt und bin bei ihm eingezogen, um ihn Vollzeit zu pflegen«, erkläre ich, wobei ich zweckdienlich meine großzügigen Auslassungen umschiffe. »Mir ist bewusst, dass mein Vater sich um Arztbesuche gedrückt hat, aber er versicherte mir, dass alles in Ordnung sei. Ich kann nicht glauben, dass ich nichts von seinem Prostatakrebs gemerkt habe.«

»Dann schildern Sie mir doch bitte genau, was gestern Abend passiert ist.«

»Na ja, das Übliche. Wir gingen zur üblichen Uhrzeit nach oben. Er hat immer Wasser neben dem Bett stehen, einen Nachtstuhl, und er ruft mich, wenn er etwas braucht. Ich schlafe im Zimmer direkt darüber und lasse alle Türen auf. Er ist noch nie nachts herumgelaufen – ich habe keine Ahnung, warum er es gestern Nacht getan hat.«

Sie nickt, dann erwische ich sie dabei, wie ihr Blick zur Armbanduhr huscht. Sie will das hier hinter sich bringen. »*Glaubwürdige Details*«, flüsterte Reece mir damals zu, als wir es unserem

Hund Feynman in die Schuhe schieben wollten, die Hälfte des Bananenkuchens gefressen zu haben, den Dad frisch gebacken hatte.

»Wahrscheinlich ist mein Vater über den Kater gestolpert«, sage ich. »Er hat diesen uralten Stubentiger namens Schro, der sich einem bei buchstäblich jedem Schritt um die Beine klebt – ich wäre schon zigmal beinahe über ihn gestürzt.«

Die Frau zeigt wieder das milde Halblächeln. Ist das beigefarbene Blatt etwa dabei, sich zu wenden?

»Ich bin in der Nacht runtergegangen, um mir Wasser zu holen, und habe Dad am Fuß der Treppe gefunden. Ich schätze mal, ich war ziemlich gestresst, als die Sanitäter kamen – ich dachte, er wäre tot.« Mein Bruder Reece konnte aufs Stichwort weinen, wenn er bei seinen *Romeo und Julia*-Aufführungen in der sechsten Klasse Julias leblosen Körper fand, indem er sich ein Nasenhaar rausriss. Als Miss Beige gerade in ihre Akte schaut, klammere ich rasch meine Fingernägel in ein Nasenloch und ziehe fest. Jesus, tut das weh.

»Brauchen Sie ein Taschentuch?«, fragt Miss Beige besorgt, als sie aufschaut, und reicht mir eine Schachtel Kleenex vom Tisch.

»Danke.« Was stimmt nur nicht mit mir, dass ich mich selbst quälen muss, um Emotionen zu zeigen, die ich tatsächlich fühle?

»Es kann schwer sein, in die Rolle des Betreuers hineinzuwachsen«, sagt sie. »Sie sollten sich Rat von unserem Pflegeteam holen – falls Ihr Vater nach Hause zurückkehrt.«

Falls?

»Ich kann Ihnen Broschüren zu Hilfsangeboten mitgeben.«

»Danke.« Die Stimmung hat sich definitiv gewendet. Ich bin für alles gewappnet, wenn sie auf Angriff gepolt bleiben sollte. Bald bin ich hier hoffentlich draußen.

»Haben Sie Familie?«, erkundigt sie sich. »Geschwister?«

»Nein.« Ich umklammere den metallenen Stuhlrahmen.

»Oh?«, macht sie und legt den Kopf schräg, als sich auch schon kräuselnde Falten auf der schuppig beigen Haut zwischen ihren Augen bündeln. Kann sie das womöglich überprüfen?

»Oh, doch, tut mir leid«, stoße ich ein ersticktes Lachen hervor, »rein theoretisch habe ich einen Bruder. Will sagen, ich habe einen Bruder – aber wir stehen uns nicht nahe.« Untertreibung des Jahrtausends.

»Das alles ist viel Druck für einen allein. Ihr Bruder würde Ihnen unter diesen Umständen doch sicher unter die Arme greifen?«

»Das würde er sicher, ja.« *Ha, von wegen.*

»Falls Ihr Vater nach Hause zurückkehrt, wird er eine Rundum-die-Uhr-Betreuung benötigen. Und irgendwann ...« Wir halten beide gewichtig inne – zwei Erwachsene, die wortlos die unausgesprochene, drohende Möglichkeit zur Kenntnis nehmen.

»Ich sehe hier, dass niemand die Vorsorgevollmacht für ihn hat?«, bemerkt sie, ihre Notizen überfliegend. »Das Krankenhaus hat für die gestrige Notfallbehandlung keine Erlaubnis benötigt, aber es werden weitere Entscheidungen anstehen ...« Erneut legt sie ihre kunstvolle Pause ein, und ich möchte ihr am liebsten einen Klaps auf den Hinterkopf geben, damit sie die Worte ausspuckt.

»Unter anderem, ob in Zukunft medizinische Maßnahmen ergriffen werden sollen. In Anbetracht seines sich rapid verschlechternden Zustands wäre es nur umsichtig von Ihnen und Ihrem Bruder, sich darum zu kümmern.«

Sie reicht mir ein Faltblatt mit der Überschrift *Vorsorgevollmacht* über dem Foto einer Frau, die gütig auf ihren älteren Verwandten hinablächelt, während sie ihm eine Tasse Tee reicht. Wenn auch mit einem Funkeln in den Augen, als würde sie sagen: »Nipp ja vorsichtig an dem Tee, denn ab sofort treffe ich alle medizinischen und finanziellen Entscheidungen, und wenn du dich verschluckst, lasse ich dich daran abkratzen, um an deine ganze Kohle zu kommen.«

»Sie sollten mit Ihrem Bruder reden.«

Hab ihn ja bloß seit fünfzehn Jahren nicht mehr leibhaftig gesehen.

»Und mit Ihrer sonstigen Familie.«

Keine da.

»Und Ihrem breiteren sozialen Umfeld.«

Soziales wie bitte was?

»Die Leute sagen, es braucht ein ganzes Dorf, um ein Kind großzuziehen, aber es braucht auch ein ganzes Dorf, um einem Menschen beim Sterben zu helfen.«

Ja, aber was, wenn dein Vater der Bösewicht ist, der aus dem Dorf gejagt wurde?

»Sie müssen das nicht allein stemmen, wissen Sie. Die meisten Menschen meinen es von Grund auf gut.«

Ach, wirklich! Tja, Sie Glückspilz, das Leben muss es echt gut mit Ihnen gemeint haben, dass Sie so etwas als Tatsache in den Raum stellen.

»Haben Sie einen Partner, der Ihnen helfen kann?«

»O ja.« *Gelogen.* »Und Freunde.« *Gelogen.* »Wirklich, mir geht's gut.« *Gelogen.* »Ich schätze, ich muss meine Bedürfnisse mehr nach außen kommunizieren.« *Würg.*

Sie lächelt. Meine Worte scheinen genau die richtige Form für die Löcher in ihrem Klotz aus Erwartungen zu haben.

»Und Sie haben vor, bei Ihrem Vater zu bleiben?«

»Natürlich.« Wohin soll ich auch sonst gehen nach dem Desaster, das ich aus meinem Leben gemacht habe. »So lange, wie er ... mich braucht.«

Unsere Augen begegnen sich. Scheiß auf diesen wissenden

Blick. *Ich bin noch ein Kind,* will ich schreien, *können Sie nicht sehen, dass ich diese ach so erwachsene Gefasstheit nur vortäusche? Wie können Sie mir das nur ernsthaft abkaufen?* Aber die Blubberblase ihres geistigen Niveaus hat sich schon gesetzt. Sie kann ein Häkchen an ihr Kästchen machen, die Akte ablegen und mit mir abschließen.

»In Ordnung«, sagt sie nach einer letzten Notiz. »In Anbetracht dessen, dass es keine früheren Vorfälle gab und Sie über ein Bewusstsein Ihrer Lage zu verfügen scheinen, werde ich hier nicht weiter ausgreifen, solange es keine weiteren Bedenken gibt.«

»Wird es nicht geben. Ehrlich. Das hier war auch ein Weckruf für mich, um mir Hilfe zu holen«, sage ich mit aufgesetzter Demut.

Wir schütteln die Hände.

Ich hoffe, sie wird von einem Lkw umgenietet, wenn sie nachher auf diesen beigen Mörderabsätzen viel zu langsam über die Straße stöckelt.

Ich nehme den Aufzug zum Krankenhausladen im Erdgeschoss, wo ich mir eine Vorratspackung atemneutralisierender, extrastarker Minzpastillen hole.

KAPITEL DREI

»Und hoch mit uns!«

Als ich zu Dad zurückkehre, wird er gerade von einer jungen Pflegerin mit kurzen schwarzen Zöpfchen voller Elan dazu ermuntert, sich aus dem Bett zu begeben. Auf ihrem Namensschild steht *Valeria*. Sie hat die Decke zurückgeschlagen und hebt seine Beine an, um sie auf dem Boden abzustellen.

»Das machen wir aber ganz toll, Mr Davidson«, trällert sie.

Ich habe das Gefühl, irgendwas beitragen zu sollen, aber ich kann nur hilflos zuschauen, so, als spielten die beiden eine Filmszene nach: Valeria vollführt eine schwungvolle Geste mit ihrem Arm, als würde sie ihren Geliebten zu einer Schlittenfahrt einladen, doch Dad starrt an ihr vorbei, unergründlich wie Dr. Schiwago, dessen Blick sich in der weiten, wogenden russischen Landschaft verliert. Dann zappen sie weiter zu Laurel und Hardy: Sie hievt ihn in eine sitzende Position hoch, doch kaum dass sie ihn loslässt, fällt er mit wedelnden Armen zurück, und sie zieht ein »Nanu«-Gesicht. Und von vorne: Sie hievt ihn hoch, lässt los, er fällt zurück – »Nanu!«. Ein letztes Mal Umschalten zu einem Ingmar-Bergman-Film: Valeria seufzt und blickt an die Wand, Dad ignorierend, der mit dem Gesicht nach unten auf dem Bett zusammengesunken ist, wobei seine knochige Blöße durch die Rückseite seines locker gebundenen Flügelhemds sichtbar wird; auf seinem linken Schenkel eine verkrustete Kotspur. Herrje.

»Wir versuchen es später noch mal«, verkündet sie heiter, hilft ihm zurück ins Bett und schreitet von dannen.

Das weiße Plastik quietscht, als ich mich, meine Minzpastillen kauend, auf den Patientenstuhl mit der hohen Lehne setze, wobei ich gleich zwei der nasenreinigenden, kreidigen Dinger auf einmal zermalme. Seit Dad mich vorhin mit Mum verwechselt hat, habe ich das Gefühl, als würde sie irgendwo in meinem Inneren lauern und ihn durch mich hindurch anschauen – mit einem tadelnden Schnauben, weil er sich so hat gehen lassen: Das Haar zu lang und zu strähnig, und diese unregelmäßigen weißen Stoppeln auf dem Kinn gehören ebenfalls rasiert. Mum legte großen Wert auf Kleidung und liebte es, sich herauszuputzen; sie kaufte ständig modische neue Sachen für Dad und bastelte an ihm herum. Ich bezweifle, dass er sich seit ihrem Tod überhaupt ein neues Kleidungsstück gekauft hat. Friseurbesuche hat er seither generell gemieden und sich das Haar lieber selbst geschnitten; auch die professionellen Nassrasuren, die er früher so liebte, ließ er bleiben.

»Alles gut, Dad?«

Er schaut mich an, aber wen sieht er? Seine befremdliche Reaktion auf mich, so, als wäre ich Mum, war wirklich verstörend. Das war doch bestimmt nur eine einmalige synaptische Fehlfunktion, oder? Ich kann mich nicht erinnern, dass Dad uns je zuvor verwechselt hätte, aber unsere Koexistenz gestaltet sich generell so trüb und verschwommen. Hilflos habe ich dabei zusehen müssen, wie er die letzten sechs zähen Monate, seit ich bei ihm in das einstige Heim unserer Familie (als wir noch eine Familie waren) eingezogen bin, immer mehr der Gegenwart entglitt. Da er nur noch kleine Mahlzeiten wie Dosenravioli oder Frühstücksflocken aß, gab ich es auf, ihm irgendwas anderes vorzusetzen. Ich versuchte, ihn zu Spaziergängen zu animieren, aber er weigerte sich rundheraus. Ich versuchte, ihn zum Arzt zu bringen, aber er meinte, ihm ginge es gut, und erwähnte mir gegenüber nie etwas von Schmerzen. Ich hatte mich einfach gefügt und getrunken, um es auszublenden. Ich bin eine wandelnde Witzfigur, aber auf keinen Fall eine reife Erwachsene, die für solch eine Verantwortung gewappnet ist. Ich bin meinem lieben, zeitreisenden, kotverschmierten, sterbenden Dad so was von nicht gewachsen. Es ermüdet mich selbst, zu was für einem erbärmlichen Klischee ich verkommen bin – meine Wut auf Miss Beige war so offensichtlich nichts weiter als meine eigene nach außen gekehrte Angst. Sie hat recht. Ich brauche Hilfe. Aber ich kenne niemanden hier in London, schon seit Jahren nicht mehr.

Außer Reece.

Die letzten sechs Monate habe ich innerlich mit mir gerungen, ob ich wieder mit ihm in Kontakt treten sollte, damit er Dad sehen könnte, bevor er starb. Womöglich war Reece' Abscheu unserem Vater gegenüber mittlerweile verblasst, überlegte ich und gab mich ein Weilchen der albernen Illusion hin, eine Netflix-würdige Versöhnung am Sterbebett inszenieren zu können. Zumindest aber, so schloss ich, würde ich ihn dazu bringen müssen, zur Bestattung zu kommen, damit wir Seite an Seite an beiden elterlichen Einäscherungen teilgenommen hätten. Bisher jedoch habe ich bloß gezaudert, mich gedrückt und den Gedanken in Alkohol und endlosen Netflix- und Amazon-Prime-Sessions versenkt.

Ist die Zeit nun doch gekommen, mich ihm zu stellen?

Da gibt es noch das winzige Problem, dass ich weder Reece' Telefonnummer noch seine E-Mail-Adresse oder Anschrift habe. Seit nunmehr fünfzehn Jahren verfüge ich über keine Wege oder Mittel, ihn zu kontaktieren. Immer wenn meine Neugier doch die Oberhand gewann, konnte ich problemlos über Twitter, Instagram, Facebook, die Presse oder Fanseiten herausfinden, was er gerade trieb. Denn mein Bruder, den ich vierzehn Jahre meines Lebens Reece Davidson genannt habe, ist tatsächlich niemand anderes als der Schauspieler Ryan Patterson. – Bisher ist er nicht berühmt genug gewesen, damit jemand die Verknüpfung hergestellt hätte. Zu Beginn seines Studiums ließ er amtlich seinen Namen ändern und erklärte mir, dass es ein besserer Bühnenname wäre, aber mir war klar, dass er sich neu erfinden wollte, um jegliche Verbindung zu unserer verrufenen Familie zu kappen. Ich kenne seine Morgenroutine (heißes Zitronenwasser, Laufen, grüner Proteinsaft), seine politischen Glaubenssätze (sozialdemokratische Mitte) und das Körperteil, das er am wenigsten an sich mag (die behaarten Füße), aber ihn selbst kenne ich im Grunde nicht mehr. Dabei pflegt er eine ständig wachsende Wikipedia-Seite mit den ausführlichen Eckdaten seiner Karriere. Normalerweise ärgert mich das Weglassen von privaten Fakten auf Wiki – die unbefriedigende Abwesenheit sämtlicher pikanten Details von Affären, gescheiterten Ehen, finanziellen Pleiten und skurrilen Verbrechen –, doch im Fall von Reece bin ich erleichtert.

Aber eines Tages, kurz nachdem ich bei Dad eingezogen war, stand ich gerade an der Supermarktkasse, um unsere Frühstücksflocken und Dosenravioli zu bezahlen, als mir in der Zeitung auf dem Ständer daneben ein kleiner Artikel samt Reece' Foto ins Auge fiel. Das Schundblatt druckte offenbar die Fortsetzungsbiografie meines Bruders, in der er beschrieb, wie herrlich es doch war, er zu sein. Der Titel lautete *Solving Me* – ganz so als wäre er irgendein faszinierendes Rätsel, das es zu lösen galt. Ich selbst hegte einen tief sitzenden Abscheu gegen die Klatschpresse nach dem, wie man uns behandelt hatte. Und nun veröffentliche Reece sein Promigeseier in genau dem Blatt, das Dad auf grässliche Art und Weise als Mörder gezeichnet hatte. Ich wollte mein Geld nicht dafür verschwenden und gelobte mir, sämtlichen medialen Verweisen auf meinen Bruder aus dem Weg zu gehen. Was nicht schwer war, da Dad und ich vollkommen in unserer einsiedlerischen häuslichen Routine abtauchten. Doch während ich den heutigen »Ryan« bisher gut ausblenden konnte, wälzt der vergangene Reece ständig in meinem Kopf herum, egal wie viel ich trinke.

Die ersten vierzehn Jahre meines Lebens wuchs ich mit ihm an meiner Seite in einer stinknormalen, langweiligen Familie auf. Dann wurde Mum am 4. Oktober 1996 ermordet – einen Tag, bevor Reece, vier Jahre älter als ich, ausziehen sollte, um sein Studium in Cambridge aufzunehmen. In den darauffolgenden Wochen verwandelten Reece und ich uns von emotional verbandelten Geschwistern zu … Fremden. Ich selbst wusste, dass mein lieber Dad nichts mit Mums Tod zu tun hatte. Reece jedoch, befeuert von seinem bereits angespannten Verhältnis zu unserem Vater und vollgepumpt mit Teenagerhormonen und einer erschütternden Trauer um seine geliebte Mutter, ließ sich fatalerweise von den absonderlichen Anschuldigungen der Presse den Kopf verdrehen. Er beschloss, er »wüsste«, dass Dad schuldig sei. Weder er noch ich konnten unsere jeweilige Überzeugung beweisen. Dann, zwei Wochen später, am Tag nach Mums Beerdigung, zog Reece zum Studieren weg. Und kam nie wieder heim und sprach auch nie wieder ein Wort mit Dad.

Reece (ich kann ihn nicht Ryan nennen, weil es nun mal nicht sein Name ist und weil es ihn wie so einen amerikanischen Geheimagenten oder Bodyguard des Präsidenten klingen lässt) unterhielt losen Kontakt mit mir, während ich ihm bei seinem beruflichen Aufstieg zuschauen durfte: Er war bei den Cambridge Footlights (als überaus attraktive Witzfigur einer Gruppe angehender Comedy-Stars); er spielte im örtlichen Theater mit (Klassiker, Possen, provokante neue Stücke); ein Weilchen arbeitete er für die Royal Shakespeare Company (als hochgelobter Jago in einer auf einer israelischen Militärbasis angesiedelten *Othello*-Inszenierung); er ergatterte einen kleinen Part in der

Soap *Emmerdale* (junger Bauer, der versucht, eine Frau zu finden) sowie eine Nebenrolle in einem skurrilen britischen Film, der unerwartet gut auf Netflix lief (Undercover-Polizist, der Öko-Terroristinnen verführt). Sein wachsender Ruhm bereitete mir Sorge.

In der gleichen Zeit schleifte ich mich schlafwandelnd durch vier Schuljahre bis zur Mittleren Reife und kratzte gerade noch die Kurve zum Abitur. Ich nahm drei Kleidergrößen zu, da ich meine Trauer sowie Reece' Anschuldigungen mit Schaumküssen, Schokokeksen, Cremeschnitten, Kaubonbons und Eiskonfekt erstickte, und brannte ätzende Löcher in meine Polyesterklamotten, wenn ich mal wieder zu nah am Kaminfeuer saß, weil mir einfach nie warm wurde, ganz gleich wie dick die Fettschicht war, in der ich mich einmauerte. Dabei wurde ich permanent auf der familiären Streckbank gefoltert – an dem einen Ende mein völlig zerstörter Vater, von dem ich wusste, dass er unschuldig war, und auf der anderen Seite mein kampfeslustiger Bruder, wild überzeugt von Dads Verbrechen. Da ein Mensch, den ich liebte, ermordet worden war, und die anderen zwei Menschen, die ich liebte, sich hassten, wurde es mir unerträglich zu denken, zu fühlen oder überhaupt zu funktionieren. Ich war so eine Art abgefucktes Goldlöckchen: Mama Bär war tot, und der kleine Bär hasste Papa Bär wie die Pest. Nichts würde sich jemals wieder einfach nur »richtig« anfühlen.

Ich bewarb mich an der University of Brighton, weil Mum und Dad dort ihre Flitterwochen verbracht hatten und weil ich glaubte, an einem anderen Ort könnte es mir vielleicht gelingen, »mich selbst zu finden«. Natürlich konnte ich mir nicht entfliehen, aber dort fand ich heraus, dass Alkohol ein weitaus effizienteres Reinigungsmittel fürs Hirn war als Essen. Nicht nur eliminierte er den Schmerz – er vermittelte auch aktiv Vergnügen, selbst wenn es mit einem lästigen Kater erkauft wurde. Der Alk entpuppte das Studium als lachhaft sinnloses Unterfangen und verprellte meine sogenannten Freunde. Gleich im ersten Studienjahr schmiss ich alles hin, blieb jedoch in Brighton, an der rauen See, um meine frühmorgendlichen Schwimmrunden um den Pier fortzuführen, wo ich im Frieden der eisigen, lebensbedrohlichen Wogen schwelgte. Mein persönliches Narkoseprogramm aus Essen, Suff und riskanten Schwimmeinlagen rundete ich mit einem stressigen Job ab, indem ich die Leitung einer Schreibwarenhandlung namens *Write to Life* in den engen Gassen der Altstadt übernahm. Ich wohnte in der niedrigen Einzimmerwohnung darüber und etablierte eine feste Routine: sechs Tage die Woche Hektik im Geschäft, mit gemäßigtem Trinkverhalten am Feierabend, und einen Tag die Woche sternhagelvoll. So blieb ich effizient und betäubt zugleich. Es erschien mir sicher, fühlte sich aber auch unfassbar fragil an. Daher durfte ich auf keinen Fall zulassen, dass mein Muster gestört wurde – bis auf den einen Tag im Monat, wenn ich Dad in dem staubigen, erinnerungsgeschwängerten »Haus des Stillstands« in London besuchte. Mir als Ordnungsfanatikerin war es ein Graus, aber etwas daran zu ändern, wäre für Dad gewesen, wie ohne Mum weiterzumachen.

»Du siehst aber fit aus«, begrüßte mich Dad, wenn ich verkatert zu Besuch kam – meine Wangen noch gerötet vom heimlichen Kotzen im Garten. »Irgendwelche Neuigkeiten von Reece?«, schob er dann zaghaft hinterher, als wäre ihm der Gedanke ganz vage in den Sinn gekommen, doch ich sah die klägliche Hoffnung in seinen Augen.

»Ihm geht's gut, Dad, er hat nur sehr viel um die Ohren.«

Darauf nickte er, während seine Augen bei der Erinnerung an den missratenen »verlorenen Sohn« aufblitzten. Was für ein unsägliches, bescheuertes Gleichnis – helle Freude bei der Rückkehr des sich herumtreibenden Sohnes, klar, aber den daheim gebliebenen Trottel kann man getrost ignorieren. Nur dass Dad nie dazu kam, das gemästete Kalb für Reece zu schlachten, weil mein Bruder – unerschütterlich in seiner Überzeugung von Dads Schuld – nie nach Hause zurückkehrte.

Die ersten acht Jahre nach Mums Tod hielten Reece und ich die dürftige Verbindung am Laufen: hin und wieder ein Treffen (keine Gespräche über Dad), gelegentlich ein Telefonat (kurz mit langen Pausen), SMS an den Geburtstagen (an meinem und Mums, nie an Dads) und Weihnachtsgeschenke (seine im Kaufhaus verpackt, mit einem Nullachtfünfzehnspruch in einer Nullachtfünfzehnkarte). Die Abstände zwischen unseren Treffen wurden immer länger, während ich mir die Zeit damit vertrieb, das subtile Machtgefüge zwischen uns zu analysieren.

Reece gewann für seine Nebenrolle in der TV-Serie *Man On* – über eine Zweitligisten-Fußballmannschaft, die vom Aufstieg in die erste Liga träumt – eine kleine, ergebene Schar von Anhängern. Er spielte den Part des Teambetreuers, bei dem er sein charmantes, sportliches Ich herauskehren durfte, wenn er auf den Rasen stürmte, um einen jungen Spieler wiederzubeleben, der einen Herzstillstand erlitten hatte; oder einen Spieler, der Angst vor seinem Coming-out hatte, in einen Schwulenclub begleitete; oder einem älteren Spieler dabei half, das Ende seiner aktiven Karriere und den Wechsel zu einem Dasein als TV-Experte zu akzeptieren. Die ersten Folgen waren gerade erst ausgestrahlt worden, als ich ihn, vor fünfzehn Jahren, das letzte Mal sah. Die Treffen mit Reece setzten mir immer zu. Mit jedem Jahr wurde ich nur noch dicker, noch trauriger und noch verschlossener, wohingegen er – ganz so, als säßen wir auf einer kosmischen Spielplatzwippe – immer schlanker, immer glücklicher und immer berühmter wurde.

Ich hasse es, aus meinem gesicherten Murmelbahndasein

auszubrechen, aber Reece hatte nur »ein kleines Zeitfenster«, also hockte ich mich in den Zug zur Victoria Station und folgte Google Maps zur Bar Italia in Soho. Wir saßen auf hohen Drehhockern an dem langen, schmalen Tresen, sämtliche Wände mit italienischen Fahrradzeitschriften gepflastert. Seine dunkelbraunen Augen strahlten, die braunen Locken ungewöhnlich lang wie bei so einem spanischen Gigolo; die Jeans affig hochgekrempelt, natürlich ohne Socken in den Slippern, was ihm das Aussehen eines dekadenten, verlotterten Mitteleuropäers verlieh, gleichzeitig aber auch das eines zu groß geratenen Kindes. Ich erhaschte einen Blick auf mein Spiegelbild: Schlupflider, schlaffe Hängebacken, fleischiges Kinn; meine üppigen Rundungen in knappe Lagen schwarzer Spitze gepresst, mein kurzes schwarzblaues Haar aus dem feisten Gesicht gegelt; schwarzes Kajal um die Augen, dunkellila Lippenstift vor einer ungesunden Blässe. Ich war nicht die melancholische, faszinierende Außenseiterin, als die ich mich imaginierte, sondern eine überreizte, fette Goth-Tussi, die sich in diesem Moment der Ironie von Reece' Kindheitsspitznamen für mich – »Klitzekleines« – nur allzu bewusst war. Reece bestellte sich einen doppelten Espresso in einem kleinen weißen Tässchen, ich eine Latte Macchiato mit Schuss in einem großen Glas mit winzigem Henkel.

»Was macht das Leben in Brighton?«, fragte er, wobei er den Espresso in einem Schluck kippte und sich sichtlich Mühe gab, nicht auffällig zu glotzen, während er rätselte, wie viele Kilo ich mir seit unserem letzten Treffen draufgespachtelt hatte.

»Der Laden läuft gut.«

»Du bist da noch immer!«

»Jepp«, sagte ich und ordnete die Zuckerpäckchen so, dass sie alle in die gleiche Richtung schauten, »ich bin jetzt die Filialleiterin.«

»Hey, wenn du glücklich bist im Mekka der Buntstifte und Hello-Kitty-Radiergummis.«

»Wahnsinnig. Und du? Glüüücklich?«

»Schätze schon. Wir warten gerade noch ab, ob wir mit *Man On* eine zweite Staffel bekommen. Was wir angesichts der Kritiken definitiv sollten.«

Ich richtete die Servietten in dem silbernen Spender auf und wappnete mich. »Reece, wir müssen über Dad sprechen.«

»Nein.«

»Aber er ist mittlerweile mehr oder weniger ans Haus gefesselt.«

Er zuckte die Achseln. »Passt doch, wo er für den Mord an Mum nie eingesessen hat.«

»Dafür hast du keinerlei Beweise«, zischte ich, wobei ich meinen Kaffee verkleckerte.

»Ein Mangel an Beweisen bedeutet noch lange keine Unschuld. Er hat es getan, oder er hat sie mit seinen Wutausbrüchen dazu getrieben.«

»Das ist doch albern. Deine Beschreibung von ihm passt überhaupt nicht zu dem Bild, das ich von ihm habe.«

»Welchen Sinn hat es, das wieder und wieder durchzukauen? Fühlst du dich danach je besser?« Er glitt von seinem Barhocker, und ich dachte schon, er wolle gehen, doch er kam mit einem weiteren Espresso zurück. »Hat dir *Man On* gefallen?«, erkundigte er sich, als würden wir bloß ein Pläuschchen halten.

»Hab's nicht gesehen«, log ich, um ihn zu ärgern.

»Nun, wir haben vier Sterne im *Guardian* bekommen«, sagte er pikiert.

»Nicht fünf?«, erwiderte ich gespielt entrüstet.

»Niemand bekommt fünf.«

»Warum haben sie dann fünf?«

»Um einen unmöglichen Anreiz zu schaffen? Nicht dass du …«
»Was?«
»Vergiss es.«
Wir saßen schweigend da.
»Weißt du was, ich sollte mir einen Kuchen genehmigen!«, verkündete ich und schwang auf dem Hocker herum, um finster das ›Aufgebot‹ von Desserts in der altmodischen Glastheke hinter uns zu betrachten: klebriger Käsekuchen, geschichtete Torten, gefüllte Cannoli. »Und wenn ich vor lauter Überfressen einen Herzinfarkt bekomme, kannst du mich wiederbeleben, so wie den Fußballer im Trailer!«

»Tatsächlich könnte ich dich wiederbeleben. Ich habe der Authentizität wegen Unterricht von einem richtigen Arzt bekommen.«

»Könntest du oder würdest du?« Ich betrachtete ihn aus zusammengekniffenen Augen.

»Oh, bitte«, fuhr er mich an, »ich gebe mir hier Mühe.«

»Und ich gebe mir etwa keine Mühe?«, gab ich zurück und verlagerte meinen unförmigen Hintern auf der lächerlich kleinen Sitzfläche.

»Du bist einfach so …«
»Was?«
»Nichts.«

»Mach schon. Sag's. Ich bin was?« Ich schnappte meinen Kaffeelöffel und verpasste ihm einen Schlag auf die Knöchel.

»Autsch«, rief er, sich die Finger reibend. »Na gut. Selbstbezogen. Du bist so selbstbezogen. Wenn du einmal über dich hinausschauen würdest, nur für zwei Sekunden, und am echten Leben teilnehmen, wärst du so viel glücklicher.«

»Echtes Leben!«, spie ich ihm entgegen. »Das ist echt amüsant aus deinem Mund – *Ryan*!«

Er verzog das Gesicht.

»Nicht nur, dass du einen falschen Namen hast, nein, dein Job besteht auch noch darin, so zu tun, als ob du jemand anders wärst.«

Er sog scharf die Luft ein, dann sammelte er sich wieder wie der *Terminator 2*-Cop, der sich aus einer Silberpfütze neu formiert. »Mach jetzt keine Szene.« Er sah sich um. »Das kann ich echt nicht gebrauchen. Du hast keine Ahnung, unter was für einem Druck ich stehe.«

»Entschuldige«, murmelte ich.

Und schon waren wir zurück in unseren Rollen. Er war der Star, ich war das Publikum, Zwischenrufe verboten. Ich drehte seine Tasse so, dass sein Henkel in einer Linie mit meinem Henkel und dem metallenen Serviettenspender war.

»Ja, genau so magst du die Dinge, nicht wahr«, sagte er. »Alles ganz ordentlich, alles immer gleich. Gott bewahre, dass das Leben weitergehen könnte.« Er schnappte sich einen meiner parallel ausgerichteten Kaffeelöffel, um mir auf die Finger zu klopfen, doch ich zog sie gerade rechtzeitig weg, also ließ er den Löffel einfach fallen und zerstörte damit meine Anordnung.

Und das war's dann. Ich war so sauer, dass ich mich ein paar Monate gar nicht meldete. Danach hinterließ ich die eine oder andere übertrieben gut gelaunte Nachricht auf seiner Mailbox, die nie beantwortet wurde; dann sandte ich SMS, aber die verpufften unbeachtet in der Atmosphäre; dann gab sein Handy den Geist auf; dann kamen meine E-Mails automatisiert zurück. Schließlich, nachdem ich sorgsam mehrere Entwürfe aufgesetzt und jedes Wort abgewägt hatte, brachte ich einen altmodischen Brief zur Post. Er kam mit dem Vermerk *Empfänger unbekannt verzogen* zurück. Und da kapierte ich es endlich. Es gab gar kein sorgsam ausbalanciertes Machtgefüge zwischen uns. Ich war die Einzige hier, die unsere Beziehung endlos analysierte. Er dachte nicht einmal an mich. Er hatte alles hinter sich gelassen. Mums Tod. Unseren Dad, dem er die Schuld für Mums Tod gab. Und mich, seine letzte Erinnerung daran.

Ich habe mir die Jahre über Mühe gegeben, mich nicht darum zu scheren, was er so treibt – außer ich bin extrem betrunken –, doch die Beweise seiner Existenz sind allzu leicht zugänglich: seine Low-Budget-Filmtrailer; beim feierlichen Einschalten der Weihnachtsbeleuchtung in *Slough*; bei *Das große Promibacken* mit anderen C-Promis Muffins aus dem Ofen ziehend; bei Sketchen für die *Comic Relief*-Spendenaktion mit seinen berühmteren Comedy-Freunden; ja, sogar als Märchenvorleser im verdammten Kinderfernsehen. Ich weiß sogar, wo er heute Abend ist. Es gibt manchmal nichts Schrecklicheres, als an etwas zu denken und es dann überall zu sehen, und so hob ich, als ich das Inquisitionsbüro von Miss Beige verließ, eine liegen gelassene Ausgabe des *Evening Standard* von einem Besucherstuhl auf – und da war es auch schon, im Kulturteil: *Solving Me* – Reece' Autobiografie, die zuvor als Fortsetzung in der Zeitung erschienen war. Sie wird nun der Welt in Buchform reingedrückt. Heute Abend, um 21:30 Uhr, hält er eine Lesung in der Foyles-Buchhandlung, ein Stück weiter die Straße des Krankenhauses runter. So nah und doch so fern. Ich überfliege den Zeitungsartikel, der sich darüber auslässt, wie fantastisch »Ryan« doch sei, und zucke zusammen, als ich die letzten Zeilen lese, ein direktes Zitat von Reece: »Wie ein Anfänger, der versucht, einen Zauberwürfel zu knacken, habe ich der Öffentlichkeit bisher nur eine vervollständigte Seite von mir gezeigt, aber in diesem Buch nehme ich meine Fans mit hinter die Kulissen, um das gesamte Rätsel zu lösen.« Diese diebische kleine Ratte. Ich war früher diejenige gewesen, die super im Lösen von Zauberwürfeln war, obwohl ich vier Jahre jünger war als er, und Reece machte sich über mein Können immer nur lustig.

»Schau dir das an«, verkündete er einmal mit einem verschlagenen Grinsen und hielt den Würfel hoch, dessen Oberseite gelöst war, wobei er jedoch die bunt durcheinandergewürfelten Seiten mit seinen Händen verdeckte. »Hab's geschafft.«

»Aber der Würfel ist gar nicht fertig«, motzte ich. »Du musst alle Schritte befolgen, um ihn zu lösen.«

Er lachte nur und warf ihn beiseite.

Reece war voller Spott, als er mich später dabei erwischte, wie ich den Würfel heimlich löste. »Du konntest es echt nicht aushalten, ihn unfertig zu lassen, oder? Musstest ›alle Schritte befolgen, um ihn zu lösen‹«, zog er mich auf. »Du bist eine klitzekleine Spinnerin.«

Als ich eine Hand auf meiner Schulter spüre, werde ich in die makellos weiße Krankenstation zurückgerissen und schlage sie unwirsch weg.

»Entschuldigung – ich wollte nicht Sie erschrecken«, sagt Wollstrumpf zurückweichend. »Es ist Zeit zu gehen.«

Sie schaut mich an, als ... sei ich gefährlich. Was stimmt nur nicht mit mir?

»Oh, okay.« Ich räuspere mich. Nach drei extrastarken Minzpastillen ist meine Kehle fürchterlich trocken.

Sie wendet sich ab, aber ich greife ihren Arm. Ihre Augen weiten sich erschrocken.

»Danke fürs Bescheidgeben«, bringe ich zögernd hervor.

Sie nickt stirnrunzelnd, und ich lasse sie los.

»Ich bin übrigens Hannah. Tut mir leid, dass ich so wortkarg war.« Meine Haut scheint unter der Anspannung einfachster Höflichkeitsfloskeln reißen zu müssen.

»Ist schon gut. Es ist so schwer. Ich verstehe.« Sie reicht mir ihre Hand. »Ich bin Loreta.«

»Hi, Loreta. Ich … mir gefällt übrigens, wie farbenfroh Sie es sich eingerichtet haben«, sage ich und deute auf die ungewöhnlich bunte Decke über ihrem Dad.

»Danke sehr. Das ist unsere litauische Flagge«, sagt sie, »um ihn zu erinnern an Heimat.«

Aber ja, natürlich. Das Laken ist eine einzige große Flagge in Senfgelb, Waldgrün und Backsteinrot.

»Schöne Idee.«

Sie lächelt, doch selbst diese simple menschliche Verbindung überfordert mich.

»Ich wollte Sie nicht wecken«, entschuldigt sie sich, »aber es ist zwanzig Uhr, Zeit für nach Hause gehen.«

»Oh, ach du liebe Güte, ich muss los.« Ich drücke Dad einen flüchtigen Kuss auf die Wange und hoffe inständig, dass er die Nacht überlebt.

»Ein Rendezvous?«, erkundigt sie sich.

»Nicht ganz. Ich treffe gleich einen Filmstar.«

KAPITEL VIER

Es ist fünfzehn Jahre her, aber die Tottenham Court Road ist immer noch eine einzige Ansammlung von Möbelgeschäften: dicke gemütliche Sessel, elegante minimalistische Schreibtische, schwarze balinesische Kommoden, stattliche Regency-Betten und riesige geometrische Leuchten – so viele Arten, ein Heim auszustatten, wenn ich denn eins hätte. Dads Zuhause ist nicht mehr meins; es ist ein historischer Ausstellungsraum, und ich bin die gruselige Wachspuppe, die inmitten der Überbleibsel von Reece' und meiner Kindheit aufgestellt wurde.

Ich werde mich einfach ganz hinten in seine Lesung hocken und abwarten, ob ich mich überwinden kann, ihn um Hilfe zu bitten. Im Zweifelsfall wird er nie erfahren, dass ich dort war, und er würde mich ohnehin nicht erkennen. Ich bin fünfzehn Jahre älter und verbrauchter; er kennt mich nur mit kurzem Haar, und, was das Beste ist, ich bin versehentlich zu einer »Nachher«-Version eines »Vorher«-Fotos aus einer Diätzeitschrift abgespeckt. Aber ohne dieses nervige Zahnpastagrinsen, das die »Nachher«-Leute aufsetzen, da ich mich schlanker nicht besser fühle, sondern einfach nur schlechter verankert. Mein krasser Gewichtsverlust hat nicht nur meine Kleidergröße verändert, sondern auch die gesamte Struktur meines Gesichts, die Proportionen meiner Züge. Ich hatte das letzte halbe Jahr in Brighton durch all den Stress meiner kollabierenden Existenz und den erhöhten Alkoholkonsum schon fünfundzwanzig Kilo abgenommen. Und seit ich wieder in London bin, habe ich es Dad bei seiner kargen Kost gleichgetan und hatte oft Magenschmerzen und Durchfall von den Wagenladungen Obst, die ich in mich reinstopfe. Ich habe nämlich Mums Obstobsession übernommen, wenn auch auf meine eigene animalische Art. Sie machte gern eine Zeremonie daraus, wenn sie an ihren dünn aufgeschnittenen Granny-Smith-Äpfeln knabberte, sinnlich die gekonnt ausgelösten Orangenspalten hinunterschluckte und ihre zartrosa Quitten-Konfitüre von ihren winzigen Silberlöffelchen leckte.

Ich bin bei meiner Obstvernichtung weitaus weniger raffiniert und verputze bergeweise ungewaschene, ungeschnittene Früchte, aber zum ersten Mal in meinem Leben bin ich schlank – die perfekte Tarnung.

In einem Tesco-Supermarkt kaufe ich mir eine kleine Flasche Wodka. Im Schaufenster der Drogerie daneben erblicke ich eine Reihe abgetrennter Puppenköpfe mit bunten Perücken und kaufe mir ein blondes Exemplar samt einer dick gerahmten Sonnenbrille. Ich gehe ganz in meiner Rolle als *Komparse Nr. 3* auf, ein Part ohne Text, für den die Regieanweisung lautet: *In der Menge untertauchen und bloß nicht auffallen.* Es ist eine Rolle, die ich jahrelang perfektioniert habe.

Als ich die Kreuzung zwischen der Tottenham Court Road und Oxford Road erreiche, schüttet es, als hätte man eine himmelgroße Badewanne umgekippt. Ich eile die Straße weiter, wobei ich Ausschau halte nach der vertrauten Eingangstür der Foyles-Buchhandlung. Aber als ich an der Ecke eintreffe, wo der Laden sein soll, bin ich in der Matrix gelandet. Er ist schlicht nicht da. Wie bitte soll Reece eine Lesung in einem nicht existenten Laden abhalten? Als ich durch den herabstürzenden Regen die Straße hoch- und runterschaue, erhasche ich dann doch die vertrauten rot leuchtenden Buchstaben des *Foyles*-Schriftzugs – wenn auch weiter die Straße hoch als gedacht. Das große, klotzige, schon immer da gewesene Gebäude, das ich als Kind besucht hatte, ist irgendwie die Straße hochgewandert. Benommen gehe ich weiter, bleibe jedoch nicht vor den alten, schweren Türen meiner Erinnerung stehen, sondern vor eleganten Schiebetüren aus Glas, die aufgleiten, um eine endlose, von Wänden befreite Bücherlandschaft zu enthüllen, die sich um einen gläsernen Kern zentriert. Es ist ein komplett neuer Verkaufsraum. Ich erwarte schon, dass das ganze Ding sich jeden Moment grün flimmernd in einem Meer aus binären Codes auflöst.

Ich trete einige Schritte zurück und sehe an dem regennassen Schaufenster hoch – und da ist Reece, keinen halben Meter entfernt, und lächelt mich mit seinem berühmten verschmitzten Grinsen an. Vor Schreck stolpere ich von der Bordsteinkante, und ein Auto kommt mit kreischenden Bremsen nur Zentimeter vor mir zu stehen. Ich springe wieder auf den Bürgersteig, aber Reece scheint völlig ungerührt. Wie kann es sein, dass er meine Existenz nicht mal zur Kenntnis nimmt?

Dann hebt eine junge Frau ihn hoch. Reece ist bloß ein lebensgroßer Pappaufsteller. Als sie ihn zurechtgerückt hat, trete ich näher. Nach fünfzehn Jahren sieht er immer noch unverändert aus, nur seine Züge sind definierter – die braunen spitzbübischen Augen, die schmale, gerade Nase, die dichten Augenbrauen und der dunkle Lockenschopf. Aber sein Lächeln ist zu einem eigentümlich schiefen Grinsen verewigt – als Kind hat er nie so gelächelt. Sein Körper wirkt gänzlich entspannt, so, als rauche er auf einem Madrider Platz einen eleganten Zigarillo. Er trägt einen weichen, locker sitzenden blauen Anzug, an den Knöcheln einen Tacken zu kurz, und ein blassrosa Hemd, die beiden obersten Knöpfe geöffnet. Er ist viel größer und breiter als Dad, nicht ganz so drahtig, aber mit ähnlich dunklem Haar. Sein eigentlicher Charme stammt von Mum – diese angeborene Lockerheit und Geschmeidigkeit, diese intensiv blickenden Augen. Doch es ist seine jungenhafte Haltung, die mich erschüttert: die sanfte Krümmung seiner

Schultern, das leicht gereckte Kinn, das nach vorne gelagerte Gewicht ... all das lässt unwillkürlich meine Erinnerungen lebendig werden. Im Bruchteil einer Sekunde bin ich wieder seine kleine Schwester, ein »Ich«, von dem ich dachte, es wäre völlig ausgelöscht worden.

Angesichts meines sperrangelweit aufgeklappten Kiefers war es wohl gut, einen Probelauf für das Wiedersehen zu bekommen. Normalerweise lasse ich mich bis zur völligen Gefühllosigkeit volllaufen, aber das hier ruft mir in Erinnerung, dass ich stets nur einen winzigen Schritt vom emotionalen Zusammenbruch entfernt bin. Ich trete endlich durch die Schiebetüren und steuere einen großen Verkäufer in einer Paisley-Weste an.

»Hi, ähm, wo ist denn die Reece ... Ryan-Patterson-Lesung später?«, frage ich beiläufig.

»Gesellen Sie sich einfach zu der Polonaise«, erwidert er galant und deutet auf eine Schlange von Frauen, die sich die Glastreppe in der Mitte hochwindet.

»Oh, okay. Gibt es hier auch eine Toilette?«

»Vierter Stock.«

Ich gehe hoch und finde mich entsetzt inmitten eines aufgeregten Haufens von Verehrerinnen mittleren Alters wieder. Obwohl natürlich auch mein Körper mittleren Alters ist, egal, wie kindisch ich mich gerade fühle. Auf dem Klo ziehe ich mir meine lange blonde Perücke über, und in dem harsch beleuchteten Spiegel der Damentoilette erblicke ich eine abgehalfterte Version von diesem *Thor*-Darsteller aus den Marvel-Filmen – also, wenn Thor nach Jahren brutaler Gefangenschaft ein Alkoholproblem entwickelt hätte. Herrjemine. Ich klappe meinen Mantelkragen hoch, setze meine getönte Brille auf und gönne mir einen ordentlichen Schluck Wodka. Dann stelle ich mich am Ende der Schlange an, direkt hinter einer grauhaarigen Frau in violetter Steppjacke, die Reece' Buch an ihre Brust gedrückt hält.

»Aufregend, nicht wahr?«, schwärmt sie.

»So was von«, erwidere ich.

»Ich habe ihn schon mehrmals live gesehen ... bei den Dreharbeiten zu *Man On* in Pinewood.«

»Genial.«

»Natürlich wird *Muerte* in Spanien produziert, ohne Zuschauer. Sie drehen die Serie sogar ›auf Film‹«, berichtet sie ehrfurchtsvoll.

Die sprichwörtliche Kirsche auf der vielschichtigen Sahnetorte, die Reece' Karriere darstellt, ist, dass er ernsthaft eine Hauptrolle ergattert hat, in der er einen Kommissar spielen darf: Detective Ralph Pennington, in einer neuen *BBC*-Serie namens *Muerte* (Spanisch für »Tod« – wette, die Produzenten haben sich den Rest des Tages freigenommen, als sie auf den Knallertitel kamen). Jedenfalls ein unterhaltsames Drama um skurrile Mordfälle unter britischen Auswanderern in Spanien. Der Vorspann der Serie, untermalt mit einer schmissigen Melodie, besteht aus einem Zusammenschnitt von Szenen, in denen sich Reece in diversen klischeehaft spanischen Settings tummelt: hoch zu Ross, ohne Sattel an einem palmengesäumten Sandstrand; im Kostüm eines Matadors einem Stier ausweichend; eine Bühne voller schockierter Flamenco-Tänzerinnen stürmend. Er endet mit der Großaufnahme einer Aktenmappe, die den Stempel RESUELTO bekommt. Man könnte meinen, jemand hätte sich einen Spaß erlaubt, aber das ist tatsächlich das spanische Wort für »GELÖST«.

Die Warterei zieht sich eine gute Stunde. Ich stehle mich zweimal aufs Klo zurück, um mir mehr Wodka einzuflößen. Meine gesteppte Mitstreiterin kommt in ein Gespräch mit anderen Fans, und es ist wirklich schräg zu hören, wie sie Reece sehen. Sie diskutieren seine Serien, seine Sketche für *Comic Relief*, seine Twitterposts, seine Freundinnen. Kichernd lesen sie einen Promifragebogen von ihm durch:

Wen lieben Sie am meisten?
»*Meinen Hund, Baxter.*«
Also nicht mich? Oder Dad?
Welchen Zug an sich mögen Sie am wenigsten?
»*Dass ich ein Perfektionist bin.*«
Also nicht, dass du deinem Vater das Herz gebrochen hast ... und so tust, als hättest du keine Schwester?
Wenn Sie eine Sache an Ihrem Leben ändern könnten, was wäre das?
»*Wie lässt sich etwas Perfektes überhaupt verbessern?*«
Oh, ich weiß auch nicht ... Du könntest dich vielleicht bei deiner völlig entzweiten Familie melden, du Arsch.

Zwischen all diesen bewundernden Fans wird mir klar, wie besorgniserregend berühmt Reece allmählich wird. Er ist eine richtige Persönlichkeit – ein Mann, wie er im Buche steht. Während ich mehr so ein Gnom unter der Brücke bin.

Endlich strömen wir über die polierte Holztreppe in einen großen, industriell anmutenden Loft mit abgehängter Decke, die von kreuz und quer verlaufenden silbernen Rohren und sich überlappenden elektrischen Kabeln geziert wird. Ein elfenhaftes Mädchen in einer kurzen schwarzen Tunika nimmt die Tickets entgegen.

»Oh, mir war nicht klar, dass man eine Eintrittskarte braucht«, sage ich.

»Sie haben Glück – ich habe gerade eben eine zurückbekommen«, erwidert sie. »Die Show war innerhalb von Minuten ausverkauft – Ryan ist wie Glastonbury!«

Ich schlucke.

Meine gesteppte Freundin flitzt zu einem Sitzplatz ganz vorne, während ich mich in die letzte Reihe hocke und mir einen heimlichen Schluck von meinem Wodka genehmige. Überall sind Fotos von Reece vor dem knallroten Hintergrund des Buchumschlags zu sehen: zwei weitere Pappaufsteller, ein riesiges projiziertes Bild hinter der Bühne und dann noch zwei große senkrechte Banner zu beiden Seiten eines Tisches, auf dem sich die Bücher stapeln. Rot mag ja die Farbe von Blut sein – aber Dad wäre einfach nur empört über diese Anspielung auf Arsenal London.

Eine spürbare, sirrende Spannung hängt in der Luft. Endlich kommt ein etwas gebückter älterer Herr mit stilvoll geschorenem schütterem Haar aus einer weißen Tür links und betritt die aus bemalten Paletten zusammengezimmerte Bühne.

»Guten Abend ... wenn ich um Ihre Aufmerksamkeit bitten dürfte«, sagt er in das Mikro in seiner Hand. Die schwelende Aufregung beruhigt sich etwas. »Vielen Dank. Ich bin Alex Canning, Buchkritiker für den *Guardian*, und ich habe heute die Ehre, Mr Patterson nach einem kleinen Auszug aus seinem Buch *Solving Me* für Sie zu interviewen.«

Stichwort: freudiges Jauchzen.

»Mr Patterson ist uns als Schauspieler wohlbekannt, doch heute darf ich Ihnen seine faszinierende, oftmals lustige, aber auch höchst bewegende Autobiografie vorstellen, die für uns alle eine Offenbarung war. Ohne viele Worte zu verlieren, übergebe ich nun an ... Ryan Patterson!«

Stichwort: wilder Beifall.

Die schlichte weiße Tür geht auf – und heraus kommt Reece.

KAPITEL FÜNF

Reece ist mir auf geradezu erschütternde Weise vertraut. Ich sollte ihn vielleicht an den Füßen kitzeln, um zu sehen, ob er länger aushält als ich, bevor er loslacht. Er trägt seine typische zu weit hochgekrempelte Jeans, ein zerknittertes Leinensakko und etwas abgewetzte, schnieke Slipper ohne Socken. Er ist noch schlanker als sonst, und die modelmäßigen Wangenknochen schärfen seine Schönheit nur noch mehr. Ich kenne diese schlendernde Gangart nur zu gut. Er hat die Galerie in Begleitung einer geglätteten Blondine betreten, die sich hinter den Büchertisch setzt. Er wirft ihr ein jungenhaftes Lächeln zu, während ich auf meinem Stuhl tiefer rutsche. Hierherzukommen war eine bemerkenswert dämliche Idee.

Er hebt die Hände in einer übertrieben bescheidenen Geste, um den Applaus zum Verstummen zu bringen.

Das Publikum ist verzückt.

»Hi«, sagte er charmant und bedenkt seine Zuhörerschaft mit seinem seltsam melancholischen Halblächeln. »Es ist mir eine echte Ehre, hier zu sein. Aber ich muss zugeben, dass ich ziemlich nervös bin.«

Ungläubige Laute aus dem Publikum.

»Nein, im Ernst. Ich habe keinerlei Problem damit, anderer Menschen Worte auszusprechen, aber meine eigenen vorzulesen, gibt mir das Gefühl ... nackt zu sein.«

Zweideutige »Oooh«s.

»Also, wenn Sie mir versprechen, nachsichtig zu sein, werde ich Ihnen nun einen Auszug vorlesen und mich dann mit dem liebenswürdigen Alex hier unterhalten, um einige Fragen zu beantworten.« Alex errötet, während Reece hinter ein Pult tritt, sein Buch aufklappt und einen Post-it-Zettel abzieht. Die Lichter werden gedimmt, bis auf ein Bündel von Scheinwerfern, die auf ihn gerichtet bleiben.

»Dieser Abschnitt hier behandelt einen besonders persönlichen Moment in meinem achtzehnten Lebensjahr.«

Wie bitte? Ich dachte, das hier sei eine Promibiografie, Fan-Futter, ein unbeschwerter Blick hinter die Kulissen von *Muerte*. Nicht seine Kindheit. Unsere Kindheit. Ich muss hier weg. Aber die schrecklich schmale Lücke zwischen den Stuhllehnen und der Wand würde meinen Abgang alles andere als unauffällig machen.

»Wer nicht wagt ...«, sagt Reece, das Motto seiner Rolle als Detective wiedergebend.

Leises Gekicher im Raum, dann fängt er an zu lesen.

»Meine Reise als Schauspieler begann lange bevor ich überhaupt an Auftritte dachte. Meine frühen Lebensjahre bergen eine dunkle Seite, die meiner berühmten Rolle als Detective eine gewisse traurige Ironie verleiht. Das Ganze war immer viel zu schmerzhaft, um öffentlich darüber zu reden, aber nun möchte ich mich dem stellen, was mich dorthin geführt hat, wo ich heute in meinem Leben stehe. Es war Freitag, der 4. Oktober 1996. Ich war gerade erst achtzehn geworden, hatte mein Abitur frisch in der Tasche und einen letzten unbekümmerten Sommer zu Hause genossen. Am nächsten Tag sollte ich mein Studium der Medizin in Cambridge aufnehmen. Es war ein herrlich frischer Herbsttag, der letzte normale Tag, den ich je wieder haben sollte.«

Normal? Aber Mum, Dad und Reece waren an dem Nachmittag alle so komisch drauf, so angespannt. Mum verließ das Haus, ohne Tschüss zu sagen, und Reece knallte nur Minuten später die Haustür hinter sich zu. Mein gesamter Körper wummert unter meinem Mantel, die Innenseite meiner Perücke kratzt, und Schweiß rinnt mein Gesicht hinab. Dieser Gnom hier muss schleunigst unter seine Brücke zurück und sich einen großen Schluck genehmigen.

»An jenem Abend, unter einem orange strahlenden Sonnenuntergang, spielte ich auf dem Kunstrasenfeld an der nördlichen Londoner Ringautobahn zum Abschied ein stürmisches Fünferfußball-Match mit meinen Schulkameraden und versenkte den Siegestreffer. Danach gingen wir auf ein paar Bier in den Mossy Well Pub in Muswell Hill. Es war der letzte sorglose Drink, den ich je wieder haben würde. Ich ging so in dem Augenblick auf, war auf so einfache Weise glücklich – und so ahnungslos, welche Tragödie mir bevorstand. Kurz nach dreiundzwanzig Uhr kam ich müde, aber vergnügt nach Hause.«

Vergnügt? Reece knallte die Tür heftig zu, wollte nichts zu Abend essen und marschierte direkt nach oben. Ich bin wieder zurück, dort in unserem Wohnzimmer, und höre seine Schritte die Treppe hochstapfen, höre Dads abruptes »Alles bestens«, als ich ihn frage, ob es ihm gut gehe, weil er so einsilbig ist und weil ich den unregelmäßigen Ring aus eingetrocknetem Rotwein am Rand seines Trinkglases sehen kann, das er immer wieder auffüllt.

Wie kann Reece das nur weiter vorlesen? Doch er tut es.

»›Ich bin am Verhungern?‹, sagte ich, als ich ins Wohnzimmer kam, wo mein Vater und meine kleine Schwester sich eine Quizshow ansahen.

›Nicht so laut, Sohn, Mum hat sich etwas hingelegt‹, meinte mein Vater lachend.

›Es gibt noch Käsetoasts, wenn du magst‹, sagte meine Schwester.«

Also komme ich auch in diesem grotesken Stück vor. *Nur dass ich eine Lasagne gebacken hatte, weil wir das die Woche erst in Hauswirtschaft gelernt hatten – und keiner hat sie gegessen. Die Schnappschüsse meiner Erinnerung fügen sich zu Stücken eines* zusammenhängenden Fotofilms, aber Reece' Worte verpfuschen den Abzug.

»Ich weiß nicht, ob es der viele Käse am späten Abend war oder doch eine Art dunkle Vorahnung, aber ich schlief in jener Nacht fürchterlich. Am nächsten Morgen war ich früh wach, ein bisschen verkatert vielleicht, und machte mich gerade fertig, um von Dad nach Cambridge gefahren zu werden, als es an der Tür klingelte und ich zwei Gestalten durch die Buntglasscheibe der Haustür sah. Ich öffnete – vor mir standen eine Polizistin in Uniform und ein ernster junger Mann in dunklem Trenchcoat.

›Dürfen wir reinkommen?‹, fragte die Polizeibeamtin.

Meine Schwester, mein Vater und ich gingen ihnen ins Wohnzimmer voran.

›Ich muss Ihnen leider mitteilen, dass man eine Leiche im Wald hinter Ihrem Haus gefunden hat‹, begann sie. ›Ich möchte Sie nicht unnötig beunruhigen, aber wir haben Grund für die Annahme, dass es sich um Jennifer Davidson handeln könnte.‹

›Das ist unmöglich. Wie kommen Sie drauf?‹, platzte ich heraus.

›Aufgrund einer fransenbesetzten lila Umhängetasche samt Ausweispapieren‹, erwiderte sie.

Dad stöhnte leise auf. Wir wussten alle, dass es Mums Tasche war. Alles passierte wie in Zeitlupe, als unser Vater ungläubig zurücktaumelte. Ich schrie, dass sie sich irrten und dass ich Mum gleich holen würde, wobei ich schon die Treppe hochrannte.

›Sie ist nicht da!‹, rief ich, als ich wieder nach unten eilte. ›Aber das muss nicht heißen, dass …‹

›Haben Sie ein aktuelles Foto Ihrer Mutter?‹, erkundigte sich der Mann in dem dunklen Trenchcoat.

Da mein Vater nur stockstarr dastand und meine Schwester zu weinen anfing, nahm ich ein gerahmtes Foto vom Kaminsims:

Mum in einem grünen Cocktailkleid, das lange blonde Haar hoch aufgetürmt, lachend.

›Reicht das hier?‹, fragte ich.

Der Mann in dem Trenchcoat nickte und verließ das Haus.

Wir warteten zusammen im Wohnzimmer, während Dad uns versicherte, dass es natürlich ein Irrtum sei, selbstverständlich sei es das – Mum verlor ständig irgendwelche Dinge, und sie übernachtete schließlich nach einer Party oftmals bei Freunden, nicht wahr? Die Polizistin sah stumm dabei zu, wie wir uns Hoffnungen zusammenspönnen.«

Tränen rinnen über mein Gesicht. Ich sollte die Faust in den roten Feuermelder an der Wand rammen, um das hier zu beenden. Alles spult sich in meinem Kopf ab. *Die Polizistin mit dem Pferdeschwanz und der kraterhaften Pockennarbe über ihrer linken Augenbraue lächelt mich bekümmert an. Die Zeiger der kleinen goldenen Kutscheruhr auf dem Kaminsims kriechen im Kreis. Ich verbrenne mir die Zunge an dem Tee, den Reece mir reicht.*

»Aber ich wusste, dass Mum es sich niemals hätte nehmen lassen, sich von mir zu verabschieden – dass irgendwas Schreckliches sie davon abgehalten haben musste. Der Mann in dem Trenchcoat kam eine halbe Stunde später wieder und bestätigte die Übereinstimmung mit dem Foto. Mein Vater hatte seine wunderschöne, kluge Frau verloren, meine Schwester und ich hatten unsere geliebte Mutter und beste Freundin verloren. Sie hatte sich ein Küchenmesser in die Brust gerammt.«

Das Publikum schnappt nach Luft, und Reece legt eine Kunstpause ein.

Ich sehe, wie Dads Gesicht sich zitternd verzieht, bevor sein Kopf unter der Nachricht einknickt – dann hebt er den Blick zu Reece, und Reece' wogender Schmerz scheint sich zu steinhartem Granit zu ballen, während er starr Dads Blick erwidert.

»Ich werde nie erfahren, warum sie es getan hat. Sie war eine ungewöhnliche, eine komplexe Frau, die so lange still gelitten haben musste, bis sie an jenen Punkt der Verzweiflung gelangte, an dem sie ihre geliebte Familie verließ. Ihr Tod ist der Grund, warum ich mich öffentlich im Bereich psychische Gesundheit engagiere und die Arbeit der Telefonseelsorge bei Comic Relief unterstützt habe.«

Selbstmord? Diese Theorie wurde damals schon als falsch entlarvt. Oder etwa nicht? Ein Fremder hatte sie ermordet. Und das nach all den Schuldzuweisungen an Dad, Reece. Jetzt behauptest du, dass Mum sich umgebracht hätte – und dass du dich deswegen letztes Jahr bei der Comic-Relief-Spendenaktion als Huhn verkleidet hast. Ich sollte mich schreiend und kratzend auf dich werfen.

»An jenem Tag musste ich eine Entscheidung treffen. Sollte ich in der unerträglichen Trauer untergehen, den Blick stets nach hinten gerichtet, ein Leben voller Zorn und Bedauern? Oder sollte ich tun, was Mum gewollt hätte? Stark bleiben und mein Leben weiterleben, als Zeugnis an sie. Unser geliebter Hund, Feynman, war nur eine Woche vor Mum gestorben, und sie sagte damals zu mir und meiner Schwester, dass, ja, es furchtbar traurig sei, aber wie schlimm es für ihn wäre, wenn wir seinetwegen nur Trübsal blasen würden, statt uns an all das Glück und die Freude zu erinnern, die er uns gebracht hatte. Gleich am nächsten Tag ging sie zum Tierheim und kam mit einem Katerchen nach Hause. Mum weigerte sich, nach hinten zu schauen; sie blieb immer nach vorne gerichtet, das Gesicht dem Wind zugewandt, das Neue begrüßend. Ich beschloss, ihr nachzueifern. Direkt nach der Beerdigung zog ich von zu Hause fort, um mein Studium in Cambridge zu beginnen. Und seither habe ich das Leben am Schopf gepackt und es ordentlich durchgeschüttelt – so, wie auch sie es immer getan hatte.«

Er klappt das Buch zu.

Es folgt andächtiges Schweigen.

Ich presse mich in meinen Stuhl, umklammere die Kanten der Sitzfläche so, dass sie bersten müssten.

Dann ertönt eine gewaltige Woge von Applaus, und die Leute um mich herum stehen Beifall rufend auf.

Ist es wirklich das, woran er sich erinnert? Oder erinnere ich mich falsch? Im letzten Teil schreibt Reece ganz klar von mir – ich bin diejenige, die »in der unerträglichen Trauer untergegangen« ist, die »ihren Blick stets nach hinten gerichtet hatte, ein Leben voller Zorn und Bedauern«. Die Demütigung brennt so heftig, dass mir die Luft wegbleibt.

»Vielen Dank, Ryan, es muss schwer gewesen sein, das vorzulesen«, ergreift Alex das Wort, als sie einander gegenüber Platz genommen haben.

»Ja, aber es ist auch eine Erleichterung«, sagt Reece, sich auf seinem Sessel zurücklehnend. »Ich wollte offen sein, was die Dinge angeht, die hinter dem Menschen stehen, der ich heute bin. Aber«, bemerkt er stirnrunzelnd, »darüber hinaus wollte ich allen Menschen, die eine schlimme Zeit durchmachen, zeigen, dass es möglich ist zu überleben. Dass es möglich ist, einen unvorstellbaren Schmerz zu erfahren und doch ein reiches, erfülltes Leben zu haben. Wer nicht wagt, der nicht gewinnt.«

Es folgt eine weitere Woge von Applaus. Gott, hält er sich ernsthaft für seine Fernsehrolle?

»Warum gerade dieser Zeitpunkt für Ihre Autobiografie? Sie sind doch ein recht junger Mann«, bemerkt Alex kokett.

»Ich bin nun schon vier Jahre älter, als meine Mutter werden durfte. Sie war eine so lebhafte und großartige Person, doch sie kam nie dazu, auf ihr Leben zurückzuschauen. Ich wollte meine Gedanken zu meinen ersten vierzig Jahren sammeln, solange ich mich noch an sie erinnern kann.«

»Nun, wir sind froh, dass Sie es getan haben!«

Applaus.

Sie plaudern noch eine Weile über Reece' Schreibprozess und so Kram. Reece ist einundvierzig, und ich bin siebenunddreißig. Ich bin mir der Zahlen absolut bewusst, doch plötzlich kapiere ich, was sie bedeuten. In nur wenigen Wochen, am Todestag unserer Mutter, werde ich so lange gelebt haben, wie ihre gesamte Lebensspanne dauerte. Sie war so entsetzlich kurz. Wie viel mehr hätte sie noch getan, wenn sie die Zeit dazu gehabt hätte? Reece hat seine schillernde, bilderbuchmäßige Laufbahn. Was aber habe ich derweil getan?

»Uns bleibt noch etwas Zeit für ein paar Fragen aus dem Publikum«, sagt Alex und reißt mich damit zurück in den Raum. »Emma, wärst du so freundlich?«

Das elfenhafte Mädchen vom Einlass hält ein Mikro in das aufgeregte Gewedel von Händen.

»Danke schön«, sagt eine schlanke Frau mit grauer Flechtfrisur. »Ich wollte fragen, wie Sie sich auf eine Rolle vorbereiten – was ist Ihre Herangehensweise?« Und so geht's gerade weiter. »Wie nah ist der Charakter von Detective Ralph Pennington an Sie angelehnt?« »Welche Rolle würden Sie gerne mal übernehmen?« »Welche ist Ihre liebste Hauptdarstellerin?« »Wären Sie gerne der nächste Dr. Who?« »James Bond?« Reece bleibt witzig und besonnen. Die Fragen drehen sich allesamt um seine Arbeit, und meine Aufmerksamkeit schweift in dem dümmlichen Gequassel ab.

»Uns bleibt gerade noch Zeit für eine letzte Frage«, höre ich Alex sagen. »Sollen wir diesmal jemanden von ganz hinten nehmen, Emma? Ja, die Dame mit dem langen blonden Haar?«

Ich schaue mich um, um zu sehen, wem sie sich nähert, doch sie sieht direkt mich an. Ich trage eine blonde Perücke und habe – unerklärlicherweise – meine Hand gehoben. Sie schiebt das Mikro vor mich hin, und ich erhebe mich wacklig von meinem Platz.

»Vielen Dank«, sage ich.

Reece' Augen weiten sich kaum merklich, als sie meinen begegnen.

»Hi. Ich bin ein RIESEN-Fan Ihrer Arbeit, *Ryan*, aber ich wollte Sie mal fragen …« Ich halte inne und sehe, wie er schluckt. »Ich persönlich LIEBE ja die Vermischung von Comedy und Mord in Ihrer Serie, manche jedoch könnten sagen, es sei unsensibel und morbide. Was, meinen Sie, hätte Ihre Mutter davon gehalten – in Anbetracht ihres ›Selbstmords‹?«

Reece ist blass geworden, doch er bleibt der stets vollendete Darsteller.

»Sie hätte die Serie geliebt«, erwidert er, das Kinn gereckt. »Vor allem die unbedarfte Realitätsflucht darin – Unterhaltung pur eben. Außerdem war meine Mutter immer für Spannung zu haben.« Sein Blick flackert ganz kurz zu mir, bevor er sich im Raum umschaut. »Unsere Geschichten bieten den Menschen die Befriedigung eines Happy End, das uns im echten Leben leider nicht oft beschert ist – wie ich selbst nur allzu gut weiß.«

Seine Zuhörer nicken, als wäre er Ghandi. Er richtet den Blick wieder auf mich und hebt eine Augenbraue.

»Eine interessante Frage, vielen Dank«, sagt er mit Endgültigkeit in der Stimme.

»In Ordnung«, schaltet sich Alex ein, »das war eine gute Frage zum Abschluss.«

Ich sacke auf meinem Stuhl zusammen.

»Ryans Buch können Sie am Ausgang erwerben, und wenn Sie Ihre Ausgabe signieren lassen wollen, stellen Sie sich bitte hier drüben an.«

Ich reihe mich hinter meiner gesteppten Freundin in die

Schlange, wobei ich mich fühle wie ein Käfer, der jahrelang in erkalteter Lava gefangen war. Doch nun ist der Vulkan plötzlich wieder aktiv, und ich erwache hustend und spuckend zum Leben. Die gesamten zehn Minuten, die es bis vorne dauert, brodle ich vor mich hin, während ich den Fans zusehe, die sich vor Freude überschäumend um Reece scharen. Hin und wieder blickt er auf, als würde er sich im Raum umsehen, aber in Wirklichkeit vergewissert er sich nur meiner Position in der Reihe.

»Wirklich faszinierend«, schwärmt meine gesteppte Freundin. »Dieses Kapitel erklärt dieses gewisse Etwas, das er an sich hat, nicht wahr?«

»Er hat es definitiv an sich«, erwidere ich.

»Und ich wusste ja gar nicht, dass er eine Schwester hat? Wir waren zu Hause sieben Geschwister«, quasselt sie weiter. »Haben Sie Geschwister?«

»Nein. Mein Bruder ist tot ... schon lange.«

Reece sitzt neben der gertenschlanken Blondine, mit der er reingekommen ist. Sie klappt die Bücher der Leute an einer zum Signieren geeigneten Seite auf und sorgt für den reibungslosen Ablauf.

Und schon reicht meine gesteppte Freundin ihm ihr Buch.

»Vielen Dank, Ryan«, sagt sie. »Tut mir leid, darf ich Sie Ryan nennen?«

»Sie dürfen mich nennen, wie Sie wollen«, sagt er lachend.

»Zukünftiger Ehemann, also?«

»Oh, ich habe es wohl nicht anders gewollt, oder?«, erwidert er schmunzelnd, während er mit der linken Hand seine geschwungene, extravagante Unterschrift aufs Papier setzt. Ich kann mich noch erinnern, wie er sie mit zehn in einem Schulheft auf dem Küchentisch übte und dabei verkündete, dass er eines Tages berühmt sein würde.

Und nun ist »eines Tages«.

Meine Freundin zwinkert mir über die Schulter zu und tritt beiseite.

Reece bedenkt mich mit einem Nicken.

Ich halte ihm mit zornigem Blick mein Buch hin.

»Und für wen darf ich unterzeichnen?«, fragt er mit einem Feixen.

»Desdemona«, erwidere ich mit Nachdruck.

Er hebt minimal eine Augenbraue. »Shakespeares wunderschöne Heldin. Ich musste die arme Frau Abend für Abend im Nationaltheater erdrosseln«, sagt Reece zu der versammelten Menge, die seinen mörderischen Witz mit nervösem Gekicher quittiert. »Was das Publikum jedoch nicht sehen konnte, war, dass besagte Schauspielerin mir jeden Abend die Zunge rausgestreckt hat, um mich zum Lachen zu bringen!« Jetzt entspannen sich die Fans und lachen schallend los.

»Sie starb durch Lügen«, platze ich heraus.

»*Töte mich morgen, lass mich heut noch leben*«, erwidert er ruhig, Desdemona zitierend, doch es scheint wie ein Befehl an mich. Er hält meinem Blick stand – da ist ein winziger Funken unserer alten Verbindung –, bevor er in seine offizielle Rolle zurückgleitet. »Also gut ... Desdemona«, sagt er, während er etwas in meine Ausgabe schreibt.

Das sieht nach mehr als nur einer Unterschrift aus.

»Mein Herr, Sie verwöhnen mich – Adel verpflichtet wohl«, bemerke ich sarkastisch. Reece blickt hoch bei meiner Anspielung auf die Ferrero-Rocher-Werbung, über die wir uns als Kinder lustig gemacht hatten.

»Danke, dass Sie mein Buch erworben haben«, sagt er, als er es mir zurückreicht.

»Sie verfügen eben über große Einbildungskraft«, erwidere ich, und er verengt die Augen.

»Nun denn, danke für Ihr Kommen«, schließt er und wendet sich der Nächsten in der Schlange zu,

Ich rühre mich nicht vom Fleck.

Die geglättete Blondine lächelt mich mit zusammengepressten Lippen an. »Vielen Dank, dass Sie Ryan heute unterstützt haben«, sagt sie, »aber es warten noch so viele Leute, er muss jetzt weitermachen.«

Das kann es doch nicht gewesen sein. Nach fünfzehn Jahren!

»Reece!«, stoße ich aus.

Die geglättete Blondine reißt die Augen auf und wedelt hektisch mit der Hand. Der große Verkäufer mit der Paisley-Weste krallt sich sofort meinen Arm und zieht an mir.

»Nein, ich muss mit ihm reden!«, schreie ich. »Lassen Sie los!«

Alle starren mich mit einer Mischung aus Entsetzen und Schadenfreude an: die verzweifelte Verehrerin, die sich nicht von ihrem Schwarm loseisen kann. Was sie wohl als Nächstes tut? Ein Wachmann gesellt sich zur Paisley-Weste, beide packen jeweils einen Ellbogen. Meine gesteppte Freundin blickt zu Boden, als ich an ihr vorbeigeschleift werde.

Reece schaut nicht auf.

KAPITEL SECHS

Endlich verstehe ich den Ausdruck »vor Wut beben«, während ich mich die Tottenham Court Road zurück durch die Menge fräse. Warum kämpfen sie nicht alle wie in einem Zombiefilm und schlagen sich gegenseitig die Köpfe ab, so, wie ich es tun will.

Ich erreiche das Universitätsklinikum, aber die Besuchszeiten sind natürlich schon lange um, also hocke ich mich zwischen ein paar trotzig rauchende Patienten auf die Stufen davor. Ich schaue an dem imposanten Gebäude hoch und zähle die neun Stockwerke bis zu dem großen Eckfenster, hinter dem Dad allmählich sein Leben aushaucht, dann zerre ich mir die kratzige Perücke vom Kopf und werfe sie auf den Boden.

»Darf ich?«, fragt eine glatzköpfige, am Tropf hängende Frau im Rollstuhl, die an einer Kippe nuckelt, und zeigt auf die Perücke.

»Wenn ich dafür eine von denen kriege?«, erwidere ich, auf ihre Zigarette deutend.

Sie zündet mir eine an und stülpt sich meine abgelegte Perücke über.

Nach einem tiefen Zug öffne ich Reece' Buch. Auf der Innenseite hat er in vertrauter, schräger Handschrift geschrieben: *Für Hannah. Unserer wunderbaren Mutter so ähnlich. Lass schlafende Hunde ruhen. Ryan. X.* Wie kann er es wagen, bei mir seinen falschen Namen zu verwenden! Und das war's? Keine Telefonnummer? Kein noch so zögerliches Friedensangebot? Er macht sich bloß über die unbeabsichtigte Wirkung dieser dämlichen Perücke lustig. Wie konnte ich nur so bescheuert sein, ein blondes Modell zu wählen? Hat Reece gedacht, ich hätte mich absichtlich als

Mum verkleidet? Mir ist klar, dass ich nichts von unserer wunderschönen Mutter habe – ich bin maximal eine Jahrmarktparodie in einem Zerrspiegel. Ja, das gleiche Alter, Haar und Gewicht vielleicht, aber Mum war eine attraktive, spontane und charismatische Person; ich bin linkisch, verkrampft und verschlossen. Reece wollte mich auf die denkbar schmerzhafteste Weise treffen. Um mich für meine schlechte Kopie unserer Mutter zu verhöhnen.

Die knochige, kahle Frau hat meine Perücke in einem kecken Winkel aufgesetzt. Sie nickt zu einer Plastiktüte zu ihren Füßen und enthüllt mit ihrer Zehenspitze den Hals einer Flasche.

»Das Leben ist kurz«, sagt sie, »also hoch die Tassen.« Mit der blonden Thor-Perücke in ihrem Rollstuhl thronend, die Flasche in die Luft gereckt, zeichnet sie sich vor dem Abendhimmel ab wie Boudicca, die sagenumwobene Kriegerkönigin, die ihre Truppen zu den Waffen ruft. Sie ist offenbar im Sterben begriffen, aber sie ist herrlich in ihrer Weigerung, die Niederlage einzugestehen. Ich erinnere mich noch daran, wie wir Boudiccas Rede in der Schule auswendig lernen mussten: »*Gehet siegreich aus der Schlacht, oder gehet unter, denn dies ist, was ich, eine Frau, tun werde.*« Boudiccas ausgemergelter Arm reicht mir die Flasche. Ich nicke, und der Whisky versengt meinen Rachen.

»Sieg oder Untergang«, verkünde ich.

»Rock on«, erwidert Boudicca lachend.

Ich blättere zu Reece' Danksagung, die beginnt mit: *Ein Riesendankeschön an meine Agentin Anastasia Rudd, für deinen Rat, deine Geduld und deine Inspiration.* Ich google die Seite der *Anastasia Rudd Agency* und stoße auf ein Foto von der geglätteten Blondine auf einer weißen Homepage mit einer grauen schnörkeligen Schreibschrift samt herabrankendem Efeu. Was ein prätentiöser Scheiß.

Ich klicke den Telefonlink an. Lande direkt auf dem AB.

»Hallo, dies ist der Anschluss von Anastasia Rudd«, meldet sich eine zuckersüße Stimme. »Bitte hinterlassen Sie nach dem Piepton eine Nachricht mit Ihrem Namen, Ihrer Telefonnummer, Anrufzeit und Nachricht.«

»Hallöchen, Miss Rudd«, melde ich mich übertrieben heiter, »dies ist eine Nachricht für Ihren Klienten Ryan Patterson, von seiner Schwester, Hannah. Wir haben uns gerade eben bei seiner Buchpräsentation getroffen – ich war die Frau, die schreiend rausgeschleift wurde. Wenn er mich bitte alsbald zurückrufen könnte.« Ich rassle rasch meine Nummer runter und will schon auflegen, kann es mir jedoch nicht verkneifen: »Ich möchte mich nur ungern wie jemand aus einer seiner miesen kleinen Serien anhören, aber wenn ich in den nächsten vierundzwanzig Stunden nichts von ihm höre, werde ich ihm die Hölle heiß machen … und der Presse stecken, wie er seine Familie im Stich gelassen hat. Tschüssiiii.«

Boudicca gibt mir ein High five.

Ich hole mir noch einen billigen Wein mit Schraubverschluss und kippe ihn in der U-Bahn nach Highgate. Auf dem Weg zu Dads Haus trotte ich die Muswell Hill Road entlang, die Highgate Wood, das Waldstück, wo Mum damals gefunden wurde, säumt. Seitdem habe ich keinen Fuß mehr hineingesetzt, habe immer den gegenüberliegenden Bürgersteig benutzt, als könnte der Wald mich in sich hineinsaugen. Heute jedoch fahre ich mit der Hand über den hölzernen Lattenzaun, der sich nach außen wölbt, als hätte er Mühe, die Energie des Waldes zu bändigen. Ich lasse den Handrücken über die Latten hüpfen, und am Ende ist er voller Splitter – ich habe jetzt *Wolverine*-Klauen.

In meiner Tasche piept es, da sowohl Dads Handy als auch meins verkünden, dass wir uns in der »Homezone« der Tracking-App befinden, die ich installiert habe, um Dad zu überwachen, nur für den Fall, dass er in seinem verwirrten Zustand das Haus verließ.

Ich torkle an der kurzen Häuserreihe vorbei, die mit dem Rücken zum Wald steht, und bin endlich wieder »daheim«. Solch ein gewöhnlich aussehendes Haus: typisch edwardianischer Backsteinbau, holzgerahmter Windfang und Erkerfenster samt Fachwerkfassade im Tudorstil darüber. So hübsch und harmlos wie eine Pralinenschachtel. Doch ich kann es nur durch die Folie jenes Zeitungsfotos sehen, das damals dramatischerweise von unten geschossen wurde, sodass es aufragte wie ein Horrorhaus.

Ich schiebe das abblätternde Gartentor auf und stürze die drei Stufen zu dem winzigen Vorgarten hoch – zu meiner Zwillingsschwester, der unnützen Quitte, deren ungepflegtes Blattwerk sich heimtückisch wuchernd über den Weg breitet. Es ist Frühherbst, sodass der dünne Stamm einen gewaltigen Strauß an grünen Blättern und dicken gelben Früchten trägt. Jede der wunderschönen Quitten hat die geschwungene Form einer Birne, den erlesenen Farbton eines blassgelben Apfels und den aromatischen Duft einer reifen Guave – aber auch den herben Geschmack eines ätzenden Allzweckreinigers. Vollkommen nutzlos und falsch. Genau wie dieser neue Mum-Anschein, den Dad und Reece in mir sehen – eine dünne, dürftige Lackschicht ihrer Schönheit über meinem geschmacklosen Inneren. Ich harke mit den Fingerspitzen durch das dunkle Blattwerk, strecke dann meinen Kopf hinein und sauge unsere Verbindung in mich auf. Siebenunddreißig gemeinsame Jahreswechsel des Knospens und Blühens, des Anschwellens und Reifens, des Schrumpelns und schließlich des Verrottens zu Brei.

»Alles in Ordnung, Hannah?«, ertönt eine Stimme zu meiner Rechten. Ich ziehe meinen Kopf heraus.

Es ist unser Nachbar, Mr Roberts, der mir aus dem angrenzenden Garten zuruft. Seine hohe, langgliedrige Gestalt steckt in einem seiner zahllosen knalligen Hawaiihemden.

»Aaaalles supi, Mr Robert«, flöte ich, wobei mir auffällt, wie betrunken ich bin.

»Frank«, entgegnet er lachend. »Ich glaube, du bist alt genug für Vornamen.«

Ich fummle an meinen Schlüsseln herum, versuche, sie in das verschwommene Schloss zu stecken, doch sie landen klirrend auf dem Boden.

»Sicher, dass alles okay ist?« Plötzlich ist er über die niedrige Trennmauer gehüpft und steht neben mir.

»Aaaalles gut«, sage ich, unfähig, meine Schlüssel zu finden.

»Gut. Gut. Und ist dein Dad auch in Ordnung? Libbie und ich haben gestern Nacht den Notarzt gesehen. Wir haben versucht, euch anzurufen.«

Ist ja klar, dass sie mitten in der Nacht hinterm Vorhang standen.

»Ist gestürzt. Also Dad. Weiß nicht, was jetzt passiert.«

Er beäugt mich. »Dir geht's nicht gut, Hannah. Wo ist dein Schlüssel?«, sagt er, seine Hand auf meine Schulter legend.

»Irgendwo runtergefallen«, nuschle ich, weiche einen Schritt zurück und stürze von der Eingangsstufe zu Boden.

»Ach herrje«, seufzt er. »Da, nimm meine Hand.«

»Mir geht's gut, Mr Roberts. Heil zu Hause angekommen. Ha, ich hab ›zu Hause‹ gesagt.«

»Das hier wird immer dein Zuhause sein«, erwidert er und streckt mir die Arme hin, doch ich bleibe ausgestreckt auf dem Gartenpfad liegen.

»Unmöglich, diesem Ort zu entfliehen. Das Haus saugt mich zurück.« Ich breite die Arme aus und mache ein lautes Schlürfgeräusch.

»Alles wird gut werden«, sagt er sanft.

»Ach ja?«, blaffe ich und schlage seine Hand weg.

Er tritt vor, schiebt seine Arme unter meine Achseln und hievt mich hoch, sodass wir uns kurz in einer Umarmung befinden und ich die Kraft seines immer noch athletischen Körpers spüren kann.

»Ich bin kein Kind«, murmle ich und versuche, mich zu befreien, bin jedoch außerstande, meine Gliedmaßen zu rühren.

»Ich weiß«, erwidert er lachend. »Lass uns dich reinbringen.«

Er hebt von irgendwo klimpernd meine Schlüssel auf und schiebt sie geschwind ins Schloss. Die Tür geht auf, und ich taumle erleichtert ins Innere. Als ich sie schließen will, schiebt er den rechten Fuß über die Schwelle und blockiert sie.

»Du siehst deiner ...«

»Klappe – nicht Sie auch noch«, stöhne ich, mich an der Tür festhaltend.

»Das ist doch nichts Schlimmes«, sagt er und hebt meine Tasche auf.

»Es stimmt aber nicht«, erwidere ich hustend und spucke auf den Boden.

Er runzelt die Stirn und kommt rein. Ich stolpere rückwärts, bis mein Absatz gegen die unterste Treppenstufe knallt, sodass ich schwerfällig stürze und der Schmerz mir in den Rücken hochschießt.

»Hannah ...« Er beugt sich vor und streicht mir mit den schwieligen Fingern über die Wange. »Ich kann dich in diesem Zustand unmöglich allein lassen.«

»Bitte«, murmle ich, wobei ich versuche, meinen Arm aus seinem Griff zu winden.

Plötzlich ertönt ein zischendes Maunzen von Dads Kater, Schro. Mr Roberts schreckt hoch und richtet sich auf.

»Gut, wenn du dir sicher bist«, sagt er.

Ich nicke.

»Bitte, pass auf dich auf, wir sind immer für dich da.« Er reicht mir meine Tasche und meine Schlüssel und wendet sich zum Gehen. Als er durch die Tür ist, springe ich schwankend auf und knalle sie heftig zu, sodass die Buntglasscheiben erzittern. Eines Tages wird ein letzter Knall sie zerschmettern. Ich weiß, wie das Glas sich fühlt.

Schwer atmend und mit geschlossenen Augen lehne ich meine Stirn gegen die Tür.

Als ich die Augen wieder öffne, bemerke ich eine dunkle Gestalt auf der anderen Seite. Ich spähe durch das unebene, getönte Glas. Es ist Mr Roberts. Ich weiche abrupt zurück.

Was tut er noch da?

KAPITEL SIEBEN

Etwas schleckt an meinem Haar. Ich klatsche ein quietschendes Fellknäuel weg, erst dann bemerke ich, dass es Schro ist. Ich liege vollständig bekleidet auf dem Dielenboden, mein Schädel wummert und, oh, wie hübsch, ich habe mich eingenässt. Ich lag die ganze Nacht allein da, dennoch fühle ich mich schrecklich entblößt. Ich stelle mir vor, wie Mum mich so sieht, und stöhne laut auf, als ich die feuchte Jeans und den durchnässten Schlüpfer von mir schäle und in die Waschmaschine schmeiße. Dann schnappe ich mir ein verstaubtes Paket feuchter Küchenwischtücher und schrubbe meine klamme Haut damit ab, wobei ich mich dem chemischen Brennen hingebe. Benommen wickle ich mich in ein Laken und wanke ins Wohnzimmer, wo die staubige Kutscheruhr acht Uhr anzeigt.

Das Wohnzimmer sieht aus, als wäre eine Bombe eingeschlagen.

Beide von Mums großen Fotoaufbewahrungskommoden – seit Jahren unangetastet – wurden durchwühlt, ihre sorgsam geordneten Bilder und Papiere überall verstreut. Sämtliche Kunstdrucke, die an der Wand gelehnt hatten, wurden umgekippt. Die Bücher von den Regalen gefegt. Warum habe ich das bloß getan?

Als wir noch klein waren, hatte Mum eine Ausbildung zur Fotografin gemacht, und in ihren letzten Jahren war sie damit erfolgreich gewesen – sie hielt Ausstellungen ab, veröffentlichte Hochglanzbildbände und war sehr gefragt für Shootings aller Art. Ihre Fotos bedecken immer noch sämtliche Wände im Haus, diverse Kollektionen, die in den einzelnen Zimmern zusammengestellt sind. Ich persönlich hegte damals einen Riesengroll, weil ihr beruflicher Erfolg sie so oft von uns wegführte. Jedes Mal, wenn sie wieder fort war, fühlte ich mich zurückgesetzt. Doch sie ging in ihrer Arbeit richtig auf und witzelte immer, dass wir uns glücklich schätzen dürften, dass ein Profi wie sie unsere Familienfotos knipste. Das Wohnzimmer ist eine Zeitrafferansicht unserer Kindheit und Jugend, in der sich ihr persönlicher Stil deutlich auskristallisiert. Zunächst noch die konzeptuellen Aufnahmen – Reece und ich, fünf und ein Jahr alt, von Blumenstängeln überlagert –, die sich immer mehr weiterentwickeln, hin zu düsteren Lichtverhältnissen und verschobenen Perspektiven. Da sind Reece und ich, mit vierzehn und zehn, den überschatteten Blick von der Kamera abgewandt. Und schließlich dann die natürlichen Schnappschüsse mit versteckter Kamera. Da sind wir wieder, lachend auf den Sonnenliegen im Garten fläzend, achtzehn und vierzehn Jahre alt, meine Augen vor dem grellen Sonnenlicht zusammengekniffen – aufgenommen bei einem Grillfest mit unseren Nachbarn nur zwei Wochen, bevor Mum starb.

Unsere fotografische Entwicklung endete mit Mum.

Ich dachte immer, die schleichende Entfremdung zwischen Reece und mir hätte mit unseren Streitereien nach Mums Tod angefangen, aber beim Betrachten dieser Fotos kann ich sehen, wie unterschiedlich wir seit jeher waren – er, so gut aussehend, entspannt und fotogen, ich, so pummelig, unbeholfen und kamerascheu. Habe ich mir was vorgemacht, was die geschwisterlichen Bande unserer Kindheit angeht?

Ich versuche, mich zu erinnern, was ich gestern Nacht getan habe, aber da ist nur ein vages Bild von dem gruseligen Mr Roberts – danach nichts mehr. War das hier ein Wutausbruch wegen Reece' Lügen? Oder habe ich nach etwas Speziellem gesucht? Und falls dem so ist – nach was?

Schro maunzt mich klagend an, und während ich ihn streichle, wirbelt loses Fell unter meiner Hand auf. Armer alter Schro (Kurzform von Schrödinger, ein weiterer von Dads Physikernamen). Er war das Katerchen, das Mum uns nach Feynmans Tod vor dreiundzwanzig Jahren holte. Er trägt einen bescheuerten Namen, seine Besitzer sind ermordet beziehungsweise sterbenskrank, und er hat Krebs im fortgeschrittenen Stadium. Schro hat komplett weiße Hinterläufe wie so ein verwegener gestiefelter Kater, doch ganz oben an seinem Lauf befindet sich ein ständig wachsender Knubbel, ein großer Krebsknoten, der ihm aus dem Knochen wuchert. Als ich ihn vor sechs Monaten zur Tierärztin brachte, riet sie mir, ihn einschläfern zu lassen.

»Aber er isst doch noch, er schnurrt«, protestierte ich entsetzt.

»Nun, dann bringen Sie ihn vorbei, wenn Sie meinen, dass es an der Zeit ist.«

»Woher soll ich das wissen?«

»Das werden Sie«, sagte sie bedeutungsschwer.

Dabei weiß ich doch nie *irgend*was, nie fühlt sich für mich irgendwas instinktiv richtig oder falsch an.

Ich schaffte es nicht, Schro dort an Ort und Stelle umbringen zu lassen, also brachte ich ihn wieder heim, und nun sprießt der Krebs schon seit sechs Monaten munter weiter. Die meisten Katzen wären mit dreiundzwanzig schon längst tot, aber Schro hält sich tapfer. Wegen Dad, glaube ich. Oder zwinge ich den armen Kater grausamerweise nur dazu, weiterzuleiden?

Ich folge Schro in die Küche, die mit Mums Fotos praktisch zugepflastert ist – die kompletten Wände entlang bis ganz nach oben und über die Decke ziehen sich kleine Fotoleinwände aus ihrer Sammlung mit dem Titel »Look Closer« – eine Serie alltäglicher Objekte, die auf erschreckende Weise eingefangen wurde: ein Schlagloch, das wie ein Krater ausschaut; ein Nippel als Berg;

ein Küchenmesser als Schwert; ein Reibeisen als Folterinstrument; die Zähne eines Kamms als Gefängnisgitter. Ich weiß noch, wie wir zu der Ausstellungseröffnung in irgendeine schnieke Galerie mitgeschleift wurden. Das Catering bot Häppchen an, die so gestaltet waren, dass sie wie alles andere aussahen, nur nicht wie Essen: Finger, Bücher und Blumen. Sämtliche Getränke waren unappetitlich eingefärbt worden: schwarz, ultraviolett, neongelb. Dad ging auf dem Heimweg mit Reece und mir noch zum Wimpy-Imbiss, weil wir am Verhungern waren, und wir bekamen jeweils einen doppelten Cheeseburger und einen Riesensbecher mit Sahne.

Ich reiße den Deckel von einer silber-rosa Packung Katzenfutter »Senior« auf. Schro denkt schon lange nicht mehr daran, das müffelnde Viereck aus Nassfutter zu verschlingen, sobald es aus dem Päckchen fällt, aber er frisst immerhin ein paar Happen. Gott sei Dank. Ich glaube, Katzen hören auf zu fressen, wenn sie beschließen, dass sie genug gelebt haben. Also ist es immerhin nicht an der Zeit, dass ich ihn ermorden lassen muss. Noch nicht.

Ich rufe im Krankenhaus an, und man teilt mir mit, dass Dad eine recht ruhige Nacht hatte. Ich gieße heißes Wasser über drei gehäufte Löffel Kaffeepulver, gebe etwas Milch dazu, die zwar noch nicht abgelaufen, aber schon auf der Kippe ist – ein bisschen so wie Dad selbst –, und benutze das Gebräu, um vier Ibuprofen runterzuspülen. Schon bald fühle ich mich seltsam wie in Watte gepackt und eingeölt. Später stehen natürlich noch mehr Schmerzen an, aber im Moment bin ich Alice im verdammten Spiegelland. Meine Wut auf Reece sowie Boudiccas Tapferkeit im Angesicht des Todes haben ein paar tektonische Platten in meinem Schädel verschoben, und nach dreiundzwanzig Jahren, so habe ich beschlossen, werde ich das erste Mal wieder in den Wald gehen. Mein gesamtes Leben lang habe ich nur zwei Existenzformen gekannt: sicher und eingeigelt oder aber unerschrocken und furchtbar zerbrechlich – eine dicke, feiste Raupe oder ein zarter Schmetterling sozusagen.

Mir wird etwas schwindlig, als ich mich meinem zarter besaiteten Ich zuwende.

Der Garten hinter unserem Haus führt durch ein Metalltor in der Mauer direkt in den Wald. Reece und ich rannten ständig hindurch, um dort endlose Spiele zu spielen, wobei wir gerne Zeltlager aus langen, gebogenen Ästen errichteten, uns im Dickicht des Farns versteckten, die Zeit stoppten, um vom einem Ende zum anderen zu flitzen, und uns bei körperlichen und geistigen Ausdauerwettbewerben überboten. Nach Mums Tod jedoch versperrte Dad das Tor mit einem Vorhängeschloss, also muss ich heute den Wald von der Straße aus betreten. Der einstige Zugang wurde in meiner Abwesenheit ersetzt, und so stehe ich zum ersten Mal vor der neuen grünen Metallpforte mit Schattenrissen in Form von Hirschen und Füchsen inmitten von metallenem Blattwerk. Ich schlängle mich um die versetzten Gatter herum.

»Es handelt sich um ein uraltes Waldgebiet, das schon im *Doomsday Book* im 11. Jahrhundert erwähnt wurde«, rief uns Dad früher in Erinnerung, woraufhin wir heimlich die Augen verdrehten. Aber heute kann ich es spüren. Dieser Ort ist so viel gewaltiger, so viel größer als ich – wie ein Wald aus uralten Sagen –, und zu dieser Jahreszeit sperrt das dichte Kronendach den Großteil des Tageslichts aus. Es gibt Bäume unterschiedlichster Arten, Höhen, Winkel und Zustände: dicke, stramme, dunkelstämmige Bäume mit hohen Wipfeln; schlankere, geneigte silbergraue Bäume; Stechpalmenhecken; vereinzelte Schösslinge; kümmerliche anorektische Bäume, die verzweifelt ineinanderwachsen; stolze entwurzelte Bäume, deren entblößte Unterseite gedemütigt aufragt; traurige, alte umgestürzte Bäume bar jeder Hoffnung; merkwürdig bizarre Bäume, vom Blitz gespalten, mit geheimnisvollen versengten Striemen in der Rinde.

Die Temperatur sinkt, je tiefer ich vordringe. Ich bewege mich vom äußeren Ring ins Zentrum. Auf rustikal getrimmte Holzschilder deuten mir den Weg zum Kinderspielplatz, der ganz in der Nähe der Stelle liegt, wo man Mum gefunden hatte. Aber ich kenne die kürzere Strecke querfeldein, daher ignoriere ich die Schilder und bahne mir den Weg durchs Unterholz. Ich atme tief, springe über herumliegende Äste, ducke mich unter herabhängendem Blattwerk hindurch. Mit einem Kater wie diesem sollte ich einen Marathon laufen. Doch als ich einen der Spazierpfade überquere, muss ich mich dann doch in einen Farn übergeben. Ein Trupp schlanker Frauen in knallengen Leggins joggt an mir vorbei; jede von ihnen schiebt das identische knallbunte Kinderwagenmodell mit dick gepolsterten geometrischen Einsätzen und robusten Gummirädern vor sich her. Sie wechseln untereinander tadelnde Blicke. Schön weitergehen, Ladys, hier gibt's nichts zu sehen – euresgleichen hat seit mehr als neun Monaten nichts mehr getrunken.

Ich wische mir den Mund ab und setze mich erneut in Bewegung. Das kurze Aufblitzen bunt angemalter Spielgeräte treibt mich weiter, und plötzlich bin ich da. Ein Blitz ist hier in dem schrecklichen Sturm von 1987 in zwei Hainbuchen eingeschlagen. Ein Baum wuchs weiter in die Höhe, entschlossen, sich nicht einschüchtern zu lassen – so wie der gute, alte freibeuterische Reece; der andere Baum wurde gespalten, und die beiden Teile wuchsen am Boden entlang, als hätten sie Angst, sich zu sehr emporzuwagen – so wie ich. Es ist ein merkwürdiger Anblick, geheimnisumwittert und bedrohlich, als wäre eine dunkle Macht in unser Menschenreich eingefallen.

Mums Leiche wurde genau hier gefunden, auf der staubigen Erde zwischen den entzweiten Teilen des gespaltenen Baums.

Es ist unnatürlich still. Und kalt. Alles ist so intensiv und präzise: die abblätternde silbrige Rinde wie zarte Bleistiftspäne; die unzähligen Formen und Umrisse der Blätter; die feinen Staubpartikel, die in einem Sonnenstrahl schweben. Eine Brise streift die Härchen auf meinen Armen und beschert mir Gänsehaut. Ein dickes Eichhörnchen flitzt den aufrechten Baumstamm hoch und erstarrt dann, wobei es sich mit den gewölbten Schenkeln fest an den Stamm klammert. Seine Glasperlenaugen bannen mich wie bei einer Vulkanier-Gedankenverschmelzung.

Dann klingelt mein Handy, und Spock, das Eichhörnchen, flitzt den Baum hoch. Die Nummer kenne ich nicht. Das Krankenhaus – weil Dad gestorben ist?

»Hallo?«

»Hannah?« Er ist es.

»Oh, hi, Reece.«

»Niemand nennt mich noch so.«

»Tja, ich werde dich nicht Ryan nennen.«

Er holt Luft. »Meine Agentin hat mir deine etwas blumige Nachricht weitergeleitet.«

»Nachricht?« O Gott, bis er es sagte, hatte ich es ganz vergessen.

»Du musst Anastasia nicht reinziehen, um mich zu erreichen, weißt du«, sagt er knapp.

»Ich hatte deine Nummer nicht.«

»Oh.«

Mein Mut der letzten Nacht ist verpufft. Wieder einmal habe ich Angst, dass, wenn ich das Falsche sage, den falschen Tonfall anschlage, ich abgesägt werde wie ein unwürdiges Subjekt. Derjenige, der den Kontakt abbricht, ist dem, der abgesägt wird, immer überlegen. Ich muss höflich und nett bleiben.

»Tut mir leid.«

»Warst du betrunken?«

»Ich … ich hatte nur ein, zwei Gläser.« Ich vergehe unter seinem stummen Urteil. »Es war fünfzehn Jahre her.«

»Also hast du beschlossen, mich als Mum verkleidet öffentlich zur Rede zu stellen?«

»Nein. Das war keine Absicht.« Meine Stimme zittert. »Das, was du vorgelesen hast, das war alles falsch«, murmle ich und muss mir Mühe geben, nicht zu weinen. Ich halte das Handy weg und forme ein stummes *Fuuuuuuck*. Ein alter Mann, der mit einem Dackel vorbeispaziert, schaut beunruhigt rüber. Ich schneide eine Grimasse, und er beschleunigt seine Schritte.

»Hannah, bist du da?«

Ich holte tief Luft, als ich das Handy wieder an mein Ohr presse. Ich kann ihm jetzt nicht seinen ganzen Mist unter die Nase reiben, ich muss erst ein persönliches Treffen einfädeln.

»Dad ist im Krankenhaus«, sage ich, angewidert von mir selbst, weil ich Dad benutzen muss, um meinen Bruder dazu zu bringen, mit mir in Verbindung zu treten.

»Okay«, sagt er ruhig.

»Okay?«

»Okay, er ist also im Krankenhaus.«

Ich setze mich auf meinen niedrigen Ast und berühre Reece' himmelwärts aufragenden Stamm.

»Stirbt er?«

»Es steht auf der Kippe.« Ich muss Reece in meinen Orbit ziehen, ich kann das hier nicht allein tun.

»Okay.«

»Okaaay?«

»Ist es das, was du mir sagen wolltest?« Er ist wirklich ein Meister der höflichen Distanziertheit. Ich sollte ihn Miss Beige vorstellen.

»Willst du ihn nicht sehen?«

»Nein.«

»Das könnte deine letzte Gelegenheit sein.«

»Die Zeit mag vergangen sein – mein Entschluss, ihn nicht zu sehen, ist es nicht.«

»Aber das hier ... es ist das Ende. Ich wohne mittlerweile bei Dad, und es gibt so viel zu tun«, brabble ich los. »So viel offizieller Kram, Vollmachten und das ganze Zeug. Ich kann nicht alle Entscheidungen allein treffen ...« Ich greife auf sämtliche Klischees aus Krankenhausserien zurück. »Lebensverlängernde Maßnahmen, Wiederbelebung, Abstellen der Maschinen. Bitte, Reece, ein Treffen bist du mir doch wenigstens schuldig.«

Stille. Komm schon, komm schon, komm schon.

»Okay«, sagt er schließlich. »Morgen. Zehn Uhr. Aber ich habe nicht viel Zeit. Komm zu meiner Wohnung in Chelsea, ich schick dir die Adresse per WhatsApp.«

»Weißt du, wo ich gerade bin?«, frage ich, über die silbrige Rinde des Baumes reibend.

»Das sagtest du doch – bei Dad.«

»Nein, ich meine, genau jetzt. In ebendiesem Moment.«

»Woher soll ich ...?«

»Ich bin bei dem gespaltenen Baum.«

»Welcher gespaltene ...? Oh.«

Aus dem Handy dringt kein Laut, aber ich kann Reece am anderen Ende spüren.

Der Wald um mich herum verschiebt sich.

»Wir sehen uns um zehn«, sagt er schließlich.

Das Handy verstummt mit einem Klick.

Ich bin fast daheim, als ich einen großen Kerl die Stufen vor unserem Haus runterkommen sehe, das Gesicht von einer Kapuze verdeckt. Er schaut flüchtig die Straße hoch und erblickt mich. Ich nötige mich dazu, auf ihn zuzugehen. Es ist helllichter Tag. Ich bin in Sicherheit.

»Hannah?«, ruft eine tiefe Stimme. Woher kennt er meinen Namen? Er zieht seine Kapuze runter und enthüllt blondes Haar. Als er lächelt, kräuselt sich die Haut an seinen Augenwinkeln. O mein Gott, es ist Marcus Roberts, der Sohn der Nachbarn. Mein Quasi-Bruder Marcus. Reece und ich verbrachten einen Großteil unserer Kindheit nebenan, während Mum mit ihrer Arbeit beschäftigt war. Reece und Marcus waren im selben Alter, und ich machte bei ihren Spielen mit, bis sie sich als Teenager von mir wegentwickelten, zu hormongetriebenen mürrischen Wesen. Von dem jugendlichen Marcus meiner Erinnerungen mit dem langhaarigen, coolen Surfer-Look ist kaum was zu erkennen. Heute hat er kurzes Haar, das an der Stirn schon etwas lichter wird, und seine Züge sind markanter geworden. Aber in seiner Jeans und dem engen T-Shirt verströmt er immer noch dieselbe unfassbar attraktive, gesunde Aura – wie einer Cola-Light-Werbung entsprungen. Außerdem würde ich dieses Lächeln überall wiedererkennen.

»Marcus. Meine Güte, es ist ewig her«, sage ich, als ich ihn erreiche. Obwohl ich praktisch mit ihm aufgewachsen bin, war ich als Teenagerin ziemlich in ihn verschossen, und ich bin überrumpelt von der Anziehungskraft, die ich auch jetzt verspüre.

»Ja, es ist viel Zeit vergangen.« Er tritt vor und schließt mich in eine unbeholfene Umarmung. Totgeglaubte Asche glimmt in mir auf.

»Das kann man wohl sagen«, erwidere ich lachend, als seine muskulösen Arme mich wieder loslassen. »Wie schräg, dich zu sehen – ich hatte gerade erst Reece am Telefon.«

»Cool. Meine Güte, Hannah – schau dich an. Ich meine, wow.«
Ich lächle nervös.

»Du bist so viel … Dürfen Männer heutzutage noch Kommentare zur Figur abgeben?«

»Ich schätze mal, wenn die Figur abgenommen hat, schon!« Diese Aufmerksamkeit meinem neuen Aussehen gegenüber ist ganz anders als die gruseligen Mum-Vergleiche von Dad und Reece – so, als würde er wirklich mich sehen. »Wer hätte gedacht, dass all die Jahre ein dünnes Mädchen darauf gewartet hat, aus mir rauszukommen!«

»Ach was, du warst immer schon hübsch«, sagt er errötend.

Wir grinsen einander an, und ich fühle mich seltsam leicht und schwummrig.

»Unser Kli-tze-klei-nes.« Er lacht. Bei unseren Abenteuerspielen im Wald benutzten wir damals gerne den Morse-Code, um über weite Entfernungen zu kommunizieren. »Kli-tze-klei-nes« war eine Eselsbrücke, die wir uns überlegt hatten, um uns den Morse-Code für H wie Hannah zu merken: vier kleine Silben für vier kleine Punkte.

»Surf-Boy«, erwidere ich gedehnt – so merkten wir uns die zwei langen Striche für M wie Marcus.

Wir grinsen wieder.

»Wolltest du was von mir?«, frage ich schließlich.

»Nein. Warum?«

»Aber du bist grad aus unserem Garten gekommen, oder?«

»Oh, ja, klar. Wollte nur mal fragen, wie es deinem Dad geht.«

Er lügt. Er ist gekommen, um mich zu sehen. Seine Eltern müssen ihm erzählt haben, dass ich zurück bin. Ich fühle mich wie das vierzehnjährige Mädchen von einst, das heimliche Blicke auf seinen jungenhaften Körper stahl, während er mit Reece herumtollte.

»Dad ist immer noch ziemlich auf der Kippe. Ich weiß nicht, ob er noch mal heimkommen wird.«

Er runzelt mitfühlend die Stirn.

»Und falls er das wie durch ein Wunder doch tut, ist dieses Haus kein bisschen für ihn geeignet.«

»Wie meinst du das?«

»Na ja, falls – und es ist ein großes ›falls‹ – er heimkommt, wird er in seiner Beweglichkeit eingeschränkt sein, und dieses Haus ist dahingehend eine Katastrophe.«

Er runzelt erneut die Stirn.

»Entschuldige, ich mülle dich hier mit meinen Problemen zu.«

»Ich könnte dir helfen«, platzt er heraus.

»Oh, ich wollte dich damit nicht um Hilfe anhauen.«

»Nein, kein Ding, das mache ich sowieso. Beruflich, meine ich. Ich bin mittlerweile Bauhandwerker – ich habe meine eigene Firma. Schau.« Er deutet zu einem kleinen lila Van am Straßenrand, auf dem ein Schriftzug prangt: *The Handyman Can – kein Auftrag zu klein.* Dann fängt er an zu singen: »*Who can take a sunrise, sprinkle it with dew.*«

»Neeein.«

»*Cover it with chocolate*«, fährt er unbeirrt fort, während ich lachen muss, »*and a miracle or two, the Handyman can.*«

»Das hast du nicht echt getan«, kichere ich und erinnere mich daran, wie seine Mum »The Candy Man« sang, wenn sie uns wieder mal eine selbst gebackene Leckerei nach draußen brachte.

»Hey, den Leuten gefällt's – und, was noch wichtiger ist: Es beinhaltet das Wort ›handyman‹, für alle, die auf Google einen Handwerker suchen.«

»Genial.«

»Im Ernst, ich hab das alles schon gemacht: Rollstuhlrampen, Schlafzimmer verlegen, barrierefreie Duschen. Ist ein Riesenmarkt in Nordlondon bei all der Kohle, die die Leute viel länger am Leben hält als sie es sollten – o Gott, entschuldige, das habe ich nicht so gemeint ...«

Ich winke ab. »Ich dachte mehr daran, die Toilette zu reparieren und so 'n Kram, aber ich schätze mal, ich muss mir auch über die anderen Dinge Gedanken machen. Bist du sicher, Marcus? Ich würde dir auch den normalen Tarif zahlen und alles.«

»Meine Karte, Mylady«, sagt er und zückt schwungvoll eine lila Visitenkarte. »Außerdem werde ich nur die Materialkosten in Rechnung stellen, du gehörst schließlich zur Familie.«

Aber wir sind nicht wirklich verwandt, denke ich und werfe einen prüfenden Blick auf seine Hand, ob da ein Ehering ist. Nö.

»Danke dir, Marcus.«

Er grinst.

»Hast du in letzter Zeit von Reece gehört?«, schiebe ich rasch hinterher, um das Gespräch am Laufen zu halten.

»Kö-niiigs-kind«, sagt er, die Morse-Gedächtnisstütze für R wie Reece benutzend: kurz, lang, kurz. »Nee, wir haben unterschiedliche Wege eingeschlagen«, sagt er achselzuckend. »Du weißt ja, wie es läuft.«

Wow – zum ersten Mal überhaupt zeigt Marcus mehr Interesse an mir als an Reece.

»Hör zu, tut mir leid, dich hier so stehen zu lassen, aber ich muss gleich los zu einem Auftrag«, sagt er abrupt. »Ich meine es aber ernst damit, zu helfen.« Er berührt verlegen meinen Arm. »Und es war echt schön, dich zu sehen.«

»Gleichfalls«, sage ich und knuffe ihn spielerisch, als er an mir vorbeigeht.

Ich lächle, während ich den Weg zum Haus hinaufgehe. Dann sehe ich Schro vor der Eingangstür sitzen. Seltsam. Er war seit Monaten nicht mehr draußen, kaum in der Lage, sich vom

Wohnzimmer in die Küche zu schleifen, also habe ich ihn drinnen gelassen. Dann muss er wohl heute früh unbemerkt von mir rausgeschlüpft sein?

KAPITEL ACHT

Als ich im Krankenhaus eintreffe, ist Loreta mit Bastelarbeiten beschäftigt. Sie schnürt winzig kleine Kreationen aus geflochtenem Stroh an das Bettende ihres Vaters. Heute ist er bei Bewusstsein und lächelt seine Tochter an.

»Gefällt mir gut, die … Deko«, sage ich.

»Traditioneller litauischer Weihnachtsschmuck. Habe ich gemacht mit meinem Vater, als ich noch klein war«, erklärt sie.

Ich bemerke, dass sie aus Krankenhaustrinkhalmen gefertigt sind. »Aber … es ist doch gar kein Weihnachten?«

Sie zuckt mit den Achseln. »Papa denkt, es ist Weihnachten, und es ist gut bei Demenz, wenn man Gedanken vom Patient folgt, nicht deinen. Also, frohe Weihnachten! Oder *Linksmų Kalėdų*, wie wir sagen.«

»Jen«, meldet sich Dad, als ich mich ihm nähere. »Es tut mir so leid.«

Nicht das schon wieder. Was, wenn Dad in einer Vergangenheit stecken bleibt, in der es mich noch gar nicht gibt? Was, wenn er alle seine Erinnerungen verliert, selbst die frühen – ist er dann überhaupt noch Dad?

»Nein, Dad, ich bin Ha…« Ich halte inne, als mein Blick auf den Schmuck gegenüber fällt und auf Loreta, die sich einen lustigen kleinen Weihnachtshut aufsetzt, den sie aus einer Zeitung gebastelt hat. Ich schaue wieder zu Dad und lächle, wobei ich den Kopf neige, so wie Mum es tat. Was kann es schon schaden, sie eine Weile für ihn zu mimen?

»Ist schon gut, Philip. Ich bin hier. Alles ist gut.«

»Vergibst du mir, Jen?«, flüstert er.

»Wofür soll ich dir denn vergeben?«, flüstere ich zurück.

»Das weißt du«, fleht Dad, wobei eine Träne seine Wange runterrinnt. »Du musst mir vergeben, Jen. Das hast du nicht verdient.«

»Ich ... kann nicht«, flüstere ich.

Er stößt ein ersticktes Heulen aus.

Loreta schaut besorgt rüber.

»Bitte, Dad, bitte beruhige dich.«

Er kreischt aus Leibeskräften, und Loreta erhebt sich.

»Okay, ist gut, ich vergebe dir, in Ordnung. Ich vergebe dir, Philip.«

Dad sackt auf seine Kissen zurück.

Wie kann ich es überhaupt wagen, ihm in Mums Namen zu vergeben? Mein Magen krampft zusammen, und ein Schwall widerlichen Krankenhauskaffees schießt aus mir heraus und ergießt sich über meine Brust. Als ich meine Jacke zuziehe, um die Flüssigkeit aufzusaugen, bemerke ich, dass meine Hände direkt über mein Herz gepresst sind, genau an der Stelle, an der Mum erstochen wurde.

Als ich heimkomme, brauche ich einen ordentlichen Drink. Ich ignoriere Dads billige Trinkbecher und greife nach einem von Mums filigranen, langstieligen Gläsern mit der Fleur-de-Lys-Gravur. Ich bin drauf und dran, es mit der Handfläche zu umschließen, spüre dann aber Mums zarte maniküre Fingerspitzen, die den dünnen Stiel durch meine abgekauten Fingernägel hindurch greifen wollen. Wie ich das Glas von meiner Faust zwischen zwei Finger verschiebe, verändert sich unwillkürlich die Haltung meines Arms, und ich stelle mich aufrechter hin. Ich trinke immer Rotwein, doch heute Abend ist es ein Weißer, für Mum, und während ich ihn normalerweise runterstürze, lässt der Gedanke an Mums zart nippende Lippen am Rand ebendieses Glases auch mich bloß ein kleines Schlückchen nehmen. Genau wie im Krankenhaus habe ich das Gefühl, dass Mum leibhaftig in mich hineingleitet, wie Rauch in eine bauchige Flasche. Dad schwindet allmählich dahin, obwohl sein Herz noch schlägt, doch Mum lebt in mir wieder auf, auch wenn ihres aufgegeben hat. Als ich mir einen verirrten Tropfen aus dem Mundwinkel lecke, sehe ich Mums knalligen Lippenstift so deutlich vor mir, dass ich überrascht bin, den blutroten Abdruck nicht auf meinem Glas zu sehen.

Als ich hochblicke, fällt mir auf, dass Mums Küchenfries aus kleinen Fotografien krumm und schief hängt und ein Foto ganz fehlt. Wann ist das denn passiert? Und welches Bild war es? Eine Tasse? Eine Gabel? Ich kann mich nicht erinnern. Ich stemme mich auf die Arbeitsplatte und spüre Mums Hände, die sich durch meine hindurch ans Werk machen, während ich die kleinen Leinwände so ausrichte, dass sie exakt rechtwinklig zueinander hängen, wie sie es gern hatte, und dann ein Foto vom Ende der Reihe nach vorne verschiebe, um die Lücke zu füllen – es ist die Aufnahme einer Blase aus heißem Asphalt, so nah abfotografiert, dass sie aussieht wie ein aufsteigender Vulkan.

Ich fülle mein Glas wieder auf und nehme die Flasche mit nach oben in mein Schlafzimmer.

Normalerweise meide ich Spiegel, doch heute ziehe ich alle meine Klamotten aus und stelle mich, an meinem Wein nippend, splitternackt vor meine verspiegelte Kleiderschranktür. Zum ersten Mal begreife ich in Gänze, dass mein Körper nicht länger ein plumpes Gerüst ist, das eine Vermummung aus Fleisch mit sich schleppt – er ist ein dünnes, hageres Skelett, das seine Haut so trägt wie Mum die ihre. Meine Brüste sitzen nun direkt auf meinen Rippen auf und wölben sich wie ihre; mein langes Haar streckt mein Gesicht zu ihren schmaleren Proportionen; und obwohl meine Haut trocken und schuppig ist, haben meine Wangenknochen sich gestrafft, meine Lippen sind definierter, und meine Augen sind aus ihren Höhlen aufgetaucht und haben ihren Platz in Mums Ovalen eingenommen. Ich betrachte mich selbst, während ich mich gleichzeitig an Mum erinnere, und die zwei Bilder überlappen und verschmelzen ineinander.

Falls er dich umgebracht hat, Mum, musst du vor Wut kochen. Aber du kannst nicht kochen – du kannst gar nichts tun, weil du über keinen Geist, keine Gestalt, keine Essenz verfügst. Du bist tot und verbrannt. So ausgelöscht, wie man es nur sein kann. Ich bin die Tochter eines Wissenschaftlers. Mir ist klar, dass Mum in mir wiederzuerkennen nur eine Wechselwirkung der Gene und der Erinnerungen ist, die von meiner Erschöpfung noch befeuert wird, nichts Geheimnisvolles oder Mystisches. Trotzdem fühlt es sich an, als hätte Mum in meinem Inneren auf ihren Moment gewartet und sich gerade erhoben wie eine Mumie aus ihrer Gruft.

Ich schaudere und wende mich vom Spiegel ab. An meinem Wein nippend blicke ich über die Gartenmauer hinweg auf den dunklen Wald hinaus. Meine Familie hat ihre gesamte Existenz an den Saum dieses Waldes gepresst verbracht. Er war der Spielplatz meiner Kindheit, die aufregende Welt meiner Jugend und der Ort, von dem Mum nie mehr zurückkehrte. Dad hätte schon vor Jahren wegziehen sollen.

»Deine Mutter ist noch hier«, beharrte er immer. »Der Quittenbaum da draußen war mein Geschenk an sie, als wir hier einzogen – denn in Wirklichkeit war es eine Quitte, die Paris der Aphrodite gab, als er sie zur schönsten Göttin kürte, nicht irgend so ein alberner Apfel. Und sie liebte den Wald da hinten. Ihr Geist ist immer noch dort, da bin ich mir sicher. Ich werde niemals fortgehen.«

Ich dachte immer, das sei die Liebe, die aus ihm spricht. Aber war es seit jeher nur die Schuld?

Der Wald greift auf unser Haus über, sein Laub verstopft die Rohre und Abflüsse, die gewaltigen Kronen halten das Licht ab, und die Wurzeln saugen das Grundwasser hoch und schwächen unser Fundament. Dad musste damals Verdunkelungsvorhänge für mich besorgen, weil ich Angst hatte, dass die Schatten der Bäume mich aus meinem Bett holen und ins Erdreich hinabzerren, wo ihre Wurzeln sich an mir laben würden. Der Quittenbaum im Vorgarten war in meiner Vorstellung wie ein Sperrriegel, der unser Haus an Ort und Stelle festhielt; einmal hochgezogen würde die Kette, an der das Haus hing, sich lösen und der Wald käme über das Haus gewalzt, würde das Dach zermalmen, die Wände unter sich zusammenbrechen lassen und unsere Familie vollständig zerstören. Vielleicht war ich, genau wie die Quitte, die ganzen Jahre über ein Sperrmechanismus gewesen. Und meine Weigerung, Dad zu verdächtigen, hat zur Folge gehabt, dass Mums Mörder nie entlarvt wurde?

Tja, heute Nacht werde ich die Verdunkelungsvorhänge weit aufgezogen lassen, den Mechanismus entsperren und den Wald kommen lassen.

Ich ziehe eine Holzkiste unter meinem Bett hervor, die ich seit Jahren nicht mehr angeschaut habe. Mums altes Nähkästchen. Der Deckel ist lose, und das Innere ist mit einer Schlacke aus Staub, Schmutz und abgestorbenen Hautschuppen bedeckt – *ihre* abgestorbenen Hautschuppen. Ich hebe den verzogenen Plastikeinsatz voller alter Knöpfe, bräunlicher Nadelpäckchen und rostiger Stecknadeldosen an, um einen kleinen Stapel vergilbter, brüchiger Zeitungsausschnitte zu enthüllen, die sich darunter verstecken. Trotz meines Vertrauens in Dad ließ irgendwas mich diese anklagenden Schnipsel der Boulevardpresse aufheben. Es ist an der Zeit, sie richtig zu lesen.

Der erste Artikel stammt vom 7. Oktober 1996 und zeigt ein

ganzseitiges gruseliges Foto von Dad mit wildem Blick. Die Schlagzeile in dicken Großbuchstaben verkündet:

DER GIGOLO-KILLER
Der örtliche Universitätsprofessor Philip Davidson (60), von seinen Studenten am Londoner King's College »Dr. Gigolo« genannt, möchte die Polizei weiterhin bei ihren Ermittlungen zum brutalen Mord an seiner deutlich jüngeren Ehefrau, der glamourösen Fotografin Jennifer Davidson (37), unterstützen. Ihre Leiche wurde vor drei Tagen, gegen 6:30 Uhr, im Londoner Norden in Highgate Wood von einem Spaziergänger mit seinem Hund entdeckt. Sie starb infolge einer einzelnen Stichwunde in die Brust, die ihr mit einem großen Küchenmesser zugefügt wurde. Der Physikprofessor sowie Autor mehrerer populärwissenschaftlicher Bücher wird derzeit verhört.

Die Innenseiten sind mit Fotos von Dad gepflastert: eine offizielle Porträtaufnahme von der Universität, Fotos von College-Veranstaltungen sowie diverse Schnappschüsse, auf denen Dad in die Polizeistation eilt und versucht, den Kameras auszuweichen.

Professor Davidson wird von seinen Kollegen als »Einzelgänger«, »ein sehr reservierter Mensch« und »eher distanziert« beschrieben. Mit seinen 60 Jahren ist er ganze 23 Jahre älter als seine ermordete Frau. Sie lernten sich kennen, als sie eine 19-jährige Philosophiestudentin am King's College war. Kommilitonen berichten, dass Davidson »sehr um seine jungen Studentinnen bemüht war«. Jennifer verließ die Uni, um mit 19 ihr erstes Kind zu bekommen, und brachte mit nur 23 ihr zweites zur Welt.

Die Nachbarin, Libbie Roberts, beschreibt Jennifer als »lebhafte, gesellige junge Frau« und »hingebungsvolle Ehefrau und Mutter«, wohingegen Philip »viel ruhiger« und »ein sehr verschlossener Mann« sei. Ihr Mann, Frank Roberts, berichtet von den Auswirkungen des brutalen Mords auf die gesamte Nachbarschaft. »Wir alle sind tief bestürzt wegen dieser Tragödie, und jeder hier hat Angst, noch in den Wald zu gehen. Heute Abend findet in der Gemeindekirche ein Treffen zum Gedenken an Jen statt.«

Dann kommt das spießige Hochzeitsfoto von Mum und Dad, gefolgt von einer geradezu absurd glamourösen Aufnahme von Mum in einem eng anliegenden silbrigen Kleid.

Detective Chris Manning bekräftigte, dass Mr Davidson die Polizei bei ihren fieberhaften Mordermittlungen unterstütze. »Das war eine schreckliche Entdeckung. Wir bitten alle, die über sachdienliche Hinweise verfügen, sich beim Wood-Green-Ermittlungsteam zu melden.«

Ich hebe die nächste Zeitung vom Stapel. Sie ist auf den 9. Oktober 1996 datiert, und dieses Mal zeigt das ganzseitige Foto Dad in einem wallenden Talar neben einem mit Kreide auf einen Baumstamm gemalten Pentagramm. Die Schlagzeile lautet:

SATANISCHER RITUALMORD
Professor Philip Davidson (60) unterstützt nach wie vor die Polizei bei ihren Ermittlungen zu dem satanisch motivierten Mord an seiner Frau, Jennifer Davidson (37). An der Universität gab der eigenbrötlerische Dozent ein Seminar zur »Physik der Magie« und bezog beträchtliche

Tantiemen aus den Verkäufen seiner populärwissenschaftlichen Reihe »Unwirklich, aber wahr«. Es sind diese düsteren Interessen, die nun den wichtigsten Anhaltspunkt in den Ermittlungen rund um den brutalen Messermord geben.

Highgate Wood, der Londoner Wald, in dem es bei Nacht nur so von Fledermäusen wimmelt, wurde von Anhängern der schwarzen Magie schon lange als Sammelpunkt dunkler Energien entdeckt. So ist es auch ein Ort der Zusammenkunft für Hexen und Wicca aus der ganzen Umgebung, der oft für satanische Rituale und Orgien genutzt wird. Bei Nacht aufgenommene Fotografien zeigen regelmäßig unerklärliche Lichterscheinungen im Wald. Und was noch beunruhigender ist: Zahlreiche unabhängige Zeugen berichten von Sichtungen einer großen, in dunkle Gewänder gehüllten Gestalt, die lautlos zwischen den Bäumen umherstreift und angeblich die Temperatur um sich herum abrupt fallen lässt. Die Sage geht, dass es der Geist einer Nonne ist, die die vielen Pestopfer versorgte, die in der Gegend vergraben sind, doch nun fürchten Anwohner, dass die neuesten Sichtungen dieser Gestalt Professor Davidson selbst beim Praktizieren seiner schwarzen Künste gewesen sein könnte. Andere mutmaßen zudem, dass der Professor an der kürzlichen Entweihung des Highgate Cemetery beteiligt war, die angeblich von Satanisten begangen wurde, die auf dem Friedhof nach Artefakten für ihre Rituale suchten.

Es sind einige gruselige Fotos vom Wald zu sehen, dazu die horrormäßige Aufnahme von unserem Haus und dann noch ein albernes Bild von einer Gruppe Eltern und Kinder, die zusammengedrängt am Rand des Waldes stehen und mit verängstigten Mienen hineinschauen.

Der ruhige Nordlondoner Vorort Muswell Hill, normalerweise eine idyllische Gegend, die sich bei Familien großer Beliebtheit erfreut, wurde von diesem grausigen Verbrechen erschüttert. Wurde Jennifer bei einem dämonischen Ritual von ihrem eigenen Ehemann geopfert? Wird sich je wieder jemand sicher genug fühlen, den Wald zu betreten?

Das Ganze war natürlich sensationslüsterner Quatsch. Es lagen keinerlei Beweise gegen Dad vor, und er wurde auch nie angeklagt. Aber die Klatschblätter nehmen ihre Anschuldigungen nie zurück, daher blieben sie an ihm hängen wie schaler Zigarettenatem. Dad hängte seinen Posten an der Uni an den Nagel und ging vorzeitig in den Ruhestand, veröffentlichte nie wieder ein Buch und wurde zum Einsiedler. Die Zeitungen nannten ihn einen Einzelgänger, eine distanzierte Person, doch obwohl er ein stiller Mensch war, pflegte er ein reges Sozialleben. Er war ein geborener Lehrer, der sich um jeden seiner Studenten gleichermaßen kümmerte, egal wie begabt. Er hatte den Drang, seine eigene, geradezu jungenhafte Faszination für die Wissenschaft durch seine Lehre und seine Bücher in die Welt hinauszutragen. Und er ging in sämtlichen Aspekten des Universitätslebens auf, indem er Seminare organisierte, Gremien leitete, aufrichtig die altmodischen akademischen Rituale und Hierarchien genoss und von seinen Kollegen für seine Verlässlichkeit bewundert wurde. Auf einen Schlag von alldem abgeschnitten zu werden, war eine Erfahrung, die ihn erschüttert und verloren zurückließ.

Wenn ich ihn die vergangenen Jahre fragte, wie es ihm ging, nickte er nur, und sein Mund lächelte, doch seine Augen waren die eines überfahrenen Tieres, dessen gebrochener Leib samt der unnützen Gliedmaßen hinter ihm zuckt. Schmerz ist Schmerz, egal wie alt man ist, egal welches Geschlecht man hat. Doch es ist ein besonders tragisches Leid, wenn ein alter Mann seine Stellung, seine Ambitionen, den Respekt seiner Gleichgesinnten verliert – eine schwärende, testosterongetränkte Wunde. Dennoch wandelte Dad diesen quälenden Stachel nie in Zorn gegen jemand anders um, versuchte nie, seine Demütigung durch Schuldzuweisungen zu mildern, und auch nicht, seinen Kummer in Alkohol zu ertränken oder durch selbstzerstörerisches Verhalten auszulöschen. Er existierte einfach von einem langen, einsamen Tag zum nächsten, bestellte online immer dickere Lesebrillen, deren Messwert er eher vermutete, als zum Optiker zu gehen, kochte seine immer wiederkehrenden kleinen Mahlzeiten, die er verstohlen abends – und später dann ebenfalls online – kaufte, und brachte den Müll nur noch unter dem Deckmantel der Dunkelheit hinaus.

Aber war dies Trauer? Oder Schuld?

Schro hüpft mit einem matten Miauen an mir hoch. Reece und ich machten Witze über ihn, als er damals zu uns kam: »Ooh, was für ein pummeliges, moppeliges Katerchen«, sagten wir und krauten das weiche Fell seines orange-weiß gefleckten Bauchs. Wie bei mir sind auch bei Schro die Kilos gepurzelt, doch während ich bloß dürr ausschaue, schwindet er förmlich dahin. Aber ich kann ihn nicht einschläfern lassen, nicht bevor Dad seinen langjährigen Weggefährten noch einmal gesehen hat.

Als Dad ihn Schrödinger taufte, dachte ich, das wäre vielleicht der Name eines Nazis – meine Eltern hatten einen schrägen Humor –, aber nein, es war ein Physiktheoretiker. Am Tag vor Mums Ermordung saß Dad mit mir in unserem großen Wohnzimmer und sah zu, wie ich für Schro einen Spielzeugschmetterling an einer Schnur springen ließ. Während er sich mit wachsender Inbrunst in die Luft katapultierte, erklärte Dad mir die Theorie von Schrödingers Katze.

»Da gibt es also diese Katze«, begann er mit seiner geduldigen Lehrerstimme, »die mit einem radioaktiven Präparat in einer Kiste steckt, wobei die fünfzigprozentige Chance besteht, dass dieses zerfällt und die Katze tötet. Bis die Box geöffnet wird, ist die Katze gleichzeitig tot und lebendig.«

»Logo!«, sagte ich und ließ den Schmetterling wieder hüpfen.

Dad lachte, dann schoss seine Hand in Lichtgeschwindigkeit vor und packte Schro in der Luft am Genick, sodass seine Augen hervorglupschten.

»Ist schon gut, so halten Katzenmütter ihre Jungen«, beruhigte mich Dad.

Ich glaube, ich lachte damals. Aber gerade empfinde ich die Erinnerung als brutal. Erinnerungen sind keine Videos – wir bearbeiten sie im Nachhinein, wählen andere Einstellungen aus, erschaffen neue. Ich war mir immer sicher, dass Reece genau das getan hatte, indem er sich Dad neu dachte und sämtliche Aspekte unserer Kindheit umschrieb, um sie düsterer darzustellen. Aber ist seine Erinnerung die wahre, oder ist es meine?

Meine Familie wurde von unserer ureigenen Schrödinger-Katze gefangen gehalten – Dad hatte Mum sowohl umgebracht als auch nicht umgebracht. Ich habe Schrödingers Theorie erst kürzlich im Internet recherchiert, und sie ist ein Gedankenexperiment in der Quantenphysik, entworfen von einem österreichischen (nein, kein Nazi) Physiker namens Erwin Schrödinger. Der Schluss von Schrödingers Experiment wird mit einer finalen, unglaublichen, packenden Aussage gedeutet: »Beobachtung bricht die Realität auf eine Wahrheit herunter.« Ah, ha, ha – wenn dem bloß so wäre: Allein die Vorstellung, dass jemand die tatsächlichen Ereignisse jener Nacht beobachtet hätte und mir die absolute, unverrückbare Wahrheit sagen könnte.

Ich könnte die Lichter in allen anderen Kinos meines Multiplexgehirns ausschalten, die Vorhänge vor all den Leinwänden zuziehen, auf denen seit zig Jahren die verschiedenen Filme dessen, was passiert war, liefen: ein wildfremder Mörder; Selbstmord; jemand, den wir kannten – oder auch nicht – und der einen geheimen Hass hegte; oder Reece' hässliche Version mit Dad in der Hauptrolle. Wenn ich nur eine einzige Filmspule der »Wahrheit« hätte, könnte ich mir einen riesengroßen rot gestreiften Eimer mit buttrig süßem Popcorn und einen Kübel Cola Light holen – ach, Scheiß drauf, echte Cola, das ist immerhin eine Feier! –, mir den perfekten Sitzplatz in der Mitte der mittleren Reihe krallen und es mir wieder und wieder reinziehen, in der Gewissheit, dass ich mir da endlich *Was – Wirklich – Geschah* anschaue. Bevor Dad stirbt, muss ich diese verschollene Filmspule finden – wer auch immer die Hauptrolle darin spielt.

Chris Manning war damals der mit den Ermittlungen betraute Detective, der auch die wenigen knappen Aussagen an die Presse tätigte. Er war der ernste junge Mann in dem dunklen Trenchcoat, der uns an jenem schrecklichen Morgen aufsuchte. Den Zeitungen zufolge war er damals sechsundzwanzig, also müsste er heute immer noch arbeiten. Vielleicht wäre er ja gewillt, sich mit mir zu unterhalten. Ich suche online – und es ist so unfassbar simpel. Eine Suchanfrage, und da ist er schon in einem LinkedIn-Eintrag:

Chris Manning, ehemaliger Detective bei der Londoner Polizei (1996–2017), verfügbar für Unterricht und Recherchen im Bereich polizeiliche Ermittlungstechniken für Autoren.

Meine Güte, er war nur ein einfacher Detective gewesen, als er mit Dads Fall betraut wurde, lächerlich jung. Warum hat man uns nicht ernster genommen? Ist das der Grund, warum der Fall nie gelöst wurde? Der knabenhafte Polizist von damals wird heute gerade mal neunundvierzig sein. Warum arbeitet er nicht mehr für die Kriminalpolizei oder überhaupt als Beamter? Scheint doch eine seltsame Karrierewendung. Der Eintrag ist zwei Jahre alt. Bevor ich es mir anders überlegen kann, schicke ich ihm eine Privatnachricht.

> Sehr geehrter Detective Manning,
> ich bin Hannah Davidson, die Tochter von Jennifer Davidson, die 1996 in Highgate Wood ermordet wurde. Sie waren damals der leitende Ermittler in dem Fall. Ich schreibe, weil mein Vater im Sterben liegt und ich über die damalige Untersuchung reden wollte, bevor es zu spät für ihn ist. Ich weiß, es ist lange her, aber ich wäre sehr dankbar, wenn wir uns treffen könnten.
> Ich freue mich, von Ihnen zu hören.
> Mit freundlichen Grüßen
> Hannah Davidson

Ich verspüre eine vertraute Woge der Angst.

Einmal gab ich ein paar alte Kinderbücher an einen Wohltätigkeitsladen in der Nachbarschaft. Gleich am nächsten Tag kaufte ich sie alle zurück und war unsäglich erleichtert, als sie wieder an ihrem angestammten Platz standen, auch wenn ich sie seither nie wieder angeschaut habe. Und so beruhige ich mich damit, dass diese flackernde Warnung am Rande meines Bewusstseins nur meiner üblichen krankhaften Angst vor Veränderungen geschuldet ist.

Aber ist sie das wirklich?

KAPITEL NEUN

Am nächsten Morgen werde ich mit einem Schwarm adrett gekleideter Angestellter aus der U-Bahn-Station Sloane Square gespuckt. Ich habe mich heute früh erst von Dads stabilem Zustand überzeugt und mir dann den Kopf zermartert, was ich für meinen Besuch bei Reece anziehen sollte, da ich nichts für die echte Welt da draußen besitze. Meine gesamte Garderobe läuft unter autopilot-bequem, weit und unkompliziert – »für die Dame, die über diesen Dingen steht«. Ich kam vor sechs Monaten mit den Klamotten an, die ich am Leibe trug, und musste mir seither damit und mit Dads Zeug behelfen. Heute entschied ich mich für meine gewaschene Tesco-Jeans mit einem Gürtel, damit sie überhaupt oben blieb, aber dazu Mums blaue Bluse mit einem französischen Etikett, die sie über einer Stuhllehne hatte liegen lassen. Ich habe mich noch nicht überwinden können, in ihren Kleiderschrank zu schauen, aber diese blaue Bluse schien mich die letzten Monate über zu verhöhnen. Sie verströmt immer noch eine ganz schwache Note ihres Chanel No.5-Parfüms, und ich komme mir schräg vor, sie zu tragen. Ich kann immer noch nicht begreifen, dass ich in ihre Klamotten passe. Sie war eine schlanke 36; ich trug an der Schule schon eine 40 und arbeitete mich mit der Zeit auf 44/46 hoch – bis zur diesjährigen beeindruckend wirkungsvollen Diät aus Kummer und Obst.

Ich gehe die Chelsea Road entlang, an knochigen, in pastellfarbene Togen gehüllten Schaufensterpuppen vorbei, die über mit geköpften pinken Gerbera bestreuten Wasserschalen hängen, während ich dem blauen Pünktchen auf Google Maps folge. Mum liebte es, in diesen feinen Boutiquen einkaufen zu gehen, bei denen ich mich immer zu fett fühlte, um auch nur daran zu denken, einen Fuß hineinzusetzen, also wartete ich immer draußen. Mein blinkender Punkt und Reece' Punkt überlappen sich nun auf meinem Handy – ich bin überrascht, dass sie sich nicht abstoßen wie gleich gepolte Magneten. Es gibt acht Wohnungen in dem stattlichen roten Backsteingebäude. Ich steige die Eingangsstufen hoch und werde mit einem Summen in ein makelloses marmorgefliestes Foyer eingelassen. Der Eingang zu meinem Kabuff in Brighton bestand aus einem Viereck schmutzigen, sich wellenden Teppichbodens, der mit alter Post und Pizza-Flyern bedeckt war. Reece verfügt über einen uniformierten Portier, der mich fragend anschaut. Ich bin ganz klar nicht der richtige Typ Mensch für dieses Gebäude.

»Zu Ryan Patterson? Er erwartet mich«, verkünde ich.

Er murmelt etwas in ein Telefon, wobei er mich argwöhnisch beäugt, bevor er nickt. »Nehmen Sie den Aufzug in die oberste Etage«, weist er mich an.

Der Aufzug ist komplett mit poliertem Holz und Spiegeln verkleidet. Ich stelle mir vor, wie Reece das Glas verschmiert, während er eine seiner vielen Model-Freundinnen, mit denen ich ihn abgelichtet gesehen habe, dagegendrückt und sie vögelt. Igitt. Ich ziehe einen Kuli aus meiner Tasche und notiere auf meine Handfläche: »Halt dich zurück.« Ich habe bereits ein Gummiband um mein Handgelenk gezogen, das ich zupfen kann, wenn ich das Gefühl habe, dass mein unangemessenes Ich zu sehr rauskommt.

Die Aufzugtüren öffnen sich zu einem breiten Flur, und Reece lehnt im Türrahmen gegenüber.

»Komm rein, ich setz uns einen Kaffee auf«, sagt er, ins Innere zurückkehrend.

Ich folge ihm einen langen Flur entlang. Er biegt in eine Küche zu seiner Rechten, dirigiert mich jedoch mit einer Geste zu der Tür geradeaus.

Mit acht ging ich mit Reece und Dad zu meinem ersten Fußballspiel überhaupt, und als ich aus dem Treppenhaus in das alte White-Hart-Lane-Stadion mit den Fans, der Musik und dem Gebrüll um mich herum ausstieg, wurde ich überwältigt von den Ausmaßen und der Intensität des Ganzen. Der gleiche Eindruck schlägt mir auch jetzt entgegen, als ich diesen weitläufigen, wunderschönen Raum betrete. Weiße Holzböden, weiße Wände, diskret verbaute weiße Regale voller Romane, Fotografien und Kunstobjekte zwischen hohen eingelassenen Fenstern mit hölzernen Sitzgelegenheiten. In einer Ecke steht ein riesiger silberner Fernseher gegenüber einer rechtwinkligen weißen Ledercouch mit einem niedrigen durchsichtigen Tisch davor; dahinter befindet sich eine historische, mit rotem Samt bezogene Chaiselongue, vor der ein lila, mit Zeitschriften übersäter Würfel positioniert wurde. An den Wänden stehen mehrere Lampen mit goldenen Ständern und weißen plissierten Schirmen. In einer anderen Ecke des großzügigen Raums befindet sich ein runder rauchgrauer Tisch mit bordeauxroten geschwungenen Plastikstühlen drumherum, und an der Wand darüber hängt ein riesiges Gemälde von einem Satz Teller auf einem dunkelroten Tisch vor einer Wand in matterem Rot. Alles ist genauestens ausbalanciert und lässt die Sinne doch zum nächsten Element wandern, das entworfen wurde, um das vorangegangene zu ergänzen oder mit ihm zu kontrastieren. Das Gesamtbild ist so friedlich und gleichzeitig so lebendig. Ich war noch nie in einem Raum wie diesem.

»Wow!«, rufe ich.

»Ja, ist ganz nett!«, ruft er zurück. »Ist ein Espresso okay?«

»Klar.« Ich hasse Espresso.

Als ich mich zu der Wand hinter mir drehe, schweifen meine Augen am Boden entlang bis zu einem großen weißen Kamin, doch mein Blick wird umgehend zu einer krass klaffenden Farbexplosion darüber gezogen – ein überdimensionierter gerahmter Kunstdruck: zwei riesige rote Rechtecke übereinander, wobei das obere etwas kleiner ist als das untere, beide vor einem Hintergrund in einem helleren Rot. Den Stil erkenne ich sofort von einer Ausstellung, in die Mum uns einmal geschleift hatte. Es ist ein Rothko-Druck. Jesus, an den Tag habe ich seit Jahren nicht mehr gedacht. Doch nun höre ich das gedämpfte Gemurmel der Besucher, rieche die Politur der glänzenden Böden und sehe die riesigen Leinwände, die sich über die weiß getünchten Wände der Galerie erstrecken. Reece und ich haben uns komatös gelangweilt, während wir lustlos vor diesen riesigen rechteckigen Farbklecksen herumstanden, die so öde und gleichförmig aussahen. Aber Mum ließ sich nicht beirren.

»Schaut euch die verschwommenen Ränder an – seht nur, wie sie die Gemälde pulsieren lassen«, sagte sie. »Das ist so … sinnlich.«

»Muuum«, stöhnte Reece peinlich berührt. Er muss vierzehn gewesen sein, also war ich wohl zehn.

»Die sind so riesig«, maulte ich.

»Ja. Damit du sie dir nicht bloß anschaust – du betrittst sie«, erwiderte Mum ehrfürchtig.

Reece verdrehte die Augen in meine Richtung.

»Es sind Landschaften der Seele«, fuhr sie fort, »Fenster zu unseren verborgensten Sehnsüchten und Begierden.«

Ich war gleichermaßen fasziniert, wenn auch nicht von der Kunst, sondern von ihrer Inbrunst und Fokussiertheit. Als wir sie endlich ins Café schleifen konnten, jubelten wir vor Erleichterung. Ist Reece als Erwachsener zu einem prätentiösen Kulturschnösel mutiert? Oder geht es hier nur um die Erinnerung an Mum? Wenigstens hat er ein knalliges, heiteres Exemplar gewählt, nicht eine der deprimierenden schwarzen oder rötlich-braunen

Monstrositäten, an die ich mich erinnere. Vor dem Gemälde ist ein einzelner weißer Ledersessel samt passendem Fußhocker positioniert. Sitzt Reece etwa hier und schaut zu diesem krassen Gemälde hoch?

Und warum?

»Stehst du mittlerweile auf so Kunstkram?«, frage ich, als Reece mit zwei kleinen weißen Espressotässchen hereinkommt.

»Schon. Das ist von …«

»Ich weiß.« Ich nehme das absurd winzige Tässchen entgegen und verziehe bei dem bitteren Gebräu das Gesicht. Ich will mich gerade abwenden, als mir etwas auf dem minimalistischen weißen Kaminsims auffällt. Zwei kleine grau gerahmte Bilder, ein kleines Rechteck und ein langes Rechteck, wie eine beiläufige Anspielung auf die Proportionen des Rothko darüber. Ich trete näher und neige den Kopf, um die Lichtspiegelung auf dem Glas zu umgehen.

»O mein Gott.«

Der lange Rahmen enthält eine Fotoserie wie in einem Daumenkino; sie zeigt den jugendlichen Reece von den Hüften aufwärts, unbekleidet, den Kopf von der Kamera zurückgeworfen, seinen ansehnlichen, sehnig-muskulösen Oberkörper nach vorne gewölbt, während er sich zu einem Sprung aufbäumt. Und ich weiß sofort, dass die Bilder von Mums letzter Filmrolle stammen, aus ihrer Serie »Falling«.

»Warum?«, frage ich.

»Das bin ich. Warum sollte ich nicht?«, entgegnet er streitlustig.

Mein Blick schweift zu dem kleineren gerahmten Foto darüber, ein einzelnes Polaroid mit dem typisch weißen breiten Rand. Es zeigt Mum auf einer unserer grünen Sonnenliegen fläzend in dem knappen roten Bikini, den sie sich in jenem letzten Sommer gekauft hatte. Sie lächelt zum Fotografen hoch, wobei sie die Augen abschirmt. Ihre vollen Brüste werden von dem freizügigen Oberteil hochgepuscht, wobei die obere beinahe rausquillt; das knappe Höschen schmiegt sich um ihre Hüften. Es war Reece, der zu seinem Achtzehnten – nur zwei Monate vor Mums Tod – eine Polaroidkamera von den Roberts von nebenan geschenkt bekommen hatte.

»Du hast das geschossen?«, frage ich.

Er nickt.

»Muss eines der letzten sein.«

»Am Tag davor – willst du dich setzen?«, bietet er mit einer Armbewegung an.

In Reece' Gegenwart fühle ich mich wieder wie ein Kind. Ich schlurfe auf das schwülstige weiße Sofa zu, gehe in die Hocke und hüpfe hoch, wobei ich versuche, einen dieser Sprünge aus dem Stand nachzumachen, die wir früher in unseren endlosen Geschicklichkeitsspielen im Wald übten. Da ich seit Jahren keinen gemacht habe, verfehle ich die Sofakante und krache auf den Boden.

»Alles in Ordnung bei dir?« Reece kommt rübergerannt. »Ist dir was passiert?«

»Mir geht's gut.« Ich rapple mich auf. »Ich wollte nur so einen Standhochsprung machen.«

»Wieso?«

Ich zucke mit den Achseln.

Mein Stiefel hat einen schwarzen Striemen auf seinem Marshmallow-Sofa hinterlassen, also setze ich mich rasch drüber. Reece hockt sich ans andere Ende des rechten Winkels. Ich bemerke, dass ich rhythmisch mit den Fingern auf meinen Schenkel klopfe: *Hi-hi-hi – Oh mein Gott – Hi—hi—hi.* Kurz kurz kurz – lang lang lang – kurz kurz kurz. Der Morse-Code für

SOS, so, als würde ich ihm über eine lange Distanz hinweg ein Signal schicken. All die Kinderspiele, die wir im Wald miteinander spielten – aus heutiger Sicht wirkt es, als hätten wir für den Kriegsfall geübt.

»Das ist echt verrückt«, sagt er und beäugt mich mit einem Ausdruck, der nur faszinierter Abscheu genannt werden kann, »du siehst aus wie sie.« Also war es für ihn nicht nur die blonde Perücke.

»Ich bin nur dünner.« Ich verschränke die Arme vor der Brust.

»Hast du irgendeine krasse Diät gemacht?«

Ich habe ihn fünfzehn Jahre nicht gesehen, und wir unterhalten uns über Diäten? Herrje, diese britische Fähigkeit zum Small Talk, wo doch so viele Elefanten in diesem Porzellanladen rumstehen, dass sie uns niedertrampeln müssten.

»Oh, ja, ich habe mir einen Personal Trainer besorgt und so«, erwidere ich.

»Das habe ich ... Oh. Tja, auf jeden Fall bist du viel dünner.«

»Aber ich war davor doch auch liebenswert?«, entgegne ich spitz.

Er hebt eine Augenbraue, und ich verspüre den Funken unserer alten sarkastischen Schlagabtausche.

»Die Pfunde sind einfach so gepurzelt«, sage ich, um ihn zu ärgern, aber auch, weil ich nicht erzählen will, was wirklich passiert ist.

»Bist du immer noch in Brighton?«, erkundigt er sich.

»Nein, ich bin bei Dad – wie ich bereits sagte.«

»Ach so, mir war nicht klar, dass du richtig eingezogen bist. Konntest du keine Pfleger auftreiben?«

»Ich hatte monatelang Pfleger da, zweimal täglich. Du warst ja nicht verfügbar.«

Reece seufzt.

Ich zupfe an dem Gummiband an meinem Handgelenk. »Es ging ihm immer schlechter, also habe ich den Laden und meine Wohnung aufgegeben.«

»Du hast immer noch in diesem Laden gearbeitet?«

»Ja.« Ich kann nicht glauben, dass wir das gleiche Gespräch führen wie vor fünfzehn Jahren. »Es war das Richtige«, sage ich steif.

Ich kannte Reece mal so gut, und damals löste seine Gegenwart kein selbstkritisches Rumgedruckse aus, doch heute fühle ich mich unwohl, wie auf dem Präsentierteller. Ich schiebe die Hände unter meine Schenkel, damit sie mit dem Morse-Geklopfe aufhören.

»Also bist du ... dauerhaft bei ihm eingezogen?«

»Ja. Na ja, bis er ...«

Er fegt einen unsichtbaren Fussel von seiner weißen Chino, als hätte ich gerade eine Bemerkung zum Wetter abgegeben. »Brauchst du Geld?«, fragt er.

»Nein! Und ich sauge auch nicht Dad aus, falls du das meinst.«

»Das habe ich nicht behauptet.«

»Schön, aber tu ich nicht.« Ich stehe abrupt auf, gehe zum Fenster rüber und spähe durch die eleganten weißen Jalousien. »Dad ist wirklich krank«, sage ich, um einen ruhigen Anknüpfungspunkt zu finden.

»Und?«

Ich schaue über die Schulter zu ihm, doch er blickt teilnahmslos drein.

»Und ... es gibt Dinge zu erledigen. Die ganzen Verfügungen, die Vollmachten für die medizinischen Entscheidungen, den finanziellen Kram. Und du weißt schon – ›keine Reanimation‹, wenn es so weit ist.«

»Ja, klingt gut.«

»Was? Ihn nicht zu reanimieren?«

»Wenn er wirklich krank ist«, meint er nüchtern.

»Reece, komm schon.«

»Es ist wirklich unangenehm, dass du mich weiterhin Reece nennst.«

»Okay. Ryan, komm schon.« Ich kehre zu ihm zurück, wobei ich versuche, meinen Ärger runterzuschlucken. »Sollen wir uns um eine gemeinsame Vollmacht bemühen? Ich habe sämtliche Formulare.«

Er verzieht das Gesicht. »Übernimm du das. Ich unterschreibe, was immer nötig ist.«

»Das musst du nicht. Ein Geschwister kann es tun, ohne das andere zu informieren – wenn das Elternteil einverstanden ist, natürlich. Obwohl ich nicht sicher bin, ob Dad dazu in der Lage sein wird. Wenn nicht, muss ich mich mit dem ganzen Zurechnungsfähigkeitskram auseinandersetzen.«

»Super, hau rein«, sagt er mit einem Schwung seines Arms.

»Das ist kein Flohgehüpfe, weißt du. Mehr so was wie … einen Zauberwürfel lösen?«

Er feixt. »Ja, ja, ich weiß schon, das war mehr dein Ding. Tut mir leid, es stibitzt zu haben. Ich verbeuge mich vor deinem überragenden Können«, sagt er mit einer entsprechenden Kopfbewegung.

»Es wird kompliziert, aber gut, ich werde es erledigen.«

Dann erwische ich ihn dabei, wie er auf seine Uhr schaut. Oh nein, so leicht kommt er mir nicht davon.

»Es kann aber auch sein, dass Dad sich erholt, sogar, dass er heimkommt, und das Haus ist nicht für seine Bedürfnisse ausgestattet. Ich habe neulich Marcus getroffen, und er meinte, er würde helfen …«

Reece' Augen blitzen auf. Er steht auf und verlässt das Zimmer.

Wurde ich gerade entlassen? Ich mustere seine Bücherregale: *Die 5:2-Diät, Muskelaufbau und Ernährung, Saftfasten* … Vielleicht ist er ja doch nicht ganz so mühelos schlank. *Die Kunst des Augenblicks, Achtsamkeit, Wut-Management* … Ha, dieser Ich-verlasse-das-Zimmer-Trick ist eine klassische Wut-Management-Technik. Dabei ist es eher ein Machtspiel, den anderen wild um sich schlagend allein zu lassen.

Ein paar Sekunden später kommt er mit zwei langstieligen Wassergläsern zurück, stellt sie auf dem Sofatisch ab und setzt sich.

»Du musst die verdammten Roberts nicht da mit reinziehen«, sagt er. »Nimm richtige, qualifizierte Handwerker. Ich zahle auch.«

Ich hocke mich wieder über den schwarzen Fleck auf dem Sofa, bemerke dabei aber, dass mein Stiefel auch einen dunklen Striemen auf Reece' perfektem weißem Boden hinterlassen hat, also stelle ich den Fuß drauf, als würde ich eine heimliche Runde *Twister* spielen. Ich erinnere mich noch, wie Mum, Reece und ich uns vor Lachen nicht mehr einkriegten, während Dad die Farben vorlas, bis wir irgendwann alle auf der Plastikplane mit den bunten Kreisen zusammenbrachen.

»Warum hast du dieses dämliche Buch über uns geschrieben?«, frage ich leise.

»Es geht nicht um dich«, erwidert er düster.

»Die heulende Schwester?«

»Du warst meine Schwester, und du hast geheult.«

Ich registriere seine Verwendung der Vergangenheitsform wie eine Ohrfeige ins Gesicht.

»Damit lässt du die ›schlafenden Hunde‹ wohl kaum ruhen?«

»Ich musste das Narrativ kontrollieren.«

»Wie bitte?«

»Die Presse hat schließlich doch die Verknüpfung zwischen Ryan Patterson und Reece Davidson hergestellt.«

»Also hast du beschlossen, ihnen auf die Sprünge zu helfen.«

Er schaut mich an wie ein dummes Kind. »Sie wollten einen großen Beitrag über Mum bringen, mit mir oder ohne mich. Ihre Version hätte haufenweise fiese Spekulationen enthalten. Meine Agentin Anastasia riet mir, meine Memoiren zu schreiben, die sie als Serie drucken könnten, sodass sie ihre große Story hätten, ich aber den Inhalt kontrollieren würde.«

»Aber warum hast du nicht mich kontaktiert? Oder Dad?«

»Dir zufolge ist Dad nicht mehr zurechnungsfähig. Und du und ich – wir hatten keinen Kontakt.«

Als ob das meine Entscheidung gewesen wäre? Aber ich will mir nicht die Blöße geben, ihn vollzujammern, weil er mich fallen gelassen hat.

»Warum Selbstmord?«, frage ich stattdessen. »Nach allem, was du bisher behauptet hast.«

»Du würdest es vorziehen, ich hätte geschrieben: ›Mein Vater hat meine Mutter abgemurkst, *ra-bäh*, ich Ärmster, Sohn eines Mörders‹.«

»Nein! Das wäre nämlich Verleumdung.« Meine Stimme ist zu laut.

»Bist du immer noch so eine unverbesserliche Optimistin? Dad war ein Säufer und ein Tyrann, der Mums Leben ruiniert und sie dann umgebracht hat.«

»Das ist doch lächerlich. Du hast einfach nur beschlossen, dass er ein egomaner, schwieriger, jähzorniger Mann war. So habe ich ihn aber nicht in Erinnerung.«

»Tja, du bist auch nicht ich.«

»Dieser Abend, den du beschrieben hast – so war er gar nicht. Die Stimmung war angespannt.«

»Es ist dreiundzwanzig Jahre her, du bist diejenige, die sich nicht mehr klar erinnert …«

»Fettarme Sprühsahne«, unterbreche ich ihn.

»Was?«

»Er hat immer dafür gesorgt, dass welche da war, für deinen Kakao nach dem Fußball.«

»Ja, und?«

»Er war fürsorglich.«

»Nein, er hat die ganze Zeit rumgeschrien«, schreit er.

»Ja, manchmal. Aber er hat dich auch zum Fußball gefahren, dir Cricket-Bowling beigebracht und an den Wochenenden Fußballwetten mit dir gemacht.«

»Ach, dann hebt so ein bisschen Sport den Mord an unserer Mutter auf, ja?«, entgegnet Reece sarkastisch, nimmt sein Wasserglas und geht zum Rauchglastisch rüber.

Ich muss irgendwie durch diese dicke Eisschicht brechen, die Reece' festgefrorene Überzeugtheit immer über uns legt – sonst werde ich darunter noch ertrinken.

»Er dachte, ich wäre Mum«, sage ich langsam.

»Wer?«

»Dad, gestern im Krankenhaus. Er hat mit mir geredet, als wäre ich sie.«

Er zuckt zusammen und verschüttet etwas Wasser. »Was hat er gesagt?«

»Dass …« Und nun lege ich eine Kunstpause ein, so, wie er bei seiner Lesung, und genieße, wie sehr es ihn ärgert. »Dass es ihm leidtut.«

»Oh, endlich tut's ihm leid.«

»Du denkst, er hat das damit gemeint?«

»Natürlich. Es tut ihm leid, dass er sie getötet hat.«

Ich zucke mit den Achseln.

»Oh, Hannah, du denkst doch nicht etwa daran, das Ganze wieder auszugraben?«

Nur gut, dass ich ihm nicht erzählt habe, dass ich den Detective von damals angeschrieben habe.

»Gibt es etwa schlafende Hunde aufzuwecken?«, frage ich. »So wie du es mir in dein Buch geschrieben hast?«

»Nein, natürlich nicht, das ist nur so ein Spruch. Ich meinte damit, du sollst nicht deine schlafenden Emotionen aufwühlen.«

Er interpretiert gerade seine ursprüngliche Aussage um. Reece machte früher mit seinen berühmten Kumpels eine Improvisations-Show im Comedy Store, und jede Woche las er einen öden Text wie eine Einkaufsliste vor, wobei er ihn gewitzt mit allen möglichen Bedeutungen spickte. Jetzt versucht er das genaue Gegenteil, um die Bedeutung aus seinem ominösen Gekritzel wieder herauszunehmen.

»Warum hast für die Lesung genau diesen Auszug gewählt?«, fahre ich mit brüchiger Stimme fort. »Findest du es nicht schmerzhaft?«

»Anastasia riet, die Episode vorwegzunehmen, die das meiste Interesse erregen würde. Mir war nicht klar, dass du da sein würdest.«

»Und natürlich war es angemessen dramatisch für deine bewundernden Fans!«

Er presst die Lippen zusammen. »Komm schon, Hannah. Nächste Woche wird es niemanden mehr jucken, und wir können mit unserem Leben weitermachen. Ich habe haufenweise Dreharbeiten anstehen und muss mich konzentrieren.«

»Was ist damit, was ich brauche?«

»Du brauchst einen Schritt nach vorne«, sagt er, erneut auf seine Uhr blickend. »Es tut mir leid, aber ich habe einen Termin.«

»Ich muss sowieso los, viel zu tun«, erwidere ich lachend.

»Wenn Dad dann tot ist«, sagt er, als ich mich erhebe, »kannst du das alles vielleicht mit ihm beerdigen.«

Die Wut explodiert in mir wie eine Bombe, und ich fege sein langstieliges Wasserglas vom gläsernen Tisch. Ich erschauere vor Freude, als es in hohem Bogen davonfliegt und die Wasserkügelchen einen winzigen Moment in der Luft hängen, während ich hinausmarschiere.

Haltlos und den Tränen nahe treibe ich die Straße entlang. Ich checke mein Handy, ob Reece mich bittet, wieder hochzukommen. Natürlich nicht ... aber ich bleibe wie angewurzelt stehen, als ich eine E-Mail von Detective Manning sehe.

Meine Finger verharren zögernd über dem Link.

Ich möchte ja im Leben vorankommen, ohne weiter nach hinten zu schauen. Aber es ist, wie wenn man auf dem Computer ein Dokument umbenennen möchte – man kann den neuen Namen zwar eintippen, aber er wird nicht akzeptiert, solange das Dokument noch geöffnet ist. Ich muss die Datei mit Mums Tod ein für alle Mal schließen, egal wie die Wahrheit aussieht, damit ich das hinter mir lassen kann.

Liebe Miss Davidson,
ich habe Ihre Nachricht über LinkedIn erhalten. Ich erinnere mich sehr gut an den Fall Ihrer Mutter und bedauere, dass wir niemanden zur Rechenschaft ziehen konnten. Ich bin nicht länger bei der Polizei, daher kann ich nicht in offizieller Funktion sprechen, aber ich würde mich freuen, mich als Privatperson mit Ihnen unterhalten zu können.
Mit freundlichen Grüßen
Chris Manning

Reece wäre absolut dagegen, dass ich antworte. Also klicke ich den Link mit der Handynummer an.

»Hallo?«, meldet sich eine tiefe Männerstimme.

»Detective Manning?«

»Heute nur noch Mr Manning«, erwidert er unwirsch. »Wer ist da?«

»Oh, hallo, hier ist Hannah Davidson. Sie haben auf meine Nachricht geantwortet.«

»Ah, ja, Miss Davidson.« Er klingt so brüsk und sachlich. Ich muss an den jungen Mann im Trenchcoat denken, der seinen Blick senkte, als er Mums Tod bestätigte.

»Könnte ich vorbeikommen, um mit Ihnen über den Fall meiner Mutter zu sprechen?«

»Die Beratungsgebühr beträgt 70 Pfund die Stunde. Wenn das für Sie akzeptabel wäre?«

»Geht klar. Wann hätten Sie Zeit? Ich meine, gerne so bald wie möglich.«

»Natürlich. Morgen Vormittag? Ich bin in Northwood, an der Metropolitan Line – ich schicke Ihnen die Adresse per WhatsApp. Ist das okay?«

»Das ist super. Danke.«

Als ich auf Auflegen tippe, bemerke ich die Kugelschreibernotiz auf meiner Handfläche, die mich warnt:

Halt dich zurück.

Tja, schon zu spät.

KAPITEL ZEHN

Wie ist Schro wieder rausgekommen? Er sitzt auf dem Bürgersteig vor dem Haus, und als ich näher komme, bemerke ich, dass drinnen Licht brennt. Habe ich es angelassen? Als ich leise die Tür öffne, höre ich das Klappern von Geschirr und erhasche eine Bewegung durch den Spalt der halb geschlossenen Küchentür. Ein Dieb? Diese großen Häuser mit Rücken zum Wald sind so anfällig und so verlockend – leichte Beute mit ihren alten Bewohnern, die nunmehr allein in ihren Familienheimen leben.

»Wer ist da?«, rufe ich vom Eingang.

Das Geräusch verstummt.

Ich verlagere das Gewicht auf meine Fußballen, bereit, loszurennen. Doch da kommt Mrs Roberts raus.

»Ah, Hannah, Liebes, da bist du ja.«

»Hey, Mrs ... Libbie.« Seit meiner Rückkehr besteht sie darauf, dass ich sie Libbie nenne und duze, aber das ist wie in einer Fremdsprache zu denken und erst übersetzen zu müssen, bevor man spricht – in meinem Kopf wird sie immer Mrs Roberts bleiben.

Sofort bin ich zurück in der Zeit, als Dad und ich versuchten, mit unserer kleinen, freudlosen Alltagsroutine zurechtzukommen, nachdem Reece für immer fort war. Mrs Roberts kam ungefragt vorbei, brachte uns Essen, räumte auf, versuchte, uns aufzumuntern, und wir brauchten Monate, um ihr klarzumachen, dass wir in Frieden gelassen werden wollten. Nachdem ich mit achtzehn zum Studieren weggezogen war, hatten wir sehr sporadisch Kontakt, und seit ich nun zurück bin, haben wir bloß höfliche Floskeln gewechselt.

»Komm her«, sagt sie und hüllt meinen starren Körper in eine tröstliche *Marks & Spencer*-Kaschmir-Umarmung. Ich versteife mich, da mir sogleich Mr Roberts' Hawaiihemd einfällt, als er mich gestern gepackt und wie seine Beute ins Haus geschleift hat. Was für eine schmutzige Fantasie ich doch habe – er wollte nur helfen. Und Mrs Roberts war einst eine zweite Mutter für mich. Mein Unbehagen verpufft mit der körperlichen Erinnerung an all ihre Umarmungen von früher.

Als sie mich loslässt, sieht sie mir in die Augen und bedenkt mich mit ihrem vertrauten wortlosen Nicken.

»Frank sagte, du hättest momentan eine knifflige Zeit. Das tut mir so leid. Wir dachten uns, wir sollten einspringen, also stocke ich gerade deinen Kühlschrank wieder auf. Er war ziemlich leer.« Sie lacht. In Anbetracht ihrer pingeligen Art muss dieses Haus ihr persönlicher siebter Kreis der Hölle sein. »Komm schon rein«, fährt sie auf dem Weg in die Küche fort. »Ich bringe uns einen Tee.«

Sie war Mums beste Freundin, wenn auch in vielerlei Hinsicht ihr komplettes Gegenteil: Mum war schlank, unbändig und eine Quasselstrippe, während sie stämmig, schwerfällig und eine gute Zuhörerin war. Heute ist Mrs Roberts grauer und fülliger, ihr Gesicht zeigt mehr Falten. Andererseits sind alle gealtert, außer Mum, die für immer jung und schön bleibt.

Als wir hier aufwuchsen, waren unsere Häuser mehr wie zwei Gebäude für eine weit gefasste Familie mit sehr unterschiedlichen Stundenplänen, die von zwei sehr unterschiedlichen Müttern festgesetzt wurden. Bei uns daheim hieß es, Schule schwänzen für spontane Ausflüge, kunterbuntes Geschichtenerzählen in extravaganten Kostümen und Tipps gegen Kater; nebenan hieß es stinknormal Hausaufgabenzeit, Läusekämmen und hilfreiche Artikel für Teenager, die sorgfältig aus Zeitschriften ausgeschnitten wurden. Es war Mrs Roberts, die mit mir meinen ersten BH kaufen ging, die mich nach einer Schulprügelei abholte und die meine Scham zerstreute, als ich beim Versuch, meinen ersten Tampon einzuführen, in Ohnmacht fiel. Doch es war Mum, die mir zeigte, wie man flüssigen Eyeliner auftrug, ohne zu schmieren, die mit mir kreischte, als wir zusammen *Der Exorzist* schauten, und die mir mit dreizehn mein erstes alkoholisches Getränk kaufte, einen unfassbar exotischen Bacardi Breezer auf einem unserer »Mädels-Ausflüge« ohne Dad und Reece. Im Sommer bevor sie starb, nahm sie mich in die Wembley Arena mit, um die Cranberries live zu sehen: Berauscht von der Kühnheit des Unterfangens, den bewundernden Blicken, die meine glamouröse Mum auf sich zog, und dem aufregend unerlaubten Alkohol, war ich wie verzaubert von der zierlichen Dolores O'Rioardan, die den Song »Zombie« an jenem Abend gleich zweimal schmetterte. Während Mums letztem Jahr sang sie ständig »Zombie« mit mir; sie half mir, die roten und schwarzen Haartönungen aufzutragen, die ich am Wochenende benutzte, um wie Dolores auszuschauen, und die sich bis zum Montagmorgen für die Schule nie ganz rauswaschen ließen. Und nur zwei Wochen vor ihrem Tod schenkte Mum mir ein wunderschönes silbernes Kruzifix, das gleiche, wie es auch Dolores oft trug und das ich letztes Jahr herauskramte, als Dolores selbst tragisch verstarb. Das Kruzifix hängt nun an der Kette um meinen Hals, gleich neben einem kleinen Steinchen von Brighton Beach mit einem Loch darin.

»Mir fehlt sie ebenfalls«, sagt Mrs Roberts, als sie mich bei ihrer Rückkehr dabei erwischt, wie ich über das Kruzifix streiche. Mrs Roberts ist nun, da Dad dahinschwindet, der einzige Mensch, mit dem ich meinen Kummer teilen kann.

»Es ist so lange her«, sage ich stockend, »aber wieder hier zu sein, lässt mich ihre Gegenwart irgendwie besonders spüren.«

Sie nickt. »Ich weiß, geht mir genauso«, stimmt sie mir zu. »Sie scheint mir manchmal so nah – vor allem im Wald.« Sie stellt ein Tablett mit zwei Bechern Tee und einem Teller ihrer berühmten selbst gebackenen Florentiner ab. Die habe ich als Kind geliebt. Wenn ich mir schon keinen richtigen Drink genehmigen kann, da Mrs Roberts das nicht billigen würde, kann ich wenigstens essen. Meine Zähne kribbeln unter der knackenden Süße, und die dunkle Schokolade macht mir den Mund wässrig. Mrs Roberts lächelt aufmunternd, als ich einen zweiten Bissen nehme – mein Vergnügen bereitet ihr Vergnügen. Ich habe Glück, dass ich noch eine von meinen Müttern habe.

»Wie geht es deinem Dad?«, fragt sie, als sie meinen düsteren Blick bemerkt. »O nein, er ist doch nicht etwa …?«

»Nein, nein.« Ich schlucke und lege den Keks wieder zurück, da die Süße überwältigend ist. »Er ist schlimm gestürzt, aber er hat die Nacht überlebt. Im Krankenhaus haben sie angedeutet«, fahre ich mit brüchiger Stimme fort, »dass es ein bisschen meine Schuld war … dass ich Dad in Gefahr gebracht habe.« Ich schluchze leise, während sie mein Haar streichelt.

»Du tust, was du kannst«, sagt sie schließlich. »Wo Leben ist, da ist auch Hoffnung.«

»Aber er könnte jeden Tag sterben. Im besten Fall kommt er als Invalide nach Hause zurück – und das Haus ist in keinem Zustand dafür.«

»Ach nun, ich kann gern sauber machen. Ich liebe es doch, wenn ich was zu tun habe«, sagt sie mit aufrichtiger Begeisterung.

»Tatsächlich bin ich gestern Marcus begegnet – er meinte, er würde helfen.«

»Er arbeitet nicht wirklich in der Gegend. Aber ich kann dir die Nummer von jemandem hier ums Eck besorgen.«

»Schau ihn dir dort an, mit Reece«, sage ich, auf eine große Fotoleinwand deutend, die auf die Seite gekippt ist.

Mrs Roberts steht auf, um sie ordentlich aufzustellen. Das Bild zeigt Reece und Marcus dabei, wie sie unbekümmert lachend durch den Wasserbogen eines Gartenschlauchs springen, der Schimmer eines Regenbogens in den schwebenden Tröpfchen. Das Bild war Teil ihrer letzten Ausstellung, bevor sie starb: »Falling« – endlose Fotos von Dingen, die in der Luft hängen, doch ohne Verweis darauf, von wo sie herabfallen oder worauf sie landen. Sämtliche Flure und Treppenhäuser im Haus sind voll von diesen Fotos: eine Porzellantasse, die quer über den Himmel segelt (Mum zerbrach für diese Aufnahme die Hälfte unserer Tassen); Feynman auf dem Gipfel eines Sprungs, sich drehend, um sein liebstes Kauspielzeug zu schnappen (so viele Versuche, dass selbst er die Lust an seinem Lieblingsspiel verlor); und ich, vom Klettergerüst auf dem Spielplatz im Wald plumpsend (ich machte es so oft, dass ich den Halt verlor und meinen Ellbogen brach). »Es ist der Moment dazwischen«, sagte Mum andauernd, »nachdem etwas die Sicherheit seines Halts verliert, noch bevor es landet und wieder ganz banal wird – in jenem Moment jedoch kann man es nicht kontrollieren.« Ich fand Mums »fallende« Fotos immer irgendwie gefährlich. Doch nun, als ich mich daran erinnere, wie ich Reece' fragiles Wasserglas vom Tisch gefegt habe und was für einen Kitzel es mir bescherte, finde ich vielleicht gar nicht mehr, dass diese Fotos gefährlich sind – vielleicht sind sie wild und frei, so wie sie.

»Deine Mum war eine hervorragende Fotografin«, sagt Mrs Roberts. »War wirklich drauf und dran, sich einen Namen zu machen, als ...« Sie drückt meinen Arm. »Bist du etwa dabei, auszumisten?«, fragt sie, auf das Chaos deutend.

»Ja, glaub schon, gestern Nacht.«

»Oh, ich erledige das Putzen und Aufräumen auch immer nachts«, sagt Mrs Roberts. »Ich finde es beruhigend.«

Ich denke an ihr makelloses, modernes Heim. Seit meinem Einzug hier habe ich mich Dads sturer Abneigung gegen jegliche Form von Veränderung in diesem staubigen, zugemüllten Haus gefügt. Warum also gestern Nacht? Ich stehe auf und schiebe einen Stapel loser Fotoabzüge von Reece zusammen – eine Sportreihe von ihm beim Fußballspielen im Unterhemd, beim Volleyballspielen in Jeansshorts und mit nackter Brust, beim Sprung vom Dreimeterbrett in enger, knapper Badehose. Damals hatte er noch einen eher fleischigen, üppigen Körper – ganz anders als seine heutige beinahe bis auf die Knochen geschredderte Sehnigkeit. Muss wohl von all dem Fasten und Meditieren kommen.

»Philip wird es schon schaffen«, schiebt Mrs Roberts hinterher.

»Aber er ist so gebrechlich und verwirrt.«

»Verwirrt?«, fragt sie besorgt.

»Heute hat er mich nicht mal erkannt, und neulich dachte er, ich wäre Mum und wollte, dass ich ihm vergebe.« Ich zögere. »Du glaubst aber nicht ... dass Dad etwas zu tun hatte mit dem, was Mum zugestoßen ist?«

»Natürlich nicht.«

»Erinnerst du dich denn gar nicht, dass sie sich gestritten hätten?«

»Nein. Na ja ...« Ich nicke, damit sie fortfährt. »Also, deine Mutter kam manchmal recht spät heim, sie hatte nun mal viel zu tun, und dein Vater stand verrückt vor Sorge an der Tür. Dann gab es ein bisschen Geschrei, aber das war im Grunde nichts – er machte sich nur Sorgen um sie.« Sie legt ihre Hand auf meine. »Deine Eltern haben einander vergöttert. Nur weil Menschen sich manchmal streiten, hat das noch lange nichts zu bedeuten.

Schau Frank und mich an: Wir können uns wegen der banalsten Dinge in die Haare kriegen, aber das heißt doch nicht, dass wir einander umbringen wollen. Entschuldige, das war …« Sie erhebt sich. »Ich hole uns noch heißes Wasser.«

Hi-hi-hi – O mein Gott – hi-hi-hi. Ich tippe, mit angehaltenem Atem, SOS auf meine Lippen, wie ich es als Kind tat – eine Art Zauber, damit alle in Sicherheit waren. Alles und jeder, den ich zu erwähnen schaffte, solange ich tippte und den Atem anhielt, würde gerettet werden: meine Familie, alle, die wir kannten, berühmte Leute, Leute in irgendwelchen Läden … Ich ging rasend schnell alle Kategorien von Leuten durch, die mir einfielen, und gerade wenn ich verzweifelt nach Luft schnappen musste, fügte ich das Universum hinzu, alle anderen Universen, Materie, Antimaterie, alles, was ich kannte, alles, was ich nicht kannte, Vergangenheit, Gegenwart, Zukunft … Dann erst schnappte ich gewaltig nach Luft in der Hoffnung, dass die Welt nicht von einem schwarzen Loch verschluckt würde, weil ich irgendein Schlupfloch vergessen hatte, das irgendwelche dunklen Mächte nutzen könnten, um uns ins Verderben zu stürzen. Auf einmal fällt mir ein, dass ich das einmal getan hatte, als ich mit Reece oben an der Treppe stand und hörte, wie Mum in den frühen Morgenstunden heimkam und irgendwas in der Küche zu Bruch ging. Aber das war nur ein einmaliger Streit gewesen, oder nicht? – Am nächsten Morgen rührte ich mein Kakaopulver wie üblich zu einer dicken Paste, während Mum in der Küche herumfuhrwerkte und Dad die Zeitung las. Kann es sein, dass Reece sich an mehr von diesen Zwischenfällen erinnert, weil er älter war? Können zwei Geschwister dieselbe Kindheit unterschiedlich erinnern?

Mrs Roberts kehrt mit der Kanne zurück.

»Meine Güte, dein Haar wird langsam richtig lang, nicht wahr.«

»Ich weiß«, stöhne ich. »Reece meint, ich sehe jetzt genau wie Mum aus.«

»Oh, hast du ihn etwa gesehen?«, fragt sie hoffnungsfroh.

»Nur kurz geplaudert.«

»Ich kringle es jedes Mal in der Fernsehzeitschrift ein, wenn etwas mit ihm kommt«, gesteht sie grinsend. »Er macht sich ja so gut in dieser *Muerte*-Serie, stimmt's?«

»Hab sie noch nicht gesehen«, lüge ich.

»Wirklich?« Sie greift sich unsere Fernbedienung und schaltet auf iPlayer. Ich lese die Kurzbeschreibung: *Muerte: Detective Ralph Pennington (Ryan Patterson) löst Fälle und Rätsel rund um eine Gruppe britischer Auswanderer in Torremolinos – »wo das Bier billig und das Leben noch billiger ist«. Staffel eins, Folge eins: »Rocking On Empty«.*

»Ooh, die Folge ist gut, da sind richtig viele Stars dabei«, bemerkt Mrs Roberts entzückt. Ja, die Serie zieht gute Schauspieler an, die das Ganze wahrscheinlich als nette Auszeit in Andalusien betrachten. »Es geht um eine alternde Rockband«, schwärmt sie, »die sich nach Spanien zurückzieht, um ihr Comeback-Album fertigzustellen.«

Ich balle unwillkürlich die Fäuste, als der klassische Vorspann einsetzt: 1. Kurze spannende Szene; 2. Nahaufnahme der Leiche; 3. Viel zu muntere Musik beim Einblenden der Mitwirkenden.

Und schon sieht man die Band um den Pool einer Privatvilla fläzen.

»Was zur Hölle soll denn ›bells of doom‹ heißen?«, fragt der Gitarrist mit dem käsigen Teint spöttisch den glatzköpfigen Leadsänger, der seinen Tequila direkt aus der Flasche kippt.

»Wen juckt's, es reimt sich auf 'moon«, lallt der ausgemergelte Sänger, der trotz sengender Hitze in einer Lederhose steckt.

»Du magst das Geld vielleicht nicht brauchen«, knurrt der

langhaarige Drummer mit Bandana, »aber ein paar von uns müssen gleich dreimal Unterhalt zahlen.«

»Selber schuld«, höhnt der Sänger grinsend.

Stichwort: Schlägerei im Suff. Stichwort: Überblende zu der vorhersehbaren Nahaufnahme des Sängers, der mit glasigen Augen in die Leere starrt – ein Schwertfisch durch seine Brust gerammt. Stichwort: Muntere Vorspannmusik und der Zusammenschnitt von Reece, der durch die spanischen Kulissen hüpft.

»Wirklich toll«, sage ich, nach der Fernbedienung greifend, »aber ich sollte …«

»Lass uns nur einen Blick auf Reece werfen.«

Der Vorspann endet, und da ist er schon, sonnengebräunt und stylish beim Verhör des Schlagzeugers.

»Mein Dad liebt Ihre Musik«, sagt Reece als Detective Pennington.

»Ja, klar, wir sind alt, sparen Sie sich's«, knurrt der Bandana-Drummer.

»Nein, ich liebe Rock, und Sie sind wahre Legenden«, erwidert der Detective aufrichtig. Dabei verabscheut Reece Rockmusik inbrünstig.

Seine wunderschöne Polizeikollegin kommt durch die Schwingtür gerauscht, ausgestattet mit langen gebräunten Beinen, kurzen Shorts und sexy spanischen Locken. Der Gitarrist klatscht ihr auf den Hintern, woraufhin Reece aufspringt. »Wer nicht wagt …«, witzelt er, als er den Drummer in den Pool stößt.

Bei seinem nervigen Slogan springe ich auf, schnappe mir die Fernbedienung und schalte die Glotze aus.

»Aaah«, schmachtet Mrs Roberts. »Wie geht es unserem Reece denn?«

Ich betrachte ihr verzücktes Gesicht und schaffe es nicht, ihn vor ihr schlechtzumachen. »Er ist mit der ganzen Sache anders umgegangen als ich«, antworte ich ausweichend. »Er blickt nicht zurück …«

»Er hat ja recht. Du solltest auch zum Friseur gehen, dir ein paar schicke Klamotten kaufen und dich in die Welt rauswagen – dich auf dich selbst konzentrieren.«

»Aber ich habe hier kein Einkommen, und ich will Dads Geld nicht für mich ausgeben.«

»Das wäre so eine Art Aufwandsentschädigung. Du leistest so viel für deinen Vater. Nicht viele junge Leute würden wegen ihrer Eltern zurückziehen. Mein Marcus ist ein guter Junge, aber ich kann mir nicht vorstellen, dass er das für mich oder Frank tun würde. Du bist eine wirklich brave Tochter.«

Nachdem sie fort ist, flitze ich in die Küche und kippe den warmen Weißwein direkt aus der Flasche. Mrs Roberts' lobende Worte sind so was von unangebracht. Ich bin nicht eingezogen, um Dad zu helfen. Ich bin nicht die barmherzige Samariterin, für die mich alle halten.

Weit gefehlt.

KAPITEL ELF

Als ich am nächsten Morgen das Zentrum von London hinter mir lasse und mit der Metropolitan Line ruckelnd durch die Vororte fahre, fällt mir das Atmen schon leichter. Heute früh habe ich wegen meines Katers nichts runterbekommen, aber immerhin habe ich meinen Kopf mit Koffein und Schmerztabletten geklärt. Dann habe ich mit Dads Bankkarte dreihundert Pfund abgehoben, um die Kosten für die Konsultation heute zu decken. Falls ich damit seine Unschuld beweisen kann, ist das Geld gut angelegt; falls er schuldig ist, ist es Blutgeld – also, wen juckt's. Ich steige am unscheinbaren Bahnhof von Northwood an der Ecke einer ziemlich gut situierten Hauptstraße aus – blitzsauberes Einzugsgebiet mit dicken Karren, breiten Straßen und großen, frei stehenden Einfamilienhäusern mit sinnbefreiten Vorgärten. Manning lebt im »Links Way« – also vermutlich in der Nähe eines Golfclubs. Offenbar hat er genug Kohle gescheffelt, indem er Verbrechen wie unsere nicht löste, um in den Vorruhestand zu gehen, auf dem Golfrasen zu chillen und feuchtfröhliche Lunchs im Clubhaus zu genießen. Was für ein Arschloch. Nach fünfzehnminütigem Fußweg erreiche ich einen hässlichen gelben Bungalow mit einem vorgelagerten Riesendreieck aus Ziegelstein, der die Haustür einrahmt. Das Grundstück verfügt über ein großes elektrisches Tor, und ich muss an der Gegensprechanlage auf dem Bürgersteig klingeln.

»Ja?«, meldet sich die mürrische Stimme vom gestrigen Telefonat.

»Hallo, Detective Manning, hier Hannah Davidson.«

»Mister Manning – ich öffne das Tor.«

Es gleitet mit einem lauten mechanischen Ächzen zurück, bis es mit einem Knall stehen bleibt. Ich gehe den schräg gepflasterten Weg entlang auf den dreieckigen, vergitterten Vorbau zu. Die Tür öffnet sich, und da ist er. Nichts, was ich bei der mürrischen Stimme erwartet hätte. Er sieht jünger aus als seine neunundvierzig Jahre. Sein braunes Haar ist länger und welliger als die kurz gestutzte Frisur aus meiner Erinnerung. Doch seine Augen sind immer noch dunkel und eindringlich. Ich bemerke einen Schnitt vom Rasieren auf dem Kinn. Und – er sitzt im Rollstuhl. Na, super, ich bin in einer Episode von *Ironside* gelandet, dieser uralten TV-Serie von dem Detective im Rollstuhl, die Dad so liebte.

»Miss Davidson«, grüßt er brüsk, während er den Rollstuhl nach hinten laviert, um mich einzulassen.

Ich trete ein und strecke meine Hand aus, die er geflissentlich ignoriert, also fahr ich mir damit durchs Haar, als hätte ich das die ganze Zeit vorgehabt.

»Kommen Sie herein.«

Er rollt auf eine offene Tür vor uns zu. Ich folge ihm in einen hellen quadratischen Raum mit dunkelblauen Wänden, einem Ledersofa und einem ledernen Ohrensessel. Er dreht sich zum Sofa herum, also hocke ich mich da hin.

»Ich wurde bei einem Raubüberfall angeschossen«, erklärt er sachlich. »Ich erwähne es nicht vorab am Telefon, da es die Leute abstößt, obwohl es im Grunde keine Auswirkung auf meine professionellen Leistungen hat.«

»Klar«, erwidere ich mit einem belämmerten Nicken. »Das ist mir auch mal passiert.«

»Sie wurden angeschossen?«

»Nein.« Gott, warum habe ich bloß damit angefangen. »Ich hab's mit Online-Dating probiert, und kurz bevor ich den Typen traf, mit dem ich chattete, da, ähm … schrieb er mir, dass er vom Hals abwärts gelähmt sei – und ob das für mich einen Unterschied machen würde.«

»Und hat es?«, fragt er interessiert.

Herrje, hätte ich mit meinem einst fetten Fuß eigentlich in ein noch fetteres Fettnäpfchen treten können? »Ich bin nicht hin«, gestehe ich leise und spüre, wie mein Gesicht vor Scham knallrot anläuft.

Er nickt nur unergründlich. Und ich taste mit meiner Zunge an einem Geschwür an der Innenseite meiner Wange herum.

»Verständlich«, sagt er dann. »Ich bin zwar nicht komplett querschnittsgelähmt, aber ich gehe mal davon aus, Sie wollen mich heute nur wegen meiner geistigen Fähigkeiten?«

»Ähm, ja, na klar«, stammle ich.

Er lacht.

»Ich habe auch Ihr Geld, einhundertvierzig Pfund, genug für zwei Stunden«, sage ich rasch und strecke ihm den Umschlag mit den Scheinen hin. »Aber ich habe mehr, falls wir länger brauchen.«

»Keine Eile, Sie müssen das Geld nicht gleich auf den Nachttisch legen«, erwidert er lachend.

»'Tschuldigung«, murmle ich und lasse das Geld auf den Tisch fallen. »Ich bin irgendwie nervös.«

»Nein, ich entschuldige mich, ich übertreib's gern mit den Witzen. Ich meine, Sie treffen hier gerade den Mann, den Sie das letzte Mal gesehen haben, als Sie erfahren mussten, dass Ihre Mutter tot ist. ›Irgendwie nervös‹ klingt da irgendwie erwartbar.«

Ich spüre, wie ich mich in Gegenwart dieses mürrischen, unverblümten Kerls etwas entspanne. Aber ich muss darauf achten, meine fünf Sinne beisammenzuhalten.

»Ich hoffe, ich bereite Ihnen keine Umstände mit unserem kurzfristigen Treffen.«

»Gott, nein, ich langweile mich hier zu Tode. Seit der Sache«, er deutet mit dem Kinn zu seinem Rollstuhl, »gebe ich zwar hin und wieder Kurse und berate Schriftsteller, aber …« Er zuckt mit den Achseln, dann mustert er mich. »Ich erinnere mich noch an Sie, von dem Tag damals.«

Ich muss schlucken, da mich der abrupte Schwenk in die Vergangenheit unvorbereitet erwischt.

»Ich erinnere mich auch an Sie. Sie waren … sehr jung … für einen Detective.«

»Ja«, er schnaubt, »der jüngste jemals auf unserem Revier, der Vorzeigejunge mit glänzender Laufbahn, und dann …« Er deutet dramatisch auf die Reifen links und rechts.

»Wann ist das …?«

»Vor zwei Jahren. So Dinge passieren«, meint er schulterzuckend. »Aber Ihnen muss ich das ja nicht erzählen.«

»Nein.«

Wir lächeln beide.

»Sie hingegen haben sich sehr verändert«, sagt er. »Obgleich Sie nun natürlich aussehen wie …«

»Meine Mutter. Ja, das sagen mir alle – das liegt an dem langen Haar und dem Gewichtsverlust.«

»Ich fand ja schon immer, dass flüchtige Verbrecher einfach bergeweise Burger essen sollten – ist viel leichter und billiger als irgendwelche dubiosen OPs.«

Ich lache.

»Sie müssen im gleichen Alter sein wie sie, als …«

»Ich bin im exakt gleichen Alter wie sie damals.«

»Ist das der Grund, warum Sie sich da wieder hineinbegeben?«

Ich schüttle den Kopf. »Mein Vater liegt im Sterben.«

Er runzelt die Stirn. »Tut mir leid. Er war ein anständiger Kerl.«

Ich bin überrumpelt von dieser unerwarteten Einschätzung meines Vaters. »Das war also Ihr Eindruck? Es war wirklich heftig, nicht zu wissen, ob er …«

»… Ihre Mutter umgebracht hat?«

»Ja, schon.«

»Viele anständige Männer töten.«

Ich schlucke. »Der andere Grund, warum ich mich wieder damit befasse, ist, dass mein Bruder … Sie erinnern sich an Reece?«

Er nickt.

»Na ja, er hat neulich eine Autobiografie herausgebracht, in der er schreibt, dass Mum sich selbst umgebracht hätte.«

»Hat er das. Tja, ich weiß, wer Ihr Bruder ist. Seit ich hier festsitze, schaue ich viel fern. Er spielt diesen Trottel von einem Bullen in dieser pseudospanischen Fernsehserie.«

Schon wieder muss ich lachen. Ich bin es so gewohnt, dass alle nur ehrerbietig von Reece, dem großen Star, sprechen.

»Und natürlich erinnere ich mich noch von den Befragungen damals an ihn. Sehr …«, er sucht nach dem Wort, »… glatt.«

»Außerdem, auch wenn wahrscheinlich nichts dran ist, aber mein Vater ist dement und hat mich mit meiner Mutter verwechselt.«

Er zuckt mit den Achseln, wie um zu sagen, *ja, klar*.

»Und als er neulich dachte, dass er mit ihr sprach, hat er mich um Vergebung angefleht, also wollte ich fragen …«

»Ob ich denke, dass er es getan hat.«

Ich nicke.

Er manövriert seinen Rollstuhl in den offenen Küchenbereich. »Wenigstens haben Sie nicht gesagt, dass Sie ›Klarheit‹ wollen«, bemerkt er über die Schulter hinweg. »Ich kann Ihnen erzählen, an was ich mich erinnere. Aber ich kann Ihnen nicht die Wahrheit auf dem Silbertablett servieren«, fügt er hinzu, während er den Wasserkocher füllt.

»Ich habe keinerlei Erwartungen.« Ich stehe auf, gehe hinüber und lehne mich an den grauen Granittresen. »Meine Latte ist echt niedrig angesetzt.«

»Das ist mir die zweitliebste Latte«, sagt er, »gleich nach dem Latte im Café oben an der Straße.«

Ich lächle. »Es ... fällt mir nicht leicht, mich in mein altes Leben hineinzubegeben.«

»Das verstehe ich. Ich habe mich seit meinem Unfall mehr oder weniger hier vergraben. Das ist das ehemalige Haus meiner Eltern – ziemlich weit weg von meinem alten Leben.«

»Aha. Es sah mir nicht besonders ... nach Ihnen aus.«

Er zuckt mit den Achseln. »Die beiden sind kurz nacheinander gestorben, unmittelbar vor meinem Unfall, und haben es mir hinterlassen. Ich brauchte einen Ort, um meine Wunden zu lecken.«

»Ich schätze, das habe ich ebenfalls getan. Aber ab wann ist genug geleckt?«, erwidere ich und laufe sofort puterrot an, als mir die Zweideutigkeit auffällt.

Er grinst und wendet den Blick ab. »Tee oder Kaffee? Ich kann mit Ihnen die Hinweise durchgehen, die wir damals in Betracht gezogen haben.«

»Was auch immer Sie nehmen.«

»Dann Tee. Und ich möchte Ihnen versichern, dass wir sämtlichen Hinweisen nachgegangen sind.«

»Ich bin nicht hier, um irgendwem die Schuld zu geben. Aber ich war damals erst vierzehn und wurde komplett aus der Sache rausgehalten.«

Er brüht den Tee in einer Kanne auf und stellt zwei Katzenfoto-Becher dazu, als er mich erwischt, wie ich sie beäuge.

»Die hat meine Nichte gemacht – ich benutze sie so oft wie möglich in der Hoffnung, dass ich einen zerbreche. Würden Sie vielleicht?« Er deutet aufs Tablett. »Wie Sie sicher wissen, verlegte sich der Gerichtsmediziner auf eine unbekannte Todesursache«, sagt er, während er mir zum Tisch folgt. »Was oft bei einem mutmaßlichen Selbstmord Anwendung findet, wenn die Motive und Mittel unklar sind oder der Hergang zu kompliziert, um sich definitiv festzulegen.«

»Aber ich dachte, die Polizei hätte Selbstmord ausgeschlossen – und deswegen haben Sie Dad verhört.«

»Ihre Mutter ist gegen Mitternacht an einer einzelnen Stichwunde mit einem Küchenmesser gestorben. Ein Messer mit einem handelsunüblichen, asiatisch anmutenden Griff, das nicht aus ihrer Küche stammte. Es durchbohrte ihr Brustbein in einem recht ungewöhnlichen Winkel.« Er rollt in die Küche zurück und kommt mit einem Messer in der Hand wieder. »Von der Klinge her handelte es sich um ein klassisches Küchenmesser wie dieses, eine erschreckende Waffe.« Er hebt sie in die Luft. »Wären Sie so mütterlich?«

»Wie bitte?«

Er bemerkt mein Entsetzen. »Sorry, ich meine, wären Sie so freundlich, den Tee einzugießen. Unglücklicher Versprecher.«

Ich schnaube.

»Jedenfalls war es ein merkwürdiger Winkel für einen Suizid – von oben, aber mit einer Seitwärtsdrehung. Was sich rein physisch nur mit Mühe selbst zufügen lässt«, fährt er fort und führt es an sich vor. »Hier, probieren Sie selbst.« Er reicht mir das Messer. »Heben Sie es richtig hoch und wenden Sie es dann zu der Seite.«

Ich probiere es, kriege aber den richtigen Griff nicht hin.

»Jetzt kann ich Ihnen den Winkel zeigen, den ein Angreifer angewendet hätte. An Ihnen. Wenn das okay ist?«

»Klar.« Ich reiche ihm das Messer wieder.

Er reckt es hoch in die Luft und weitet fragend die Augen, um mich um Erlaubnis zu bitten. Ich nicke.

»Wir sitzen beide da, aber parallel zueinander«, erläutert er und senkt in einem langsamen Bogen das Messer. »Sie sehen selbst, um wie viel einfacher es ist, den Winkel hinzukriegen, wenn eine andere Person das Messer hält.«

Ich lehne mich ein winziges Stück vor, um zu spüren, wie sich die Spitze in mich bohrt.

»Um den ganz exakten Winkel hinzubekommen«, er hebt das Messer höher, »müsste der Angreifer ein gutes Stück größer sein als das Opfer, sogar noch größer als ich bei Ihnen. Also war es so gut wie sicher ein Mann von beträchtlicher Größe und Stärke – da es schon ordentlich Kraft braucht, um das Messer reinzurammen, eine Rippe zu zerschmettern und die Klinge so tief eindringen zu lassen.«

Mit einer Grimasse weiche ich vom Messer zurück. »Das heißt, ein Mord war viel plausibler?«

»Ja. Aber auf dem Messer befanden sich nur die Fingerabdrücke Ihrer Mutter. Und es gab keine Spuren eines Handgemenges, keine anderen Verletzungen, keine zerrissene Kleidung.«

»Also könnte es doch Selbstmord gewesen sein?«

»Unwahrscheinlich. Ich habe das Foto von besagtem Messer hier, falls Sie …«

Ich nicke.

Aus einer dicken braunen Aktenmappe, die auf dem Sofa liegt, zieht er das Farbfoto eines großen Küchenmessers heraus, das an eine Messlatte angelegt wurde. Der dicke, schwarz glänzende Griff erinnert optisch an ein Samuraischwert. Es sieht teuer aus und schwer, mit dem brünierten, matten Stahl richtig exklusiver Messer – dazu geschaffen, sauber und glatt durch Fleisch zu schneiden. Die Klinge ist mit einer dunklen, eingetrockneten Substanz gefleckt – Mums Blut. Manning sagt nichts. Er reicht mir ein weiteres Foto: eine Nahaufnahme des mit einer weißen Puderschicht bestäubten Griffs, der einen unvollständigen Abdruck zeigt.

»Sehen Sie, wie das Ende des Griffs abgewischt worden zu sein scheint? Der einzige Fingerabdruck – ihrer – war ein Teilabdruck, was vermuten lässt, dass sie das Messer nur sehr flüchtig berührt hat oder jemand es abgewischt hat. In der Nacht hat es zwar heftig geregnet, doch Fingerabdrücke sind fetthaltig und bleiben normalerweise intakt. Anhand der Spuren von Hundespeichel wussten wir, dass ein Hund, am wahrscheinlichsten wohl der Hund des Spaziergängers, der die Leiche entdeckt hatte, das Messer abgeleckt hat.«

»Hören Sie auf.« Meine Brust schnürt sich zusammen; meine Stirn ist schweißnass, als ich mein Haar wegstreiche.

»Sie sind ganz blass geworden«, bemerkt er mit besorgtem Blick. »Den Kopf zwischen die Knie. Jetzt.«

Ich beuge mich nach vorne und spüre, wie meine Sicht sich unter einer Woge von Übelkeit verschiebt.

»Atmen!«, höre ich ihn rufen.

Ich kann den übermütigen Hund spüren, der schnüffelnd Mums Blut von dem aus ihr aufragenden Messer schleckt; unwillkürlich wische ich mir über die Brust und schnappe nach Luft.

Eine braune Papiertüte taucht vor mir auf, das obere Ende in seiner Hand zu einem Trichter geformt.

»Atmen Sie in die Tüte.«

Das knittrige Papier bläht sich auf und fällt wieder in sich zusammen. Wie ein pumpendes Herz. Ein. Aus.

Meine Atmung verlangsamt sich, und als die Schwärze allmählich zurückweicht, setze ich mich wieder auf.

»Ganz langsam«, sagt er. »Legen Sie sich hin.«

Ich drehe mich und lasse mich aufs Polster sinken. »Tut mir leid«, murmle ich.

»Ach was, so viel Drama hat dieses Zimmer seit Jahren nicht gesehen. Oder zumindest, seit meine Nichte neulich hier herumgehüpft ist und Szenen aus *Wie verrückt und aus tiefstem Herzen* nachspielte, nachdem sie mich gezwungen hat, den Film mit ihr anzusehen. Haben Sie was gegessen?«

»Ich ...«

»Also nein. Bleiben Sie da.« Er kommt mit einem von Kätzchen gesäumten Porzellanteller mit Schokosticks wieder. »Tun Sie sich keinen Zwang an und zerschmettern Sie das Ding danach, Polterabend-Style.«

Ich muss kichern, während ich die Schokosticks in mich reinstopfe und spüre, wie die Welt wieder ins Lot kommt.

»Panikattacke«, sagt er.

»Ich schiebe nie Panik.«

»Ja, ja, schon klar.« Er bleibt in kameradschaftlichem Schweigen neben mir sitzen.

»Also?«, sage ich schließlich. »Unter dem Strich: Mord.«

»Mit ziemlicher Sicherheit.«

»Sie haben meinen Vater aber nicht angeklagt«, erwidere ich und drehe den Kopf, um ihn anzusehen.

»Es gab keine direkten Beweise. Er beharrte darauf, dass er die ganze Nacht über im Haus war. Und Ihr Bruder hat es bestätigt. Sie haben sich gegenseitig ein Alibi verschafft.«

»Ach ja?«

»Aber sie haben natürlich beide einen Teil der Nacht geschlafen, daher steht es nicht felsenfest. Sie behaupteten beide, dass sie am Morgen aufgewacht seien, ohne zu ahnen, dass Ihre Mutter nicht da war. Ihre Eltern haben angeblich nicht im selben Zimmer geschlafen?«

»Nein – Dad schnarchte, also schlief er normalerweise im Gästezimmer nebenan.« Ich denke an ihre geschlossene Schlafzimmertür. Wie wir alle morgens auf Zehenspitzen vorbeischlichen, weil Mum »ausschlafen« musste. »Ich habe sie in der Nacht überhaupt nicht gesehen.«

»Aber Ihr Vater und Ihr Bruder sagten beide aus, dass sie dachten, dass sie zu Hause sei. Zweifeln Sie an ihnen?«

»Neeein.«

»Hat Ihr Vater je etwas gesagt, was Sie an seiner Geschichte zweifeln ließ?«

»Nein, er weigerte sich steif und fest, darüber zu reden. Und jetzt hat er Demenz …«

»Das tut mir leid.«

»Wie Sie sagten, so Dinge passieren eben.« Ich setze mich langsam auf. »Warum haben Sie diese Akte bei sich – wenn Sie die Polizei doch verlassen haben?«

»Das ist eine Kopie. Es war mein erster Fall, und ich konnte einfach nicht loslassen, dachte immer, ich würde auf irgendeinen neuen Hinweis stoßen.« Er sieht mich an. »Was glauben Sie denn?«

»Dad hätte es nicht tun können.«

»Und Ihr Bruder?«

»In seinem Buch schreibt er Selbstmord.« Ich möchte Reece' wahre Sicht auf Dad hier nicht offenlegen.

»Fairerweise muss man sagen, dass Ihre Mutter diese verblassten Narben an ihrem Handgelenk hatte, von einem früheren Selbstmordversuch.«

»Wie bitte? Welches Handgelenk?«

»Ihr linkes. Kaum sichtbar.«

»Meine Güte ...« Mum trug immer eine goldene Armbanduhr um ihr linkes Handgelenk, aber warum wusste ich nichts davon? »Und was noch?«, frage ich, während ich mich darauf konzentriere, den Umschlag mit dem Geld so zu verschieben, dass er rechtwinklig zur Tischkante liegt.

»Wir haben den Spaziergänger mit dem Hund verhört, der sie gefunden hatte, aber er schien sich nach dem Vorfall in einem schweren Schockzustand zu befinden, und wir hatten auch sonst keinen Grund, an ihm zu zweifeln. Außerdem haben wir zig Anwohner aus der Nachbarschaft befragt.«

»Aber hauptsächlich haben Sie sich auf meinen Vater fokussiert, weil es natürlich immer der Ehemann ist. Das scheint mir doch etwas sehr simpel«, erwidere ich, wobei meine Stimme lauter wird.

Manning bleibt ungerührt. »Statistisch ist das wahrscheinlich. Aber in diesem Fall war es mehr als nur die Statistik – es war sein merkwürdiges Verhalten.«

»Wie meinen Sie das?«

»Na ja, bei der ersten Befragung war er völlig aufgelöst – wie nicht anders zu erwarten. Aber eben auch aggressiv.«

»Aggressiv?« Ich denke an meinen sanftmütigen Vater.

»Zuerst schien es nicht weiter verdächtig. Ehepartner reagieren da sehr unterschiedlich – von einsilbiger Trauer bis hin zu verzweifelter, machtloser Wut. Aber ich hatte den Eindruck, als würde er von Anfang an etwas verheimlichen.«

»Was verheimlichen?«

»Möglicherweise etwas Intimes oder Peinliches. Dass beispielsweise ihre Ehe nicht ganz so glücklich war. Oder dass er schwul war.«

»Wie bitte?«

»Highgate Wood ist ein Schwulentreffpunkt – nicht in der Größenordnung wie Hampstead Heath, aber durchaus rege. Doch es gab keinerlei Beweise in diese Richtung. Er behauptete, dass sie eine glückliche, konventionelle Ehe geführt hätten. Obgleich da natürlich der krasse Altersunterschied war.«

»Was heißen soll?«

»Dass sie zusammenkamen, als sie neunzehn und er zweiundvierzig war. Dass er also, falls er auf Jüngere stand, sich neu orientieren wollte? Aber es gab auch keine Beweise für etwaige Affären … vonseiten Ihres Vaters.«

»Und meine Mutter?«, flüstere ich, wobei ich die Antwort ahne.

Er nickt. »Gleich bei seiner ersten Befragung gab Ihr Vater zu Protokoll, dass Ihre Mutter Liebhaber hatte. Einige Liebhaber.«

Tränen schwimmen in meinen Augen. Manning deutet auf eine extragroße Packung Kleenex auf dem Sofatisch.

»Haben Sie denn etwas vermutet?«, erkundigt er sich.

Ich schüttle den Kopf, während ich mich schnäuze.

»Nun, Sie waren ja noch ein Kind.«

»Ich war vierzehn«, entgegne ich pikiert. »Haben Sie sich mit diesen Männern unterhalten?«

»Ihr Vater hatte nur einen Namen, ein Fotograf, ein gewisser Jeremy Leigh. Aus dem Fotostudio, wo sie arbeitete. Aber Mr Leigh wurde in jener Nacht auf Überwachungskameras in Norwich gesichtet, kam also nicht infrage.«

»Aber falls Dad schuldig war, warum sollte er dann etwas erwähnen, das ein Motiv für ihn darstellen könnte?«

»Das stimmt. Aber dann erschien er am nächsten Vormittag nicht wie vereinbart zum Verhör. Wir mussten ihn holen. Er besorgte sich einen Rechtsanwalt und machte komplett dicht –

als würden wir einen völlig anderen Mann verhören. Geradezu unheimlich still. Er behauptete, dass er konkret nur von diesem Fotografen wusste. Meinte, das sei lediglich ein kleiner Knick in ihrer ansonsten glücklichen Ehe. Erklärte, dass sie sozial eher getrennte Leben führten, dass es jedoch für sie so funktionierte. Aber nach Jahren, in denen ich hinter die Fassaden ›glücklicher Familien‹ blicken durfte, lasse ich mich von nichts mehr überraschen.«

»Ihre Messlatte ist demnach ebenfalls eher niedrig angesetzt?« Er nickt.

»Also hatte meine Mutter Affären, oder auch nicht, davon nur eine nachgewiesenermaßen, aber dieser Jeremy hatte ein Alibi. Meine Eltern führten ein getrenntes Sozialleben. Sie hatte zuvor schon einen Selbstmordversuch unternommen. Und Dad war seltsam verschwiegen. Wie um Himmels willen sollte das reichen, um einen Hauptverdächtigen aus ihm zu machen?«

»Wie ich schon sagte: Ehemänner sind statistisch betrachtet die wahrscheinlichsten Täter. Und dichtmachen und Rechtsanwälte engagieren, um sich den Rücken frei zu halten, vermittelt nicht gerade Vertrauen. Wir vermuteten, dass Ihr Vater ursprünglich verstört war, weil er sie umgebracht hatte, und dann versuchte, die Schuld auf reale oder eingebildete Liebhaber abzuwälzen. Und sobald er sich beruhigt hatte, machte er komplett dicht, um sich nicht weiter zu belasten.«

»Aber es wurde nie Anklage gegen ihn erhoben?«

»Es gab keine unmittelbaren Beweise – ja, ein paar Spuren von ihm an ihrer Leiche, aber das war zu erwarten. Wir konnten ohne Aussicht auf Erfolg kein strafrechtliches Verfahren gegen ihn einleiten.«

»Und die anderen Hinweise? Diese ganze Sache mit der schwarzen Magie?«

»Ein Haufen Stuss. Bloß die Presse, die ihre Auflagen verkaufen wollte.«

»Aber es hätte sonst wer sein können – irgendein Irrer.«

»Theoretisch ja. Aber der Fall fügte sich in keine Mordserie, weder in der Region noch landesweit. Es könnte natürlich eine unglückliche Begegnung mit irgendwem gewesen sein, der nie wieder etwas Derartiges tat. Doch das schien eher eine Verlegenheitslösung, wo wir doch einen plausiblen Verdächtigen hatten.«

»Also wollen Sie mir sagen, Sie denken, er war's?«

»Ja, ich will.«

Diese drei kleinen Worte, die in einem anderen Kontext eine so glückliche Bedeutung haben, erwischen mich eiskalt.

»Tut mir leid. Ihr Vater verheimlichte offenbar etwas. Und wenn er etwas wusste, warum wollte er dann nicht, dass der Mörder gefasst wurde?« Er berührt meine Hand. »Ich verstehe durchaus«, fügt er sanfter hinzu, »wie unmöglich es ist, das von einem geliebten Menschen zu glauben. Ich hatte schon Ehefrauen, die mit glasklaren Beweisen für die Schuld ihrer Männer konfrontiert wurden und sich trotzdem weigerten, es zu akzeptieren, und an ihrer Seite blieben.«

»Was einmal drin ist, lässt sich nicht verlernen«, murmle ich.

»Was?«

»Das sagte mein Vater, als er mir den Morse-Code beibrachte – ich schrieb sämtliche Buchstaben samt der entsprechenden Punkte und Striche hin, doch er zerriss alles und bestand darauf, dass ich sie allein über den Klang lernte. Er meinte, wenn ich visuell lernte, könnte ich sie mit dem Gehör niemals mehr richtig entziffern, die neuronalen Verknüpfungen wären zu stark.«

»Ganz genau – unser Gehirn versteht keine Informationen, die nicht in unser ursprünglich verankertes Wissen passen.«

»Ja, aber heute möchte ich mir das Ganze ohne meine vorgefassten Meinungen anschauen. Wie stelle ich das an?«

»Indem Sie sich die anderen Sichtweisen wirklich anhören, um sich ein dreidimensionales Bild zu machen, gesondert von Ihrem – aber das ist schwer.«

»Ist das der Grund, warum Sie den Fall aufgegeben haben?«

»Ich habe nicht aufgegeben, auch nicht, als es schon kein aktiver Fall mehr war.«

Ich bedenke ihn mit einem ungläubigen Stirnrunzeln.

»Ich lüge nicht. Das würde ich nie tun, vor allem Ihnen gegenüber nicht. Ich tauchte damals immer wieder ohne Vorwarnung bei Ihrem Vater auf und versuchte quasi, ›Anschuldigungen aus dem Blauen heraus‹ einzusetzen, damit er sich unabsichtlich verriet.«

»Und?«

»Das letzte Mal war beim zehnten Jahrestag. Ich erinnere mich ganz genau an seine Worte. Er sagte: ›Sie müssen loslassen – das Gleichgewicht ist hergestellt.‹«

»Was für ein Gleichgewicht? Der Gerechtigkeit?«

»Ich schätze mal.«

Ich denke an meinen Vater zurück, wie er die letzten Jahre war – so mager, so still, kaum je das Haus verlassend. Hatte er sich aufgrund seiner Schuld selbst dazu verurteilt, ein Gefangener in seinem Haus zu sein?

»Aber ich verstehe nicht. Wenn man so sicher war, dass er es war, wie konnte man da zulassen, dass ich weiter bei ihm wohnen blieb? Ein junges Mädchen, mit einem Mörder im Haus.«

»Weil wir keine Beweise hatten und somit keine Befugnis, einzuschreiten.«

»Das scheint reichlich absurd.« Ich stehe mit erhitzten Wangen auf.

»Außerdem hatten Sie Ihren Bruder.«

»Reece«, sage ich mit hörbarer Skepsis.

»Ich weiß, dass ich mich vorhin über seine Serie lustig gemacht habe, aber als Ihr Vater abdriftete, blieb er wirklich stark, verbündete sich mit uns, schirmte Sie, so gut er konnte, von alldem ab – er schien wie ein Fels in der Brandung für Sie.«

»Er hat sich doch gleich an die Uni verpisst.«

»Uns waren die Hände gebunden. Sie wären überrascht, wie viele Verdächtige, von deren Schuld wir überzeugt sind, zu ihren Familien zurückkehren.« Er lenkt seinen Rollstuhl in meine Richtung, während ich im Raum umherlaufe und dann abrupt stehen bleibe.

»Sie haben den Zeitungen erlaubt, all diese kruden Anschuldigungen zu drucken.«

»Wir hatten keinerlei Kontrolle darüber, was die Zeitungen druckten …«

»Wissen Sie eigentlich, was all diese Gerüchte mit Dad angestellt haben – mit uns als Familie?« Er öffnet den Mund, doch ich komme ihm zuvor. »Das waren alles verschissene Spekulationen. Und Sie gehen immer noch davon aus, dass er wahrscheinlich schuldig ist, obwohl Sie mir keinen einzigen stichhaltigen Fakt genannt haben.« Ich fege den Umschlag mit dem Geld vom Tisch, und die Zwanzigpfundscheine segeln durch die Luft. »Sie haben uns umgebracht mit Ihren Anschuldigungen und Ihrem Versagen.«

»Sie sperren sich immer noch dagegen, seine Schuld in Betracht zu ziehen, Hannah«, erwidert er ruhig.

»Danke für Ihre Zeit, da ist Ihr Geld«, sage ich, verächtlich auf die Scheine auf dem Boden deutend.

»Sie müssen mir für heute nichts bezahlen.«

»Das hier war ein Tauschhandel – Infos gegen Cash.«

Sein freundliches Gesicht verschließt sich. »Es tut mir leid, dass wir Sie enttäuscht haben. Kommen Sie wieder, falls Sie sich weiter unterhalten wollen. Und bitte seien Sie vorsichtig.«

»Wieso?«, gebe ich patzig zurück.

»Weil die Dinge einen nicht immer dorthin führen, wo man sie gerne hätte.«

KAPITEL ZWÖLF

Auf der Rückfahrt sind sämtliche Waggons rappelvoll, also bleibe ich neben einer aus dem Fenster rauchenden Frau bei den Toiletten stehen. Ich nippe an einer kleinen Flasche Wodka, die ich mir am Bahnhof besorgt habe. Dads Schuld auf intellektueller Ebene in Betracht zu ziehen ist eine Sache – sie zu akzeptieren ist … Ich bin so aufgebracht, dass ich drauf scheiße und Reece anrufe in dem Wissen, dass ich direkt auf der Mailbox landen werde. Ich hinterlasse eine Nachricht, die ihn zur Weißglut treiben wird: »Hi, Reece, war gerade unterwegs, um Chris Manning zu sehen – du weißt schon, der Detective im Trenchcoat, den du in deiner Lesung erwähnt hast. Es war … interessant.« Ich lege auf.

Dreißig Sekunden später klingelt mein Handy.

»Was meinst du mit ihn ›sehen‹?«, blafft er durch den Hörer.

»Tja, in dem Sinn, dass ich in seiner physischen Gegenwart war, meine Augen geöffnet habe, sein Bild auf meine Retina projiziert und ein Negativ produziert wurde – sodass ich ihn sah.«

»Was zur Hölle soll das?«, brüllt er ins Handy.

Ich schiebe mich zur anderen Seite des Waggons, wobei ich die rauchende Frau im Blick behalte und mir Mühe gebe, die Schultern auf die gleiche Weise zu entspannen, wie sie es tut, jedes Mal, wenn sie ausatmet.

»Ich hab dir doch gesagt, du sollst die Vergangenheit nicht aufwühlen«, brüllt er weiter.

»Du und Dad habt euch gegenseitig ein Alibi verschafft?«, entgegne ich ruhig.

»Wie bitte?«

»Ihr habt euch gegenseitig ein Alibi gegeben. Das hast du mir nie erzählt.«

»Ja und? Ich habe auch dir ein Alibi gegeben!«

»Und weißt du auch, dass Mum schon davor versucht hat, sich umzubringen?«, frage ich mit leiser, harter Stimme. »Ist das der Grund, warum du den Selbstmord in dein Buch gepackt hast?«

»Natürlich wusste ich es – sie hatte eine Narbe an ihrem Handgelenk. Wie bitte hast du das nicht gesehen?«

Ich schlucke einen Atemzug runter. Wie schnell er doch die Oberhand gewinnt. »Aber warum sollte Mum sich umbringen wollen?«

»Weil sie das Zusammenleben mit Dad ertragen musste?«

»Hör auf!«, zische ich und trete gegen die Wand des Waggons, woraufhin die rauchende Frau zusammenzuckt und ihre Kippe rasch zum Fenster rausschnippst.

»Entschuldigung …«, probiere ich es noch, aber sie geht davon.

»Ist schon gut«, sagt Reece, der offenbar denkt, ich entschuldige mich bei ihm.

»Außerdem hatte Mum eine Affäre«, fahre ich fort. »Womöglich sogar mehrere.« In der Leitung herrscht absolute Stille. »Hast du mich gehört?«

»Hannah, du drehst langsam ab. Lass das Ganze in der Vergangenheit ruhen.«

»Aber für dich ist es doch auch keine Vergangenheit, jetzt mit deinem nagelneuen Buch, oder? Und für Dad ebenfalls nicht.«

»Er ist da komplett raus.«

»Nein, er scheint nämlich diese Zeit zu durchleben, als würde das Ganze aktuell geschehen. Wenn du dir seiner Schuld so sicher bist, willst du dann nicht, dass er es gesteht – dafür bezahlt? Wusstest du von den Affären?«

»Sie langweilte sich mit Dad zu Tode – da ist es doch kein Wunder.«

»Oh, dann war er also ein Mörder *und* ein Langweiler.«

»Du musst damit aufhören, Hannah. Das ist deiner Gesundheit nicht zuträglich.«

»Wie bitte? Wenn ich Dinge infrage stelle, ist das also ein Zeichen meines labilen psychischen Zustands.«

»Du sahst schon bei meiner Lesung völlig verstört aus, dann hast du das Glas in meiner Wohnung zerschmettert, und jetzt der Scheiß. Du nimmst deine Tabletten nicht mehr, stimmt's?«

Ich schweige.

»Also hast du sie abgesetzt. Wow. Du klingst echt verrückt.«

»Ich bin verrückt, wenn ich Fragen stelle?«

»Ich mache mir Sorgen um dich. Du musst zu einem Arzt und wieder in die Spur kommen. Alles wird gleich viel weniger absurd ausschauen, wenn du wieder ausgeglichen bist.«

Ich drücke abrupt auf das rote Symbol für »Beenden«.

Hat er recht? Wie kann ich mein Hirn nutzen, darüber nachzudenken, ob ich vernünftig und rational bin, wenn mein Hirn selbst irrational ist? Reece hat richtig getippt, dass ich die Medikamente gegen meine Angstzustände nicht mehr nehme. Seit ich bei Dad eingezogen bin, schon nicht mehr. Ohne sie, verstärkt durch meine zunehmende Sauferei, habe ich zuweilen das Gefühl, die Kontrolle zu verlieren. Ich habe abends schon immer getrunken, habe Alkohol benutzt, um das Denken auszublenden, doch als meine Schreibwarenhandlung in Brighton allmählich den Bach runterging, fing ich an, mir auch tagsüber Mut anzutrinken. Und eine Weile hat es auch funktioniert. Ich erwischte eine manische Phase, fuhr riesige Werbeaktionen, schloss Deals mit den örtlichen Schulen ab, verkleidete mich als liebste Buchfigur, um für Kurse zum Kreativen Schreiben zu werben. Ich erreichte zwar ein paar Umsatzhochs, aber da die Leute ihre Schreibwaren immer mehr online kaufen, zeigte die Kurve im Großen und Ganzen stetig abwärts.

Ich blicke durch die Glasscheibe in der Zugtür auf die wogende Landschaft, die vorbeirattert – *da-dumm, da-dumm, da-dumm*. Ich stelle mir Reece vor, beleidigt, weil ich einfach so aufgelegt habe, wie er in sein wunderschönes weißes Zimmer geht, sich in seinen stilvollen weißen Sessel setzt und zu seinem peppigen roten Rothko-Poster aufschaut, um den Ärger, den ich gerade angefacht habe, abflauen zu lassen.

Das Handy in meiner Tasche vibriert. Reece, der sich versöhnen will? Tja, darf er gerne machen … Aber nein, es ist Chris Mannings Nummer. Meine Brust zieht sich zusammen, aber ich bin zu neugierig, um nicht ranzugehen.

»Ja?«, melde ich mich kampfbereit.

»Hier ist Chris … Manning«, sagt er mürrisch.

»Ich weiß – was kann ich für Sie tun, Detective Manning.«

»Ich lasse mir nicht gerne sagen, was ich tun soll.«

»Tja, sorry, wenn ich Sie in Verlegenheit gebracht habe«, erwidere ich ironisch. »Ich …«

»Nicht Sie«, unterbricht er mich. »Kommen Sie mal runter.«

»Was meinen Sie dann?«

»Na, diesen Bruder von Ihnen. Ich habe eben einen Anruf von ihm bekommen, in dem er mir erzählte, dass Sie Probleme hätten? Emotionale.« Er sagt das Wort mit hörbarem Abscheu.

»Wie bitte?« Sofort fühle ich mich in die Ecke gedrängt durch diese unerwartete Überlappung verschiedener Lebensbereiche.

»Er meinte, Sie hätten Ihre Medikamente abgesetzt und bräuchten Hilfe?«

Ich greife nach dem Rand des Zugfensters, reiße es runter und atme den schlagenden Fahrtwind ein.

»Hannah?«, höre ich ihn in einiger Entfernung und presse das Handy wieder an meine kalte Wange.

»Schauen Sie, mir ist klar, dass ich mich bei Ihnen aufgeführt habe«, beginne ich, »aber ich bin wirklich nicht …«

»Hören Sie auf.«

»Aber …«

»Würden Sie mich auch mal zu Wort kommen lassen?«

Ich umklammere das Handy fester, sage aber nichts.

»Vielen Dank. Sie schienen mir nämlich überaus gesund, als Sie hier waren. Wenn Sie mich fragen, ist er derjenige, der Hilfe braucht.«

»Oh. Okay? Aber was führt Sie dazu, mir zu glauben, nicht ihm?«, frage ich zögerlich.

»Mein Polizeiriecher.« Er lacht. »Ich tippe mir gerade an besagtes Organ.«

Ich lache ebenfalls und entspanne mich eine Spur. »Danke. Und tut mir leid, dass er Sie einfach so angerufen hat.«

»Ach, soll er doch. Sind Sie okay?«

»Ja, schon.«

»Gut. Ich weiß, er ist Ihr Bruder – aber scheiß auf ihn.«

Ich stoße ein schnaubendes Lachen aus, und er stimmt mit ein. »Was hat Reece noch gesagt?«

»Er wollte wissen, was Sie mich gefragt haben, und ich sagte, dass es ihn nichts angehe.«

»Wette, das hat ihm nicht geschmeckt.«

»Nö. Er befahl mir, ihn anzurufen, falls Sie sich wieder bei mir melden. Was ich natürlich nicht vorhabe zu tun. Also, falls Sie sich überhaupt noch mal melden, meine ich.«

»Danke, ich … ich wäre froh über die Möglichkeit, Sie anrufen zu können. Ich war vorhin etwas geladen.«

»Vergessen Sie's. Denken Sie dran, ich bin selbst ein ›So Sachen passieren eben‹-Veteran – ich war auch schon da, wo Sie sind: die Wut, das um sich Schlagen, die Paranoia.«

»Sie?«

»Ja, ich weiß, ich mache einen charmanten und kultivierten Eindruck«, erwidert er lachend, »aber in meinem Inneren bin ich ein einziges Chaos aus Austicken und wieder Einrasten. Wir mit den echten Problemen müssen einander beistehen.«

»Danke.«

»Aber, Hannah – auch ich musste unangenehme Tatsachen akzeptieren, obgleich ich nicht sage, dass Ihr Dad hundertpro schuldig ist …«

»Ich weiß«, erwidere ich leise.

»Und seien Sie vorsichtig – Sie machen offenbar nicht viel Federlesens.«

Ich grinse.

»Und rufen Sie mich an, jederzeit. Sie sind nicht allein.«

»Vielen Dank, Detective.«

»Chris. Sag bitte du.«

»Danke dir, Chris.«

Wenn Reece nicht will, dass ich da weiter nachforsche, werde ich genau das tun, ganz gleich wie schmerzhaft es werden könnte. Ich google Mums altes Fotostudio, dasjenige, das Detective Chris Manning erwähnt hat. Der Name mit seiner überkandidelten schnörkeligen lila Schrift hat sich ohnehin in meine Erinnerung eingebrannt, da er auf zahllosen Drucken und Taschen in unserem gesamten Haus prangte: *Leigh Photography*. Und wunderbarerweise existiert das Studio immer noch – in Camden. Inhaber Jeremy Leigh. Die Webseite wird von dem vertrauten dunkellila Schriftzug geziert: *Wir bei Leigh Photography wissen, dass wir alle über einen eigenen Charakter, eigene Leidenschaften verfügen – daher wollen wir umwerfende Fotografien erschaffen, um Ihre einzig-*

artige Geschichte zu vermitteln. Unsere Aufnahmen sind ein bleibender Schatz, der auch in kommenden Jahren für Freude sorgen wird. Wir sind spezialisiert auf Familien-, Baby-, Kinder- und Haustierfotografie (erotische Aufnahmen und intime Paarfotografien auf Anfrage).

Das klingt nicht nach den künstlerischen Fotos, auf die sich Mum spezialisiert hatte, aber ich schätze mal, alle Unternehmen wechseln hin und wieder ihre Ausrichtung. Wie ich die Tabs anklicke, erfahre ich, dass die »intimen Fotografien« aus »geschmackvollem Glamour und stilvollen Aktaufnahmen« bestehen, bei denen Jeremy verspricht, dass er dafür sorgt, dass sich »die Modelle wohlfühlen« und er »den Vorstellungen und Visionen seiner Kunden folgt«. Ich bin erstaunt, dass sich in der Selfie-Ära überhaupt noch jemand die Mühe macht, für solch inszenierte erotische Fotografien zu blechen. Aber vielleicht stellen sich die Leute auch einfach nur gerne zur Schau. Und das klingt schon eher nach Mum.

Da Jeremy Leigh der einzige Mann ist, von dem Chris sicher bestätigen konnte, dass er eine Affäre mit Mum hatte, möchte ich es nicht riskieren, ihn mit einer direkten Anfrage zu verschrecken, also tue ich etwas, bei dem sich alles in mir sträubt.

Mein Anruf wird beim zweiten Klingeln entgegengenommen.

»Leigh Photography, hallo?«, meldet sich eine schmalzige Stimme.

»Oh, ja, hallo, ich wollte eine Fotosession bei Ihnen buchen.«

»Und was für eine ›Art‹ von Foto haben Sie im Blick?«, sagt er mit seltsamer Betonung.

»Oh, nur ein paar ganz normale Aufnahmen, die ich … meiner Mutter nach Australien schicken will.«

»In Ordnung. Nun, das wären dann hundert Pfund die Stunde; die Preise variieren je nach Format. Ich habe eine Absage für morgen Nachmittag – falls das bei Ihnen geht, fünfzehn Uhr?«

Also nicht gerade ausgebucht. »Ja, super.«

»Und Ihr Name?«

»Oh, ja, Desdemona … Clark«, sage ich mit Blick auf meine bequemen Schuhe.

»Und bringen Sie eine Auswahl an Kleidung mit – verschiedene Farben, Stile, Halsausschnitte, damit wir ein bisschen mit den Optionen … spielen können.«

»Klar.«

»Ich freu mich, Sie morgen zu sehen, Desdemona.«

»Kleinen Moment, dürfte ich Sie noch was fragen?«

»Ja?«

»Wer wird denn meine Fotos morgen machen?«

»Oh, Entschuldigung, das werde ich sein. Jeremy Leigh.«

KAPITEL DREIZEHN

Als ich mich dem Haus nähere, hebt sich die Silhouette der Quitte dunkel vor dem Himmel ab, eine unheilvolle Erscheinung, die heimtückisch über dem Haus zu schweben scheint. Falls Chris' Enthüllungen wahr sind, dann hat Mum die Quitte vielleicht gar nicht wegen Dads romantischer Story von Paris und Aphrodite geliebt, sondern wegen ihrer weniger erfreulichen Symbolhaftigkeit, von der sie mir mal erzählt hatte.

Es war Herbst, und wir schnippelten gemeinsam Quitten klein. Obwohl ich die Marmelade, die dabei rauskam, hasste, liebte ich doch das alljährliche Ritual des Erntens, Reifens, Kochens und Einmachens. Plötzlich hob sie eine ganze Quitte hoch und bedachte sie mit einem Lächeln.

»Evas Versuchung«, murmelte sie.

»Was?«, fragte ich.

»Du weißt schon. Die ›verbotene Frucht‹ – aus dem Garten Eden.«

»Aber das war doch ein Apfel. Steht so in der Bibel.«

»Nein, da steht nur: ›die Frucht vom Baum der Erkenntnis‹. In biblischen Zeiten gab es keine Äpfel in der dortigen Region – aber Quitten. Die böse Frucht, die die Unschuld der Menschheit auf immer vernichtet hat, hätte gut die Quitte sein können.«

»Wirklich?«

»Es ist absolut plausibel – schau sie dir an, so prall und so fest.« Sie brachte die Frucht an ihre Nase und atmete tief ein. »Mhm, diese Moschusnote«, raunte sie verführerisch. Dann vergrub sie die Zähne in ihr und zog eine Grimasse. »Aber was für ein Schreck, wenn man roh in sie hineinbeißt.« Sie lachte, spuckte das Quittenfleisch in ihre Hand und riss dramatisch die Augen auf. »Kein Wunder, dass Eva sich ihrer Unschuld beraubt fühlte.«

Ich werde in die Gegenwart zurückgerissen, als wie aus dem Nichts eine Gestalt hinter unserem Quittenbaum auftaucht. Mr Roberts.

»Alles in Ordnung, Kleines?«, erkundigt er sich, wobei sein Blick mich von oben bis unten taxiert.

»Alles super«, erwidere ich knapp.

»Ich habe mir solche Sorgen um dich gemacht. Sicher, dass es dir gut geht? Du bist zurzeit viel unterwegs.«

Beobachtet er mich etwa?

Er streckt die Hand aus und berührt meinen Arm.

»Hallöchen!«, ertönt Mrs Roberts' Stimme von der Tür nebenan.

Sofort tritt er zurück. Also war der unangemessene Eindruck nicht nur meiner Einbildung geschuldet.

»Was tust du da drüben, Frank?«, fragt sie. Weiß sie von seinem Interesse an mir? »Wolltest du Hannah auf eine Tasse Tee einladen?«

»Oh, nein«, wiegle ich ab, doch sie schürzt die Lippen in gespielter Entrüstung und setzt ihren typischen Bei-mir-gibt-es-kein-Nein-Blick auf. Sie war immer für mich da, wenn Mum zu tun hatte. Sie kann nichts für ihren perversen Ehemann. »Na schön. Danke.«

»Waren Sie gerade bei uns?«, will ich von Mr Roberts wissen, als wir über die niedrige Mauer treten, die unsere Vorgärten trennt.

»Ja, ich wollte fragen, wie es deinem Dad geht.«

»Er kommt bald wieder nach Hause.« Ich will, dass Mr Roberts weiß, dass ich nicht lange allein bleiben werde – aber wird Dad je wieder heimkehren? Heute hat er die gesamte Besuchszeit über geschlafen, ganz grau im Gesicht, während ich Loreta gegenüber beim Stricken zuschaute. Wir waren wie zwei alte Damen, die darauf warten, dass das Fallbeil runterrauscht.

»Warum machst du derweil nicht mit dem Garten weiter«, sagt Mrs Roberts, als wolle sie ihn loswerden. Er gehorcht resigniert, und sie dreht sich zu mir um. »Geh doch schon mal ins Wohnzimmer, ich setze uns Wasser auf.«

Ich kenne dieses Haus so gut. Der Grundriss ist der gleiche wie unserer, aber da hört die Ähnlichkeit auch schon auf. Es ist wie eine alternative Realität zu unserem Leben – wenn Mum nicht gestorben und das Leben weitergegangen wäre. Unser Haus ist eine einzige Ansammlung von dunklen Wänden, schweren Samtvorhängen und bunten Überwürfen, sämtliche Oberflächen mit staubigem Nippes und unzähligen Fotografien vollgestopft, überall der muffige Geruch nach Moder und schaler Suppe; ihres ist ganz klare Linien, leere Oberflächen, magnolienweiße Wände, gedämpfte Farben und dezente Duftstecker. Dieses ruhige, funktionale Heim mit den gesunden Mahlzeiten, dem Lernen auf Klausuren und den kleinen, lieben Aufmerksamkeiten war auf Felsen errichtet. Unser lebendiges, chaotisches Haus mit der Pizza zum Frühstück, dem Schulschwänzen und den großen Gesten kommt mir allmählich vor, als wäre es auf Sand gebaut worden.

Über dem leeren Kaminsims hängt ein großes Familienporträt von Mr und Mrs Roberts, die links und rechts von einem sitzenden Marcus stehen – ein ungewöhnlich spießiges Foto von Mum, zumal alles andere, was sie in jenem letzten Jahr fotografierte, ungestellte Schnappschüsse waren. Auf diesem superoffiziellen Familienbildnis sind die Roberts starr nach vorne gewandt und blicken mit steifem Rücken direkt in die Kamera.

Mrs Roberts kommt mit dem vermaledeiten Tee ins Zimmer gewuselt. »Das hat deine Mum gemacht, nur ein paar Wochen bevor sie starb. Ich hatte es noch nicht einmal aus der Luftpolsterfolie gepackt, als ... Wie auch immer, wie geht es dir denn, mein Schatz?« Sie schaut zu Mr Roberts nach draußen, der gerade einen großen Sack zu einem Blumenbeet schleift.

»Ich fühle mich, als wäre ich unter Wasser.«

Sie nickt.

»Ich habe was ziemlich Schräges getan – ich habe mich mit dem Detective von damals getroffen.«

»Chris Manning«, sagt sie, ohne zu zögern.

»Du erinnerst dich an ihn?«

»Natürlich. Er hat sich mit uns allen unterhalten.«

»Er deutete an, dass Mum womöglich ... Affären hatte.«

»So etwas!«, ruft sie empört aus.

»Hatte sie denn?«

Sie blickt zur Decke hoch. »Deine Mum war eine erstaunliche Frau. Gerne für einen Flirt zu haben, aber so war sie mit jedem. Ich hatte noch nie jemanden wie sie getroffen. Aber ich bin ja auch in Croydon aufgewachsen.« Sie lacht leise.

»Also habt ihr euch kennengelernt, als sie nebenan eingezogen sind?«

»Ja. Deine Eltern kamen mit einem Immobilienmakler, um sich das Haus anzuschauen. Da hielt dieses große grüne Auto am Bürgersteig, und sie stieg aus, in einem kurzen orangefarbenen Kleid mit winzigen gestickten Quasten dran und hohen grünen Stöckelschuhen; ihr langes blondes Haar glänzte im Sonnenlicht. Sie schaute auf, und mir war es ja so peinlich, dass ich heimlich hinter dem Vorhang hervorlugte, aber sie schenkte mir nur dieses umwerfende Lächeln.« Mrs Roberts' gesamtes Gesicht erstrahlt mit dem Glanz, den ich Mum in allen Menschen entfachen sah. »Es kamen noch andere Leute, um sich das Haus anzuschauen, doch ich erzählte allen, wie laut die

Straße sei und dass das Laub ständig die Rohre verstopfte, und ich dachte schon, deine Eltern hätten es abgelehnt. Aber dann, schwuppdiwupp, keine zwei Monate später zogen sie ein, und sie war schwanger.«

»Das war dann 1978, als Reece auf die Welt kam.«

»Oh, nein, '77. Dieses erste Baby verlor sie.«

»Wie bitte?«

»Sie erlitt sehr früh eine Fehlgeburt.«

»Sie war vor Reece schon mal schwanger gewesen?« Warum wusste ich davon nichts?

»Es war nicht einfach. Sie hatten in aller Eile geheiratet und das Haus gekauft, und dann … kein Baby. Ich fühlte mich ganz schlecht, als ich kurz darauf mit Marcus schwanger wurde, da ich nicht wollte, dass sie eifersüchtig auf mich war. Doch sie fasste es mehr als eine Art Herausforderung auf, meinte, sie und dein Dad müssten sich nur ›mehr Mühe‹ geben, und zwei Monate später war auch sie wieder schwanger. Das schweißte uns wirklich zusammen, zeitgleich schwanger zu sein, obwohl ich eine traditionelle brave Hausfrau war, wohingegen deine Mutter selbst hochschwanger noch diese superkurzen Kleidchen zu Stiefeln trug, dick geschminkt mit Wimperntusche und Lippenstift. Aber dann …«

»Was?«

»Na ja, sie hatte eine wirklich schwere Geburt – drei Tage und Nächte lag sie in den Wehen und presste, dann ein Notkaiserschnitt. Sie hatte keinen guten Start erwischt. Außerdem war es schwer für sie, mit einem Neugeborenen zu Hause zu sein, wo sie doch selbst noch ein halbes Kind war. Und dann …«

»Ihr Selbstmordversuch?«, sage ich, als wäre das nichts Neues.

Sie nickt. »Dein Vater fand sie glücklicherweise gerade noch rechtzeitig. Danach ermunterten er und ich sie, an die Uni zurückzukehren, um ihr Studium abzuschließen, wobei ich Reece tagsüber zu mir nahm.«

»Ich bin erstaunt, dass sie danach noch mich bekam.«

»Sie hatte geschworen, dass sie keine Kinder mehr haben würde. Aber dann bekam sie das Gefühl, sie und Philip würden sich voneinander entfremden, und sie wollte unbedingt noch ein Baby, um diese Verbindung herzustellen, die sie nach Reece hatten.«

»Also wollte sie gar nicht wirklich mich?«

»Aber natürlich wollte sie. Als du dann da warst. Und dieses Mal gaben dein Dad und ich wirklich auf sie acht. Sie kehrte direkt an die Uni zurück, um ihr Aufbaustudium zu machen, und du kamst mit Reece zu mir.«

»War das nicht zu viel verlangt von dir?«

»Aber nein, wir waren eine große, glückliche Familie. Ich liebte es, euch beide bei mir zu haben.«

»Aber du glaubst trotzdem, dass sie untreu war?«

Sie zuckt die Achseln. »Ich war zwar ihre beste Freundin, aber sie trieb sich weiterhin mit einer kleinen Zicken-Clique von der Uni herum, die es gerne krachen ließ. Sie sagte immer: ›Es gibt da zwei Ichs – mein Ich zu Hause und mein Party-Ich.‹ Doch das Feiern war nur ihre Art, Dampf abzulassen. Sie war sehr ehrgeizig, belegte dieses Fotografieseminar – und dann startete sie damit richtig durch und konnte sich vor Anfragen kaum retten. Es ist nichts Verkehrtes daran, wenn eine Frau eine Karriere will. Aber es ist gelogen, dass man alles haben kann.«

Sie hat meine Frage immer noch nicht beantwortet, aber das Quietschen der Hintertür unterbricht uns, als Mr Roberts ins Haus kommt. Sein lüsterner Blick vor den Augen seiner Frau ist mir unangenehm, also stehe ich auf.

»Du musst wegen mir doch nicht gehen«, sagt er.

»Ich muss zurück.«

»Geschäftige junge Frau, wie ihre Mutter«, bemerkt Mrs Roberts, die nichts von der Spannung zwischen mir und ihrem Mann zu merken scheint.

»Vielen Dank für den Tee, Mrs … Libbie. Tschuldigung.«
Sie winkt ab.

»Brauchst du jemanden, der dich zum Krankenhaus fährt?«, fragt Mr Roberts übereifrig.

»Nein, da war ich heute schon, Mr Roberts.«

»Frank«, sagt er peinlich berührt. »Ich bring dich zur Tür.«

»Nicht nötig«, sage ich, doch er folgt mir durch den Flur.

»Mir ist aufgefallen, dass du Probleme mit deinem Schloss hattest – ich kann mich darum kümmern, wenn du magst. Egal was am Haus gemacht werden muss, ich bin ziemlich geschickt mit den Händen.«

»Ist schon gut. Marcus meinte, dass er …«

»Oh, nein, Marcus hat viel zu tun. Du wirst Wochen warten. Frag einfach mich.« Er tätschelt meinen Arm, doch ich weiche aus und schlüpfe durch die Tür.

Zu Hause lege ich mich vor lauter Verwirrung auf den Wohnzimmerboden. Ich habe mir Mum immer nur als meine Mum vorgestellt, die Frau, die ich kannte: lieb, lustig, das schlagende Herz unserer Familie. War sie nicht daheim, vermisste ich sie einfach nur schrecklich; aber ich dachte nie daran, dass sie womöglich eine Existenz abseits von uns hatte, ihr eigenes Leben lebte.

Mein Blick bleibt an dem knalligen Lila in einem der um mich herum zerstreuten Bücherhaufen hängen – Mums Scrapbook von der Uni. Die bunten Seiten knistern, als ich sie umblättere – Tickets, Programme und Postkarten, die sich von dem ausgetrockneten Klebstoff lösen. Da, auf der letzten Seite, das ist sie, auf einem offiziellen Abschlussfoto. Jennifer Martin, so wie sie damals war: eine Wolke aus goldenem Haar, feine Wangenknochen, Porzellanhaut und jener eindringliche Blick. *Die Welt liegt dir zu Füßen*, ist daruntergeschrieben. Die Seite ist mit Sprüchen in verschiedenen Handschriften übersät. Ich nehme die Kommentare genauer unter die Lupe und bemerke, dass drei von ihnen mit Linien verbunden sind, die zu einem Automatenfotostreifen im Inneren des Rückendeckels führen: Mum mit drei Mädchen, die mit den Namen *Franny Soames*, *Mary Stanton* und *Anne Dangoor* versehen sind. Vielleicht ist das die kleine Zicken-Clique, die Mrs Roberts vorhin gemeint hat? Ob sie mir wohl was zu Mums »Party-Ich« erzählen könnten?

Franny, das zarte Mädchen mit dem langen blonden Haar, hat in ordentlicher Schreibschrift notiert: *Seelenschwestern*.

Mary, das unscheinbare Mädchen mit dem dunklen Bob und den groben Zügen, hat hingeschrieben: *Immer an deiner Seite*.

Und Anne, das grinsende Mädchen mit dem dünnen braunen Haar, hat in Großbuchstaben vermerkt: *FREUNDINNEN FÜR IMMER*.

Ich versuche es auf LinkedIn, und in Mums Abschlussjahrgang vom King's College mache ich die ersten beiden ausfindig. Franny ist Zahnärztin in Southampton, und Mary ist Sprechstundehilfe bei einem Arzt in Putney. Ich schreibe ihnen eine Nachricht.

Liebe Franny/Mary,
entschuldigt, dass ich euch so aus dem Blauen heraus überfalle. Mein Name ist Hannah Davidson, und meine Mutter war Jen Davidson – beziehungsweise Jennifer Martin, als die ihr sie kanntet. Ich bin nicht sicher, ob ihr vom Tod meiner Mutter im Jahr 1996 gehört habt. Ich dachte mir, ob wir uns vielleicht mal treffen und reden

könnten. Mein Vater liegt im Sterben, und ich möchte ihm von euren Erinnerungen an sie erzählen. Ich freue mich darauf, von euch zu hören.
Mit herzlichen Grüßen
Hannah

Schließlich finde ich auch Anne auf Twitter und folge ihr. Sie arbeitet als Floristin in Clapham, alleinerziehend mit zwei Kindern. Sie followt mir reflexartig zurück. Ich schicke die gleiche Nachricht, die ich an Franny und Mary geschickt habe, an Anne. Ich warte darauf, dass sie antwortet, doch die DM ist plötzlich verschwunden. Ich checke noch einmal ihren Namen, muss jedoch verdutzt feststellen, dass sie mich geblockt hat. Ich empfinde es mehr als kränkend, von jemandem geblockt zu werden, den ich nicht mal kenne. Als hätte sie irgendwie intuitiv meine grundsätzliche Wertlosigkeit erahnt. Ich schlage noch einmal Annes Foto in Mums Scrapbook auf, die lächelnde Brünette mit dem Haarreif – *FREUNDINNEN FÜR IMMER?* Was hat sich da geändert?

In dem Scrapbook gibt es so viele Fotos von Mum, die meisten davon weniger offiziell als das Porträt: einige in der Disco, eines beim Bogenschießen und eins bei der Abschlusszeugnisverleihung mit einer großen Gruppe von Studenten in Talaren, die ihre Hüte in die Luft werfen. Auf jedem der Fotos scheint Mum im Mittelpunkt zu stehen, so, als hätten sich alle um sie herum gruppiert – ihre Körper ihr zugewandt, ihr Lächeln eigens an sie gerichtet, ihre Augen an ihr klebend, als ginge von ihr die Zentrifugalkraft im Raum aus.

KAPITEL VIERZEHN

Zur Vorbereitung auf das Treffen mit dem Liebhaber meiner Mutter schlüpfe ich in meine übliche, mit einem Schal zusammengehaltene Jeans und den riesigen grauen Pulli. Mein Haar habe ich unter einer von Dads Wollmützen zusammengebunden. Ich habe zwar meine Zweifel, ob diese Fotosession lange dauern wird, aber womöglich kriege ich mehr aus ihm heraus, wenn ich die Sache in die Länge ziehe, also brauche ich noch ein paar zusätzliche »Looks«. Ich werde mich Mums Kleiderschrank stellen und ihn öffnen müssen.

Ihr Schlafzimmer ist komplett in dem chinesischen Stil ausstaffiert, den sie so liebte – das lackierte hölzerne Kopfteil, grüne Wandbehänge aus Seide, rote Papierlaternen, sogar ein Deckengemälde mit einer chinesischen Szenerie. Als Kind erschien es mir so exotisch, aber heute wirkt es billig, abgeschmackt und ein bisschen rassistisch. Über die hintere Wand zieht sich der schwarze lamellierte Kleiderschrank, der seit nunmehr dreiundzwanzig Jahren nicht geöffnet wurde. Ich greife nach dem kleinen Holzknauf, hole tief Luft und ziehe.

Und da, in ihrer regenbogenfarbenen Pracht, hängen ihre Klamotten. Dad hat seit ihrem Tod wohl nichts angerührt. Die abgestandene Luft muss noch ihren Atem beinhalten – von dem letzten Mal, als sie sich ankleidete. Ich halte die Luft an, um nichts von ihr einzuatmen, ziehe das erstbeste Kleid hervor, das ich in die Finger bekomme, und knalle die Tür wieder zu. Es ist ein grünes Kleid mit schwingendem Rock und einer Leiste aus winzigen Perlmuttknöpfen, die sich vorne über die gesamte Länge zieht – an der Wand hinter mir hängt eine riesige vergrößerte

Fotografie von Mum, auf der sie genau dieses Kleid trägt. Sie wirbelt herum, sodass es sich auffächert und dabei ihre schlanken Beine zeigt; den Kopf in den Nacken geworfen, das Haar durch die Luft schwingend, den Mund zu einem breiten Lachen geöffnet. Vielleicht kann ich ja meine flüchtige Ähnlichkeit mit Mum zu meinem Vorteil einsetzen? Ich stopfe das Kleid und ein paar Pumps in eine Tasche und schiebe einen von Mums Lippenstiften in meine Jeans.

Ich checke die Nachrichten auf LinkedIn und finde eine Antwort von Franny Soames, die *Seelenschwestern* in Mums Buch geschrieben hatte.

> Liebe Miss Davidson,
> die Uni ist sehr lange her. Ihre Mutter und ich waren ganz gewiss keine Freundinnen. Bitte kontaktieren Sie mich nicht noch einmal.
> Franny Soames

Das sind jetzt also schon zwei Frauen, die angeblich während des Studiums enge Freundinnen von Mum waren und die absolut nichts mit mir zu tun haben wollen. Warum nicht?

Um halb drei steige ich in den Bus nach Camden. Nun, da ich kurz davor bin, Jeremy zu treffen, werde ich nervös. Der Punkt auf meinem Display führt mich in eine enge Seitengasse, die von der Haupteinkaufsstraße abgeht. Ich weiß auch nicht, was ich erwartet habe, aber ganz sicher nicht diesen heruntergekommenen Laden. Mums Job erschien mir immer so glamourös – mit den vielen Reisen, den Ausstellungen, den Partys. Ich spähe durch die schmierige Schaufensterscheibe auf die billigen Regalbretter voller leerer Rahmen, manche einfach umgekippt, manche kreuz und quer liegend, neben diversen überbelichteten Fotos von Säuglingen und Grimassen schneidenden Kindern. Ist das wirklich das Studio, in dem Mum gearbeitet hat? Ich schiebe die Tür auf, und ein Glöckchen bimmelt. Es ist ein quadratischer Raum, der mit noch mehr Fotorahmen gefüllt ist; in der Mitte steht ein Selbstausdruckautomat. Ein Mann Mitte fünfzig mit kleinem Bauchansatz lächelt mich an.

»Ah, Desdemona, ganz pünktlich. Jeremy Leigh«, stellt er sich vor und streckt die Hand aus. Er ist attraktiv für sein Alter, hellblaue Augen und leichte Geheimratsecken, in Jeans und mit leger aufgeknöpftem blassblauem Hemd.

»Mr Leigh«, grüße ich und schüttle seine glatte Hand, wobei ich mir Mühe geben muss, bei seiner Berührung nicht zusammenzuzucken.

Er beäugt mich. »Sie kommen mir bekannt vor, haben wir uns schon mal getroffen?«

»Ich denke nicht.«

»Das ist ein ungewöhnlicher Name – Desdemona?«

»Meine Mutter war ein großer Shakespeare-Fan.«

»Ach so. Nun denn, das Studio befindet sich unten, wenn Sie mir bitte folgen würden«, sagt er, sich abwendend. Ich beobachte, wie sich sein Hintern unter den Gesäßtaschen seiner Jeans wölbt. »Wollten Sie sich noch umziehen?«, fragt er, offenbar unterwältigt von meinem Style.

»Könnten wir erst ein paar Aufnahmen so machen? Ich bin etwas nervös.«

»Natürlich, legen Sie Ihre Sachen einfach hinter dem Paravent ab.«

Das »Studio« besteht aus einem niedrigen Raum mit einer riesigen Plastikplane, die, umzingelt von Leuchten und Reflexschirmen, an einer Rolle von der Decke bis zum Boden herabhängt.

Der Paravent ist ein klappbarer Wandschirm im chinesischen Stil – es ist das Erste hier, was wirklich an Mum denken lässt. Ich lade meinen Kram dahinter ab, während Jeremy an der Beleuchtung herummacht.

»Dahinter ist auch eine Kiste mit Verkleidungsaccessoires«, ruft er. »Und eine Garderobenstange mit Klamotten, falls Ihnen irgendwas davon zusagt.«

Die knallbunten Seidenroben, Hüte und Perücken ignorierend, entledige ich mich bloß meines Mantels und ziehe mir meine Mütze tiefer in die Stirn.

»Kommen Sie, stellen Sie sich in die Mitte, und ich mache ein paar Probeaufnahmen«, sagt er, als ich hervortrete.

Ich frage mich, ob Jeremy Mum hier fotografiert hat?

Ich schaue zu ihm auf. *Klick.* Ich drehe meine Schulter zu ihm. *Klick.* Ich lache angesichts der peinlichen, irren Aktion hier. *Klick.*

»Hätten Sie gerne etwas Musik?«, fragt er.

»Nein, ist schon …«

Harte Rockbeats dröhnen los.

»Könnten Sie es etwas leiser drehen?«, rufe ich.

»Oh, Entschuldigung«, ruft er zurück, dämpft die Lautstärke und richtet seine Linse wieder auf mich.

»Arbeiten Sie hier schon lange?«, erkundige ich mich betont beiläufig.

»Fünfunddreißig Jahre, Pi mal Daumen.«

»Immer allein?«

»So ziemlich. Also, sollen wir die Mütze langsam abnehmen?«, schlägt er mit ausgestreckter Hand vor.

»Okay.« Ich ziehe sie runter. Er schiebt eine lose Haarsträhne hinter mein Ohr, während ich mich darauf konzentriere, langsam weiterzuatmen. Ich bin seit Jahren nicht mehr von einem Mann berührt worden – bis auf den gruseligen Mr Roberts neulich –, und ich spüre, wie mein verräterischer Körper auf die ungewohnte Nähe reagiert.

»Kommen Sie, wir machen Sie ein bisschen locker«, meint er schmunzelnd. »Wenden Sie sich von der Kamera ab und schauen Sie dann über die Schulter nach hinten, um etwas natürlicher auszusehen.« Ich drehe mich und schwinge den Kopf nach hinten. *Klick.* Er dreht die Musik wieder etwas auf, während ich mich unbeholfen rittlings über einen Hocker schwinge. *Klick.* Ich setze mich im Schneidersitz auf den Boden und schaue wie ein Kind zu ihm auf. *Klick.*

»Lassen Sie uns eins probieren, wo Sie auf dem Boden liegen.« Ich lege mich auf den Rücken. *Klick.* Er steht über mir, die Beine links und rechts von meinem Oberkörper, die Kamera unmittelbar nach unten gerichtet. *Klick.* Es ist irgendwie aufregend, so herumkommandiert, so ... gesehen zu werden. *Klick.* Ich spüre winzige Ströme der Erregung durch mich hindurchrinnen, während ich mich in der Spiegelung seiner Linse betrachte.

»Öffnen Sie die Lippen, nur ein Stückchen«, sagt er, was ich gerne mache, weil mein Atem so schwer geht. Außer uns ist niemand hier. Der Laden ist leer. Wir befinden uns im Untergeschoss, außer Hörweite. Trotzdem fühle ich mich mächtig und furchtlos.

»Großartig«, sagt er, die Kamera näher an mein Gesicht hinabsenkend. *Klick.* Das hier ist Mums Liebhaber. Lag sie hier so für ihn da? Plötzlich kommt mir das Ganze inzestuös vor.

»Ich weiß nicht, ob das die richtige Perspektive für ein Foto für meine Mutter ist«, sage ich abrupt und schiebe mich rückwärts zwischen seinen Beinen hervor.

»Entschuldigung, es ist mit mir durchgegangen, Sie sind eben sehr fotogen ... wundervolle Augen.« Er lässt die Kamera sinken. »Wie wäre es mit einem Outfitwechsel, und vielleicht ein kühles Blondes?«

»Klar«, sage ich und flüchte mich hinter den Paravent.

»Probieren Sie eins der Outfits da hinten an«, ruft er. »Bei Fotos geht es rein ums Schauspielern. Sie können heute sein, wer immer Sie wollen, nur keine Scheu.«

Ich ziehe Mums grünes Kleid und ihre hohen grünen Pumps an. Meine Füße sind etwas größer als ihre, aber ich zwänge mich hinein. Mir fällt ihr Lippenstift in meiner Jeans ein, und ich kann spüren, wie Mum meine Lippen spitzt, während ich eine knallrote Schicht draufmale.

»Das Bier steht schon bereit!«, ruft Jeremy.

Auf einer der Kostümkisten liegt, schlaff wie ein abgelegter Wischmopp, eine gelbe Prinzessinnenperücke. Mir fällt die unbeabsichtigte Wirkung der anderen Perücke bei Reece' Lesung ein, und dieses Mal setze ich die Mum-Perücke mit Vorsatz auf. Ich öffne ein paar der Perlmuttknöpfe an meinem Dekolleté, trete hinter dem Paravent hervor und wirble mit einem breiten Lächeln herum. Jeremy sieht mich entsetzt an, und vor Schreck fliegt ihm die Bierflasche aus der Hand. Ich schaue zu, wie sie einen Bogen beschreibt, und wünschte, er würde sie für Mums »Falling«-Serie fotografieren, als auch schon ein Schwall goldenen Biers herausschießt und über den weißen Boden spritzt.

Mein gesamter Körper kribbelt angesichts der Wirkung, die ich auf ihn ausübe.

»Wer zur Hölle bist du?«, entfährt es ihm.

Er dreht die Rockmusik aus, und wir stehen einander gegenüber.

»Wer glaubst du denn, dass ich bin?«

Er sieht mich kopfschüttelnd an. »Aber du kannst es nicht sein. Du bist ...«

»Tot? Ja, das ist sie. Und sie wäre mittlerweile auch um einiges älter als ich.« Ich muss grinsen angesichts seines vor Schreck aufgeklappten Kiefers. »Ich bin ihre Tochter. Jens Tochter.«

Er schaut mich an, wobei er sich jedoch offenbar an Mum erinnert und versucht, uns zusammenzubringen. Noch nie habe ich diese Wirkung in einem Mann entfacht, nie diese elektrisierende Macht gespürt. Ich weiß, wie man Männer bekommt, indem man eine einfache Verfügbarkeit für Sex signalisiert, aber noch nie habe ich diese extreme Bewunderung, dieses Begehren hervorgerufen.

»Heilige Scheiße. Ich wusste doch, dass du mir bekannt vorkamst.« Er kommt auf mich zu, mitten durch die Lache aus Bier, und saugt meinen Anblick in sich auf. »Dieses Kleid! Darin habe ich sie hier, an diesem Ort, fotografiert.«

»Du hast das Foto gemacht?« Mum sieht so unfassbar glücklich und befreit aus auf dem Bild. So hat sie sich also hier gefühlt? Mit ihm? Fort von uns?

»Das ist unheimlich«, sagt er. »Wie habe ich es nicht gleich gesehen? Ich meine, du siehst natürlich nicht exakt gleich aus, du bist etwas breiter, etwas voller, aber dennoch. Hol mich der Teufel.«

Plötzlich fühle ich mich bloßgestellt, als die weniger gute Version abgestempelt. Ich will mich abwenden, aber er packt meinen Arm.

»Nein, warte, lass mich dich ansehen«, sagt er, ohne seinen Griff im Mindesten zu lösen.

»Ich bin nicht sie«, knurre ich, und er lässt meinen Arm los. »Ich bin ein völlig anderer Mensch. Ich gehe mich jetzt umziehen.«

Ich kehre hinter den Paravent zurück, ziehe meinen grauen Pulli über, und schleudere die schmerzhaften Pumps von den Füßen. Ich schlüpfe unter dem Kleid in meine Jeans und wische mir die Lippen mit dem Vorderteil des Pullis ab, wobei ein knallroter Fleck zurückbleibt; erst dann trete ich wieder hervor, und ich sehe die Leidenschaft in seinen Augen abflauen. Dieses Gefühl kenne ich nun doch.

»Was willst du von mir?«

»Nur reden.«

»O Gott, ich bin aber nicht dein Vater, oder?«, platzt er mit entsetztem Blick heraus.

»Tja, vielen Dank auch«, erwidere ich ironisch, »wenigstens klärt das die Frage, ob du mit ihr geschlafen hast.« Ich ziehe einen Hocker hervor. »Nein, du hast meine Mutter kennengelernt, als ich etwa fünf war. Glaube ich.«

»Hör zu, ich will keinen Ärger.« Er wischt sich die Hände an seiner Jeans ab.

»Ich auch nicht. Ich will nur mehr über Mum herausfinden. Über ihre Vergangenheit.«

Er runzelt die Stirn.

»Ich bezahle dich auch trotzdem für die Stunde.«

Er schwankt innerlich, setzt sich dann aber bei der Aussicht auf die Kohle wieder hin. »Das ist wirklich schräg. Ich muss eine rauchen«, sagt er.

»Ist schließlich dein Brandrisiko in dem Bunker hier.«

Er zuckt mit den Achseln, schnappt sich eine knautschige Packung vom Tisch und zündet sich eine an. »Ich hole mir noch ein Bier. Willst du auch eins?«

Und ob ich das will. »Warum nicht?«, sage ich lapidar.

Er kramt zwei San Miguel aus einem kleinen Kühlschrank, schnippt die Kronkorken weg und reicht mir eine Flasche.

»Du bist also Jens Tochter«, beginnt er, sich zurücklehnend.

»Jepp.« Ich nehme einen großen Schluck.

»Tut mir leid wegen dem, was ihr zugestoßen ist. Ich war geschockt, als ich davon hörte. Und ich schwöre, dass ich nichts damit zu tun hatte. Ich wurde von der Polizei überprüft, wenn du also hier bist, um …«

»Ich weiß. Und ich weiß von eurer Affäre. Ich will einfach nur mehr über sie erfahren – wie sie damals war.«

Er nimmt einen ausgiebigen Zug. »Hey, sie war einfach nur … na ja, du weißt schon, etwas ganz anderes. Ich meine, ja, sie war wunderschön und all das, aber es war vor allem diese …«, er spreizt die Hände, und seine Augen leuchten auf, »… diese Energie, die von ihr ausging.«

Ich verspanne mich unwillkürlich – beleidigt von der Implikation, dass ich zwar womöglich aussehe wie sie, mir aber ihre magische Zutat abgeht. »Wusstest du, dass sie verheiratet war … Kinder hatte?«, frage ich spitz.

Er windet sich auf seinem Platz. »Ja, aber sie hat euch nie wirklich erwähnt. Sie schien so … ungebunden.«

Meine Brust zieht sich zusammen, und ich blicke zu Boden.

»Tut mir leid«, murmelt er.

»Nein, ich möchte es hören.« Ich hebe den Blick wieder zu ihm. »Sie ist tot, und mein Vater liegt im Sterben. Es gibt niemanden mehr, den man verletzen könnte. Wie habt ihr euch kennengelernt?«

»Hab einen Bewerbungsbrief bekommen. Ein unpersönliches Anschreiben, in dem es hieß, dass sie eine Stelle sucht. Sie hatte gerade erst irgendeinen Fotografiekurs absolviert und schrieb, sie würde alles tun, sie wolle nur ›die Praxis erlernen‹. Ich dachte mir, ich könnte sie ja mal zu einem Gespräch einladen.« Ja, das kann ich mir vorstellen. »Als ich sie dann kennenlernte … nun ja, ich musste etwas für sie finden – und hab sie als Auszubildende eingestellt.«

»Und war der Laden damals auch so?«, frage ich mit einer ausholenden Geste.

Er blickt gekränkt drein.

»Entschuldigung, aber ich dachte, Mum wäre hauptsächlich auf ihre Projekte fokussiert gewesen, nicht darauf, ihre Zeit in einem ... Laden wie dem hier abzuarbeiten.«

»Das hier ist ein erfolgreiches Studio«, entgegnet er verdrossen, »aber ja, Jen war sehr ehrgeizig, hatte viele Ideen.«

»Und als was hat sie hier gearbeitet – was war ihre Tätigkeit?«

»Na ja«, druckst er herum, »sie hat einfach mit angepackt. Sie war gut mit dem ganzen glamourösen Zeug, schaffte es, dass die Leute sich locker machten. Aber es war eine unbezahlte Stelle – sie half aus, wenn es ging, und im Gegenzug brachte ich ihr alles bei und druckte ihren Hobbykram aus.«

»Du meinst ihre Projekte? Aber das war doch kein Hobby.«

»Na ja, schon irgendwie.« Er legt den Kopf schräg.

Oh, jetzt verstehe ich. Er kannte Mum gar nicht so gut. Er war nur ein Anhängsel, das sich in ihrem Glanz sonnte. Ich bin so erleichtert, dass dieses schäbige kleine Kabuff nicht die Kulisse für ihre eigentliche Berufung war.

»Also hatte sie hier nie eine bezahlte Stelle?«

»Nein. Sie war mehr ... meine Freundin. Und arbeitete hier nur hin und wieder.«

»Tja, ich nehme an, sie war mit ihrer richtigen Arbeit beschäftigt«, sinniere ich. »Sie war ja ständig unterwegs, bei Shootings – oft über Nacht«, plappere ich drauflos, wobei mich die Erkenntnis durchfährt, noch als ich die Worte ausspreche.

»Na ja ... sie übernachtete hier recht oft. Du weißt schon. Tut mir leid.«

Ich versuche innerlich, Mum neu einzuordnen – als leidenschaftliche Ehebrecherin aufgrund ihres Genies. Künstler sind doch gemeinhin für ihre lockere Moral bekannt?

»Wie lange hattet ihr beide ...?«

»Fünf Jahre so richtig, und dann immer mal wieder. Dein Vater richtete ihr zu Hause eine Dunkelkammer ein, und da hatte sie schon alles gelernt, was ich ihr beibringen konnte, also wurde die Sache lockerer.«

»Klar«, sage ich ausdruckslos, »sie war gelangweilt von dir.«

Er sieht mich verletzt an. »Jen hatte, was Langeweile anging, eine sehr niedrige Toleranzschwelle. Sie brauchte ständig einen neuen Kick. Ich war schockiert von ihrem Tod – aber nicht überrascht.«

»Was? Warum?«

»Sie liebte Risiken.«

»So wie dieses ›Techtelmechtel‹ mit dir?«, gebe ich vernichtend zurück.

»Sie folgte nie irgendwelchen Regeln und Normen. Sie arbeitete sich durch mehrere meiner Freunde durch. Rieb es mir selbstgefällig unter die Nase«, sagt er bitter.

»Das war zwar unschön für dich, aber wohl kaum ein riskantes Verhalten.«

»So machte sie es aber ständig. Ich weiß noch, wie ich sie damals durch die Fensterscheibe im World's End-Pub sah und mich neben sie setzte – und wie sie sagte: ›Tut mir leid, aber könntest du wieder gehen? Ich versuche gerade, den großen Typen da drüben klarzumachen.‹ Einfach so, als wären wir nicht zusammen. Ich dachte mir, scheiß auf sie. Und dann kommt sie zwei Tage später hier reinspaziert und meint: ›Oh, das war doch nichts, Schatz, musste mich nur etwas austoben.‹«

»Und da hast du Schluss gemacht?«

Er zuckt mit den Achseln. »Ich ließ es laufen, ignorierte ihre anderen ›Freunde‹ und akzeptierte einfach das, was sie mir gewillt war zu geben.«

Ich verziehe das Gesicht, und er wendet den Blick ab. Aber das ergibt Sinn. Natürlich – Mum hat diesen jämmerlichen kleinen Kerl bloß benutzt.

»Okay, sie war also umtriebig und gleichgültig gegenüber deinen Gefühlen. Aber wie kommst du dazu, zu sagen, dass es dich nicht überrascht hat, dass sie ermordet wurde?«

»Es war mehr als das. Einmal beispielsweise waren wir auf einer Dachterrassenparty in Soho. Ihr war heiß und langweilig, und sie sagte: ›Ich bin hier raus‹ und sprang – sprang einfach vom Gebäude. Wir schrien alle und eilten zum Rand … Und da war ein anderes Gebäude, nur etwa einen halben Meter tiefer – aber ob sie das wusste? Sie lachte, und wir applaudierten alle. Doch es machte mir wirklich zu schaffen. Es war, als wäre sie selbst eines dieser verdammten fallenden Fotos von ihr.«

»Aha! Ganz genau«, sage ich und stürze mich auf diesen Beweis. »Ihre ›Falling‹-Serie – also weißt du doch etwas über ihre Kunst.« Mum mag eine Ehebrecherin gewesen sein, aber dieser schäbige kleine Kerl hier kann ihr nicht einfach ihren Wert als Künstlerin absprechen. »Sie hatte all diese Ausstellungen am Laufen, die Bildbände …« Ich verebbe, als er skeptisch die Augenbrauen hebt. »Hatte sie aber«, beharre ich. »Das weiß ich. Ich bin auf den Ausstellungen gewesen, habe die Bücher gesehen, die Presseberichte …«

Er schüttelt den Kopf, und ich knalle frustriert die Flasche gegen die Wand, wobei das Bier über seine Ausrüstung spritzt. »Hat sie!«, brülle ich.

»Krieg dich wieder ein«, erwidert er. »Ich erzähle dir nur, was ich weiß.«

»Tja, ich weiß aber, dass sie eine erfolgreiche Fotografin war«, erwidere ich. »So wie ihre ›Falling‹-Serie, die du gerade eben selbst erwähnt hast – die war richtig groß.«

»Ja, aber …«

»Es ist echt sexistisch, das Können einer Frau so herabzusetzen, weißt du.«

Er hebt abwehrend die Hände und verzieht den Mund. »Hey, komm runter, ja? Du verstehst nicht.«

»Was verstehe ich nicht?«

»Dein Vater hat für all diese Ausstellungen geblecht – die haben Tausende gekostet.«

»Mein Vater?«

»Ja, er zahlte für die Galerien, die Drucke, die professionell gestalteten Kataloge. Okay, ein paar Drucke hat sie verkauft, aber nicht annähernd genug, um die Kosten zu decken. Er zahlte sogar für Presseagenten – nicht dass sie viel Feedback für die Projekte bekamen, die im Grunde nur eitle Spielereien waren.«

»Eitle Spielereien?«

Er sieht mich mitleidig an.

Ich stehe auf und gehe tief atmend rüber zur anderen Seite des Studios. Also war Mum nicht nur eine treulose Ehefrau. Sie war auch noch … *gewöhnlich?*

»Wobei diese ›Falling‹-Serie ganz cool war«, gibt er zu. »Ganz sie selbst. Es begann alles mit Evel Knievel da drüben.« Er deutet zu einem stark vergrößerten Poster an der Studiowand – Knievel rittlings auf seinem Motorrad, hoch in der Luft, während er über eine Reihe von Bussen hinwegspringt. »Sie liebte es, wie haltlos und unbekümmert er sich durch die Luft warf, sein ganzes Gequatsche darüber, dass man den Moment leben müsse. Sie zwang mich, in einem fort Videos von ihm anzuschauen, und hielt sie immer inmitten seiner Sprünge an und schrie: ›Freeeeeeeeei!‹ So kam sie auf die Idee, Dinge in der Luft zu fotografieren.«

»Okay. Aber diese ›Falling‹-Ausstellung damals war ihr Durchbruch, mit ernsthaftem Interesse von internationalen Galerien – das meinte ihr Agent.«

Er deutet mit dem Finger auf seine eigene Brust. »Ich habe ihr gesagt, was sie hören wollte.«

Diesen zweitklassigen Narzissten hatte sie mit ihrem Agenten gemeint? Der Film von Mums glamourösem Leben, der jahrelang in meinem Kopf abgelaufen war, ist dabei, sich haltlos zu entspulen.

»Dein Vater finanzierte immer wieder eine neue Ausstellung, um ihre Selbsttäuschung am Laufen zu halten.«

Ich setze mich hin, beschämt von meiner Ahnungslosigkeit, meiner Leichtgläubigkeit. Aber damit kann ich meine Zeit nicht verschwenden. Ich muss mehr über ihren Tod herausfinden.

»Hast du der Polizei von diesen anderen Kerlen erzählt, mit denen sie angeblich was hatte?«

»Nicht angeblich. Ich erzähle hier keine Lügen. Aber nein, ich habe ihnen lediglich gesagt, dass ich die ganze Woche in Norwich war – was sie auch bestätigen konnten.«

»Aber warum warst du der Polizei gegenüber nicht vollkommen offen? Wenn du nichts zu verstecken hattest.«

»Hör mal, die Sache hat mich völlig aus der Bahn geworfen. Ihr Tod ... dieses ganze Gerede über satanische Rituale in den Zeitungen. Ich wollte nichts mit den schrägen Dingen zu tun haben, die sie den Tod gekostet hatten.«

Ich bin völlig geknickt, aber als ich den Kopf hebe, sehe ich, wie er mich verstohlen beäugt.

»Was?«, will ich wissen.

»Nichts.«

»Nein, sag schon.«

»Okay, gut, ich hätte ihr nicht helfen können – ich habe die Nachricht erst gehört, als es zu spät war.«

»Was für eine Nachricht?«

»An dem Tag, als sie starb, hinterließ sie mir eine Nachricht auf meinem Mobiltelefon.«

»Wie bitte?«

»Ich hörte sie nicht gleich ab – ich war bei meiner Mutter, hatte das Handy bei ihr gelassen und bin ins Kino gegangen. Damals hatte ohnehin fast niemand so ein Gerät.«

»Aber was sagte sie in der Nachricht?«

»Sie war völlig durch den Wind. Brabbelte irgendwas. Meinte, ich müsse sie sofort zurückrufen, weil etwas wirklich Schreckliches passiert sei.«

»Was genau hat sie gesagt?«, fahre ich ihn an, sodass er den Kopf hochreißt. »Wort für Wort.«

»Schon gut … ähm: ›Hi, ich bin's. Wo bist du? Etwas wirklich Schlimmes ist passiert, du musst mich sofort zurückrufen.‹« Er legt die Stirn in Falten, während er versucht, sich zu erinnern. »Ähm … ›Ich hab richtig Scheiße gebaut … bin wirklich zu weit gegangen, da kann ich mich nicht mehr rausreden.‹ Oh, und ach ja, stimmt: ›Er wird mir das niemals verzeihen.‹«

»›Er wird mir das niemals verzeihen.‹ Wer?«

Er zuckt mit den Achseln. »Es endete mit einer Reihe von ›Ruf mich an, ruf mich an‹ zum Schluss.«

»Und hast du angerufen?«

Er schüttelt betreten den Kopf. »Als ich am nächsten Morgen durchklingeln wollte, ging direkt die Mailbox ran. Ich hinterließ ihr eine Nachricht, dass wir uns treffen könnten, wenn ich zurück sei, aber … da war es natürlich schon zu spät.«

»Aber warum hast du sie in jener Nacht nicht zurückgerufen?«, frage ich verzweifelt.

»Ach, komm schon, ich hatte sie die zwei Jahre davor nicht gerade oft gesehen. Sie war echt anstrengend, wenn sie so drauf war, und ich konnte mich nicht damit auseinandersetzen.«

Ich starre ihn ungläubig an. »Um wie viel Uhr genau hat sie dich angerufen?«

»Es war später Nachmittag, gegen fünf.«

»Und du hast wirklich keine Idee, was sie meinte.«

»Nein, aber irgendwas muss sie richtig aus der Fassung gebracht haben. Sie war nie so aufgelöst ... nicht richtig.«

»Was soll das heißen?«

»Na ja, sie war ständig aufgedreht und wurde hysterisch, aber das war nur eine Show, um die Leute zu manipulieren – ich war mir dessen bewusst, spielte aber gerne mit. Aber das war das einzige Mal, wo sie aufrichtig verängstigt klang.«

Ich könnte diesen selbstverliebten Wichser erwürgen, aber ich fahre fort: »Hast du je daran gedacht, dass sie sich umgebracht haben könnte?«

»Jen!? Nee. Nicht in einer Million Jahre. Sie lebte ihr Leben, ließ sich nicht aufhalten.«

»Hat sie je erwähnt, dass mein Vater über euch beide oder einen dieser anderen ›Liebhaber‹ Bescheid wusste?«

Er seufzt. »Es tut mir leid, aber sie sprach nie von euch. Alles, was ich wusste, war, dass dein Vater zahlte, um ihre ›Karriere‹ am Laufen zu halten. Ich dachte ja immer, er müsse ein Einfaltspinsel sein, aber hey, das war seine Sache.« Er sieht zu mir auf. »Tut mir leid.«

Ich starre diesen alternden Don Juan an, und da wird mir klar, dass er ehrlich ist. Mehr werde ich hier nicht rauskriegen. Ich murmle ein Dankeschön und biete an zu zahlen in der Erwartung, dass er ablehnen wird. Doch er lässt mich die vollen hundert Pfund hinblättern. Was für ein Gentleman.

Ich stolpere aus dem Laden auf die Straße, zurück Richtung U-Bahn. Ich muss mit jemandem reden, aber natürlich kann ich

Reece nicht mehr anrufen. Ich erwäge Marcus, aber ich will nicht vermurksen, was auch immer sich da anbahnen könnte. Und Mrs Roberts riet mir, nach vorne zu schauen, nicht in die Vergangenheit. Es gibt nur eine Option.

»Hi«, meldet Chris sich freundlich – er muss meine Nummer eingespeichert haben.

»Tut mir leid, dass ich dich anrufe.«

»Aber ich habe doch ausdrücklich gesagt, du sollst mich anrufen.«

»Ich weiß, aber du wolltest wahrscheinlich nur nett sein.«

»Ich bin ein recht unangenehmer Geselle. Folglich gebe ich nichts auf höfliche Floskeln.«

»Folglich?«

»Das ist ein Wort.«

»Ja ... an der Benimmschule vielleicht! Trotzdem, danke fürs Gespräch, ich wusste nicht, wen ich anrufen soll, aber du weißt ja, was ich im Schilde führe, und hast auch schon einen Vorgeschmack auf meine anstrengendere Seite bekommen.«

»Ach, da gibt es noch andere?«, erwidert er gespielt entsetzt.

»Du hast ja keine Ahnung.«

Er lacht. »Und, was gibt's?«

»Ich habe mit Jeremy Leigh gesprochen – du hattest recht, was Mums Affäre mit ihm und mit vielen anderen angeht, falls man ihm glauben kann. Wovon ich aber ausgehe. Außerdem hat er erzählt, dass Mums Künstlerkarriere im Grunde eine Lüge war, ein eitles kleines Projekt, für das mein Vater bezahlte. Das alles gibt Dad ein astreines Motiv.«

»Oder es bestätigt, dass dein Vater ihr wahres Ich kannte und es akzeptierte?«

»Schon möglich. Es ist, als hätte ich sie und auch ihn nie gekannt.«

»Doch, hast du. Sie hatten nur noch andere Seiten an sich. Aber ich kann deine Konsterniertheit nachvollziehen.«

»Meine Güte, du bist heute ein wandelndes Wörterbuch«, sage ich grinsend.

»Hör zu, wenn du weitergräbst, wirst du neue Dinge herausfinden, nicht alle davon angenehm, aber das heißt nicht, dass deine Erinnerungen an deine Eltern nicht auch wahr sind.«

»Das stimmt wohl. Danke.« Ich zögere. »Außerdem hat Jeremy an jenem Nachmittag einen Anruf von ihr bekommen, in dem sie sagte, dass sie richtig Scheiße gebaut hätte und dass irgendein ›er‹ ihr das nie verzeihen würde.«

»Und du denkst, damit war dein Vater gemeint?«

»Ich weiß nicht«, seufze ich. »Gott, tut mir leid, dass ich dich hier volljammere.«

»Echt?«

»Nein«, erwidere ich lachend, »aber danke.«

»Denk dran, jedes noch so kleine Fitzelchen Information ist Teil der Antwort. Ruf jederzeit an. Ich möchte das immer noch lösen. Nicht so sehr wie du natürlich, aber ich will.«

»Okay, das werde ich.«

Immer noch frustriert von den ganzen »Was wenn«-Fragen steige ich in die U-Bahn. Was wenn Jeremy an jenem Abend ans Handy gegangen wäre …? Aber welchen Sinn hat es, wütend zu sein auf diesen traurigen alten Mann. So, wie er das geschildert hat, wurde er von Mum manipuliert und benutzt. Er hat sie nicht zurückgerufen, weil er es satthatte, von ihr ausgenutzt zu werden. Das ist tatsächlich nichts Neues für mich. Ich habe Mum schon früher Menschen manipulieren sehen: einen Lehrer, der mich die Mittlere Reife in Chinesisch ablegen ließ, obwohl meine Noten eigentlich zu schlecht waren; einen Sporttrainer, der Reece für jedes Spiel auswählte, obwohl alle anderen auf der Ersatzbank durchwechseln mussten; und zahllose Handwerker, die sich förmlich überschlugen, um zusätzliche unbezahlte Arbeiten zu verrichten. Es schien eine recht harmlose Macht, die sie da hatte.

Damals.

KAPITEL FÜNFZEHN

»O mein Gott«, entfährt es mir, als ich bei meinem spätnachmittäglichen Besuch Loretas Vaters sehe. Er sitzt aufrecht, sein Gesicht von heller Freude erfüllt. So lebendig habe ich ihn noch nie gesehen.

»Es ist wunderbar«, sagt Loreta, die wie ein aufgeregtes Kind dreinschaut, während sie ihn betrachtet. Aber plötzlich fällt sein Arm herab, und sein Gesicht ist ganz leer.

»Ach herrje«, sage ich.

»Warten Sie.« Sie drückt auf einen alten Walkman, der an seinen billigen Kopfhörern angeschlossen ist, und sofort erstrahlt er wieder.

»Das sind The Beatles«, erklärt sie. »Die hat er gehört auf Radio Luxemburg in den Sechzigern. Die Musik bringt ihn zurück, zu seiner Jugend.«

Sie hat recht: Die Melodie wirkt belebend auf ihn, wie ein Katalysator der Sinne. »Das ist ja unglaublich«, staune ich.

Sie nickt begeistert und beäugt dann meine Kleidung, während mir bewusst wird, dass ich meine Jeans, Mums schwingendes Kleid, darüber meinen lippenstiftverschmierten Pulli und einen Mantel trage – wie so ein abgeranzter Student.

»Ist ein guter Tag für uns beide. Ihr Vater ist auch wach«, sagt Loreta und deutet über den Gang.

Dad sitzt in dem Patientensessel mit der hohen Lehne. Er sieht so zerbrechlich aus, aber wenigstens ist er aus dem Bett raus. Armer Dad – wie viel wusste er von Mums schmutzigen außerehelichen Aktivitäten? Auf jeden Fall wusste er, dass sie nicht die künstlerische Durchstarterin war, an die ich geglaubt hatte, denn er bezahlte diese Illusion. Aber das zeigt nur, was für ein guter Lügner er war. Ich hatte keinen blassen Schimmer, dass Mums gesamte Karriere »inszeniert« war. Worüber hat er noch gelogen?

»Dad, wie geht es dir?«

»Hallo, Hannah«, grüßt Dad, als ich näher komme.

Immerhin ist er hier bei mir, in der Gegenwart. Gott sei Dank.

»Ich denke, es ist an der Zeit«, sagt er und betrachtet mich aus trüben, hoffnungslosen Augen.

O nein, er ist zu sehr in der Gegenwart.

»Für was denn, Dad?«

»Welchen Sinn hat das Ganze noch?« Schmerzverzerrt verlagert er das Gewicht. Dass er so weit anwesend ist, dass er mich erkennt, sollte sich toll anfühlen – aber es heißt auch, dass er die Trostlosigkeit seiner Situation begreift.

»Du wirst schon wieder, Dad.« Ich streiche seine Hand.

Er stöhnt. »Es ist zu viel. Der Schmerz. Ich habe genug davon«, weint er.

»Alles okay hier?«, fragt Valeria im Vorbeigehen.

»Ja, gut, alles gut«, erwidert Dad mit einem breiten Lächeln. Keine zehn Sekunden davor hat er ganz klar von seinem Todeswunsch gesprochen, und jetzt macht er für eine Fremde auf alles bestens.

»Er hat Schmerzen«, verrate ich ihr.

»Wir haben ihn an einen langsamen Morphintropf gehängt«, flüstert sie, auf eine Apparatur an einem Rollständer deutend, die mit einer Kanüle in seiner Hand verbunden ist. »Ich werde die Infusion etwas erhöhen, damit er sich wohler fühlt.«

»Danke.«

Was für einen seltsamen Job diese Pfleger doch haben – all die Jahre der Ausbildung und des Engagements, um jemanden am Leben zu halten, wo es sich doch um ein Rennen handelt, das sie nicht gewinnen können. Was für innere Kämpfe sie durchlaufen müssen, bevor sie sich irgendwann gezwungenermaßen geschlagen geben … oder vielleicht aktiv Hilfe vorenthalten … oder sogar dabei helfen, einem den Tod zu erleichtern? Ist Dad an dem Punkt angelangt, von dem die Tierärztin bei Schro geredet hatte, als sie »Sie werden wissen wann« sagte?

»Ich habe Reece getroffen«, platze ich heraus, um ihn abzulenken. Ein Leuchten flackert über Dads Gesicht, also lege ich nach: »Er lässt Grüße ausrichten. Es geht ihm gut, und er sagt, er denkt an dich«, quassle ich weiter, während Dad lächelnd nickt.

»Ja, er hat mich neulich zu Hause besucht.«

»Ja, hat er.« Was kann es schon schaden, ihn in dieser tröstlichen Fantasie zu bestätigen. »Das stimmt. Und er wird auch bald herkommen, um dich hier zu besuchen.«

Dads gequälter Körper sackt vor Erleichterung zusammen – ist das die Morphinzufuhr oder der Gedanke an seinen verlorenen Sohn?

»Wir werden Ihnen für seine Zeit zu Hause Morphintabletten mitgeben«, sagt Valeria leise an mich gerichtet.

»Zu Hause?«

»Aber ja. Nun, da sich sein Zustand stabilisiert hat, sollte er bald heimdürfen.«

Ich muss mich also mit der Vorsorgevollmacht und dem Umbau des Hauses sputen. Ich hole Marcus' Visitenkarte hervor und tippe eine WhatsApp-Nachricht.

> Ich bin's, Hannah. Falls du die nächsten ein, zwei Tage freihättest, könntest du mir da mit dem Haus helfen? Entschuldige, dass es so kurzfristig kommt, aber Dads Zustand hat sich gebessert.

Ich tippe ein x, lösche es, setze es wieder hin. Nehme es wieder weg.
Senden.
Er antwortet umgehend.

Klar, bist du heute Abend da? X

Ein großer Kuss – interessant.

Jepp, den ganzen Abend, komm jederzeit vorbei. X

So also fühlt sich »mädchenmäßig aufgeregt« an. Während Dad vor sich hindöst, checke ich meine Mails und finde überraschenderweise eine LinkedIn von Mary Stanton, der dritten von Mums Freundinnen, die ich kontaktiert habe. Bestimmt eine weitere Absage.

Liebe Hannah,
vielen Dank für deine Nachricht. Ich war damals so bestürzt wegen dem, was deiner Mutter zugestoßen ist. Die Welt hat einen ihrer strahlendsten Sterne verloren. Sie und ich, wir standen einander lange Zeit sehr nahe, hatten uns aber vor ihrem Tod nicht viel gesehen. Trotzdem würde ich mich über ein Treffen bei einem Kaffee freuen.
Mit herzlichen Grüßen
Mary

Also hat sie Mum nicht gehasst, so wie die anderen zwei? Da Dad womöglich schon bald wieder zu Hause ist, beschwatze ich Mary per SMS, uns gleich morgen in ihrer Mittagspause vor der Arztpraxis zu treffen. Nach der Sache mit Jeremy ist Mum für mich schon nicht mehr Mum, und das hier wird wahrscheinlich ein sinnloses Treffen, das nur unterstrichen wird von dem, was ich bereits weiß, aber ich kann mich genauso gut auch dem vollen Glanz von Mums »Party-Ich« aussetzen.

Zu Hause stürze ich mich hektisch ins Putzen und Aufräumen, sammle alle leeren Weinflaschen vom Boden zusammen, schüttle die Kissen auf, verstecke alle mit Katzenhaaren übersäten Decken. Als ich gerade ein paar Gläser gespült und eine Flasche Wein geöffnet habe, klingelt es auch schon.

Noch während ich durch den Flur zur Tür gehe, vernehme ich Gesang.

»*Who can take a sunrise, sprinkle it with dew. Cover it with Chocolate and a miracle or two ...*« Und gerade als ich die Tür öffne, endet Marcus mit: »*... the handyman can.*«

Wir grinsen einander an.

»Auch ein Weinchen?«, frage ich, mein Glas hebend.

»O ja, das kann der ›handyman‹ gut gebrauchen«, meint er lachend.

Nach der aufwühlenden Begegnung mit Jeremy ist Marcus' Gegenwart eine echte Erleichterung. Ich kippe hastig meinen Wein, sehe dann Marcus, wie er mich beobachtet, und stelle das Glas ab.

»Bevor wir loslegen«, sage ich, »muss ich noch etwas klarstellen.«

Er kräuselt die Stirn.

»Ich will dich nicht in eine knifflige Lage bringen, indem du die Arbeit hier tust. Deine Eltern scheinen es etwas komisch zu finden, dass du mir hilfst?«

»Ach, ignorier die beiden«, winkt er ab. »Sie glauben einfach nur ...«

»… dass Dad es getan hat?«

»Ich weiß es nicht genau«, erwidert er, am Knopf seiner Jeans drehend. »Es war damals eine echt schwierige Zeit – natürlich vor allem für euch, aber eben auch für uns. Und die beiden gehen mit schwierigen Dingen gerne so um, dass sie ausschließlich nach vorne schauen. Bloß nicht innehalten und nachgrübeln. Ich glaube, sie haben nur Angst, dass ich in deine Trauer zurückgezogen werde. Tut mir leid. Aber ich habe keine Angst.«

Ich nicke.

»Ich möchte helfen, so gut ich kann.«

»Das weiß ich, und dafür danke ich dir«, sage ich und berühre dabei seinen Arm.

»Aber wahrscheinlich ist es besser, wenn ich das alles fertigkriege, bevor dein Vater wieder hier ist – meinen Eltern zuliebe.«

»Kann sein, dass er in zwei, drei Tagen zurück ist.«

»Dann fange ich gleich morgen an?«

»Bist du sicher?« Ich könnte heulen, so nett ist er.

»Also«, sagt er zur Antwort, zieht einen Notizblock aus seiner Gesäßtasche und leckt betont komisch über die Bleistiftspitze. »Mobil?«

»Dad hat es nicht so mit Mobiltelefonen«, erwidere ich etwas verwirrt.

»Nein, ich meine, kann er laufen? Oder braucht er einen Rollstuhl?«

»Oh, stimmt. Ich schätze, er wird im Rollstuhl sitzen.« Als ich es ausspreche, wird mir erst klar, was da vor mir liegt.

»Dann werdet ihr eine Rampe benötigen. Die Stufen im Vorgarten sind echt abschüssig.«

»Wahrscheinlich.«

»Und eine kleinere Rampe für die Schwelle am Eingang. Du hast Glück, dass diese alten Häuser so große, breite Türen haben, also wird es kein Problem, rein- und rauszukommen – außerdem habt ihr eine Toilette im Erdgeschoss. Wie wäre es mit einem Bett hier unten?«

»O Gott ... wo kriege ich das her?«

»Kein Problem, so ein Krankenhausbett lässt sich mieten – darum kann ich mich kümmern«, meint er und zieht sein Handy hervor. Ich bin einerseits entsetzt, was alles zu tun ist, andererseits erleichtert und beeindruckt, dass Marcus da so firm ist.

Wir machen eine Runde durch das Erdgeschoss, wobei ich auf herabhängende Vorhangschienen, lose Parkettdielen und die kaputte Klobrille zeige.

»Ach, das sind alles Kinkerlitzchen. Als Erstes werde ich morgen einen neuen Toilettensitz installieren – mit Absenkautomatik. Herrje, die ganzen Fotos hier drin!« Er besieht sich die Wände. »Die brachten mich früher immer zum Kichern.« Das Klo sowie auch die restlichen Badezimmer im Haus sind ausstaffiert mit Mums Fotoserie mit dem Titel »Gott sagt« – Kirchenschilder, die sie im gesamten Land geknipst hat: kunterbunte Poster, mit scrabbleartigen Buchstaben zusammengefügte Botschaften und handgeschriebene Plakate hinter Glas an offiziellen Kirchenaushängen. Das übergreifende Thema sind die unbeabsichtigt schmutzigen Botschaften.

»Sind die alle echt von Kirchen?«, fragt er. »Ich hab mich ja immer gefragt, ob sie sich einen Teil nicht ausgedacht hat.«

»O nein, sind alle echt«, erwidere ich, frage mich aber sogleich, ob das stimmt.

Marcus nimmt eins ins Visier: »*Betet für eine gute Ernte, doch pflüget weiter den Schoss der Erde*«, liest er mit einem leisen Schnauben.

»*Lass Jesus in dich, und du kommst ins Himmelreich*«, lese ich ein anderes. »Wie bitte schön ist den Pfarrern oder Gläubigen diese krasse Zweideutigkeit nicht aufgefallen? Schau dir das an: »*Vergebung ist wie schlucken, wenn du eigentlich spucken willst.*« Ich kichere, bemerke dann jedoch Marcus' Verlegenheit, als der einen Schritt zurücktritt. Vielleicht sind die Sprüche nicht mehr so witzig, nun, da wir älter sind – mit dieser neuen Anziehung zwischen uns.

»Sollen wir weitermachen?«, fragt er mit einem Blick die Treppe hoch.

»Ich muss eigentlich nur dieses Stockwerk bewohnbar kriegen«, erwidere ich, eine Spinnwebe zwischen den Streben des Treppengeländers wegwischend. »Dad wird von jetzt an hier unten wohnen.«

»Dieses Haus ist wie aus einem Horrorfilm«, sagt er, eine weitere Spinnwebe wegziehend.

»Und wir sind die unschuldigen Kinder, die darin herumwandeln«, füge ich hinzu. »Das Rufen kommt aus dem Inneren des Hauses, aaargh!«, lache ich, wobei ich zu einer *Psycho*-Bewegung aushole.

Marcus sieht mich entgeistert an.

»Entschuldige. Was stimmt nur nicht mit mir?«

»Ist schon gut«, sagt er, meinen Ärmel berührend. Ich lehne mich gegen seine Schulter, und er legt fest den Arm um mich. »Bist du okay?«

Ich nicke an seiner Brust. »Tut mir leid, es war ein heftiger Tag«, murmle ich. »Du sagtest, du hättest in letzter Zeit nichts von Reece gehört?«, frage ich um ein Gesprächsthema bemüht und richte mich auf.

»Nein, nicht mehr, seit ... du weißt schon.« Er zuckt die Achseln. »Man lebt sich auseinander. Er ist aber nicht hier, oder?«, fragt er und blickt sich rasch um.

»Nein, und wird er auch nicht sein – er und Dad verstehen sich nicht.« Ich dachte, Marcus wäre interessiert daran, von Reece zu hören. Dadurch, dass wir beide von meinem Bruder links liegen gelassen wurden, fühle ich mich ihm nur noch verbundener.

»Also gut«, wechselt Marcus das Thema, »die Liste habe ich jetzt.«

»Und du weißt, dass ich für all die Arbeit auch ordentlich bezahlen werde.«

»Nein, du gehörst zur Familie. Es ist das Mindeste, was ich tun kann.« Als ich den Mund öffne, um zu widersprechen, winkt er ab, holt sein Glas und leert es.

»Wir sind aber nicht wirklich verwandt«, sage ich stattdessen kokett und möchte mich am liebsten treten, so anbiedernd wie das klang.

»Ich sollte besser los.«

O nein, es ist ihm peinlich.

Aber dann schenkt er mir ein Lächeln, wobei seine Augenwinkel sich kräuseln. »Wir sehen uns morgen, in aller Herrgottsfrühe.«

Als er in seinem lila Van davonfährt, berühre ich meinen Arm dort, wo seine Hand ihn gedrückt hat, und rufe mir das Gefühl seiner breiten Brust an meiner Wange in Erinnerung. Vielleicht bin ich ohne Reece ja doch nicht so allein.

Den Rest des Abends verbringe ich damit, Evel-Knievel-Videos zu schauen, wobei ich bei jedem seiner Sprünge einen großen Schluck Wein nehme. Laut der Doku war Knievel immer schon risikobereit gewesen, stets für einen abenteuerlichen Streich zu haben; dann erfand er sich als Entertainer neu, indem er sich die Liebe der Leute für Draufgänger zunutze machte. Bei allem, was ich langsam über sie herausfinde, ist mir schon klar, warum Mum hin und weg von ihm war. Die körnigen Uraltaufnahmen der

Stunts sind immer noch atemberaubend, und ich tue das, von dem Jeremy meinte, dass Mum es immer getan hatte, und pausiere das Video am höchsten Punkt jedes Sprungs – wenn der Kerl in weißer Lederkluft auf seinem schweren Motorrad wunderbarerweise in der Luft hängt, das Stars-and-Stripes-Cape weit hinter ihm ausgebreitet, der Schwerkraft trotzend. Doch ich werde viel mehr von den Zuschauern angezogen, den Mechanikern, den Kameras – alle schauen sie zu ihm, lehnen sich vor, verzehren sich nach ihm. Wie bei Mum auf ihren Fotos in dem Uni-Scrapbook.

Mum hatte recht – Knievels luftige Eskapaden stecken an mit ihrer Begeisterung. Doch als die Nacht voranschreitet, sind es seine erschreckenden Stürze, die mich nicht mehr loslassen.

KAPITEL SECHZEHN

Gar nicht so einfach, nicht dämlich zu grinsen, als Marcus am nächsten Morgen eintrifft, um mit den Arbeiten loszulegen. Lässig, zerzaust und muskelbepackt spaziert er zwischen Van und Haus hin und her. Heute früh scheint er absurderweise noch attraktiver als gestern.

»Hi«, grüßt er, als ich rauskomme, und grinst mich unter seinem blonden Pony hervor an.

»Selber hi«, erwidere ich und neige mädchenhaft den Kopf. Herrje.

»Ich habe ja deine Liste, also mach einfach weiter mit was auch immer du treibst und ignorier mich.« Ja, klar, von wegen.

»Tatsächlich wollte ich gerade los, um Dad im Krankenhaus zu besuchen, also, bitte, hier die Zweitschlüssel.«

»Danke.« Er fängt sie mit seiner breiten linken Hand auf, während er gleichzeitig mit der Rechten zwei Holzbretter neben die Tür lehnt und sich den Schweiß von der Stirn wischt.

Herr im Himmel.

Als ich kurz darauf den Krankenhausflur entlanggehe, nähert sich Loreta mit einem Teller, auf dem sich geschichtetes frittiertes Gebäck häuft. Von dem süßen Fettgeruch in Kombination mit meinem Kater wird mir übel.

»*Skruzdėlynas?*«, fragt sie und hält mir den Teller hin. »Litauische Honigküchlein.«

»Vielleicht später. Wie geht es Ihrem Vater?«

Sie zuckt mit den Schultern. »Die Musik funktioniert nicht mehr, also heute probiere ich Geschmack und Geruch.« Sie ist wirklich unglaublich, gibt nie auf, ihren stillen Vater zu erreichen.

»Ihr Vater ist wach«, sagt sie mit einem matten Lächeln. »Er hat mir erzählt, dass Ihr Bruder zu Besuch war. Das ist schön.«

»O nein, das ist nur seine Verwirrung – ich gehe besser mal zu ihm.«

Dad sitzt wieder in dem Sessel mit der hohen Lehne und knabbert an einem der krapfenartigen Küchlein.

»Hannah«, grüßt er fröhlich,

»Du siehst toll aus – wie fühlst du dich?«

»Ich habe heute Morgen Reece gesehen«, sagt er aufgeregt.

Das ist meine Schuld; ich hätte ihn gestern nicht erwähnen sollen und erst recht nicht behaupten, dass er zu Besuch kommen würde. Ich habe einen Reece-Anfall bei ihm ausgelöst. Aber er wirkt glücklich, daher zwinge ich mich, in seine Fantasie einzusteigen.

»Ähm, ja, das ist wirklich nett, Dad.«

»Wird er morgen auch kommen?«

»Das denke ich doch.« Ich helfe ihm, an seinem kleinen Päckchen O-Saft zu nippen, bevor ich mir selbst eine meiner mitgebrachten Quitten nehme und daran rumnage.

»Badmintonschläger«, sagt Dad plötzlich. »Wir brauchen Badmintonschläger.«

»Okaaay. Wir gehen später los. Neue Badmintonschläger für alle.«

Dad wechselt gut gelaunt auf eine neue Gesprächsspur, während ich mich wie gewöhnlich abmühe, überhaupt hinterherzukommen. Ich kaue hektisch an meiner Quitte, bis hinunter zu dem fasrigen Kern, wobei ich mir die ganze Zeit sage, solange ich mir eine Quitte greifen kann, ihr Fruchtfleisch essen, dann ihren Kern, muss doch irgendeine beschissene lineare Realität ablaufen – und sei es nur auf der Ebene meines Quittenverzehrs.

Um elf steige ich in die waldgrüne District Line, um zu meinem Treffen mit Mary zu fahren. Als ich über die Putney Bridge in Richtung der Arztpraxis spaziere, wo sie arbeitet, bleibe ich kurz stehen, um zu den Ruderern auf dem glitzernden Fluss unter mir hinabzuschauen. Heute habe ich meine Imitation von Mum noch ein gutes Stück hochgeschraubt, indem ich ihre blaue Bluse mit einer ihrer schmal geschnittenen weißen Chinos kombiniert habe, dazu ihren schwarzen Eyeliner aufgetragen, ihren knallroten Lippenstift und das Haar aus dem Gesicht gekämmt. Mir ist klar, dass ich nur ein müder Abklatsch meiner Mutter bin, aber mich verlangt es danach, mehr von der Frucht meines ganz persönlichen Baums der Erkenntnis zu kosten. Mein Quittenkonsum hat meine krasse, dem Gewichtsverlust geschuldete Ähnlichkeit mit Mum bewirkt, was wiederum Reece aufgebracht und Jeremy seine Enthüllungen entlockt hat. Heute werde ich meine neue Superkraft an Mary austesten.

Ich gehe wieder los und erreiche eine kleine Ladenzeile am anderen Ende der Brücke, wo sich die Praxis befindet. Ich trete durch die doppelverglaste Tür und sehe eine mollige Frau mit Brille an der Rezeption sitzen.

»O mein Gott«, sagt sie, sich übers Haar streichend. »Hannah?«

Ich nicke und genieße meine Mum-Power.

»Ich habe leider nur eine halbe Stunde, ist das okay?«, fragt sie in seltsam unterwürfigem Tonfall.

Dann waren es also nicht nur Männer, die Mum bezirzen konnte?

Wir setzen uns in das Café nebenan; ich mit einem Thunfischtoast, Mary mit einem riesigen Ei-Mayo-Baguette. Sie trägt ein wenig schmeichelhaftes rotes Rüschenoberteil zu einem Faltenrock, richtig trutschig, und ist kaum wiederzuerkennen von ihren Uni-Fotos.

»Ich weiß wirklich nicht, wie ich dir helfen kann – das ist alles sehr lange her«, beginnt sie nervös.

»Danke für das Treffen – und so kurzfristig. Ich wollte einfach mit jemandem sprechen, der Mum abseits ihres Familienlebens kannte, in dem ich sie erlebt habe.«

Sie schluckt und läuft rot an. »Tut mir leid, es ist nur so, dass du ihr wahnsinnig ähnlich siehst.«

Wie Mum neige ich den Kopf und lockere die Schultern. »Und das ist dir unangenehm?«, frage ich mit ihrer hauchenden Stimme.

Mary erschauert sichtlich. »Es ist zwar lange her, aber Jen war ein wichtiger Teil meines Lebens.«

»Wie hast du sie denn kennengelernt?« Ich schenke ihr ein strahlendes Lächeln und berühre ihre Hand, so, wie Mum es gerne machte.

Sie zuckt freudig zusammen und versucht, ihre Reaktion mit einem kleinen Lachen zu überspielen. »Oh, das war gleich am ersten Uni-Tag. Ich kam zu einer Erstsemesterveranstaltung in die Aula und wusste nicht, wohin mit mir, als mein Blick auf diesen gesenkten Kopf fiel – die lange blonde Mähne eines Mädchens, das im Schneidersitz auf dem Boden hockte. Noch so eine typisch blonde Tussi, dachte ich erst. Aber dann sah sie auf und …« Mary schluckt und schiebt mädchenhaft eine lose Strähne hinter ihr Ohr. »Na ja, du weißt schon.«

Ich nicke, wobei ich mein Spiegelbild in ihren Augen sehe und beinahe das Gefühl habe, als würde sie über mich reden. »Und ihr seid während des Studiums und danach befreundet geblieben?«

»Ja. Aber an der Uni waren wir ein Vierergespann: ich und deine Mum, Anne und Franny.« Sie kräuselt die Stirn. »Ich bin vor zwei Jahren zu einem Ehemaligentreffen gegangen, und da sagte eine, dass sie damals Angst vor uns vier hatten, weil wir solche Zicken waren. Ich dachte immer nur, wir wären witzig drauf.

Rückblickend muss ich sagen, dass wir vielleicht ein bisschen fies waren. Jens Alpha-Energie war einfach ansteckend ... so als befänden wir uns in ihrer eigenen kleinen Welt, von wo aus wir auf alle runterschauen konnten.«

»Junge Menschen können ziemlich selbstbezogen sein.«

»Ich glaube, mit ihr wurde ich zu einer schlimmeren Version meiner selbst«, erwidert sie, wenn auch lächelnd, als sei sie stolz darauf.

»Und wie lief es so mit den Jungs?«, frage ich, um eine neutrale Miene bemüht.

»Oh, Jen hat reihenweise Herzen gebrochen, bekam, wen auch immer sie wollte, aber es war nie was Ernstes. Bis dein Vater kam natürlich.«

»Was war an ihm anders? Sein Alter?«

»O nein, sie hatte davor schon ältere Typen gehabt – Dozenten, Clubbesitzer, Studenten aus den höheren Semestern. Aber mit Philip ging es Schlag auf Schlag. Er kam in diese Studentenkneipe spaziert, ganz ernst und schlaksig, seine bewundernden Studenten im Schlepptau, und sie sagte: ›Das ist der Mann, den ich heiraten werde.‹ Sie wusste da noch nichts über ihn, fand erst später heraus, dass er mit seinen Physikbüchern so was wie ein kleiner Star war. Es kümmerte sie auch nicht, dass er verheiratet war.«

»Er war davor verheiratet?«

»Ja. Jen zeigte mir bei irgendeiner Uni-Veranstaltung ein Foto von den beiden und meinte: ›Ooh, schau dir nur Mr Davidson und die zukünftige Ex-Mrs Davidson an‹«, erzählt Mary, woraufhin sie den Kopf in den Nacken wirft und lacht wie Mum. »Innerhalb einer Woche hatte sie eine Affäre mit ihm laufen. Er versuchte, es unter dem Deckmäntelchen zu halten, aber sie war da ziemlich dreist.«

»Aber er hatte doch davor schon Affären mit Studentinnen gehabt?«

»Wann?«

»Na ja, die Schlagzeile damals: ›Der Gigolo-Killer‹? Das kam doch von seinem Spitznamen an der Uni.«

»›Dr. Gigolo!‹ – das war doch bloß ironisch gemeint, weil er so hyperkorrekt war. Einer der wenigen verheirateten Professoren, der keine Geschichten nebenher laufen hatte.«

»Aber ... warum dann mit Mum?«

Sie zuckt die Achseln. »Jen bekam immer, was sie wollte.«

»Und dann wurde sie schwanger«, sage ich matt.

»Ach ja, die ›Schwangerschaft‹.«

»Ich weiß von der Fehlgeburt.«

»Na jaaa«, erwidert sie gedehnt, »sie hat ihm erzählt, sie wäre schwanger, weil er damit haderte, sein Frauchen zu verlassen.«

»Du meinst, sie hat es vorgetäuscht?«

»Sie schaffte es nicht, schwanger zu werden – versuchte, ihn abzufüllen, damit er unvorsichtig wurde, machte sogar Löcher in die Kondome und lachte ihn aus, weil er beim Überziehen so vorsichtig war.« Sie hört auf zu lachen, als sie mein entsetztes Gesicht sieht. »Irgendwann behauptete sie einfach, sie wäre schwanger.«

»Und deswegen hat mein Vater seine erste Frau verlassen und sie geheiratet?«

»Sozusagen. Nur war es seine Frau, die ihn verließ. Sie bekam einen Brief – angeblich von Sid, einem Verflossenen von Jen. Er schrieb ihr, dass Jen von Philip schwanger sei und dass man sie beide betrogen hätte. Ich sage mal so: Wenn dieser Vollpfosten diese Sätze zusammenbekommen, die Adresse herausgekriegt und den Brief tatsächlich abgeschickt hat ... dann bin ich aber die Königin von Saba.«

»Der Brief kam von ihr?«

»Sie sagte immer nur: ›*Wenn* ich das getan hätte – dann wäre ich ein echtes Miststück‹ und kriegte sich dann nicht mehr ein vor Lachen. Und dann musste sie das Baby natürlich ›verlieren‹.«

Ich kneife mir in den Oberschenkel, um Ruhe zu bewahren. »Aber irgendwann ist sie doch schwanger geworden«, beharre ich.

»Erst mit meinem Bruder. Und dann mit mir.«

Sie sieht mich bloß an, und ich will ihr am liebsten eine knallen. »Bist du sicher, dass du das hören willst?«, fragt sie mit geheuchelter Scheu.

Ich nicke stumm, auch wenn ich die Grenzen des Ertragbaren schon weit hinter mir gelassen habe.

»Nach der ›Fehlgeburt‹ erzählte sie Philip, sie würde mit mir für ein Erholungswochenende wegfahren. Aber wir hingen die ganzen drei Nächte nur in der Studentenkneipe ab.«

»Und?«

»Und sie hat keine einzige davon bei mir im Zimmer geschlafen. Und einen Monat später war sie prompt schwanger.«

»Du willst also sagen, dass Dad ... nicht der Vater meines Bruders ist?«

»Ich hege ernsthafte Zweifel«, sagt sie mit Genuss.

»Und meiner auch nicht?«

»Keine Ahnung, aber mit seiner ersten Frau hatte er jedenfalls keine Kinder.«

Diese Frau ist von sich aus ein geborenes Miststück, ganz gleich, wie sehr sie Mum die Schuld gibt. Ich muss dringend von ihr fort, aber bevor ich gehe, muss ich alle offenen Fragen klären, da ich diese Giftspritze nie wieder sehen möchte.

»Ich habe versucht, Anne und Franny zu kontaktieren«, sage ich wie beiläufig, »aber keine von beiden wollte mit mir reden.«

»Nein, natürlich nicht. Sie haben Jen auch nicht so verstanden wie ich«, sagt sie und wirft sich in die Brust wie eine schmierige

Kröte. »Franny flippte damals echt aus, meinte, Jen würde sie bestehlen und ständig würde Geld aus ihrem Portemonnaie verschwinden, und dann auch noch eine superteure Handtasche. Der letzte Tropfen war, als sie Jen erlaubte, ihr Konto zu benutzen, um eine Monatsmiete für ihre Studentenbude zu überweisen, und Jen ihr das Geld bar zurückgab. Aber ein Jahr später fand Franny heraus, dass Jen einen Dauerauftrag eingerichtet hatte und ihre Miete seitdem von Frannys Konto abgebucht wurde.«

»Und du fandest nicht, dass das falsch war?«, frage ich erstaunt.

»Ach, Franny war stinkreich, Geld bedeutete ihr doch gar nichts«, erwidert sie glucksend. »Deshalb hat sie sich vermutlich auch selten um ihren Kontostand gekümmert.«

Spätestens jetzt wird mir richtig übel. Ist der moralische blinde Fleck, den Mum gegenüber Geld hatte, vererbt worden – wie die Mutter, so die Tochter?

»Und Anne?«, frage ich mit einem Räuspern.

»Tja, Jen hat ihren Mann gevögelt«, verkündet sie nüchtern. »Sie erzählte Anne, das sei was rein Körperliches, nichts, weswegen sie sich stressen müsse – aber da war Anne schon eine richtige Vorstadtspießerin geworden.«

»Du fandest das in Ordnung?«

Mary zuckt mit den Schultern, und ich möchte ihr meine Gabel in den feisten Schädel rammen.

»Wir haben doch damals alle die Eroberungen der anderen gevögelt; war schon ein bisschen zimperlich von ihr, zu meinen, das sei etwas anderes, nur weil sie verheiratet war. Wie auch immer, die beiden sind irgendwann auf der Strecke geblieben.«

»Aber ihr zwei wart weiter beste Freundinnen. Nur dass ich dich nie getroffen habe?«

»Na ja, wie auch, ich hatte nie was mit ihrem ›häuslichen‹

Leben am Hut.« Sie sagt das Wort mit einem spöttischen Grinsen. »Als sie in dieses schreckliche Haus in Highgate zog und sich mit anderen Mummys anfreundete, traf ich sie zwar noch auf Partys, aber es war nicht mehr dasselbe – um ehrlich zu sein, war es ein kleiner Schock.« Sie nimmt einen dicken Bissen von ihrem Sandwich.

»Was denn?«

»Aus ihrem Orbit raus zu sein, zu kapieren, dass ich im Grunde ... beliebig für sie war.« Sie spricht wie ein abservierter Liebhaber. »Jen konnte einem das Gefühl geben, unfassbar besonders und wichtig zu sein, aber eigentlich waren Menschen für sie austauschbar. Ich hatte sie das schon oft bei anderen Leuten abziehen sehen, ich hatte nur nie geglaubt, dass sie es mit mir machen würde.« Sie sieht mich aus Hündchenaugen an, als würde sie Mitleid von mir erwarten.

Ich nicke, damit sie fortfährt.

»Mit Jen dachte man, man wüsste, wo oben und unten ist, aber das lag nur daran, dass man hoch oben mit ihr in ihrem Orbit kreiste, doch wenn sie einen losließ – *puff* –, da war der Boden unter einem weg.« Die Bitternis trieft von ihr wie die Mayo, die ihr Kinn hinabrinnt, als sie erneut in das große Eierbaguette beißt, während sie meinen Anblick in sich aufsaugt.

Ich schüttle mein langes Haar und fühle mich so jung, so schlank, so attraktiv in den Augen dieser Frau, was mich mit einem tiefen, wenn auch unschönen Vergnügen erfüllt.

»Wenn sie die Menschen so einfach hinter sich ließ, warum hat sie dann meinen Vater nicht verlassen?«

»Er war ihr Fels in der Brandung. Ja, klar, Jen war wild und ungebunden, aber nicht stark. Egal wie weit sie sich ihm entzog, er war immer da, um die Scherben aufzuklauben. Aber ich schätze mal, selbst ein Fußabtreter hat seine Grenzen. Ich war schockiert, als ich hörte, was mit ihr passiert war. Aber nicht überrascht.«

Schon wieder diese seltsame Aussage.

»Du bist schon die zweite Person, von der ich das höre.«

Sie zuckt mit den Achseln und schaut dann auf ihre Uhr. »Tut mir leid, aber ich muss zurück zur Arbeit.«

Als sie aufsteht, erwische ich sie am Arm. »Hat sich die Polizei damals mit dir unterhalten?«

»O nein, ich war zu der Zeit keine enge Freundin mehr, ich kam gar nicht in Betracht.«

»Aber warum hast du sie nicht selbst kontaktiert? Du hättest ihnen das Motiv meines Vaters schildern können.«

Sie bedenkt mich mit einem merkwürdigen Lächeln. »Weil ich gewissermaßen nachvollziehen konnte, warum Philip es getan hat.«

Als ich heimkomme, bin ich erleichtert, dass Marcus da ist, um mich vor meinen eigenen Gedanken zu retten. Er war offenbar hart am Arbeiten. Eine stabile Holzrampe führt über die abschüssigen Stufen in den Vorgarten, und eine weitere, niedrigere über die Türschwelle.

»Oh, hi, du bist's. Ich bin praktisch fertig«, begrüßt mich Marcus, als ich in den Flur komme. Nun, da er die kaputten Jalousien abgenommen hat, ist der Eingangsbereich richtig hell. Ich werfe einen Blick in die Toilette, die über einen nagelneuen Sitz und einen Handlauf verfügt. Die Vorhangschiene im Wohnzimmer hängt wieder, und die lockeren Parkettdielen im Erdgeschoss scheinen alle wieder fest.

»Wow, Marcus, das ist ja großartig. Du musst mir doch erlauben, dich zu bezahlen.«

Er schüttelt wieder den Kopf.

»Wie wäre es dann mit einem Glas Wein? Ich nehme auch eins. Oder besser zehn.«

»Na klar, für mich ein kühles Blondes.« Er beäugt mich. »Ist was?«

»Es ist nichts. Aber danke dir für all das hier!«, rufe ich, während ich ihm eine Flasche Bier und mir einen Weißwein hole.

»Du bist die Beste«, sagt er und nimmt einen Schluck.

Ich setze mich zu ihm aufs Sofa. »Es ist echt toll, dich wiederzusehen, Marcus.«

»Gleichfalls«, sagt er etwas jungenhaft und nervös. Ich möchte mich an seine breite Brust lehnen und mich wieder von seinen Armen einhüllen lassen, spüren, wie er mir das Haar aus der Stirn streicht, bevor er …

»Sicher, dass du okay bist?«, fragt er mit besorgtem Blick. »Ich sollte dich ausruhen lassen.«

Natürlich hat er kein Interesse an mir. Ich verfüge bei richtigen Männern eben nicht über Mums Macht – nur bei abgehalfterten Typen wie Jeremy und Psychotanten wie Mary.

»Ja, natürlich.« Ich erhebe mich, um ihn hinauszubegleiten.

»Aber warum gehen wir nicht mal auf einen richtigen Drink aus?«

»Einen richtigen Drink?«

»Du weißt schon, draußen in der echten Welt. Also, die Straße runter im Pub.«

Ein »richtiger Drink« bedeutet bei mir gemeinhin, so lange alleine saufen, bis ich umkippe, aber ich lächle. »Klar.«

»Wie wär's mit Dienstagabend? Mittwoch habe ich frei.«

Ich nicke benommen.

Er lächelt zu mir runter und küsst mich dann auf die Wange. Ich kann's nicht glauben. Mein Jugendschwarm hat mich auf ein Date eingeladen – ein Date, bei dem er am nächsten Morgen nicht früh rausmuss. Vielleicht färbt ja doch was von Mums Macht auf mich ab?

Aber sobald die Haustür zugeht, bleibe ich allein mit Marys Enthüllungen zurück – zusätzlich zu denen von Jeremy. Chris hat recht, diese Sache mit der Akzeptanz ist kein Spaß. Ich war offenbar viel zu nah an ihr dran, um Mum *wirklich* zu sehen – wie eines ihrer »Look Closer«-Fotos –, doch nun zoome ich sie von mir weg und sehe sie als die Frau, die sie wirklich war.

Trotzdem, ich brauche Beweise über bloßes Hörensagen hinaus. Ich google DNA-Tests und finde ein Angebot, bei dem das Ergebnis innerhalb von zwei Tagen per Post vorliegt. Ich zucke unter dem winzigen, präzisen Schmerz zusammen, als ich ein Haar an meinem Scheitel rausreiße. Dann begebe ich mich auf die Suche nach Dads Kamm und zupfe ein dünnes graues Haar aus den Zinken – vielleicht dieselben Zinken, die Mum in Großaufnahme fotografiert hatte, so, als wären es Gefängnisgitter. Dies könnte der entscheidende Beweis für das sein, was Dad dazu gebracht hat, sich all die Jahre hier einzukerkern.

KAPITEL SIEBZEHN

Am nächsten Morgen habe ich gerade die Sicherheitstür des Krankenhauses passiert und biege in die Station, als ich das hektische Trippeln von Schritten höre. Leute hasten an mir vorbei, und ich muss scharf ausweichen. Bitte nicht Dad. Aber sie eilen nach links – zu dem Bett gegenüber. Die grünen Vorhänge sind zugezogen, und ich erhasche nur einen Blick auf Loreta, die sich mit aufgerissenen Augen die Hände vor den Mund gepresst hat. Da ist Hektik hinter dem Vorhang – Arme, Ellbogen und Hintern, die den Stoff wölben –, aber nach ein paar Minuten hört das Gewusel auf. Dann leises Gemurmel, gefolgt von einem langen Aufjaulen animalischen Schmerzes.

»Nein!«, schreit Dad, der mit einer Gehhilfe auf mich zustolpert, während Valeria seinen Tropf neben ihm herschiebt.

»Ist schon gut, Dad«, beschwichtige ich und versperre ihm den Blick.

»Jen«, keucht er und sieht mich aus wilden Augen an. Nicht schon wieder. Weckt Loretas qualvoller Schrei seine Erinnerung daran, wie er Mum niedergestochen hat?

»Hi, Miss Davidson«, grüßt Valeria mit einem Blick durch die Station. »Ich weiß, dass es schwierig ist. Könnten Sie bei Ihrem Vater bleiben und ihn ablenken von … alldem?«

Ich nicke und helfe ihm dabei, sich in dem weißen Sessel niederzulassen.

»Es wird eine Weile brauchen, bis die Kollegen kommen, um ihn … fortzubringen.« Sie nickt in Richtung der grünen Vorhänge und checkt dann Dads Werte auf dem Kurvenblatt. »Ihr Vater macht sich prima, und er wird übermorgen schon entlassen.

Zu Hause wird er sich wohler fühlen – außerdem werden wir ihm zusätzlich zu seinen anderen Tabletten Morphin mitgeben, um ... den Prozess zu lindern.«

»Könnte jemand davor die Medikation mit mir durchgehen?«

»Ja, natürlich, aber, ähmm ...« Sie kräuselt die Stirn, während sie das Klemmbrett mustert. »Dachte ich mir schon. Sie haben nicht die Vorsorgevollmacht für Mr Davidson.«

Ich kann Loretas weiße Stiefeletten um das Bett herumgehen sehen. Arme Frau.

»Oh. Nein, ich bin noch nicht dazu gekommen, mich darum zu kümmern – ich werde das heute noch klären, versprochen.«

»Ich meine damit, dass die Vorsorgevollmacht für Mr Davidson bereits vergeben wurde.«

»Aber ich habe doch noch gar nichts unternommen.«

»Die Vollmacht für sämtliche medizinischen und finanziellen Angelegenheiten wurde bereits gestern überschrieben.«

»Aber wie? Und für wen?«

»Für Mr Davidsons Sohn, Reece Davidson – oder Ryan Patterson, als den wir ihn alle kennen«, sagt sie mit einem Lächeln.

»Aber das ist doch nicht möglich. Reece ... Ryan, er war gar nicht da. Oder?«

»Er kam gestern zu Besuch – wir waren alle ziemlich aus dem Häuschen, einen Star hier zu haben«, erwidert sie errötend. »Ich habe ein Autogramm bekommen.«

Also hatte Dad gestern gar keine Wahnvorstellungen.

»Sie haben uns ja nie erzählt, dass er ihr Bruder ist«, meint sie gespielt tadelnd.

»Aber weswegen war er hier?«

»Um Ihren Vater zu besuchen, natürlich.« Sie sieht mich stirnrunzelnd an. »Er hat so eine angenehme, geschmeidige Stimme, nicht wahr?«

»Sie haben geredet?«

»Natürlich. Ihr Dad sagte in einem fort: ›Du bist ein guter Junge, Reece.‹ Was ich wirklich süß fand. Dass er ihm so gut zugeredet hat, wo er doch selbst so schwach ist.«

»Und Reece hat die Formulare unterschrieben?«, frage ich ungläubig.

»Ja. Und Ihr Vater ebenfalls«, sagt sie, als wäre ich schwer von Begriff.

»Und wer hat Dad die Zurechnungsfähigkeit zur Unterschrift erteilt? – Er ist doch völlig neben sich«, rege ich mich auf.

»Aber nicht die ganze Zeit.« Sie kneift die Augen zusammen. »Außerdem gewähren wir in solchen Fällen einen gewissen Spielraum, um das Prozedere zu beschleunigen. Gestern war Ihr Vater definitiv in der Lage dazu.«

»Aber schauen Sie ihn sich doch an!«, blaffe ich, auf Dad deutend.

»Sie werden sich wieder beruhigen müssen, Miss Davidson. Wir dulden hier keine Pöbeleien. Wir haben genug, mit dem wir uns auseinandersetzen müssen.« Sie nickt zu den zugezogenen Vorhängen gegenüber.

»Entschuldigung.«

»Ihr Bruder wird erst die Erlaubnis erteilen müssen, damit wir Ihnen irgendwelche Medikamente herausgeben, beziehungsweise Ihren Vater überantworten können.«

»Wie bitte?«, platze ich heraus, und sie beäugt mich kritisch.

»Okay. Ich ... werde mich darum kümmern.«

Gott, ich selbst war es, die Reece erzählt hat, dass ein Geschwister die Vollmacht übernehmen kann. Aber warum sollte er sie überhaupt wollen? Hält er mich für so unfähig, dass er mir nicht mal mehr zugesteht, mich um jemanden zu kümmern, den er selbst hasst? Darf ich überhaupt noch in Dads Haus leben?

Jetzt bin ich nicht mal mehr der Hauptpart in dem schäbigen kleinen Stück, das Dad und ich spielen – ich bin ein Komparse, der gerade entlassen wurde.

Ich flüchte mich in den Flur hinaus und rufe Chris an. Er geht sofort ran.

»Ja?«, meldet er sich barsch.

»Tut mir leid, dass ich wieder anrufe«, erwidere ich verkrampft ob seines Tonfalls, »aber alle anderen halten Reece für einen Heiligen. Und der Mann im Bett gegenüber ist gerade gestorben.« Ich breche in Tränen aus.

»Tut mir leid wegen dem anderen Patienten. Was hat denn Reece jetzt getan?«

»Der Mann war sehr alt, aber Dad ja auch, also ist er wahrscheinlich als Nächster dran. Und Reece war da, Dad besuchen.«

»Und?«

»Und er hat es getan, ohne mir Bescheid zu geben, und er hat die Vorsorgevollmacht übernommen, mit der er …«

»Ich weiß, was das ist. Aber er darf ihn doch besuchen. Er braucht deine Erlaubnis nicht.«

»Du verstehst nicht – Reece hat Dad seit dem Tod unserer Mutter nicht mehr gesehen, und damit meine ich, niemals. Oder zumindest dachte ich das. Ich wollte dir bei unserem ersten Treffen nicht alles unter die Nase reiben, aber Reece hat Dad indirekt, beziehungsweise direkt, die Schuld an Mums Tod gegeben.«

»Und was soll dann seine Suizidtheorie?«

»Daran hat er nie geglaubt – das war nur, um die Presse in die Irre zu führen.«

»Schön, endlich auf dem Laufenden zu sein«, sagt er ironisch. »Aber vielleicht bist du ein kleines bisschen paranoid. Er darf euren Vater besuchen, ohne dir Bescheid zu geben – oder denkst du etwa, er hat die Vollmacht übernommen, um sich das Erbe unter den Nagel zu reißen?«

»Nein, natürlich nicht, er ist selbst schweinereich«, fahre ich ihn an.

»Tja, Reiche können ziemlich gierig sein. Aber wenn dem nicht so ist, dann … versucht er vielleicht, dir zu helfen. Dir etwas von der Last zu nehmen.«

»Das ist doch albern.«

»Warum?«

»Du weißt rein gar nichts über ihn!«, blaffe ich ins Telefon.

»Wohl wahr. Tja, warum fragst du ihn nicht einfach. Ihr habt in dieser Angelegenheit die gleichen Rechte.«

»So fühlt es sich aber nicht an«, jammere ich. »Er ist der Erwachsene hier, ich das Kind. Offenbar hat er einiges hinter meinem Rücken gemacht, und ich bin wieder außen vor.«

»Wenn dir nicht gefällt, was da abgeht, dann ergreif die Initiative«, sagt er und klingt nun wirklich genervt.

»Ich habe die Initiative ergriffen«, erwidere ich pikiert, »das weißt du.«

»Dann mach damit weiter und frag deinen Bruder, was er vorhat.«

»Aber es ist echt hart, mit ihm umzugehen.«

»Das Leben ist hart«, gibt er stinkig zurück.

»Schon klar, aber es ist nicht jeder ein Terminator wie du.«

»Du kannst mich mal. Du suhlst dich nur in deinem Glauben, dass dir das schwerste Los zuteilwurde.«

»Also denkst du jetzt wie Reece: Dass ich nur ein verkorkstes Kind bin.«

»Herrgott noch mal! So Dinge passieren eben. Wie wir darauf reagieren, ist unsere Entscheidung. Du hast dich darauf verlegt, dich zu vergraben.«

»Sagt der Typ, der immer noch in dem hässlichen Haus seiner Eltern lebt.«

»Ich nehm's zurück – du *bist* kindisch«, entgegnet er vernichtend.

»Ich? Du bist doch derjenige, der sich bei Mummy und Daddy vor der Welt versteckt. Ich …«

Die Leitung ist tot.

Ich rufe Reece an, aber natürlich nimmt er nicht ab. Getrieben von meiner Wut auf Reece und Chris lasse ich es den ganzen Nachmittag weiter klingeln, während ich neben Dad sitze, der vor sich hin döst, und die grünen Vorhänge gegenüber zugezogen bleiben. Der Trott auf der Station geht weiter wie gehabt, aber alle haben ihre Antennen auf das ausgerichtet, was hinter dem Vorhang ist.

Chris ruft zurück, aber ich leite ihn direkt an die Mailbox weiter und höre mir dann seine Nachricht an.

»Ähm, hör mal, tut mir leid, dass es vorhin so hitzig wurde. Ich war in einer ziemlich miesen Stimmung, als du anriefst, und du hast den falschen Knopf bei mir erwischt. Geht es dir gut? Du klangst ziemlich außer dir. Ich mache mir Sorgen um dich. Bitte ruf mich zurück.«

Oh, jetzt macht er sich also Sorgen um mich. Denn natürlich ist das alles nur meiner verqueren Einbildung zuzuschreiben. Nichts stellt ein echtes Problem, eine echte Gefahr dar. Ich brauche bloß meine Pillen. Ich lösche die Nachricht.

Schließlich, zwei Stunden später, wird ein Rollwagen über die Station geschoben und von den Vorhängen verschluckt. Ich höre jemanden »drei, zwei, eins« zählen, dann, wie etwas hochgehievt und abgelegt wird, gefolgt vom Geräusch eines Reißverschlusses. Die Vorhänge werden zurückgezogen, und der von einem Laken bedeckte Wagen wird fortgerollt. Loreta folgt, die litauische

Flagge fein säuberlich in ihren Armen gefaltet wie bei einem amerikanischen Militärbegräbnis. Unsere Augen begegnen sich. Ich forme ein stummes »Tut mir leid« in ihre Richtung. Sie kommt rüber.

»Vielen Dank.« Sie blickt zu meinem Vater. »Tun Sie, was Sie können, um dieses letzte Stück schön zu machen für ihn. Das Leben ist so kurz.«

Zu Hause betrinke ich mich heftig und versuche es wieder und wieder auf Reece' Handy. Mir fällt mein Stalking-Programm aus alten Tagen ein, und ich erstelle einen Google-Alert für »Ryan Patterson«. Sofort bekomme ich eine Meldung.

Ryan Patterson Facebook offiziell: Ryan ist morgen in London, um dort die Londoner Szenen für die mit Spannung erwartete neue Muerte-Staffel zu drehen – weitere Fotos in Kürze hier. #RyanPatterson

Leider sehr vage – aber ich weiß, dass seine Fans mich nicht im Stich lassen werden.

KAPITEL ACHTZEHN

Tief in meinen muffigen Schlaf versunken, dringt ein entferntes Piepen zu mir durch. Ich liege auf dem Wohnzimmerboden, das Licht brennt, und draußen ist es dunkel – das Zifferblatt auf dem Kamin zeigt sechs Uhr dreiunddreißig. Mein Handy piept erneut. Und schon wieder. Es ist eine regelrechte Flut von Ryan-Patterson-Benachrichtigungen.

Die erste, von »Lucycat233«, zeigt das Foto einer jungen Frau mit gereckten Daumen und einem verschlafenen Reece hinter ihr.

Ich mit supersexy Ryan Patterson – Dreharbeiten am Topshop in der Oxford Street – JETZT!!!!! #Ryan Patterson

Dann eine von »VeganVi666« mit einem Bild von einem Typen, der genauso gut ein Penner mit Reece' Frisur sein könnte.

Endlich mal ein unretuschierter Star. #RyanPatterson

Und dann noch eine von »BeaneryBen77«, die einen bärtigen Kerl mit umgedrehter Schirmmütze neben einem erschöpft wirkenden Reece samt Kaffeebecher in der Hand zeigt.

Dieser Ryan-Dingsda-Dussel von Muerte mit einer geschmacklosen Plörre von einer Kette im Oxford Circus. Um einen echten Kaffee zu kosten, schaut in THE BEANERY vorbei. @thebeanery

Ich versuch's noch mal bei Reece.

»Hi, ich bin momentan nicht erreichbar, bitte hinterlasst eine Nachricht.«

Ich drücke genervt auf das rote Ablehnen-Symbol. Er klingt so korrekt. So aufgeräumt. So mich-kann-kein-Wässerchen-trüben.

Also dann. Wollen wir mal sehen.

Fünfundvierzig Minuten später spuckt die U-Bahn mich samt einem Schwall Pendler am Oxford Circus aus. Reece ist dank des weißen Regie-Lkw mit dem Wirrwarr aus Kabeln, der riesigen Schirme auf drei Beinen und der gaffenden Menschenmenge einfach zu finden. Ich balanciere auf einem steinernen Poller und kann sehen, dass sie mitten im Dreh sind. Reece eilt aus einem grün gestrichenen Schuhladen am Eck. Er ist überhaupt nicht wiederzuerkennen nach den frühmorgendlichen müden Twitter-Fotos, jetzt wirkt er charmant und adrett in seinem kurzen italienischen Trenchcoat, die dunklen Locken glänzend, die Augen hellwach. Eine hinreißende Rothaarige folgt ihm mit wütenden Rufen auf die Straße und wirft einen roten Stöckelschuh nach ihm. Er bedenkt sie mit seinem typischen Schmunzeln, als sie auch schon auf ihn zustürmt. Sie wollen sich gerade umarmen oder aufeinander losgehen, als sie mitten in der Bewegung erstarren und dann zum Regisseur schauen. Die Techniker setzen alles zurück, und die Szene wird wiederholt. Die Rothaarige hat gerade wieder ihren Schuh geschleudert, als ich laut schreie.

»Ryan!«

Reece reagiert nicht.

»Ryan!«, brülle ich lauter, und er blickt mit müdem Lächeln zum Regisseur.

»Reeeeece, hier oben!« Sein Kopf wirbelt herum; er sieht

mich und marschiert von dannen. Ein stämmiger Glatzkopf mit einer dicken Daunenjacke und Headset kommt auf mich zugestapft.

»Bitte bleiben Sie während des Drehs leise, Madam.« Er hält mir die Hand hin wie so ein abgewrackter Märchenprinz.

»Reeeeeeece!«, brülle ich und werde schwungvoll vom Poller entfernt.

»Ist schon gut, Ed«, sagt Reece, der im Eiltempo herbeikommt. »Nur eine alte Bekannte.«

»Sind Sie sicher, Mr Patterson?«, fragt Ed.

»Ja, sind Sie sicher, Mr Patterson?«, äffe ich ihn nach.

Reece zieht mich in einen leeren Türeingang. Ed bleibt in der Nähe stehen.

»Was zur Hölle soll das, Hannah?«, zischt Reece. »Bist du betrunken? Manche Leute müssen arbeiten, weißt du.«

»Ach, müssen das *manche* Leute? Und doch hatten *manche* Leute Zeit, sich Dads Vollmacht unter den Nagel zu reißen?«

Er seufzt. »Warte, bis ich mit der Szene fertig bin, und ich erkläre es dir.«

»Nein, ich …« Aber plötzlich bemerke ich, dass alle Fans uns anglotzen, die Kameras auf uns gerichtet. »Na schön, aber wehe, du kommst nicht.«

»Könntest du meine Bekannte bitte in meine Garderobe bringen, Ed?«

»Hier entlang, Madam.«

Reece geht davon, und ich folge Ed durch das Meer neugieriger Fans. Er öffnet die Tür zu einem großen Wohnwagen und betritt ihn nach mir.

»Gehört das zu eurer Firmenpolitik, allein hier mit einer jungen Frau zu bleiben, Ed?«, frage ich. »Es setzt Sie doch diversen Belästigungsvorwürfen aus, falls ich mich bedroht fühlen sollte, und … ooooh«, ich fasse mir theatralisch an den Kopf, »ich glaube tatsächlich, ich fühle mich belästigt.«

Er runzelt die Stirn und tritt den Rückzug an. »Ich warte direkt davor«, sagt er, bevor er die Tür zuzieht.

»Oh, schweige still, mein Herz!«, rufe ich.

Mit den stylishen Klamotten und der Lederumhängetasche, die ich von einem der Twitter-Fotos wiedererkenne, ist überhaupt nicht schwer dahinterzukommen, welcher Reece' Bereich ist. Mein Blick fällt auf einen Kamm, in dessen Zinken Reece' dunkle, lockige Haare hängen. Seine DNA. Nach Marys Unterstellungen muss ich es ganz genau wissen. Ich ziehe einen Batzen Taschentücher aus einer Schachtel, zupfe damit die Haare aus dem Kamm und verstaue sie in meiner Hosentasche. Die geschlossene Wohnwagentür im Auge behaltend, hebe ich den Deckel der Ledertasche an. Sein Handy liegt ganz oben, groß und glänzend und mit abgerundeten Kanten. Mit einem Wisch erwecke ich es zum Leben und enthülle den knallroten Rothko-Druck, den er als Bildschirmschoner hat. Er ist besessen von diesem Bild. Ich wische erneut über das Display, aber es ist gesperrt. Ich probiere es mit Gesichtserkennung, aber nichts. Schätze, wir sind einander nicht so ähnlich – ob das vielleicht an verschiedenen Vätern liegt? Ich schaue zu dem metallenen Türknauf. Er wird jede Sekunde da sein. Ich versuche es mit einer Pin. Was solche Sachen angeht, war er früher immer unfassbar bequem. Ich probiere es mit: 123 456. Nein. 654 321. Nein. Aber vielleicht …? 041 096. Mums Todestag. Und schon bin ich drin.

Reece hat so viel Macht über mich, indem er mich ignoriert – ich muss einen Weg in sein Leben finden, um ihm auf der Spur zu bleiben. Twitter? Facebook? Find My Phone? Ich scrolle durch die Einstellungen, als mir Dads Tracking-App »Here then There« einfällt. Ich installiere sie auf Reece' Handy und akzeptiere, dass mein Handy ihm folgt, aber nicht umgekehrt. Jetzt werde ich, wann immer er Empfang hat, sehen können, wo er sich rumtreibt, aber er selbst wird keine Benachrichtigung erhalten und somit nichts ahnen – solange er das Icon nicht sieht.

Das Icon befindet sich auf der letzten der sechs Seiten mit Reece' Apps, aber es ist knallrosa und hebt sich krass vor dem roten Rothko-Hintergrund ab – das wird ihm sofort ins Auge springen. Von draußen höre ich Applaus und blicke rasch auf die Türklinke. Wenn ich die App in einen Ordner verschiebe, wird er nie drauf kommen. Ich drücke länger auf das Icon, um es bewegen zu können, aber meine Hände schwitzen wie verrückt, und ich scheine nicht den richtigen Punkt zu erwischen. Komm schon. Ich höre Bewegungen hinter der Tür, gedämpfte Stimmen. Ich drücke noch mal. Nichts. Ich höre Schritte auf den Metallstufen zum Wohnwagen. Endlich bekommt die App ein +-Symbol, und ich schiebe sie in den nächstbesten Gruppenordner, stopfe das Handy in die Umhängetasche und trete einen Schritt beiseite – gerade als die quietschende Türklinke runtergedrückt wird.

»Danke fürs Warten«, sagt Reece beim Eintreten. »Ich habe Suzanne gebeten, uns fünf Minuten zu geben.« Ich nehme mal an, er meint seine rothaarige Filmpartnerin. Er zieht die Tür fest zu, geht zu seinem Sessel rüber und bedeutet mir, mich gegenüber von ihm zu setzen, als hätten wir gleich ein Bewerbungsgespräch. Ich bleibe stehen.

»Warum zur Hölle hast du die alleinige Vorsorgevollmacht für Dad übernommen?«, stoße ich hervor. »Was fürchtest du, dass ich herausfinde?«

»Wie bitte?«, erwidert er und macht auf verdutzt.

»Du hast mich gewarnt, nicht weiter nachzuforschen – und als ich es doch tue, reißt du die Vollmacht an dich, um Dad unter deine Kontrolle zu bringen.«

Er streckt sich zu einem kleinen Kühlschrank neben sich, holt eine Flasche Wasser heraus, öffnet sie und reicht sie mir. »Setz dich und trink was«, befiehlt er. »Du siehst schrecklich aus.«

»Mir geht's prächtig«, rufe ich und schlage die Flasche aus seiner Hand, sodass das Wasser über sein Hemd schwappt und in sein Gesicht spritzt.

»Beruhige dich, du bist hysterisch. Und paranoid. Du trinkst offenbar zu viel, hast wieder deine Pillen abgesetzt und bist dabei, hochzudrehen.«

»Du warst Dad im Krankenhaus besuchen, ja? Wo du mir doch ständig eingetrichtert hast, dass du ihn nie wieder sehen willst. Warum?«

»Ich brauche deine Erlaubnis nicht«, sagt er hochmütig und klingt dabei wie der sture Teenager aus meiner Erinnerung.

»Und du warst auch bei ihm zu Hause, nicht wahr?«, werfe ich ihm vor.

»Nein. Warum sollte ich zu ihm nach Hause?« Er wirkt dabei beinahe aufrichtig, und seine Heuchelei macht mich erst richtig sauer.

»Ich weiß, dass du das warst! Dass du herumgewühlt hast, als ich nicht da war, und den Kater aus dem Haus gelassen hast.«

»Wie bitte? Ich habe keine Ahnung, wovon du sprichst. Aber ja, ich habe die Vorsorgevollmacht übernommen.«

»Warum?«, schreie ich.

»Um Dad zu beschützen.«

»Vor was?«

Er blickt mich schweigend an, dann zuckt er mit den Achseln. »Vor dir.«

Ich glotze ihn an, unfähig, das zu verarbeiten.

»Du meintest, ich würde nicht genug helfen«, fährt er mit stählerner Stimme fort. »Ich habe mich schlecht gefühlt und gestern früh meinen Steuerberater gebeten, sich Dads Vermögenswerte anzuschauen, um einen Überblick zu bekommen – und er hat da einige beunruhigende Unregelmäßigkeiten festgestellt.« Er neigt den Kopf.

Meine Brust schnürt sich zusammen.

»Eklatante Unregelmäßigkeiten, bis hin zum gestrigen Tag.«

Die Wagentür geht auf, und die rothaarige Schauspielerin von vorhin tritt ein.

»Darf ich reinkommen?«, fragt sie, wobei sie mich interessiert mustert.

»Es tut mir wirklich leid, Suzanne, aber könntest du uns noch ein paar Minuten geben?«

Sie schürzt die Lippen und fragt sich offenbar, warum Reece seine Zeit mit einer schwierigen Verehrerin verschwendet. »Klar, kein Problem.« Sie macht mit einem süffisanten Grinsen kehrt und schließt die Tür.

Reece wendet sich wieder an mich. »Wo waren wir? Oh, ja. Mein Steuerberater deckte auf, dass über die letzten sechs Monate Tausende von Pfund von Dads Konto verschwunden sind – direkt auf das Konto eines gewissen Mr Wilkes. Die Gesamtsumme belief sich auf über siebzigtausend Pfund.«

Mein rotierendes Hirn fällt mit einem Schlag in sich zusammen, und ich hebe eine Handfläche in seine Richtung, doch er fährt fort.

»Ich habe gestern die finanzielle Vollmacht übernommen, um Dad vor diesem Kriminellen zu beschützen. Ich wollte es dir erzählen, sobald ich der Sache auf den Grund gekommen wäre. Ich habe diesen Mr Wilkes gestern Abend erreicht in der Annahme, er sei ein Hochstapler, der Dads Konto geknackt hat und nun illegal Geld abzweigt – nur um herauszufinden, dass … *du* die

Hochstaplerin bist.« Ich senke abrupt den Blick, doch Reece fährt fort. »Mr Wilkes erklärte mir, dass er dein ehemaliger Chef sei und dass er dich vor sechs Monaten gefeuert habe, nachdem er hinter deinen – und lass mich den genauen Wortlaut zitieren – ›groß angelegten finanziellen Betrug mit höchster krimineller Energie‹ gekommen war.«

Reece hält inne, um die Worte zwischen uns sacken zu lassen.

Ich denke an Mr Wilkes' Zorn, an den Schmerz, als er mir eine heftige Ohrfeige verpasst.

»Er erklärte, dass er sich aufgrund deiner jahrelangen tadellosen Dienste bereit erklärt hatte, nicht die Polizei einzuschalten – weder wegen des finanziellen Betrugs noch wegen des lebensgefährlichen Brandanschlags auf den Laden selbst.«

Ich denke an die reizende Mrs King aus der Wohnung nebenan, wie sie barfuß auf der Straße steht, ihr Baby in den Armen, und stumm weinend zu den Flammen und dem schwarzen Rauch hochschaut, der aus ihren Fenstern quillt.

»Er sagte, er habe sich mit dir auf eine stille Lösung in Form eines privaten Tilgungsplans für das von dir gestohlene Geld geeinigt – und trotzdem musste er dich mit Gewalt aus der Wohnung über dem Laden entfernen.«

Ich denke an die rauen Hände, die meine Finger vom Rahmen der Wohnungstür schälen, die stämmigen Arme, die mich losreißen und das schroffe Lachen, während man mich die Treppe runterbugsiert und auf den Bürgersteig schleudert.

»Ich bedankte mich bei ihm, dass er keine Anzeige erstattet hatte, und meinte, es klinge ganz so, als habe er sich – unter diesen Umständen – förmlich ein Bein ausgerissen, um dir entgegenzukommen.« Er hält inne. »Irgendwas dazu zu sagen?«

»Das war nur ein Darlehen von Dad«, erwidere ich heiser, »um die Schulden infolge ... meiner Misswirtschaft zu begleichen.

Ansonsten habe ich Dads Geld nur für Essen und das Notwendigste verwendet. Ich bin keine Diebin.«

Er schnaubt.

»Und die zweitausend von gestern waren für Marcus.«

Reece' Augen lodern auf. »Ich hab dir doch gesagt, du sollst dich mit dem Scheißkerl nicht abgeben.«

»Dad kommt heim – ich musste einige Änderungen vornehmen, ein Bett im Erdgeschoss, Rampen ...«

»Dieses Arschloch sollte nicht mal in die Nähe unseres Hauses kommen.«

»Warum nicht? Er war supernett. Was hast du gegen ihn?«

Reece mustert mich aus zusammengekniffenen Augen. Ich spüre, wie ich rot anlaufe.

»Du bist doch nicht ... O Gott, du bist! Du bildest dir ein, dass er an dir interessiert ist? Du bist echt am Abdriften, so wie damals an der Uni. Marcus ist ein Versager. Du solltest dich nicht mit ihm abgeben.«

»Du kannst mir nicht sagen, was ich tun und lassen soll«, fahre ich ihn an.

»Anscheinend muss ich das«, knurrt er.

Wir funkeln einander wütend an.

»Und darf ich nun noch bei Dad wohnen bleiben – ihn nach Hause bringen? Weil du ja auch die medizinische Vollmacht übernommen hast.«

»Unter den Umständen schien mir das die sicherere Lösung.«

»Was?!«, explodiere ich. »Weil du denkst, ich bin eine Gefahr für ihn?«

Reece zuckt mit den Achseln.

»Echt jetzt, das willst du damit sagen?«

»Du hast Brandstiftung und versuchten Totschlag auf dem Kerbholz.«

»Das war kein versuchter Totschlag. Ich habe nur irgendwelche Papiere verbrannt. Das Feuer hat um sich gegriffen. Das war offenbar eine komplett bescheuerte Idee, aber ich hatte nie und nimmer vor, irgendwen zu verletzen.«

»Angesichts deiner finanziellen Situation muss man nicht weit denken, um darauf zu kommen, dass es dir furchtbar gelegen käme, wenn Dad lieber früher als später sterben würde.«

Jetzt muss ich doch laut lachen. »Reece, ich bin's. Machst du Witze?«

Wir starren einander an – immerhin kreuzen sich unsere Blicke endlich richtig. Er schluckt und senkt zuerst die Augen.

»Glaubst du ernsthaft, dass ich eine Gefahr für ihn darstelle?«, frage ich leise.

Er sieht mich wieder an und schüttelt den Kopf.

»Und wegen des Geldes, das kann ich erklären. Ich...«

»Das Geld ist mir scheißegal.« Auf einmal klingt er müde. »Ich habe Mr Wilkes vollständig ausgezahlt. Die fünfzigtausend, die du ihm anscheinend noch schuldest, plus noch mal fünfzigtausend für sein Stillschweigen.«

»Das hättest du nicht müssen ...«

»Doch, musste ich. Werd erwachsen. Ich muss in meiner Position extrem vorsichtig sein. Die Hälfte von Dads Kohle wird, wahrscheinlich recht bald, ohnehin dir gehören – und er hat echt viel auf der hohen Kante mit seiner unverdient hohen Uni-Pension, die er praktisch nicht angerührt hat. Es war nie nötig, sein Geld zu stehlen.«

»Es war ein Darlehen«, wiederhole ich stumpf. »Ich kann auch erklären, was in dem Laden passiert ist. Ich bin nämlich ...«

»Ich brauche keine Details. Tatsächlich mache ich dir keine Vorwürfe für das, worin du dich da verstrickt hast.« Er fummelt am Eck eines Drehbuchs herum. »Ich weiß, dass ich nicht für dich da war«, sagt er schließlich, wobei seine Stimme etwas bricht.

Ich bin völlig baff von dieser unerwarteten Nettigkeit.

»Ich werde dir ab jetzt helfen, wo es mir möglich ist, aber du musst mir entgegenkommen und zugeben, dass du Hilfe brauchst. Nach allem, was ich über deine Vergangenheit herausgefunden habe, und dann dieses obsessive Herumschnüffeln ...«

»Mir geht's gut, im Ernst. Du verdrehst alles. Ich habe so viel über Mum herausgefunden. Ich ...«

»Hör auf«, brüllt er.

Ich zucke zusammen.

»Hast du ernsthaft etwas wirklich Konkretes über Mum herausgefunden?«, fragt er abschätzig.

»Ja ... dass Dad jegliches Motiv hatte, sie umzubringen.«

»Oh, gut gemacht, du hast das absolut Offensichtliche bestätigt.«

»Aber willst du denn keinen Beweis?«, frage ich leise.

»Nein, er wird bald schon tot sein. Dir ist doch klar, dass du das hinter dir lassen musst?«

Ich schaue ihn an, nicke.

»Gott sei Dank. Das Ganze ist einfach nicht gut für dich. Hör mal, ich habe mit einem Therapeuten gesprochen, der bereit wäre, sich mit dir zu treffen – er ist einer der besten auf seinem Gebiet.«

»Und was für ein Gebiet wäre das?« Meine Stimme verhärtet schon wieder.

»Deine emotionalen Probleme. Komm schon, du weißt doch, dass du Hilfe brauchst.«

Dass Reece von meinem furchtbaren Geheimnis erfahren hat, hat mich direkt in die Rolle seiner nervigen, schwachen kleinen Schwester zurückkatapultiert. Die, die weinte, als er unseren heimlichen nächtlichen Schoko-Futter-Club abschaffte; die total mürrisch wurde, wenn er mit seinen Kumpels auf der Straße an ihr vorbeikam und sie ignorierte; die, die nie mit ihrem Leben vorankam und ihn mit ihren Hilferufen bombardierte, bis er die Schnauze von ihr voll hatte und sie für immer absägte.

»Tut mir leid, dass ich dir nicht von meinen Geldproblemen erzählt habe«, sage ich. »Davon, was passiert ist. Aber wir hatten keinen Kontakt. Schon seit Jahren nicht.«

»Ich weiß, das war meine Schuld, und es tut mir leid.«

»Aber ich muss in dem Haus wohnen bleiben, um für Dad da zu sein – bis zum Ende. Außer du willst es tun?«

»Ich könnte jemanden dafür bezahlen«, erwidert er streitlustig. »Wenn du nicht …«

»Dad hat, wenn es gut läuft, nur noch wenige Wochen – und du willst ihn allein verrecken lassen? Ohne einen von uns? Oder ist das deine ultimative Strafe? Weil du denkst, dass er es verdient?«

Er zuckt mit den Achseln. Ich reiße die Augen auf, und er sinkt auf seinem Sessel zurück.

»Okay, aber du musst deine Sauferei reduzieren.«

Ich öffne den Mund, doch er lässt mich mit einer Hand verstummen.

»Komm schon. Und du musst dich bereit erklären, zu dem Therapeuten zu gehen.«

»Na schön.«

»Ist das ein Ja – zu beidem?«

»Ja. Okay«, gebe ich mich mürrisch geschlagen.

Die Türklinke quietscht, und Suzanne tritt ein.

»Okay«, flüstert Reece mir zu. »Anastasia wird das mit der geteilten Vorsorgevollmacht klären, damit das Krankenhaus sich an dich wenden kann, und sie wird dir die Kontaktdaten des Arztes schicken.«

Ich nicke. »Also, bis dann«, erwidere ich leise.
Er nickt auch.
Suzanne schenkt mir ein feixendes Lächeln, als ich an ihr vorbeigehe.

Ich habe mich immer für eine grundanständige Person gehalten. Argwöhnisch, selbstbezogen, neurotisch, ja. Aber tief im Inneren grundanständig. Doch das letzte Jahr hat mich eines Besseren belehrt.

Irgendwann im ersten Jahr an der Uni mussten wir alle ein Formular zur Bewertung unserer mentalen Gesundheit ausfüllen. Auf die Frage »Was wollen Sie in der Zukunft sein?« überlegte ich mir das unerreichbarste, fantastischste Ziel, das mir einfiel, und schrieb: »Nicht unglücklich.« Meine Studienberaterin zitierte mich in ihr Büro. Eine junge Frau mit langem, engelhaftem Haar und großen, hoffnungsfrohen Augen, überschäumend vor Enthusiasmus.

»Sie sind doch ein gescheites Mädchen, Sie könnten ganz groß rauskommen«, sagte sie, meine Antwort beäugend, als würde sie ihr Schmerzen bereiten. »Was wollen Sie *wirklich* sein?«

»Nicht unglücklich«, erwiderte ich stur.

»Aber da muss es doch gewiss etwas geben?«

Ich schüttelte den Kopf.

»Soll ich einfach hinschreiben, ›Die Welt liegt mir zu Füßen?‹«

Ich zuckte mit den Achseln.

Eine Woche später schmiss ich die Uni, zutiefst erleichtert, endlich alles hinter mir zu lassen – das Lernen, das hektische Sozialleben, das Konkurrieren, die Pärchenbildung. Meine enttäuschte Beraterin hatte mir ein hehres Ziel hingeknallt, und um das zu erreichen, musste ich meine Welt, mein Leben verkleinern. Rigoros verkleinern.

Der Stellenaushang in der Schreibwarenhandlung enthielt die verlockende Versprechung »vornehmlich allein arbeiten« in Kombination mit »sichere Unterkunft inklusive«. Ich krallte mir die Stelle und fand mit der Zeit heraus, dass weniger so viel mehr ist. Jeden Morgen, fünf Uhr dreißig: Schwimmen im Meer, wobei ich das krasse Blau, fleckige Grau und Eiklarweiß des Himmels bestaunte, das sich mit dem ständig wandelnden Wasser veränderte, mal heiter und ruhig, dann rau oder vom Wind zu einer feinen Gischt aufgepeitscht, während mein Körper sich mal kräftig, mal kraftlos fühlte, und ich doch mit aller Kraft weiter meine Runden zog. Im Anschluss nach Hause zu meinem Müsli mit fettarmer Milch, immer in derselben blauen Schale mit dem weißen Rand; danach mein Mittagessen, bestehend aus Käsebrot und einem Apfel, in meine immer gleiche Tupperdose mit dem rosa Klickverschluss packen. Dann den ganzen Tag im Laden, sechs Mal die Woche – Ware auspacken, überprüfen, einräumen, anordnen und mit den Stammkunden plaudern. Wenn ich die Tür um achtzehn Uhr schloss, waren der Laden und ich ein symbiotisches Wesen aus Ordnung und Effizienz. Die Abende bestanden aus Alkohol, Fertiggerichten und Fernsehen, bis mich der besinnungslose Schlaf übermannte. Nur zwei Jahre dabei, und ich stellte verblüfft fest, dass ich mein Ziel erreicht hatte – ich war »nicht unglücklich«.

Und so blieb ich bei meiner Siegerformel, trotz des quälenden Trotts. Jahrelang warf der Laden anständige Gewinne ab. Aber nach und nach kauften alle ihre Schreibwaren online und im Supermarkt trotz meiner endlosen Pläne, neue Kunden an Land zu ziehen. Mr Wilkes nickte nur und tätschelte meine Schulter. »Wir werden ja sehen, wie sich alles entwickelt«, sagte er.

Aber mir war klar, dass ich dabei war, meinen kostbaren Zufluchtsort zu verlieren. Erst benutzte ich meine eigenen Ersparnisse, um selbst im Laden einzukaufen, da keine Kunden mehr kamen. Dann, als die Ersparnisse fort waren, begann ich damit, Bestellquittungen zu fälschen und das Geld für die gefälschten Bestellungen auf mein Konto zu überweisen, um es dazu zu benutzen, weiter unsere Waren zu kaufen, die ich oben in meiner Wohnung deponierte. Schon bald war unser Lager dramatisch leer. Ich hörte auf zu schlafen, hörte auf zu essen, erhöhte tagsüber meinen Alkoholkonsum, fälschte die Bücher und stellte die Waren um. Ich konnte die Lagerbestände aus meiner Wohnung wegen der Codes nicht wieder unten abkassieren, also verkaufte ich sie zu überhöhten Preisen auf eBay und benutzte das Geld, um zum Einkaufspreis weitere Waren anzuschaffen.

Ein kleiner Schritt führt zum nächsten, und bevor man sich versieht, ist man komplett in Schwarz gekleidet, schaltet die Alarmanlage im Laden aus, zieht sich die Handschuhe über, um die sorgfältig geordneten Stifte von den Regalen zu fegen, während einem die Tränen über die Wangen rinnen und auf das Chaos der einst hübsch aufgestellten, farblich sortierten Auslagen tropfen. Und man stemmt die Kasse auf, steckt die mickrigen Tageseinnahmen ein und nimmt den Lagerraum auseinander, um vorzutäuschen, die Waren seien gestohlen worden. Dann, wie man es in zahllosen Krimis gesehen hat, wirft man ein entzündetes Streichholz in den Lagerraum, um durch ein harmloses Feuerchen eine Ablenkung zu schaffen, schaltet die Alarmanlage wieder ein und nimmt einen Schraubenzieher, um die Hintertür aufzubrechen. Der Einbruchs- und der Feueralarm gehen beide sofort los. Man selbst ist der Notfallkontakt, also ruft die Sicherheitsfirma an, gerade als man die schwarze Kapuze runterzieht und zum eigenen Ort des Verbrechens zurückkehrt, wo man bittere Tränen vergießt ob der Zerstörung, die man angerichtet hat.

Ich hatte geglaubt, das Feuer wäre längst gelöscht, bevor es ernsthaft Schaden anrichten könnte, aber es breitete sich erschreckend schnell aus, und die Leute in den angrenzenden Wohnungen konnten nur knapp entfliehen. Ich habe beinahe vier Erwachsene, drei Kinder und einen Säugling umgebracht. Die Polizei hatte keine Hinweise, doch Mr Wilkes kam meinem finanziellen Schwindel nach gründlicher Überprüfung auf die Spur. In der Annahme, ich hätte es zur persönlichen Bereicherung getan, ließ er meine Wohnung zwangsräumen und verkaufte alles, was ich besaß. Er ließ sich auf einen privaten Deal ein: Ich sollte das Geld sowie hundert Prozent Zinsen im Austausch für die Verschleierung meiner Brandstiftung zahlen; denn seine eigenen Geschäftspraktiken waren alles andere als blütenrein, und er wollte die Versicherungssumme kassieren.

An jenem Abend saß ich am Strand von Brighton, zerschlagen, mittellos, zutiefst beschämt. Ich blickte hinaus auf die wogende See, die mir bisher immer Halt gegeben hatte. Ich war zufrieden gewesen hier in Brighton, ein kleiner, unbedeutender Kiesel an einem endlosen Strand. Ich hob ein missgestaltetes Steinchen auf, grau-weiß gefleckt mit einem Loch in der Mitte, und zog es auf die Kette, an der mein Dolores-Kruzifix von Mum hing – als Erinnerung an meinen Frieden hier in Brighton. Dann verwendete ich mein letztes Bargeld, das ich in der Tasche hatte, um mit dem Zug nach London zu fahren, und zog wieder bei Dad ein. Ohne Job, ohne Zuhause, ohne Hab und Gut und ohne einen Ort, an den ich gehen könnte. Und seither habe ich von Dads Geld gelebt und seine Ersparnisse benutzt, um meinen gewaltigen Schuldenberg bei Mr Wilkes abzuzahlen.

Was für eine Heilige ich doch bin.

KAPITEL NEUNZEHN

Ich komme in die Gnade eines seligen traumlosen Zehnstundenschlafs. Ich weiß nun um Dads Schuld, und Reece kennt die Wahrheit um meine, aber innerlich fühle ich mich völlig taub. Chris hat recht, »Klarheit« wird krass überbewertet.

Als ich mein Handy checke, sehe ich, dass Anastasia die Vorsorgevollmacht auf mich erweitert und mir bereits die Kontaktdaten des Therapeuten sowie die Adresse des nächstgelegenen Anonyme-Alkoholiker-Treffpunkts geschickt hat. Die letzten beiden lösche ich. Ich sehe zudem einen neuen verpassten Anruf von Chris und dass er eine Nachricht hinterlassen hat.

»Hi, Hannah, ich wollte nur sagen, dass ich kapiere, dass du meine letzte Nachricht gelöscht hast. Wortlos ein Telefonat beenden, ist ein ernsthafter Verstoß gegen jede Benimmschuletikette. *Folglich* hattest du jedes Recht, meine erste Entschuldigung mit Missachtung zu strafen. Aber bitte akzeptiere meine zweite.«

Ich muss grinsen, lösche jedoch die Nachricht.

Ich drehe eine Runde durch das gesamte Haus, sammle jede Flasche, egal ob voll oder leer, auf und entsorge sie in der Mülltonne vor dem Haus. Bei einer Sache hat Reece recht – dass ich mit dem Saufen aufhören muss. Ich werde alle meine Reserven benötigen, um Dad durch diese letzten Tage zu helfen.

Unten höre ich die Post auf den Boden segeln. Der übliche Wust Werbezettel. Und ein scharfkantiges offizielles Kuvert. Die DNA-Ergebnisse. Ich schiebe den Daumen unter den Klebefalz, reiße ihn auf und ziehe den gefalteten weißen Papierbogen heraus. Ich überfliege die Worte und bleibe an dem fett gedruckten Abschnitt hängen: ***Die Vaterschaft ist zu 100 %***

ausgeschlossen. »Dad« ist definitiv nicht mein Dad. Nichts hat sich geändert, und doch ist alles anders. Er hat mich nach wie vor aufgezogen, er fühlt sich immer noch an wie mein Dad. Aber eine felsenfeste Gewissheit, an der ich nie gezweifelt hatte, ist damit explodiert. Es ist, als würde jemand sagen, dass Hawaii nicht existiert. Im Grunde hat sich nichts geändert, da ich nie dort war und es auch nicht vorhabe – aber wie ich doch mein ganzes Leben an die Existenz geglaubt hatte! Während ich mich ankleide, werfe ich Reece' heimlich entnommene Haarprobe in den Müll. Er hat recht: Das ewige Zurückblicken macht mich nur kaputt und entfremdet alle voneinander. Ich muss nach vorne schauen.

Marcus trifft um Mittag ein, um die Lieferung des Krankenhausbetts zu beaufsichtigen. Er ist voll in seinem Element, während er das Zeug so selbstsicher und kompetent herumwuchtet. Er weist zwei glatzköpfige, bierbäuchige Kerle an, das Bett ins Wohnzimmer zu bringen, wo er bereits das Sofa verschoben hat, um Platz zu schaffen. Es ist ein großes, professionell aussehendes Krankenbett und sieht selbst hinten an der Wand gewaltig aus.

»Wenn Sie hier unterschreiben würden, Mr Roberts«, sagt der größere Kerl, und Marcus unterschreibt auf den ihm dargebotenen Formularen.

»Sind Sie so weit zufrieden mit allem, Mrs Roberts?«, erkundigt sich der kleinere Kollege. Ich schaue zu Marcus, doch der grinst nur ob des Missverständnisses. Er legt wie ein guter Ehemann den Arm um meine Schulter, und ich blicke wie eine liebende 50er-Jahre-Ehefrau aus der Reklame zu ihm auf, woraufhin wir verschwörerisch loskichern.

»Ja, vielen Dank, es ist super«, sage ich. Marcus ist nach den Wirbelstürmen, durch die ich gegangen bin, der einzig verbliebene Silberstreif am Horizont. Das können Reece und »Dad« mir nicht nehmen.

»Na, bist du nun gut gerüstet, Mrs Roberts?«, fragt Marcus, als die Haustür sich hinter den Lieferanten schließt.

»Ziemlich, ja, Mr Roberts.«

Wir grinsen einander an.

»Oh, aber bevor du gehst, könntest du noch zwei Türen für mich aufbrechen?« Ich will keine versperrten Türen oder Geheimnisse mehr in diesem Haus.

»Klar, wofür sind Ehemänner sonst gut?«

»Das Tor hinten im Garten. Ich habe keinen Schlüssel für das Vorhängeschloss.«

»Kein Problem.«

Er holt eine riesige Zange, um die rostige Kette durchzuschneiden, aber die Tür klemmt immer noch.

»Die Zaunwinden und der angesammelte Schlamm halten sie fest«, erklärt er.

»Das ist ja wie bei Dornröschen«, sage ich verblüfft. »Mit dem Wald, der um die Prinzessin herumwächst, während sie hundert Jahre schläft.«

»Nun denn, dann werde ich Sie mal befreien, Mylady«, sagt Marcus mit einer tiefen Verbeugung.

»Vielen Dank, Sir«, erwidere ich mit einem Knicks.

Während er die verschlungene Zaunwinde wegschnippelt, fällt mir eine Dornröschen-Illustration aus einem der Bücher ein, die »Dad« mir früher vorlas: ein strammer Prinz mit Feder am Hut, der die dichten Rosenranken niedermäht, die um das Schloss hochgewachsen sind, in dem die Prinzessin schläft. So viele Jahre habe ich unter einem Bann gelebt, ohne auch nur ansatzweise zu ahnen, wer meine Eltern waren oder sind, ständig mit meinen eigenen Geheimnissen ringend – doch nun ist vielleicht endlich mein Prinz gekommen, um mich zu befreien.

Am Ende schiebt er den ganzen Haufen weg und reißt mit einem Ruck das rostige Tor auf.

»Nach Ihnen«, sagt er mit einem galanten Schwung seiner Mütze, und ich trete in den Wald hinaus.

»Alles okay?«, erkundigt sich Marcus, als ich durch das Tor auf das Haus zurückblicke, das auf einmal viel kleiner ausschaut.

»Jepp, und weiter geht's«, sage ich zuversichtlich. »Jetzt ist der Keller dran.«

Er legt die Stirn in Falten. »Der Keller?«

»Ja, ich will alle Türen in diesem Haus öffnen. Dad hat ihn abgesperrt, nachdem ...«

»Ähm, ich muss gleich zu einem Auftrag los. Ein anderes Mal?«

»Bitte, Marcus? Ich möchte, dass ab sofort alles offen ist.«

»Okay, klar.«

Wir kehren ins Haus zurück, wo er sich bückt und das Schloss inspiziert.

»Du hast keinen Schlüssel?«

»Nein. Kannst du sie nicht aufstemmen?«

»Die Tür ist danach kaputt«, merkt er an.

»Von mir aus.«

Er zuckt mit den Schultern, greift nach seinem Brecheisen und stemmt es zwischen Tür und Rahmen. Mit einem Blick zu mir nimmt er einen tiefen Atemzug und wuchtet sich mit dem gesamten Gewicht gegen die Stange. Es ertönt ein Knacken, als das Holz nachgibt. Ich denke an ein anderes Märchen, mit einer anderen verschlossenen Tür – diejenige, hinter der sich Blaubarts dunkles Geheimnis verbarg –, und an die junge Braut, deren Neugier sie zu der grausigen Entdeckung der ermordeten Ex-Frauen ihres Mannes führte.

»Soll ich?«, fragt Marcus. Ich nicke. Er hebt einen Fuß und tritt kräftig mit dem Stiefel gegen die Tür. Mit einem markerschütternden Splittern bricht sie auf.

Ich knipse den Lichtschalter an, doch nichts geschieht. Marcus reicht mir eine große schwarze Taschenlampe, und wir steigen die klapprigen Stufen hinab in die Dunkelheit. Unten angekommen, lasse ich den Strahl durch den Raum schweifen. Sämtliche Oberflächen sind mit einer dünnen, modrigen Dreckschicht bedeckt, aber ansonsten ist alles ganz wie in meiner Erinnerung: die hölzerne Arbeitsfläche an der einen Wand, samt Wasseranschluss und Becken für das Entwickeln der Fotos, und an der anderen Wand ein Arbeitsbereich mit zwei riesigen Vergrößerungsgeräten. An den beiden unter der Decke gespannten Drähten hängen immer noch ein paar sich wellende Abzüge: Fotos aus Mums »Falling«-Serie von einem kippenden Weinglas, aus dem die dunkle Flüssigkeit im Zeitraffer hinausschwappt.

»Dad muss ein Vermögen für das hier hingelegt haben«, bemerke ich, während ich die Taschenlampe hin- und herschwenke. Im untersten Fach des großen Metallregals an der dritten Wand erleuchtet der gelbe Strahl die sorgfältig etikettierten und nach Datum sortierten Ordner mit Mums einzelnen Fotosammlungen – »Familie«, »Gott sagt«, »Look closer« und »Falling«.

Marcus hustet. »Es ist echt staubig hier unten«, krächzt er, als mein Blick auf den letzten dünnen Ordner fällt, der auf das Jahr ihres Todes datiert ist.

»Michelangelo?«, lese ich, als ich ihn herausziehe. »Ich erinnere mich an keine Fotoserie mit dem Titel.« Ich hebe einen Bogen mit Negativen vor die Taschenlampe und schärfe angestrengt die Augen, um etwas zu erkennen – es sind Fotos von männlichen Oberkörpern in der Pose von Michelangelo-Statuen. Ähnlich wie die Schnappschüsse von Reece auf Mums letzter Filmrolle, die er auf dem Kaminsims stehen hat. Also waren die gar nicht für die »Falling«-Serie. Selbst als Negativ kann ich erkennen, dass es sich hierbei um gewitzte Persiflagen kopfloser Statuen handelt – von Reece dargestellt und von Mum eingefangen. Da ist dieser reine, glatte Marmoreffekt von Reece' geschmeidigem Oberkörper, seine kleinen, scharf umrissenen Nippel auf den straffen Brüsten, seine sich wölbenden Rippenmuskeln und sein gefurchter Waschbrettbauch links und rechts von der knotigen Erhebung seines Bauchnabels. Diese Beinahe-nackt-Bilder von Reece machen mich verlegen – aber auch eifersüchtig wegen Mums intensivem Fokus auf ihn, da mir das absurde sinnliche Vergnügen einfällt, das ich empfand, als ich von Jeremy fotografiert wurde.

»Ich dachte, das hier würde eine gruselige Blaubart-Fundgrube werden«, murmle ich, »aber es sind nur Fotos von ihrem geliebten Sohn.«

»Sie hat euch beide geliebt«, sagt Marcus leise. »Komm, wir sollten zurück an die frische Luft.«

»Du hattest Glück, ein Einzelkind zu sein«, sage ich zu Marcus, als wir oben den Staub abklopfen. »Keine Vergleiche.«

»Ha«, macht er schnaubend. »Ich war doch eifersüchtig auf euch beide, weil ihr so eng wart. Ich schätze mal, man ist immer unzufrieden mit seinem Los.«

»Wenigstens war da unten nichts Blaubartmäßiges«, witzle ich.

»Ja, vor allem wenn man bedenkt, dass Blaubart sein herumschnüffelndes Weib abgemurkst hat.« Er rudert zurück. »Entschuldige ... damit habe ich nicht deine Mum gemeint. Und auch nicht, dass du nicht in deinem Haus herumschnüffeln solltest.«

»Nein, schon gut, aber Blaubarts Frau wurde am Ende gerettet – von ihren Brüdern.«

»Nicht in der Version, an die ich mich erinnere«, gibt er stirnrunzelnd zurück. »Tja, dann hast du wohl Glück, dass du einen Bruder hast.«

Nachdem Marcus fort ist und noch mal unser Date am Dienstagabend bestätigt hat, bleibe ich aufgekratzt und unruhig zurück. Ja, ich habe einen Bruder, oder vielleicht auch nur einen Halbbruder, je nachdem, wer unser Vater ist, aber trotzdem würde niemand herbeigeeilt kommen, um mich zu retten. Es gab keine Geheimnisse im Keller, und doch lässt irgendwas daran mich nicht los. Ich kann nur nicht genau sagen, was.

Mein Handy klingelt, und ich eile hin, da ich denke, es geht um Dad. Aber es ist schon wieder Chris. Ich lasse es klingeln, dann, kurz bevor er zur Mailbox umgeleitet wird, drücke ich doch auf Annehmen.

»Hey«, sage ich.

»Hey«, sagt er, »dachte schon, du willst mich wieder ignorieren.«

»Ich hab daran gedacht.«

Er lacht. »Tut mir leid wegen heute früh.«

»Nein, ich war echt unverschämt. Tut mir leid.«

»Du warst eben aufgewühlt, aber du hattest auch recht. Und daher habe ich das Haus meiner Eltern zum Verkauf gestellt.«

»Wie bitte? Du machst wohl Witze.«

»Nö, mach ich nicht, und ich fühle mich super – ich hab einen Tritt in den Hintern gebraucht. Danke dafür.«

»Ach, gib bloß nichts drauf, was ich sage – ich bin ein hoffnungsloser Fall.«

»Bist du nicht. Und mach dir keinen Kopf, die Entscheidung habe ich selbst getroffen. Wie geht es mit der Detektivarbeit voran?«

»Oh, damit habe ich abgeschlossen«, sage ich matt, wobei ich irgendwie das Gefühl habe, ihn im Stich zu lassen.

»Okaay?«

»Ich habe bloß bestätigt bekommen, was du ohnehin dachtest, nämlich dass mein Vater meine Mutter umgebracht hat. Sie war eine Betrügerin durch und durch – bei der Arbeit, in der Familie, als Mutter ... oh, und das Beste daran: Mein Vater ist gar nicht mein Vater Ich habe einen DNA-Test gemacht.«

»Tja, das ist mal was Neues. Und dein Bruder?«

»Habe meine Zweifel, dass er von Dad ist.«

»Es gibt Studien, die mutmaßen, dass etwa einer von drei Männern nicht der Vater seiner vermeintlichen Kinder ist.«

»Das scheint mir irre hoch.«

»Die Leute sind eben sehr ... pragmatisch ... beim Lügen. Sie verlegen sich gern auf die einfachste Antwort, mit der das Leben hübsch seinen Weg geht. Es ist nicht unbedingt falsch. Nur praktisch.«

Ich quittiere es mit einem Schnauben. »Dürfen Polizisten überhaupt so moralisch zweifelhafte Pragmatiker sein?«

»Na, welch Glück, dass ich keiner mehr bin, oder? Denkst du, dein Vater wusste es?«

»Mit seiner ersten Frau hatte er jedenfalls keine Kinder, also ja, womöglich ... Vielleicht war ja die Wahrheit über mich das, was das Fass endgültig zum Überlaufen brachte.«

»Ich glaube nicht, dass ›womöglich‹ und ›vielleicht‹ vor Gericht Bestand hätten.«

»Alles, was ich bisher herausgefunden habe, ist ziemlich überwältigend. Ich bin mittlerweile überzeugt, dass der Typ, den ich ›Dad‹ nannte, meine Mum umgebracht hat. Tut mir leid, dich damit zu belasten.«

»Ich sagte dir doch, dass ich die Sache ebenfalls gelöst haben will. Und vergiss nicht, dass ich mich hier *wie verrückt und aus tiefstem Herzen* langweile!«

»Danke.« Komischerweise fühle ich mich durch diesen Beinahe-Fremden, mit dem es mir leichter fällt zu reden als mit den meisten anderen Menschen, sofort gemitteter.

»Tut mir leid«, sagt er düster.

»Was tut dir leid?«

»Es ist schwer, die eigenen Eltern nicht als Idealbilder sehen zu können.«

Ich lache. »Das ist milde ausgedrückt. Ich kannte meine Mutter offenbar kein bisschen. Und ich hatte erst recht keine Ahnung, zu was mein Vater in der Lage war. Und dass er gar nicht mein Vater ist.«

»Praktisch betrachtet waren sie trotzdem deine Eltern. Es war nicht alles eine Lüge. Nur weil die Menschen eine Rolle spielen, heißt das nicht, dass die Rolle nicht echt ist, wenn sie sie spielen.«

»Das ist echt tiefgründig von dir.«

»Ich gebe mir Mühe. Aber da du nun sicher bist, dass er es war, wie geht es dir damit, dass er sich seiner gerechten Strafe entzogen hat?«

»Na ja, Mord ist natürlich unverzeihlich, aber ...«

»Ich glaube, das Gericht lässt auch keine ›Aber‹ gelten.«

»Aber ...«

»Schon gut.« Er lacht. »Motive enthalten normalerweise einen ganzen Haufen ›abers‹. Und was nun?«

»Ich werde wohl schauen, dass ich bis zum Ende bei ihm bleibe.«

»Denkst du, du schaffst das, angesichts dessen, was du weißt.«

»Wir werden sehen.«

»Falls du was brauchst – du weißt schon.«

»Danke, gleichfalls.«

Nachdem wir uns verabschiedet haben, stehe ich planlos in

der Mitte unseres Wohnzimmers und vollführe eine langsame Drehung, wobei die Erinnerungen an mir haften bleiben wie Zuckerwatte am Holzspieß. Als ich mich immer schneller drehe, entspinnen sich die klebrigen Fäden von jedem lachenden Foto, jedem unbeholfen getöpferten Tonschälchen und jeder Delle im Sofapolster. Schwindlig klammere ich mich am Kaminsims fest, wobei meine Finger die dicke Staubschicht verschmieren. Mit der Fingerkuppe schreibe ich: MUM WAR HIER. »Staub«, wie Dad gerne sagte, »ist Schmutz, Tierhaare, Insektenausscheidungen und abgestorbene Hautschuppen.«

Morgen wird dieser »Dad«, der nicht mein Dad ist, hierher zurückkehren, um in diesem verdreckten, mit Mums abgestorbenen Hautschuppen übersäten Haus zu wohnen.

Ich radiere meine Inschrift auf dem Kaminsims aus, wische meine geschwärzten Handflächen an meiner Jeans ab und gehe zum nächsten Laden, wo ich mir ein Waffenarsenal aus Bürsten, Wischmopps und Scheuerschwämmen zusammensuche, dazu Munition aus schwanenweißen Flaschen, riesigen Sprühdosen und eine dicke schwarze Rolle extrastarker Leichensäcke für den besiegten Dreck.

Dieser »Dad«, der mich als sein Kind großgezogen hat, obwohl er nicht mein Dad ist und das wahrscheinlich auch weiß, kehrt zum Sterben nach Hause zurück.

Zu Hause fege ich sämtlichen Unrat, der die Oberflächen zumüllt, in die einladenden Plastiksäcke: die sich türmenden Zeitungs- und Zeitschriftenstapel, die Kinkerlitzchen und die Kunstprojekte, die Sportmedaillen und die Fotos. Dieses Haus macht weiter – und zwar ohne Mum. Es fühlt sich so falsch an, so frevlerisch, so … aufregend. Ich habe vergessen, Gummihandschuhe zu kaufen, doch das Brennen meiner rot gefleckten Hände treibt mich an.

Dieser »Dad«, der zum Sterben herkommt, hat meine Mum ermordet.

Ich gieße zwei komplette Flaschen dicker glibbriger Bleiche in die kotverkrustete Kloschüssel im Erdgeschoss, wobei mein Blick auf Mums Kirchenschild-Fotos fällt. Das über dem Spülkasten lautet: JESUS HATTE ZWEI VÄTER, UND AUS IHM IST AUCH WAS GEWORDEN. Mum muss jedes Mal, wenn sie hier reinkam, über ihren kleinen Privatwitz gelacht haben; Dad muss noch ein kleines bisschen mehr geschrumpft sein.

Aber dieser »Dad« hat Mum nach Jahren ihrer Betrügereien, ihrer Lügen und Manipulationen ermordet, lange nachdem sie ihn zum gehörnten Ehemann gemacht hat, der das Kind eines anderen aufzog und für ihre eitlen kleinen Kunstprojekte und Treulosigkeiten aufkam. Sie hat unsere Kindheit verpasst, und das nicht, weil sie mit einer herausragenden Karriere beschäftigt gewesen wäre, sondern bloß, weil sie in Drecklöchern wie diesem schäbigen Fotostudio irgendwelche Typen vögelte. Und sie hat Reece und mich darüber angelogen, wer unser Vater ist.

Ich sprühe das Vielfache der empfohlenen Menge Reinigungsschaum auf die dicke schmierige Fettschicht des alten Gasherds und atme die berauschenden Dämpfe ein. Ich schaue zu, wie die schmutzige Brühe vor sich hinblubbert, und nachdem das Gebräu seine magische Wirkung getan hat, wische ich das langjährige Fett einsam zubereiteter Mahlzeiten hinfort, die der arme Dad sich hier in seinem selbst auferlegten Gefängnis zusammengerührt hat.

Manchmal bedeutet Möbelschieben nur eine kleine Umstellung, aber zuweilen kann es auch verkalkte Strukturen aufbrechen, indem es Gedankenströme verändert, Hoffnungen Platz macht. Es ist nachts um eins, als ich schließlich die zahllosen Müllsäcke zu den Tonnen schleife, und das Erdgeschoss ist nicht mehr wiederzuerkennen. Das Haus und ich haben unsere Haut abgestreift – und ihre.

Gerade ich verstehe, wie es ist, sich völlig verloren in einer Sackgasse des Irrsinns wiederzufinden und im Eifer des Gefechts etwas zu tun, das man in der nächsten Sekunde sofort wieder bereut. Ich hätte in jenem Moment des Wahns all diese Menschen in Brighton töten können. Und »Dad« hat Mum getötet, *aber* ...

Wie ich an Mums Hautschuppen denke, die immer noch in diesem Haus herumliegen, immer noch zwischen ihren Klamotten gefangen sind, muss ich schaudern. Ich fühle mich außerstande, oben auch noch zu putzen, aber ich muss sie mir, so gut es geht, vom Leib halten. Also schnappe ich mir eine Rolle Panzertape und versiegle damit sämtliche Schubladen in Mums Schlafzimmer, ziehe das Klebeband kreuz und quer über die lamellierten Schranktüren, bis sie nur noch hässliche silberne Rechtecke sind.

Unten ist Mum nun komplett ausgelöscht und hier oben eingemauert.

Endlich akzeptiere ich, was Reece schon die ganze Zeit gesagt hat – die einzig wahre Filmversion: *Dad hat Mum ermordet*. Aber es war in einem Moment des Wahns nach extremer, langjähriger Provokation. Wenn ich mit meinem eigenen schrecklichen Moment des Irrsinns leben kann, kann ich auch Dads »*aber*« akzeptieren, kann mit dem Geheimnis leben und *meinem Dad* ein gutes Ende bereiten.

KAPITEL ZWANZIG

»Willkommen«, sage ich am nächsten Morgen und stoße dramatisch die Haustür für Dads Rollstuhl auf. Der Flur ist sonnengeflutet, nun, da die kaputten Jalousien an den Seitenfenstern weg sind, und es riecht überall herrlich zitronig. Dad reagiert nicht, also stemme ich meine Hacken in den Kies und wuchte den Rollstuhl Marcus' neue Holzrampe hoch. Um jegliche Ähnlichkeit mit Mum im Keim zu ersticken, habe ich mein Haar streng mit Klammern zurückgesteckt; ich trage eine Latzhose von Dad und bin komplett ungeschminkt – ein Aufzug, in dem sie sich nicht mal tot blicken lassen würde. Ich bin fest entschlossen, dass Dad und ich einen Neuanfang schaffen werden, ganz ohne Erinnerungen an sie. Dad scheint leider recht unbeeindruckt von meinen häuslichen Verbesserungen im Flur, daher schiebe ich ihn in das neu gestaltete Wohnzimmer, aufregend sauber und klar strukturiert, das neue Krankenbett an seinem Ehrenplatz.

Dads Augen blicken glasig ins Leere. Eine ernüchternde Reaktion, aber was habe ich erwartet? Ich helfe ihm ins Bett, verstaue die Erwachsenenwindeln darunter und ordne seine Tabletten. Eine beeindruckende Sammlung: Morphin, Blutverdünner, Medikamente für Cholesterin und Blutdruck, Gelpillen gegen Verstopfungen. Kurz entspanne ich, während ich sie in den mit Großbuchstaben für die Wochentage markierten Fächern einer Plastikpillendose aufteile. Er kriegt zwei langsam freisetzende Morphintabletten pro Tag und einen kleinen Bestand schnell wirksamer Pillen für Notfälle. Da Morphin einer strengen Überwachung unterliegt, habe ich nur einen Monatsvorrat mitbekommen. »*Falls* Sie mehr brauchen«, erklärte Valeria mir, »können Sie die über seinen Hausarzt bekommen.« Ganz offenbar fand sie die Vorstellung, er könne es länger als einen Monat machen, reichlich hypothetisch.

Ich werde Dad seine Medikamente selbst ausgeben, daher braucht er die Wochentags-Pillendose eigentlich nicht, aber ich muss es ja nicht riskieren, Dad versehentlich eine Überdosis zu verabreichen. Die Tierärztin findet, Schro verdient es, erlöst zu werden – doch Dad muss sich bis zum bitteren Ende durchschleifen. Was, wenn ich es unbewusst tue? In einem Anfall von Jennigkeit, weil er sie getötet hat? Ihre Präsenz in mir fühlt sich mittlerweile so intensiv an, dass ich mich aktiv ermahnen muss, mich nicht mehr wie sie zu bewegen und zu sprechen. Und so fülle ich die Pillendose und schließe sie samt der restlichen Tabletten in eine große Metallkassette, die ich in einer großen WHS-Schreibwarenhandlung gekauft habe, wo ich den heftigen Drang unterdrücken musste, die Regale umzuräumen und die Stifte zu ordnen. Ich lege den Schlüssel hinter die goldene Kutscheruhr auf dem Kaminsims – da wo Mum und Dad immer wichtige Dinge wie Pässe oder Theaterkarten aufbewahrten.

Ich schalte den Fernseher ein, um die Leere auszufüllen. Meine Finger zögern über der Programmauswahl, aber Dad wirkt so elend und verloren, dass ich meinen Widerwillen überwinde und eine beliebige *Muerte*-Folge anmache. *Folge 4: Ein britischer Cafébesitzer wird ermordet. Nach zehn Jahren Aufenthalt weigerte er sich immer noch, ein Wort Spanisch zu lernen. Hatten die Bewohner irgendwann genug?* Ich schaue zu, wie ein Rentnerpaar mit Strohhüten ihren Kaffee auf Englisch bei einem glatzköpfigen Typen in Union-Jack-Shorts bestellt.

Danach tätigt ein junger Mann eine ausführliche Bestellung auf Spanisch.

Union-Jack starrt ihn perplex an. »S…sorry?«, stammelt er.

»Coffee?«, sagt da der junge Mann auf Englisch.

Union-Jack lacht. »Da hast du mich erwischt, Kumpel, dachte schon, du wärst einer von ›denen‹«, sagt er zu einer spanischen Familie nickend.

Die Augen des jungen Mannes lodern auf; er lässt einen Schwall spanischer Beleidigungen über Union-Jack ab und ruft die anderen Bewohner her, die ähnlich aufgebracht reagieren.

Schnitt zu Union-Jack auf dem Boden seines Cafés; unterhalb der massiven Kaffeemaschine sammelt sich eine Blutlache um seinen Kopf. Als die Eingangsmelodie losgeht, lasse ich Dad allein, um die filmische Rückkehr seines verlorenen Sohnes beim Lösen des koffeingetränkten Verbrechens zu genießen.

Als ich ihm einen Tee bringen will, ist Dad eingeschlafen, daher schalte ich Reece aus, der gerade bis zu den Ellbogen in Kaffeebohnen steckt. Dad und ich mochten es immer, die Milch zuerst in die Teetasse zu geben. Mum erst danach. Als Experiment gieße ich zwei Tassen ein und … ja, sie schmecken unterschiedlich: Ihrer ist intensiv und rund, meiner dünn und unausgewogen. Ich möchte gerne ihren trinken, zwinge mich jedoch, bei meinem zu bleiben.

»Reece!«, ruft Dad aus, als er aus dem Schlaf hochschreckt, und hebt beide Arme zum Fernseher. *Ich* bin doch hier – ein Kind aus Fleisch und Blut, wenn auch nicht blutsverwandt. Warum verlangt es ihn nach meinem Zelluloid-Bruder? War Reece schlicht liebenswerter? Oder ist Reece sein echter Sohn, und Dad weiß, dass ich das Kuckuckskind in seinem Nest bin? Dad stöhnt weiter und deutet auf die schwarze Glotze, bis ich sie schließlich einschalten und mehr von Reece' schmalzigem Getue über mich ergehen lassen muss.

»Aaaaaargh!«

Ich werde von einem gewaltigen Brüllen aus meinem Nickerchen gerissen. Dad wirft sich in seinem Bett wild hin und her.

»Wo bin ich?« Er schaut sich konfus in dem Zimmer um.

»Du warst im Krankenhaus und bist wieder zu Hause.« Ich lächle, doch er wirkt panisch.

»Was macht das Bett hier?« Er reckt den Hals. »Es ist alles falsch, alles falsch.«

»Das Bett ist nur vorübergehend hier, bis du kräftig genug für die Treppe bist.«

»Nein, nein, nein.« Er schwenkt den Kopf hin und her.

»Ich habe nur ein bisschen aufgeräumt«, erkläre ich und lege meine Hand auf seinen Arm, doch er stößt sie fort.

»Nein, nein, nein«, stöhnt er. »Das gefällt mir nicht. Ich will, dass es wieder ist wie davor.«

Er wird sich noch wehtun, wenn er sich nicht beruhigt.

»Ist schon gut, Dad, es ist nur anders …«

»Mach es wieder rückgängig!«, schreit er. Sein Körper rutscht seitlich vom Bett, sodass ich ihn wieder hochhieven muss.

»Okay, okay, in Ordnung, ich mach es rückgängig.«

»Alles rückgängig?«, fragt er verzweifelt.

»Na schön.«

Mit einem Gefühl abgrundtiefen Versagens schiebe ich die Möbelstücke an ihren angestammten Platz zurück. Dann fällt mir ein, dass heute Müllabholtag ist, also eile ich nach draußen, um die Säcke mit dem Abfall wieder reinzuschleifen. Ich verfüge über eine recht gute Erinnerung, was die Landschaft aus Gerümpel und Unrat angeht, da die Umrisse sich all die Jahre nicht geändert haben. Dumpf beginne ich damit, die ach so vertraute Silhouette nachzubilden. Dad stöhnt, trotz der zwei schnell wirkenden Morphintabletten, die ganze Zeit über vor Schmerz. Nachdem ich fertig bin, überkommt mich ein Gefühl der Schwere und Hoffnungslosigkeit. Ich sinke neben Schro, der auf seiner Tottenham-Hotspur-Decke unter dem Sofatisch zusammengerollt ist, auf den Boden. Sein krebszerfressenes Bein fault stinkend vor sich hin, und sein Futter wurde seit gestern nicht angerührt und ist zu einem Brei geronnen. Er registriert meine Anwesenheit mit einem leichten Anheben seines Kopfes, wie ein alter Yogi, der würdevoll die Versuche seines jungen Schülers zur Kenntnis nimmt. Schro ist offenbar »bereit«. Diese verdammte Tierärztin hat gesagt, ich würde schon wissen, wann.

Das Wann ist ... jetzt.

Schro fühlt sich an wie eine alte, ausgedörrte Pelzstola, als ich ihn zum Abschiedskraulen auf Dads Schoß setze. Ich sage ihm nicht, dass es das letzte Mal ist – warum ihn dem herzzerreißenden Lebewohl aussetzen, wo es doch ein sinnloser Kummer ist, den er schon bald wieder komplett vergessen haben wird. Wenn man nicht weiß, dass eine grauenvolle Sache geschehen ist, ist sie dann überhaupt geschehen? Sie scheinen einander wahrzunehmen. Ein letzter zärtlicher Moment zwischen zwei alten sterbenden Freunden. Werde ich diesen Moment mit Dad gewährt bekommen, bevor er geht? Ich wische eine sentimentale Träne weg und stähle mich innerlich für die Tötung, die ansteht.

»Kommt Reece bald zurück?«, fragt Dad, als ich Schro hochhebe.

»Zu Besuch? Ich habe keine Ahnung.«

»Nein, ob er zum Abendbrot heimkommt.«

»Dad, Reece wohnt gar nicht mehr hier.«

Seine Augen füllen sich mit Tränen. Ich muss an Loreta denken, die alles getan hat, damit ihr Dad glücklich blieb, und mir riet, dasselbe zu tun, solange noch die Zeit dafür ist.

»Ja«, sage ich seufzend, »er kommt später heim.«

»Wo ist er gerade?«

»Ähmm, er ... er spielt Fußball mit Marcus.«

Dad holt mit dem rechten Arm aus und boxt mir brutal ins Gesicht.

Mein Kopf wird zurückgerissen, und ich jaule auf. Schnell mache ich einen Satz nach vorne, um das Gleichgewicht nicht zu verlieren.

»Du miese Schlampe!«, schreit er.

Ich erstarre vor Schock. Dads Gesicht verzieht sich zu einem fratzenhaften, höhnischen Grinsen; er entblößt seine Zähne und knurrt mich an. Sein Hass lässt mich nach hinten torkeln; ich stoße mir die Hüfte an der hölzernen Sofalehne an und habe Mühe, Schro nicht fallen zu lassen. Dad hat die Bettdecke zurückgeschlagen und macht sich daran, aufzustehen.

»Dad, hör auf ...«, schreie ich, während ich versuche, Schro vor ihm abzuschirmen.

»Du miese Schlampe!«, brüllt er wieder, kommt mit einem Satz auf die Beine und hebt seinen Gehstock. Ich werfe Schro an das andere Ende des Sofas, wo er mit einem fürchterlichen, erstickten Jaulen aufkommt, als Dad auch schon den Stab mit Wucht auf mich niederfahren lässt. Die Spitze erwischt mich an der Stirn, meine Füße rutschen unter mir weg, und mein Kopf knallt auf den Parkettboden. Kurz bin ich wie paralysiert von dem Schmerz, der durch mich hindurchjagt. Dad steht über mir, sein Gesicht verzerrt. Ich rolle zur Seite, gegen den Fuß des Sofas, und winde mich rückwärts Richtung Tür. Mein Kopf wummert, meine Sicht verschwimmt, und ich kann meine Arme und Beine nicht koordinieren. Ich zerre mich am Türknauf hoch, während Dad auf mich zutritt und mit hervorquellenden Augen erneut den Stock hebt.

»Tot wärst du besser dran!«, brüllt Dad mich an. Er verpasst mir einen Hieb auf die Schulter, und ich sacke auf die Knie. Er hebt abermals den Stock, reckt ihn nach oben, um zum tödlichen Schlag auszuholen … Dann, so schnell, wie er gekommen ist, weicht der Zorn aus ihm, wobei seine Schultern herabsacken, sein Blick sich entkoppelt und der Stock seiner knochigen Hand entgleitet. Er stolpert rückwärts, fällt nach hinten und bleibt quer über dem Bett liegen.

Es herrscht vollkommene Stille. Ich höre das Ticken der Kutscheruhr, spüre das schlierig lackierte Holz des Türrahmens unter meinen Fingern und sehe einen Tropfen, der auf die Parkettdielen vor mir fällt. Als ich mein Gesicht berühre, ist meine Hand glitschig vom Blut.

Dad rührt sich nicht. Vorsichtig schiebe ich mich nach vorn, nah genug, um zu sehen, wie seine knochige Brust sich schwer atmend hebt und senkt. Ich bin wie betäubt, alle meine Nervenenden versengt. Ich weiß, was ich gerade miterlebt habe. Dad, wie er Mum tötet. Ich habe es erlebt, als wäre ich Mum. Jetzt habe ich eine Tonspur zu meiner einzig wahren Filmversion. Als Dad brutal das Messer in Mum rammte, da brüllte er: »Du miese Schlampe, tot wärst du besser dran!«

Schro maunzt. Er hat sich in das Sofaeck verkrochen und sieht aus wässrigen, schmerzerfüllten Augen zu mir auf. Wie auf Autopilot bewege ich mich auf ihn zu. Wenigstens ihn kann ich von seinem Elend befreien. Ich ziehe die Tottenham-Decke unter dem Tisch hervor und, mit einem Blick zu Dad, der sich immer noch nicht gerührt hat, breite ich sie auf dem Boden der weißen vergitterten Katzenbox aus, bevor ich Schro behutsam darauf ablege. Meine blutverschmierten Hände zittern, als ich den langen Sicherungsstift durch das Gitter schiebe.

»Ist schon gut, Schro«, sage ich mit der Roboterstimme einer Stepford-Frau, »es ist ein wunderschöner Tag, die Sonne scheint und wir machen einen kleinen Spaziergang.« Ich drapiere ein

Handtuch über der Box, wobei ich nur die Vorderseite frei lasse, damit Schro zwar nicht vom hektischen Leben draußen gestresst werden, aber immer noch mich sehen kann.

Dad rührt sich nach wie vor nicht.

Als ich die Haustür öffne, sehe ich Marcus die Straße entlangkommen. Er lächelt … und bleibt dann wie angewurzelt stehen.

»Alles in Ordnung mit dir?«, ruft er. Als ich nicht reagiere, rennt er los. »Was ist passiert? Du blutest ja!«

Ich kann es ihm nicht sagen. Es ist zu absurd. Ich tue, was ich immer tue: Ich raffe mich auf, stähle mich und prügle mich weiter. »Es ist Dad, er ist … aufgewühlt. Kannst du reingehen und nachsehen, ob er okay ist? Überprüfen, ob die Seiten an seinem Bett hochgeklappt sind?«

»Ich rufe Mum, sie ist bei so Dingen besser.«

»Nein, schon gut, ich …«

»Ich geh sie holen«, ruft er und springt schon über die Mauer. »Warte hier.«

Ich lasse mich auf die Stufen sinken und stelle Schros Box ab.

Nur Sekunden später folgt Mrs Roberts Marcus nach draußen, wobei sie sich die Hände an einem Geschirrtuch abwischt. »Meine Güte, du blutest ja.«

Marcus tupft mein Gesicht mit Küchenpapier ab, das er mit rausgebracht hat.

»Mir geht's gut. Aber könntest du bitte drinnen nach Dad sehen?«

Sie wechselt einen Blick mit Marcus. »Dauert nicht lange«, ruft sie, während sie durch den Vorgarten hastet und drinnen verschwindet, wobei sie die Tür angelehnt lässt.

»Was ist passiert?«, erkundigt sich Marcus sanft.

Ich schüttle den Kopf, und er verarztet mich stumm, während wir warten.

»Dein Dad ist in bester Ordnung«, sagt Mrs Roberts, als sie wieder auftaucht. »Er lag in einem seltsamen Winkel quer über dem Bett, aber ich habe ihn wieder reinverfrachtet.«

»Vielen Dank, wirklich. Es war ein Unfall«, brabble ich drauflos. »Ich wollte ihm helfen, und er hat mit dem Arm ausgeschlagen. Dabei bin ich mit dem Kopf gegen den Tisch geknallt. Nächstes Mal werde ich besser vorbereitet sein. Du könntest nicht vielleicht ein Weilchen bei Dad bleiben? Ich muss nur ganz dringend zur Tierärztin … wegen Schros Auffrischungsimpfungen.«

»Kein Problem.« Sie sieht mich noch einmal stirnrunzelnd an und kehrt dann wieder ins Haus zurück.

»Sicher, dass du okay bist?«, fragt Marcus.

Ich nicke.

»Bleibt es beim Trinkengehen?«, fragt er, als Mrs Roberts die Haustür zugezogen hat.

Ich nicke erneut und bedenke ihn mit einem schwachen Lächeln.

Nachdem ich Marcus' Fahrangebot ausgeschlagen habe, mache ich mich auf den Weg nach Muswell Hill, die Box vor mir hochhaltend, damit Schro mich sehen kann, und er schiebt sich zum Gitter vor.

»Was für ein schöner Tag, Schro.« Ich muss weitermachen. Ich darf nicht darüber nachdenken, was gerade passiert ist. Diese eine Sache werde ich richtig machen: Schro einen sanften Tod schenken. »Kannst du die Vögel hören, Schro? Dumme kleine Spatzen. Bald schon wirst du hinter ihnen herjagen. Sie werden gar nicht wissen, was über sie gekommen ist.« Ich schwitze und weine leise vor mich hin. Meine Arme schmerzen, der Käfig bohrt sich in meine Rippen. Die Sonne glüht in einem tiefen, sengenden Orange, der Himmel ist mit roten und violetten

Striemen überzogen – als würde der Augapfel der Sonne auslaufen. Ich trotte weiter, trage Schro zu seiner Mörderin.

In der Praxis steht die matronenhafte Tierärztin in ihrem violetten Twinset hinter dem Empfangstresen.

»Ah, es ist an der Zeit«, sagt sie, als sie mich erblickt.

»Ja«, erwidere ich dumpf.

»Ich habe gerade Zeit. Wollen Sie bei dem Eingriff dabei sein?«

»Ja.«

»Es kann unschön werden.«

Ich nicke trotzdem. Ich muss da sein, bis zum Ende.

»In Ordnung, dann bringen Sie ihn rein.«

»Komm mit, lieber Schro«, murmle ich leise, als ich ihn raushole und auf den Untersuchungstisch lege. Er ist so leicht – nicht mehr von dieser Welt.

Die Tierärztin legt die rechte behandschuhte Hand fest auf seinen Hals, greift hinter sich in den Schrank nach einer Spritze und hält inne. Ich nicke, und sie injiziert ihm das Mittel in den Hals.

Er erschauert. Sein Körper spannt sich an, und er stößt ein ersticktes Fiepen aus, lauter als jedes Geräusch, das er seit Monaten von sich gegeben hat. Er gurgelt. Er würgt. Ich wende den Kopf ab – höre ihn aber immer noch gurgeln.

Schließlich verstummt es. Ich drehe mich wieder um. Im Zimmer herrscht Stille, und da liegt ein regloses, lebloses Fellknäuel auf dem Tisch.

»Es ist vorbei«, sagt die Ärztin.

Ich strecke die Hand aus und berühre die äußerste Spitze seines pelzigen Schwanzes. Mein ganzes Ich ist dort in meinem Finger und berührt die winzigen Fasern.

Ich unterbreche die Berührung, zahle wie betäubt und wanke nach draußen. Die Sonne ist untergegangen, der Himmel ein dunkles, finsteres Lila. Ich krümme mich nach vorne und heule los. Armer, armer Schro. Ein Tod wie dieser ist keine klischeehafte »sanfte Erlösung«. Es ist ein brutaler, abscheulicher Krampf. Und ein Tod, wie Mum ihn erfahren hat, muss unvorstellbar grausam gewesen sein. Ihr eigener Mann, der »Du miese Schlampe, tot wärst du besser dran!« brüllt, während er ein riesiges Küchenmesser zückt und es in sie rammt, wobei die Spitze ihre Haut durchbohrt und die Klinge ihre Rippe zersplittert, um durch Gewebe, Venen und Adern zu schneiden und schließlich ihr noch schlagendes Herz zu durchstoßen. Der Schmerz, der Schock, der Unglaube, den Mum empfunden haben muss, als sie begriff, was da passierte, als sie sah, wer es tat, als sie sich an die letzten Sekunden ihres Bewusstseins klammerte, während das Leben aus ihr getilgt wurde ... waren jenseits allen Grauens und unverzeihlich – ganz gleich, was Mum getan hatte.

»Geben Sie mir meinen Kater!«, kreische ich und stoße wieder die Tür zur Praxis auf, so heftig, dass die Scheibe erzittert. Ich marschiere auf den Untersuchungsraum zu.

»Halt!«, ruft die Tierärztin und tritt vor mich hin. »Was glauben Sie eigentlich, was Sie hier tun?«

»Ich brauche den Leichnam meines Katers!«, schreie ich.

Sie runzelt die Stirn, während mich eine Woge der Panik überfällt. Was wenn Schro in dieser Sekunde schon in einem Tierkrematorium verbrannt wird?

»Sie haben hier unseren Hund Feynman eingeschläfert, und wir durften ihn mit nach Hause nehmen, um ihn zu beerdigen«, heule ich. »Und jetzt brauche ich Schros Leiche, um das Gleiche zu tun. Bitte.«

Sie nickt und bedeutet mir, in das Untersuchungszimmer zu gehen.

»Ich verstehe ja, dass der Tod eines Haustiers aufwühlend ist«, sagt sie, die Türe schließend, »aber Sie müssen sich jetzt beruhigen.

Warten Sie hier.« Sie verschwindet durch eine Nebentür und kommt mit einer versiegelten Tüte zurück, so ein Ding, in dem man im Supermarkt ein Grillhähnchen von der Wärmetheke mitbekommt. Die Verpackung ist so schrecklich banal und leicht, als hätte Schros entschwundenes Wesen ein Eigengewicht gehabt.

»Ich würde Ihnen empfehlen, sich innerhalb der nächsten zwölf Stunden um die Überreste zu kümmern«, schiebt sie beflissen hinterher.

»Meine Hohepriesterinnenrobe ist gerade in der Reinigung, aber ich werd's versuchen«, gebe ich sarkastisch zurück, rudere jedoch zurück, als ich ihre entsetzte Miene sehe. »Hören Sie, es tut mir leid, dass ich mich so aufrege«, fahre ich in versöhnlicherem Tonfall fort, »aber was daran ist anders als bei Feynman?«

»Ich habe ihn nicht eingeschläfert«, fährt sie mich an.

»Aber ...«

»Ja, Ihre Mutter hatte einen Termin ausgemacht, aber dann ...« Sie schnaubt und wendet den Blick ab.

»Was?«

»Es war ziemlich verstörend, wenn Sie es wissen wollen«, erwidert sie blinzelnd. »Ich kannte diesen lieben Hund von seinen vielen Terminen her gut – so ein hübsches Kerlchen, mit einem so sanften Temperament.« Ihr kurzes Lächeln der Erinnerung verblasst. »Ihre Mutter rief an jenem Morgen an, um den Eingriff abzusagen.« Sie windet sich unbehaglich. »Ich will hier niemanden verleumden ...«

»Wir sind nicht vor Gericht.«

»Ihr Vater hat ihn ermordet«, sagt sie abrupt. »Es tut mir leid, das so sagen zu müssen, aber das waren die exakten Worte Ihrer Mutter. Ich habe sie nie vergessen, zumal nicht nach ... nach dem, was ihr nur wenige Tage später zugestoßen ist.«

»Ihn ermordet?«, keuche ich.

»Sie war völlig aufgelöst, meinte, er habe ihn – und ich verwende hier ihre Worte – ›brutal erwürgt, während er um sein Leben kämpfte‹. Aus meiner Sicht ein unverzeihlicher Fall von Tierquälerei. Es tut mir leid, ich hätte Ihnen das gar nicht erzählen sollen. Angesichts dessen, was eine Woche darauf mit Ihrer Mutter geschah, ist mir klar, dass es sich anhört …«

Ich schnappe mir meine Tüte mit Schro und wetze hinaus.

Ich lag ja so unfassbar daneben. Ich kann »Dad« nicht für das vergeben, was er getan hat. Ich muss ihn dem Richtspruch der Welt aussetzen, damit er für sein Verbrechen bezahlt. All die Mittel, die Loreta anwandte, um ihren Dad zu erreichen, indem sie seine Erinnerungen mit Bildern, Klängen, Geschmäckern, Berührungen und Gerüchen anfachte, werde ich ab sofort einsetzen, um Dads Schuld vor aller Welt zu beweisen. Und nicht zu vergessen das beste Mittel von allen – mich.

KAPITEL EINUNDZWANZIG

Als ich die Augen öffne, bemerke ich zuerst das schmutzige Braun meiner Hände auf dem weißen Laken von Mums Bett, dann die rot geschwollenen Ränder meiner eingerissenen Fingernägel. Gestern Abend habe ich mir grob die Stelle in Erinnerung gerufen, wo wir Feynman im Garten beerdigt hatten, obwohl das Kreuz aus Eisstielen schon längst verrottet war. Nachdem ich zwei Regenwürmer entzweigehackt hatte, während ich die steinharten Erdschollen mit dem Spaten aufbrach, scharrte ich mit bloßen Händen in der Erde herum, bis ich schließlich ein Stück angefressenes lila Plastik ausgrub. Mir entrang sich ein Schluchzen, und ich presste es an meine Wange. Ich befand mich an der richtigen Stelle. Das war Feynmans Kauspielzeug, das ich beim Begräbnis in der Woche vor Mums Tod in die Grube geworfen hatte. Das Begräbnis, bei dem Dad so untröstlich traurig schien und Mum sich Hilfe suchend an ihn klammerte. Nun löst sich die gesamte Szenerie in meiner Erinnerung auf und fügt sich neu: Sie war, nach der brutalen Ermordung vom armen Feynman, starr vor Anspannung und versuchte verzweifelt, die schäumende Wut ihres Ehemannes zu bezähmen.

Dem Prozedere von Feynmans Bestattung folgend, legte ich Schros zerbrechlichen pelzigen Leichnam in die Grube, bevor ich ihm sein Lieblingsspielzeug, eine neongrüne Feder, der hinterherzuspringen er nie müde wurde, mitgab.

»Lebe wohl, Schro. Ich hab dich lieb«, schluchzte ich.

Feynman und Schro sind nun miteinander begraben, doch ich werde Reece' wohlgemeintem Rat nicht folgen: Ich werde die schlafenden Hunde nicht ruhen lassen.

Heute trete ich durch Alice' wunderbaren Spiegel und gehe als Mum in ein neues Reich ein, wobei ich von der Zweitbesetzung zur Hauptdarstellerin aufsteige. Um meine Verwandlung zu beginnen, habe ich letzte Nacht im Bett meiner Eltern geschlafen – besser gesagt, Mums Bett, da Dad normalerweise im Gästezimmer schlief. Pfeile aus Sonnenlicht zucken über die Zimmerdecke und bleiben am Stuck und der verstaubten roten chinesischen Laterne in der Mitte hängen. Das große Bett mit seinem im chinesischen Stil lackierten Kopfteil und dem schweren rot-orange gemusterten Überwurf ist mir so vertraut.

Wie überaus passend, dass ich mit der Sonne erwache – förmlich vom Licht angezogen, während ich herausschlüpfe. So muss es sich für einen echten Schmetterling auch anfühlen. Die letzte Verwandlung bedarf keiner Kraft – es ist ein müheloser Impuls hin zum Unausweichlichen. Ich lehne den Kopf gegen meinen Unterarm, an dem immer noch der pudrig parfümierte Duft von Mums Laken haftet. Ich vergrabe mein Gesicht in dem Geruch, wobei ich Mums sich träge räkelnden Körper in mir aufnehme.

Dad gegenüber blieb ich gestern Abend vorsichtig, doch es war, als wäre nichts geschehen; er war ganz sein altes, gebrechliches Ich. Ab sofort werde ich wachsam sein, bereit für das kleinste Anzeichen seiner Jekyll-zu-Hyde-Verwandlung. Aber nun fürchte ich sie nicht mehr. Ich *will* sie. Ich werde rund um die Uhr Mum sein, um meinen Jekyll-Dad aus der Reserve zu locken und endlich Antworten zu kriegen.

Sobald Dad gefüttert, sicher zwischen seinen Kissen gebettet und seine wohlwollende Aufmerksamkeit auf Reece im Fernseher gerichtet ist, eile ich zur Drogerie und besorge mir eine Schachtel Haarfarbe, auf der eine geheimnisvoll lächelnde Frau mit einer »honigblonden« Mähne abgebildet ist. Aber die Fotos auf der Rückseite mit dem »Wenn Sie diese Farbe haben, bekommen Sie diese Farbe raus«-Vergleich zeigen deutlich, dass ich ihrem Farbton kein bisschen nahekommen werde. Also kaufe ich noch zwei Packungen Bleichmittel.

Dad schaut immer noch fern, als ich meine Einkäufe ins Badezimmer hochtrage. Ich kenne die Tipps für das Bleichen brauner Haare – an einer kleinen Stelle ausprobieren und vorsichtig vorgehen, um keinen Schaden anzurichten. Ich verwende gleich beide Packungen von dem Zeug, das stinkt und wie irre auf meiner Kopfhaut und den Augenbrauen brennt, trotzdem verdopple ich die angegebene Einwirkzeit, wobei ich vor Schmerz die Augen zusammenkneife. Ich sprühe Dads Rasierschaum auf meine Beine und Achseln, um sie zu rasieren, und bleibe an meinem Spiegelbild hängen: ein gestörter Yeti-Pudel mit weißem Schaum auf Gesicht, Kopf und Beinen. Sobald ich meine dunkle Körperbehaarung los bin und das qualvolle Brennen der Bleiche nicht mehr ertrage, springe ich unter die Dusche und lasse das Wasser über mich plätschern, bis ich schmerzfrei bin. Ich rubble meinen Kopf trocken, trage die honigblonde Farbe auf Haar und Augenbrauen auf und lasse sie da einwirken, während ich meine spröden Fingernägel zu glatten, ovalen Mandeln feile, die Mum gerne trug.

Im Schlafzimmer reiße ich die silbernen Klebestreifen von den Nachtschränken, wo ich ein Wirrwarr von Höschen und BHs vorfinde: babyblau und rosa, knallrot und tiefschwarz. Ich ziehe ein zartes Seidenhöschen samt passendem BH heraus, beide mit feinem Spitzenbesatz, und staune nicht schlecht, als sie mir passen. Ich habe bisher immer nur Baumwollschlüpfer mit hohem Bund und robuste Bügel-BHs getragen, die man im Dreierpack bekommt. Diese spinnwebzarten Dessous sind wie für Feen gemacht. Ich tapse zu dem hohen Spiegel rüber und bewundere, wie gekonnt diese kleinen Fetzen meine schlanke Figur betonen.

Nach der letzten Haarspülung nehme ich Mums Vergrößerungsspiegel, um meine nunmehr blonden Augenbrauen zu ihren schmaleren, geschwungeneren Bögen zu zupfen.

Ich hole mein Handy und lasse einen von Mums Lieblingssongs laufen: Cyndi Laupers »Girls Just Want to Have Fun« – quasi als Soundtrack zu ihrer vollständigen Exhumierung – und kann spüren, wie sie in mir aufersteht, während meine Schultern im Rhythmus mitwippen. Ich zerre das Panzerband von Mums Kleiderschrank, wobei sich große Lackstreifen von dem Holz schälen, um die Türen aufzureißen zur ... Garderobe der Pandora! Dieses Mal beuge ich mich ganz weit vor, atme Mum in mich ein, sauge jedes verbliebene Atom ihres abgestandenen Atems in ihren neuen Wirtskörper. Ich ziehe einen dicken Armvoll Kleider hervor und breite sie auf dem Bett aus. Ein Regenbogen wunderschöner Farben – Grasgrün, Sonnenuntergangsorange, Frühlingshimmelblau. Ich entscheide mich für ein himmelblaues schwingendes Seidenkleid mit transparentem Unterrock und weißem Spitzensaum. Ich schiebe meinen Kopf durch den U-Boot-Ausschnitt, und es fällt wie angegossen an mir herab. Unten im Schrank befinden sich reihenweise eingestaubte Schuhe. Mum liebte Absätze: hohe italienische Pfennigabsätze, Lackstilettos mit roter Sohle, schwarze Minnie-Mouse-Pumps mit roten Schleifen. Allesamt absurd hoch.

»Die sind doch viel bequemer, Schätzchen. In flachen Schuhen tun mir meine Füße weh«, sage ich laut in das leere Zimmer hinein, wobei ich ihr sinnliches Lächeln um meine Lippen spüre.

Ich schlüpfe in ihr Paar weiß-goldener Riemchensandalen mit den hohen, breiten Absätzen und tanze zu Cyndi mit. Dann setze ich mich an ihren Schminktisch und ahme das Make-up-Ritual nach, dem ich als Kind so oft beigewohnt hatte: heller Puder, Wimperntusche und roter Lippenstift. Ich krieg's nicht ganz so gut hin, da alles eingetrocknet ist, aber ich gebe mein Bestes. Ich bestäube meine Haut mit einem dicken Pinsel, und als ich das pudrige Aroma einatme, spüre ich, wie sie mich auf die Wangen küsst. Ich spucke auf die Mascarabürste, um meine Wimpern dunkler zu schminken. Als ich etwas fester drücke, bleibt auch der dunkelrote Lippenstift an meinen Lippen haften. Ich bürste mein blondiertes Haar nach hinten und zwirble es zu einem französischen Knoten hoch, wobei ich Mums Bewegungen in meinen Armen spüre und automatisch links und rechts vom Gesicht zwei Strähnen herauszupfe. Es ist, als würde ich das Spielzeugkaleidoskop meiner Kindheit scharf stellen – sobald ich verschwimme, tritt sie hervor. Ich greife nach ihrer beinahe leeren Flasche Chanel No.5 und tupfe ein bisschen auf meine Handgelenke und hinter die Ohrläppchen; der muffige, aber immer noch blumige Duft entzündet meine Verwandlung.

Hi, Mum.

Wer hätte gedacht, dass ich diese identische Version von dir in mir trage. Aber ich glaube, du warst immer schon da, hast geduldig auf deinen Moment gewartet, nicht gewillt, dich vom schnöden leiblichen Tod von irgendwas abhalten zu lassen. Deine wunderschöne schmetterlingshafte Gestalt war immer in meinem überprallen Kokon verpuppt gewesen, und nun streifst du meine Hülle ab und entfaltest deine Flügel. Und du bist kein zerbrechlicher Schmetterling, wie ich mir mein eigenes Schmetterlingsich immer vorgestellt habe – nein, du bist stark.

Ich gehe nach unten, wobei ich mich am Treppengeländer festhalten muss, um auf den schwindelerregenden Absätzen nicht zu stürzen. Ich verfalle in Mums aufrechte Haltung – Brust raus, Hintern raus, Kinn gereckt. »Girls Just Want to Have Fun« läuft immer noch in Dauerschleife, als ich ins Wohnzimmer biege. Dad starrt mich an, als ich durch die Tür trete. Wen sieht er gerade? Ich tanze für ihn, wie Mum es tat, raffe mit den Fäusten meinen Rock und lasse ihn schwingen. Dann pausiere ich das Lied, rufe die App zur Stimmaufzeichnung auf und drücke auf Aufnahme.

»Hi, Philip«, sage ich und dämpfe die Forschheit in meiner eigenen Stimme zu Mums Hauchen.

»Mhmm«, erwidert Dad.

Ich trete näher und setze mich ans Fußende des Betts. Ich zupfe an meiner blonden Haarsträhne und lutsche daran, wie Mum es immer tat.

»Wo sind die Kinder, Schatz?«, erkundigt sich Dad.

Ich wage kaum zu atmen.

»Hmm, Reece spielt Fußball, und Hannah ist oben«, sage ich vorsichtig. Genau das haben wir an dem Nachmittag vor Mums Tod getan. Jetzt kommt's. »Du sagtest, es täte dir leid, Philip«, beginne ich sanft. »Was tut dir leid?«

Er schluckt, und der Adamsapfel in seinem sehnigen Hals wölbt sich. »Ich glaube, du bist diejenige, der es leidtut«, sagt Dad mit einem merkwürdigen Lächeln.

»Was meinst du?« Ich beuge mich vor, bleibe jedoch bereit, aufzuspringen, falls er Anstalten macht, nach mir zu schlagen.

»Ungezogenes Mädchen«, sagt er und streckt die Hand nach meiner Brust aus.

»Oooh, nein«, quietsche ich und springe beiseite. Wie abartig. Ich bleibe an der Tür stehen. Ich will diesen Gesprächsfaden nicht verlieren. »Hannah ist oben«, sage ich ruhig.

»Ach, komm schon, sie ist mit ihrer Sindy beschäftigt«, sagt er. Ich hatte ganz früher eine dünne Sindy-Puppe mit unfassbar langen Beinen, aber nicht mit vierzehn, eher mit acht. Aber natürlich. Er sieht mich als viel jüngere Version von Mum. Nicht Mum in der Zeit ihres Todes.

»Aber sie könnte jeden Moment runterkommen«, fahre ich fort, um mir Zeit zu verschaffen, während ich mir überlege, wie ich es anstellen soll, das Zeitfenster zu verschieben.

»Du bist so ein kleines Luder«, neckt Dad und streckt sich wieder nach mir. Ich weiche rückwärts in den Flur hinaus. Das hier ist doch hoffnungslos. Und eklig dazu. Was habe ich erwartet? Ich bin doch nicht Marty McFly in *Zurück in die Zukunft*. Ich kann nicht einfach meine Zeitmaschine programmieren und in dem Jahr rauskommen, das ich will – 1996. Diese Realität, in der Dad sich gerade befindet, ist mehr Mitte der Achtziger angesiedelt. Das bringt mir nichts. Ich schalte die Sprachaufnahme-App aus. Als ich auf mein Handy schaue, wird mir klar, dass ich vorhin Cyndi Lauper aus den Achtzigern habe laufen lassen – war das das Problem? Warum ist er zu dieser Erinnerung zurückgekehrt? Hat es mit dem Kleid zu tun? Der Tageszeit? Dem, was ich sagte? Wie kriege ich ihn zu dem Tag des Mordes? Ich denke an den Moment zurück, als Dad mich geschlagen hat. Da war ich nicht mal wie Mum gekleidet. Also, welcher Anblick, Geruch, Klang oder welche Berührung war es, die das Fenster geöffnet hat? Ich rufe mir die Szene vor Augen. Ja, er hat Schro gekrault. Ist diese Tasterinnerung der Schlüssel? Aber Schro liegt im Garten begraben, zusammen mit dem armen Feynman. Ich brauche eine Art Katzenersatz.

Im Zweifelsfall auf Amazon nachschauen. Unter dem Suchbegriff »lebensgetreue Katze« stoße ich auf einen florierenden Markt für derlei Dinge mit einer preislichen Bandbreite von 5 Pfund für simple Plüschtiere bis hin zu 105 Pfund für ein gruseliges Exemplar, das schnurren kann und über eingebaute Sensoren verfügt, sodass es auf Berührungen reagiert. Ich bestelle eine Version mit orangefarbenem Fell und klicke den teuren Expressversand an. Angeblich ist es »viel mehr als nur ein Plüschspielzeug – ein tierischer Gefährte«.

KAPITEL ZWEIUNDZWANZIG

Die Welt ist unangenehm dreidimensional. Nachdem ich gestern Abend wieder nicht getrunken, dafür aber tatsächlich tief geschlafen habe, erscheinen die Körnungen von Dads Frühstücksflocken, als ich sie ihm vorsetze, übermäßig scharf, das Knacken, Knistern und Knallen, als er kaut, störend laut. Ich trage Mums bonbonrosa Kleid mit dem plissierten Rock, einen breiten weißen Gürtel, eine weiße Sonnenbrille auf dem Kopf und hohe rosa Stöckelschuhe an den Füßen. Für heute habe ich die musikalische Epoche korrigiert und mache »Wannabe« von den Spice Girls an, das kurz vor Mums Tod rauskam. Sie ließ es den lieben langen Tag laufen, tanzte durchs Wohnzimmer und trieb den Rest von uns damit in den Wahnsinn.

Ich bin aufgeregt wegen der Ankunft meines Roboter-Schro, da ich per Mail die Benachrichtigung bekommen habe, dass er heute Vormittag geliefert wird. Ich stolziere herum, gestikuliere und bewege die Lippen zu der Musik wie Mum, aber Dad ist völlig unbeeindruckt von meiner Darbietung.

Es klingelt an der Tür. Kurz überlege ich, für den Fahrer meinen Hannah-Pulli überzuziehen, aber es ist bloß ein Fremder, der mich in voller Mum-Montur sehen wird.

Ich ziehe die Tür auf, während die Musik auf meinem Handy weiterplärrt, und sehe keinen Lieferanten vor mir, sondern Mr Roberts. Ich tippe aufs Display und mache die Musik aus. Seine trockenen Lippen teilen sich, und er läuft knallrot an, was gut zu seinem hässlichen Hawaiihemd passt. Ha. Wenn er schon in meinen schlabbrigen Pullis auf mich abfährt, wird dieser Aufzug wohl zu viel für ihn sein.

»Hallo«, grüße ich unfreundlich. »Wollten Sie etwas?« Ich schiebe Mums weiße Sonnenbrille hoch, die mir über die Augen gerutscht ist.

»Nei...nein ...«, stammelt er.

»Warum haben Sie dann geklingelt?« Ich weigere mich immer noch eisern, ihn zu duzen.

»Ich ... Ist das nicht ihr ...?«

»Mums Kleid? Ja. Mir gehen die Klamotten aus. Sie wird es ja wohl kaum noch stören, oder?«

Er schüttelt den Kopf, wie um die Schneekugel-Realität vor sich aufzulösen, und wendet sich zum Gehen. Ich sehe schon: Weil ich heute selbstbewusster bin, kein betrunkenes leichtes Opfer, bläst er zum Rückzug.

»Warum haben Sie geklingelt?«, frage ich noch einmal und berühre seinen Arm, um zu zeigen, dass die Rollen sich getauscht haben. Er zuckt zusammen, als hätte ich ihn verbrannt.

»Ähm. Ich wollte gerade einkaufen, und Libbie meinte, ich soll fragen, ob ihr was braucht«, murmelt er.

»Nur nicht so eilig. Sie sollten Dad unbedingt Hallo sagen, wenn Sie schon mal da sind.«

»Ähm, na ja, ich ...« Er schaut auf seine Armbanduhr. Er ist ein schmieriger alter Mann, aber er ist auch eine Stimme aus der Vergangenheit und könnte Dad zu ein paar nützlichen Erinnerungen animieren.

»Kommen Sie schon rein«, sage ich und trete beiseite.

»Okay, klar, nur ganz kurz.«

Dad lächelt, als wir ins Wohnzimmer kommen, aber ich bin nicht sicher, in welcher Realität er sich befindet.

»Philip, wie geht es dir?«, grüßt Mr Roberts.

»Jen, kannst du Frank eine Tasse Tee bringen?«, erwidert Dad. Bingo.

Mr Roberts' Augen werden kugelrund.

»Er verwechselt mich manchmal mit Mum«, flüstere ich ihm zu, begeistert von der Wirkung, die er auf Dad hat. »Setz dich doch«, duze ich ihn nach Mums Art und schiebe ihn zu einem Stuhl. »Ich bin gleich zurück mit deinem Tee.«

Als ich zurückkomme, unterhalten sie sich übers Wetter und den Temperatursturz. Mr Roberts wirkt verwirrt, da es immer noch recht mild ist. Aber Anfang Oktober 1996, als Mum starb, fiel die Temperatur tatsächlich merklich ab. Ich versuche dennoch, mir keine großen Hoffnungen zu machen.

»Meinst du, wir sollten Southgate behalten?«, fragt Dad.

»Ähhh. Ja, scheint ein guter Kerl«, erwidert Mr Roberts zögernd.

»Er ist ein Trottel«, blafft Dad.

»Ach, ich weiß nicht, er macht sich doch gut«, sagt Mr Roberts.

»Machst du Witze? Wie konnte er das überhaupt verfehlen?«, explodiert Dad.

»Was verfehlen?«, nuschelt Mr Roberts.

»Das Tor natürlich«, sagt Dad.

Die Härchen auf meinen Armen stellen sich auf. Dad spricht gerade nicht von dem Gareth Southgate 2019, Cheftrainer der Fußballnationalmannschaft. Hier geht es um Gareth Southgate, der 1996 bei der EM den Elfmeter verschoss. Ich denke daran, wie wir in jenem letzten Sommer alle im Wohnzimmer saßen und England anfeuerten; Mum und ich auf dem Boden, Reece neben Dad, der die Finger in verzweifelter Hoffnung kreuzte, auf dem Sofa.

»Diese verdammten Deutschen«, fährt Dad fort.

»Was haben sie denn getan?«, fragt Mr Roberts noch verwirrter.

»Na, uns rausgekickt, natürlich. Schon wieder!«, regt Dad sich gestikulierend auf.

»Ich glaube, Dad ist in den Neunzigern«, raune ich Mr Roberts zu. »It's coming home«, schiebe ich hinterher, bevor ich die damalige EM-Hymne, »Three Lions« von Baddiel und Skinner, anstimme. Reece und ich grölten sie damals durchs ganze Haus.

»EM 1996«, flüstert Mr Roberts, wobei sein Blick über mich hinwegschweift, und ich habe das starke Gefühl eines Déjà-vu.

»Spielen Sie einfach mit, Mr Roberts«, sage ich. »Es ist gut für Dad, alte Erinnerungen wiederaufleben zu lassen.«

»Was für Erinnerungen?«, fragt er, wobei seine Augen hin- und herzucken.

»Was auch immer ihm in den Sinn kommt. Sagen Sie einfach Ja zu allem«, flüstere ich. »Das ist eine übliche Technik bei Demenz«, füge ich hinzu und beuge mich vor, um Tee einzugießen.

Mr Roberts schluckt; ein Schweißtropfen rinnt über seine Wange. »Das war mal ein Halbfinale, was?«, sagt Mr Roberts, sich nervös zu Dad umdrehend.

»Jepp, fünf astreine Elfmeter, und dann kommt diese Pappnase und schießt mitten auf den Torwart«, sagt Dad, als ich gerade den Tee reiche und dabei Mr Roberts' Hand mit meiner streife. Er zuckt heftig zusammen, wobei seine Tasse auf den Boden kracht und der Tee in alle Richtungen spritzt.

»Meine Güte, tut mir leid.« Er steht abrupt auf. »Ich … ich sollte wirklich los. Ich habe Libbie versprochen, einkaufen zu gehen. War nett, dich zu sehen, Philip«, sagt er mit einer komisch aufgedrehten Stimme und stürmt auch schon zur Haustür.

»Nein, bitte, Sie helfen Dad damit wirklich.« Ich haste ihm hinterher, will das Experiment unbedingt weitertreiben. Aber er ist schon zur Tür raus.

»Mr Roberts!«, rufe ich, und er bleibt wie angewurzelt in unserem Vorgarten stehen. Er blickt über die Schulter, starrt mein rosa Kleid an, und erneut verspüre ich dieses Déjà-vu.

Aber natürlich! Daher erinnere ich mich. Ich war damals an der Uni, unterhielt mich mit einem Mädchen aus meinem Seminar, Bella-irgendwas, und da kam dieser Junge vorbei, mit dem ich seit ein paar Wochen vögelte. In jenem Augenblick bemerkte ich genau diese Intensität, die gerade von Mr Roberts ausgeht. Sie verströmten diese krasse Aufmerksamkeit füreinander, obgleich sie kaum interagierten – so, wie wenn sich das Fell einer Katze plötzlich sträubt, und obwohl sie sich nicht gerührt hat, weiß man, dass sie sämtliche Muskeln angespannt hat und bereit zum Sprung ist. Als ich zwei Wochen später herausfand, dass die beiden ebenfalls was laufen hatten, war mir klar, dass es von jenem Moment an unausweichlich gewesen war.

Ich schaue an Mums Kleid hinab, und dann, gerade als Mr Roberts über die niedrige Mauer zwischen unseren Gärten tritt, rufe ich ihm mit Mums hauchender, verheißungsvoller Stimme hinterher: »Frah-aaank.«

Er erstarrt mit dem Fuß in der Luft, als wäre er angeschossen worden. Dann senkt er den Fuß wieder und dreht sich zu mir um, die Augen geweitet, der Kiefer schlaff.

Natürlich. Seine Faszination für mich galt nicht wirklich mir.

»Wie lange haben Sie mit ihr geschlafen?«, will ich wissen.

Er schüttelt den Kopf.

»Wie lange?«, rufe ich.

Seine Schultern sacken hinab. »Bitte. Nicht hier. Meine Frau ...« Er deutet zum Haus hinter sich.

»Mein *Vater*«, entgegne ich und deute zu unserem Haus.

»O Gott«, murmelt er.

Ich schaue zu unseren beiden Häusern, untrennbar durch die gemeinsame Brandmauer verbunden. Was für ein passender

Name für diese besondere Mauer – Mum hatte ihr feuriges Party-Ich anscheinend nicht nur außerhalb des Hauses ausgelebt.

»Lass uns zum Reden in ein Café gehen«, fleht Mr Roberts.

»Na gut«, willige ich ein. »Geben Sie mir eine Minute, damit ich mich umziehen kann.« Ich flitze die Treppe hoch, wobei ich zwei Stufen auf einmal nehme, und schlüpfe in meinen Hannah-Schlabberlook. Ich schaue nach Dad, der Löcher in die Luft starrt. Die Seitenteile am Bett sind hochgeklappt. Ich klicke eine weitere Folge von *Muerte* an und lasse ihn Reece beim Flamenco-Tanzen zuschauen – was er natürlich glänzend macht.

»Name?«, fragt die Barista im Café.

»Jen«, antworte ich.

Mr Roberts zuckt zusammen.

»Also, Mr Casanova«, beginne ich, als wir uns mit unseren Kaffees gesetzt haben.

»Hannah, ich ...«

»Sie hatten eine Affäre mit Mum!«

Er starrt auf seine Hände und spricht, ohne aufzuschauen. »Das war vor vielen Jahren.«

»Tja, sie ist vor vielen Jahren gestorben, das ist also kein stichfestes Argument.«

»Es war nur eine einmalige Sache«, brabbelt er drauflos, »als du und Reece gerade ... Reece kam gerade an die weiterführende Schule, also war er elf, und du musst ...«

»Ich war sieben.«

»Es war total bescheuert. Hatte nichts zu bedeuten«, murmelt er.

»Dann war es wohl kaum wert, es zu tun«, fauche ich.

»Nein«, stimmt er mir zu. »Und ich habe es zutiefst bereut.«

»Oh, na dann, meine herzlichen Glückwünsche zur moralischen Integrität – nachträglich. Ihre Frau weiß also nichts?«

»O Gott, nein. Jen und ich waren uns einig, es nie wieder zu erwähnen.«

»Wie selbstlos von euch beiden. Und mein Vater?«

»Nein, ich glaube nicht.«

Ich hebe meinen Kaffee an den Mund, verbrenne mir die Zunge und knalle ihn wieder runter, sodass er auf den Tisch schwappt. »Wie zur Hölle konnten Sie einfach so Tür an Tür da wohnen bleiben?«, will ich wissen.

»Ich schlug ja vor umzuziehen, aber Libbie ließ sich nicht überzeugen. Marcus hatte gerade erst an einer guten weiterführenden Schule angefangen, und sie wollte, dass er da blieb«, sagt er betreten. »Und dann, später, nach dem, was deiner armen Mutter widerfahren war, wollten wir da sein, um zu helfen. Es tut mir wirklich leid.«

»Oh, dann ist ja gut, wenn es Ihnen wirklich leidtut.« Von wegen leidtun – er ist doch stolz, dass er meine wunderschöne Mutter flachgelegt hat, das ist so was von offensichtlich. »Sie haben Ihre Frau betrogen, Ihren Sohn … uns alle. Sie gehörten zur Familie.«

»Ich weiß. Aber bitte«, fleht er, »erzähl's nicht Libbie. Es würde sie zerstören … und weswegen?«

Ich lache.

Seine Augen mustern mich von oben bis unten. »Warum hast du dich so hergerichtet, dass du aussiehst wie sie … die Haare, die Kleidung. Das ist so … gruselig.«

»Schon klar, ich bin gruselig! Und Sie sind bloß ein abartiger Perversling – der der Tochter seiner Ex-Liebhaberin nachstellt, weil sie Sie an sie erinnert.«

Mr Roberts schüttelt den Kopf und streckt die Hand aus, um mich zu berühren.

»Wollen Sie mich verarschen!« Ich klatsche seine Hand weg, wobei ich den Becher vom Tisch fege und der restliche Kaffee in hohem Bogen über den Boden spritzt. Ich renne aus dem Laden, Tränen strömen über mein Gesicht, triefend vor Selbstekel. Ja, ich war angewidert von Mr Roberts, der mir nachgeiferte. Aber es kommt immer noch schlimmer. Jetzt erst erkenne ich, wie verblendet ich war, überhaupt zu glauben, dass ich es wert bin, dass mich jemand geil findet – er war nur geil auf Mum. Wie unfassbar erbärmlich von mir, mich über diese hässliche Kränkung auch noch aufzuregen.

Als ich mich dem Haus nähere, ist Mrs Roberts im Vorgarten damit beschäftigt, Unkraut zu zupfen. Sie kniet auf einer kleinen grünen Gummimatte und hantiert mit farblich passendem grünem Gartenwerkzeug. Ich schaue die Straße runter und sehe Mr Roberts, der mir nachrennt.

»Oh, Hannah, Liebes«, sagt sie mit einem breiten Lächeln. Dann bemerkt sie mein tränennasses Gesicht. »Geht es dir nicht gut? Ist es dein Dad?«

Ich schüttle den Kopf, als auch schon Mr Roberts eintrifft und seine Augen zwischen uns und hin- und herzucken.

»Frank, da bist du ja. Ach, du hast die Einkäufe nicht erledigt?«, fragt sie mit einem Blick auf seine leeren Hände.

»Ja, entschuldige, ich habe mein Portemonnaie vergessen. Ich wollte es nur rasch holen.« Er sieht mich nicht an, aber sein gesamtes Wesen ist auf mich ausgerichtet, voller Furcht, ich könnte es ihr sagen.

»So ist er eben«, kommentiert sie liebevoll und zuckt mit den Achseln.

»Ja, so einer ist er«, erwidere ich spitz.

Sie lacht. »Na, dann geh schon«, sagt sie zu ihm und deutet ins Haus. »Los, geh's holen.«

»Was?«, fragt er.

»Dein Portemonnaie.«

»Oh, ja, natürlich.« Er geht langsam an mir vorbei und neigt lauschend den Kopf, als er sich weiter von uns entfernt.

»Es tut mir nur leid wegen Dad«, sage ich so laut, dass er es hören kann. »Er musste schon so viel erleben, und nun auch noch sein schlimmer Zustand.«

Mr Roberts kann nicht noch langsamer gehen und verschwindet im Inneren.

»Du Ärmste«, bedauert mich Mrs Roberts. »Kann ich irgendwas für dich tun, Liebes?«

»Nein, mir geht's gut, ich muss nur … meine Gedanken etwas setzen lassen«, beruhige ich sie und steuere unser Haus an.

»Oh, Hannah«, ruft Mrs Roberts mir nach, »beinahe hätte ich's vergessen. Da ist ein Paket für dich – es wurde geliefert, als du gerade weg warst, und ich hab's angenommen. Frank!«, schreit sie über die Schulter zum Haus. Er kommt rausgestürzt.

»Ja?«, fragt er mit aschfahlem Gesicht.

»Könntest du das Paket aus dem Flur rausbringen.«

»Paket?«

»Ja. Gleich neben der Tür.«

Er dreht sich um und kehrt mit einem großen Amazon-Paket zurück.

»Danke«, sage ich, als ich es entgegennehme. Unsere Blicke begegnen sich ganz kurz. Mein Rücken ist Mrs Roberts zugewandt, und ich forme ein stummes »*Fick dich*«, bevor ich über die Gartenmauer steige. »Vielen lieben Dank fürs Annehmen, wir sollten bald mal einen Kaffee trinken«, rufe ich nach hinten, wobei ich seine gequälte Miene genieße. »Es wäre toll, wenn wir uns ein bisschen mehr über Mum unterhalten könnten.«

Er lässt den Blick sinken.

»Jederzeit, Liebes«, sagt sie und wendet sich wieder ihrem Unkraut zu.

Ich eile ins Haus und reiße das Paket auf. Inmitten einer absurden Menge Luftpolsterfolie befindet sich eine rechteckige Schachtel mit dem glänzenden Bild einer schlummernden orangefarbenen Katze. Ich öffne sie, und da liegt er, mein falscher Schro – eine beängstigend lebensechte Nachbildung einer Katze mit einem Bedienfeld im Bauch, das von einem Stück Kunstpelz mit Klettverschluss verdeckt wird. Ich ziehe den Plastikstreifen weg, der die mitgelieferten Batterien schont, knipse den Schalter um und setze das Ding auf meinen Schoß, wobei ich mir wie die Jahrmarktversion eines James-Bond-Bösewichts vorkomme. Attrappen-Schro atmet und bewegt sich, als ich ihn streichle. Es hat tatsächlich was Beruhigendes! Schließlich bringe ich ihn zu Dad und lege ihn auf seinen Schoß. Er beginnt ihn zu streicheln – und ich sehe, wie sich sein Körper durch das Muskelgedächtnis entspannt.

»Hast du ihn schon gefüttert?«, fragt Dad.

»Ja, er ist pappsatt«, versichere ich ihm und staune, wie leicht er sich durch seine Sinne manipulieren lässt.

Ich werde meine Anstrengungen noch verdoppeln.

KAPITEL DREIUNDZWANZIG

Heute Abend steht das Date an. Mit Marcus. Bei dem Gedanken fängt mein Hirn an zu schwirren, als würden winzige Flügel darüber hinwegstreifen. Natürlich sollte ich das Ganze absagen. Aber Marcus und ich sind Tür an Tür aufgewachsen, und es ist doch gut möglich, dass er Erinnerungen an meine Eltern hat, die mir helfen könnten. Ja, ja, ich weiß! Der dichte Schleier über meiner lähmend öden, endlos enttäuschenden Realität wurde aufgerissen, und ich bekam die Chance gewährt, durch den Spalt hindurch in mein persönliches Märchen zu schlüpfen – ich, die trutschige, olle Hannah, darf endlich die vom Prinzen begehrte Prinzessin sein. Wie bitte soll ich da nicht hingehen?

Ich gönne mir ein ausgiebiges, übertrieben schaumiges Bad. Angesichts der Enthüllungen seines Vaters fühlt es sich schon schräg an, mich mit Marcus zu verabreden, aber warum sollte der Perversling meiner Aussicht auf ein wenig Glück den Weg verstellen? Ich creme sämtliche Gliedmaßen, jede Wölbung und jede Hautritze dick mit Bodylotion ein. Ich habe mir neues Make-up gekauft, zwar nur das Zeug aus der Boots-Drogerie, trotzdem war es auf geradezu kindische Art aufregend, es auszusuchen, und so kippe ich nun die kleinen Tiegel und Stifte über dem Bett aus, wie die Teenagerin, die ich vor über zwanzig Jahren hätte sein sollen. Erst wollte ich von Mums typischen Farben abweichen, aber ich weiß, dass sie mir mit dem neuen blonden Haar stehen, und so versuche ich nun, die Gegenwart meiner Mutter in der blassen Foundation, dem matten Rosa des Rouges und dem dunklen Rot des Lippenstifts auszublenden.

Heute Abend will ich mir eine Auszeit vom Mum-Sein nehmen,

und glücklicherweise finde ich sogar eine ungeöffnete Packung ihrer Unterwäsche und schlüpfe in die seidigen Dessous – nur für den Fall, dass die Sache eine ungeahnte Wendung nimmt. Als der glatte Stoff meine Gänsehaut streift, erschauere ich bei der Vorstellung seiner Hände auf mir. Ich habe seit Jahren keinen Sex gehabt – das letzte Mal war mit einem Hippie mit Pferdeschwanz, den ich bei einer Sauftour in einem Brightoner Club aufgegabelt hatte. Es bestätigte nur, was ich bereits wusste: dass Einsamkeit unterschätzt wird. Aber das hier ist anders. Ich bin endlich die glänzende Siegerfrucht, nicht der aus der Tonne gekratzte Rest.

Leider gibt es in Mums Schrank keine ungetragenen Kleider, und die langen bunten Hippiegewänder, die taillierte Grace-Kelly-Abendrobe, die zahllosen weiten Sommerkleider triefen nur so vor Erinnerungen. Schließlich finde ich ganz hinten ein wadenlanges rosa Etuikleid, an das ich mich nicht erinnere. Als es an meinem Körper hinabfällt, kapiere ich, was ein gut geschnittenes Kleid mit einer schlanken Figur anstellt – es hängt locker an meiner Gestalt, gleitet über meine Haut, wenn ich mich bewege, macht mich meines eigenen Körpers darunter überaus bewusst. Zuletzt tupfe ich mir den moderneren Duft einer floralen Gratis-Parfumprobe aus einer Zeitschrift hinter die Ohrläppchen und bürste mein Haar.

Ich schaue unten noch bei Mrs Roberts rein, die sich bereit erklärt hat, Dad heute Abend Gesellschaft zu leisten. Sie scheint wie immer, also hat Mr Roberts wohl nicht den Drang verspürt, ins Reine zu kommen.

»Amüsier dich gut mit deiner Freundin«, sagt sie und winkt mir zu. Ich habe ihr erzählt, dass ich mich mit einer alten Bekannten treffe, da es ihr und Mr Roberts so unangenehm schien, dass ich mich mit ihrem geliebten Sohn treffe.

»Danke, ich denke nicht, dass es spät wird.«

»Oh, ich komme zurecht, mach dir keinen Kopf und hab Spaß.«

Wäre sie so nett, wenn sie wüsste, auf was für eine Art von Spaß ich mit ihrem Sohn spekuliere?

Tief in meinem Inneren bin ich überzeugt, dass diese Verabredung ein grausamer Streich ist und Marcus nicht kommen wird. Aber als die Tür des Woodman Pub quietschend hinter mir zufällt, sehe ich ihn lässig an der Bar hocken. Er richtet sich auf, als er mich erblickt, und seine Augen weiten sich merklich, während er mich taxiert.

»H...hi«, grüßt er, als ich auf ihn zukomme.

»Selber hi«, gebe ich zurück, ganz berauscht von der Wirkung, die ich offenbar auf ihn habe. Das hier ist ja wie bei Jeremy, bloß um einiges angemessener. Er sieht wirklich mich – Hannah. Er kannte Mum ja nur, als er praktisch noch ein Kind war. Zögernd hält er die Faust hoch, damit ich einschlage, so, wie wir es als Kinder taten. Ich knuffe mit der Faust zurück und schwelge in der neu aufgeladenen Erfahrung dieser vertrauten Begrüßung.

»Du siehst so ... anders aus«, sagt er. »Dein Haar.«

»Blondes Gift?«, scherze ich.

»Ja, schon. Und ... das Kleid.« Er schluckt.

»Mein neues Ich.«

»Was magst du trinken?«, fragt er – ich scheine ihn mächtig aus dem Konzept zu bringen.

»Nur ein Mineralwasser, danke.« Ich betrachte ihn, als er bestellt – seine langen, in Jeans gehüllten Beine, das enge, über die breiten Schultern gespannte T-Shirt, der Bartschatten, der bereits auf dem frisch rasierten Gesicht durchbricht. Selbst als wir uns an einem Fensterplatz niedergelassen haben, löst er den Blick nicht von mir.

»Tja, die kleine Hannah Davidson – richtig erwachsen geworden!«, bemerkt er.

»Lässt sich wohl kaum vermeiden«, erwidere ich, wobei mir die Falschheit dieser Aussage nur allzu bewusst ist. Meine Gliedmaßen mögen gewachsen sein, ja, doch mein Innenleben ist irgendwo auf dem Weg stecken geblieben. Aber egal, heute Abend bin ich eine richtige Erwachsene, in einem Pub, auf einem Date.

»Es ist wirklich unglaublich, dich nach all der Zeit wiederzusehen. Ich bin nur ganz selten bei Mum und Dad«, beginnt er.

»Geht mir genauso. Ich bin nur vorübergehend daheim, solange die Sache …«

»Ich weiß«, unterbricht er und legt seine Hand auf meine. Ich will am liebsten, dass sie für immer dableibt, aber er zieht sie weg und lehnt sich zurück.

»Es ist wirklich schräg, wieder in dem Haus zu sein«, füge ich hinzu, »mit all seiner Vergangenheit.«

Er schenkt mir ein verständnisvolles Nicken.

Auf Netflix habe ich zig solcher Geschichten geschaut – Sandkastenfreunde, die in der Stadt, in der sie aufgewachsen sind, bevor einer von ihnen in die Großstadt zog, wieder zueinander finden; das ungleiche Paar, das sich von Neuem kennenlernt, und deren anfängliche Verlegenheit schließlich zu dem Moment führt, in dem sie einander ihre Zuneigung gestehen und sich endlich küssen. Und nun erlebe ich es selbst.

»Da denke ich, ich bin erwachsen, und komme heim und fühle mich wieder wie ein Kind«, sagt er. »Und irgendwie gefällt es mir ja auch: Mum backt leckere Shepherd's Pie, ich mache ein paar Klimmzüge an meiner alten Stange … Oje, ich weiß, für dich ist es anders. Entschuldige …«

»Nein, ich habe ja auch einige dieser schönen Erinnerungen,

die du meinst. Aber«, ich zucke mit den Achseln, »eben auch viel Mist.«

»Wer nicht?«, sagt er düster. Ich lasse es unkommentiert – seine Version erreicht nicht mal die Ausläufer meines persönlichen Everest.

»Hast du gesehen, dass Reece eine Autobiografie veröffentlicht hat?«, wechsle ich das Thema.

»Ja, bin im Frühstücksfernsehen drüber gestolpert«, sagt er, »der tragische Held, der sich den Widrigkeiten des Lebens stellt! Wo er sich doch in Wahrheit nur verkleidet und auf dicke Hose macht.«

Ich grinse.

»Ich habe ihn nicht mehr gesehen seit dem Tag, bevor es passiert ist«, schiebt er betreten hinterher.

»Als ihr zusammen Fußball spielen wart ...«

»Nein, am Tag davor. Ich hatte mir den Oberschenkel gezerrt, deswegen war ich nicht bei dem Abschiedsspiel.«

»Oh. Okay. Reece hat in seinem Buch über den Abend geschrieben, und ich ging davon aus, du seist einer der Freunde gewesen, die er erwähnt hat.«

Er schüttelt den Kopf. »Nein, nicht an jenem Abend. Und ich habe das Buch nicht gelesen.«

»Ach, es geht im Grunde um die letzten goldenen Momente der Unschuld bei einem Fußballspiel und wie er danach nach Hause kommt. Ich war ja dabei, und ...« Ich runzle die Stirn.

»Was?«

»Na ja, das, was er beschreibt ... es ist das, was passiert ist, aber eben nicht so, wie er es darstellt ... Es war nicht nur ein normaler, gemütlicher Abend. Dad und Reece waren in einer üblen Laune. Ich weiß nicht, warum. Ich bin es so oft in meinem Kopf durchgegangen ...«

Marcus wendet den Blick ab.

»Tut mir leid, ich quassle dich hier voll. Es ist nur diese Zeit des Jahres …« Ich lache, verzweifelt darum bemüht, dieses Date nicht zu vermasseln.

»Mir macht's nicht aus.«

»Nein. Vergiss es. Und jetzt erzähl mir von deiner Handwerkerfirma.«

Er entspannt sich, während er zu einer Reihe von Anekdoten über irgendwelche exzentrischen Kunden ansetzt, für die er schon gearbeitet hat, und die nutzlosen Schnösel, die nicht mal eine Glühbirne wechseln können.

»Lust zu rauchen?«, fragt er, als unsere Gläser sich leeren.

»Ich rauche nicht, aber ich komme gerne mit raus, wenn du magst.«

»Ich meine rauchen-rauchen«, sagt er verschwörerisch.

»Klar, warum nicht«, erwidere ich möglichst lässig, wobei Drogen nicht wirklich zu meinen Lastern gehören.

Wir verlassen den Pub und überqueren die Straße, wo wir uns gegen eine Mauer lehnen. Gekonnt dreht er einen Joint, wobei er eine ordentliche Portion von dem schwarzen Harzklumpen drüberbröselt. Er zündet ihn an, nimmt einen ausgiebigen Zug und reicht ihn mir. Das Zeug ist echt stark, aber ich bin so aufgedreht, dass es kaum zu mir durchdringt. Ich lasse mich gegen den rauen Backstein sinken.

»Alles gut bei dir?«, fragt er, legt die Hand auf meine Schulter und schaut zu mir runter.

»Ja, alles super.« Es ist ein so milder Abend, und die in den Bäumen vor dem Pub gespannten Lichterketten lassen die Szenerie magisch erscheinen. Wir rauchen in angenehmem Schweigen vor uns hin. Als ich ihn anschaue, fällt mir eine leicht gekräuselte Furche oberhalb seiner rechten Augenbraue auf.

»Was ist denn das?«, frage ich sanft und hebe den Arm, um die Stelle zu berühren.

Er fängt meine Hand ab und schenkt mir ein nervöses Lächeln. »Das ist nichts … hab vor Jahren auf einem Baugerüst einen Schlag abbekommen.«

In Netflix-Romanzen gibt es immer diesen Augenblick, in dem die Körper der Liebenden unvermutet zusammengeworfen werden: Sie stoßen beim abrupten Ruckeln eines Aufzugs zusammen; er zerrt sie vor einem rasenden Taxi von der Fahrbahn; sie stolpern im Schnee und fallen übereinander hin … Und in diesem Zeitlupenmoment schauen sie einander in die Augen und … küssen sich.

Auf einmal streicht mir Marcus das Haar aus der Stirn, und ich begreife, dass wir genau in diesem Moment sind. Ich bin dieses Mädchen. Und all diese Filme haben es so treffend dargestellt. Wenn es endlich geschieht, ist es so einfach, so richtig. Ich hebe den Kopf, blicke ihn an, schließe die Augen, und als meine Lippen seine erreichen … stößt er mich so heftig von sich, dass ich gegen die raue Wand knalle, meine Schulter aufschürfe und auf den Boden stürze.

»Scheiße«, stöhnt er auf, als er vor mir zurückweicht und sich mit einem Ausdruck von Ekel den Mund abwischt.

Ich blinzle ihn an. »Entschuldige, ich dachte …«

»Scheiße!«, ruft er in die Dunkelheit.

Ich schlage meinen Hinterkopf gegen die Mauer und wippe dann vor auf meine Knie. Ich bin völlig verwirrt, und der Schock wird durch das offenbar ziemlich starke Haschisch nur noch intensiviert.

»Herrje, Hannah, das war nur brüderlich gemeint«, sagt er, als er auf mich zukommt und mir seine Hand hinstreckt.

Ich schlage sie weg und rapple mich allein hoch. Selbstekel ist mir mehr als vertraut, aber das hier ist ein neues, geradezu erlesenes Level von Selbsthass.

»Und ich hab's nicht ernst gemeint«, erwidere ich, wobei alles in mir zum Erliegen kommt. Ich bin wie der Zeitrafferfilm eines zufrierenden Gewässers, als meine vertraute undurchdringliche Eisschicht anwächst und sich ächzend um mich herum schließt. »Das war nur ein Spaß, mach dich locker.«

»Ja, natürlich«, lässt er mir meine Lüge. »Du bist wie eine kleine Schwester für mich.«

»Klar«, sage ich mit einem irren Grinsen. »War nur ein Scherz, Marcus.«

»Ein doofer Scherz«, erwidert er nachdrücklich.

Wie schauen einander an.

»Ich muss gehen«, sagt er abrupt.

»Ja, ich auch.«

Er eilt in die entgegengesetzte Richtung davon, während ich, durch den Cocktail aus Drogen und Entsetzen von mir selbst entkoppelt, körperlos nach Hause treibe. Als ich das Gartentor erreiche, sehe ich, dass zwei Quitten runtergefallen sind und angefault im Gras liegen. Ich sinke auf die Knie und beiße in ein mürbes, verrottetes Exemplar. Es ist ekelhaft, aber ich kaue weiter, weide mich an dem widerlich gärenden Fruchtfleisch.

KAPITEL VIERUNDZWANZIG

Die ganze lange, schlaflose Nacht über sehe ich nur Marcus' Gesicht vor mir, wie es sich vor Abscheu verzieht; spüre seinen brutalen Stoß; schmecke seinen verrauchten Bieratem, der mir aus dem Mund gesogen wird, als er vor Entsetzen nach Luft schnappt. Wie unfassbar bemitleidenswert, auch nur daran zu denken, dass ich einer von den echten Menschen sein könnte. Ich bin der Schatten eines Menschen.

Mein Handy piept. Es ist Anastasia, die mir auf WhatsApp erneut die Kontaktdaten von Reece' Arzt schickt, die ich sofort lösche. Ich muss ab sofort wieder voll und ganz Mum in mir mobilisieren – sie ist diejenige, die allmächtig ist, von allen bewundert und begehrt.

Ich schleppe mich durch die Vormittagsroutine, mein Kopf noch ganz dumpf von dem Gras, während ich mir abermals Loreta in Erinnerung rufe, die ihren Vater über seine Sinne zu erreichen versuchte. Ich spiele mehr von Dads Musik aus den Neunzigern – Nirvana, Green Day, Blur. Vielleicht kann diese Musik ihn tiefer in seinen nonverbalen Sphären erreichen. Ich mische »Creep« von Radiohead rein und drehe die Lautstärke voll auf – passend zur musikalischen Ära, aber hauptsächlich als Soundtrack für meine eigene groteske Existenz. Ich fühle mich meinem Ziel so verlockend nahe, bin mir sicher, wenn ich endlich die richtige Version von Jen wiederauferstehen lasse, wenn alles sich fügt – wir wie die Abbilder in zwei gegenüberliegenden Spiegeln unauflösbar und endlos hin- und hergeworfen werden –, könnte ich für Dad schließlich ganz zu Mum werden. Und die Wahrheit entschlüsseln.

Die Musik wabert durch das Haus. Dad wiegt sich im Takt mit, während er Attrappen-Schro auf seinem Schoß streichelt. Ich habe Seh-, Hör- und Tastvermögen angesprochen und bin immer noch nicht weiter. Mir fallen Loretas litauische Honigküchlein ein – der hefige Duft, die speicheltreibende Süße. Geschmack und Geruch. Die gerne übersehenen Sinne. Einen Versuch ist es wert. Ich lasse Attrappen-Schro auf Dads Schoß weiterschnurren, während ich ein Mittagessen aus Burgern und Pommes zubereite, eins von seinen Lieblingsgerichten, das Mum oft für uns alle machte. Der Fettgeruch zieht durchs gesamte Haus, während die Burger auf dem Grill vor sich hin brutzeln. Erneut verkleide ich mich als Mum, diesmal mit einer weißen Bluse und einem gelben breiten Rock.

»Alles in Ordnung, Philip?«, frage ich, als ich mit dem Tablett ins Wohnzimmer komme – ganz die perfekte Hausfrau. Er nickt und saugt tief den Duft des Festschmauses in sich auf. Ich schneide den Burger in kleine Stücke, und er probiert einen winzigen Happen, gibt jedoch auf und mümmelt an einer Fritte weiter. Hamburger waren eine bescheuerte Idee, da er oben keine Zähne mehr hat und nicht gut kauen kann. Ich selbst nehme einen großen Bissen, aber ich muss mich dazu zwingen, das fettige Fleisch runterzuschlucken. Warum schaffe ich es nur nicht, dass eine meiner reinszenierten Erinnerungen sich so gut anfühlt wie die ursprüngliche Erfahrung? Hat das Gedächtnis die Erinnerungen bis zur Unwirklichkeit geschliffen? Oder kann ich schlicht nicht zurückkehren? Weil sich nun mal nichts vollkommen exakt nachstellen lässt und weil ich durch das Leben so grundlegend verändert wurde, dass ich nie wieder etwas so erfahren kann wie das Mädchen, das ich damals war. Der 90er-Jahre-Mix ist nun beim Song der Green Days »Basket Case« angelangt.

Ich tunke eine ölig-knusprige Fritte in den Ketchup und will gerade reinbeißen, als ein großer Klecks auf meiner weißen Bluse landet.

»Ich bin nicht bereit«, sagt Dad flüsternd.

»Keine Eile, lass dir Zeit.« Gott, jetzt habe ich wegen dieses gescheiterten Experiments auch noch die Bluse ruiniert.

»Warum bist du wieder hier?«, flüstert er.

»Um mich um dich zu kümmern«, antworte ich und wische über den Fleck.

Er stöhnt.

Ich blicke auf, und erst da sehe ich, wie er mich anstarrt. Ein Schweißfilm glänzt auf seiner Stirn, sein Atem geht schnell. Mein Blick zuckt zu der Stelle, auf die er seine Augen gerichtet hat.

Der rote Soßenklecks prangt auf der Höhe meines Herzens auf dem weißen Stoff. Wie Blut. Wie Blut, das aus einer Stichwunde quillt. Mit meiner freien Hand taste ich nach dem Handy, schalte die Musik aus und klicke den Stimmenrekorder an. Den Blick weiterhin auf Dad gerichtet, lasse ich langsam meine rechte Hand zur Ketchupflasche sinken, kippe einen Stoß in meine linke Handfläche und klatsche ihn auch noch auf meine Brust, wobei die Pampe zwischen meinen Fingern hervorsickert.

Dad schüttelt den Kopf, Schweißperlen treten auf seine Oberlippe. »Jen«, wispert er ehrfürchtig, wobei seine Augen hungrig mein Gesicht, mein Haar, meinen Körper mustern.

Vorsichtig strecke ich meine triefende Hand aus. In der Erwartung, dass er sie gleich brutal packt, stemme ich meine Fersen in den Boden, bereit, dagegenzuhalten. Aber er schaudert und weicht zurück – vielleicht vor dem, was er für eine Geisterhand hält, die versucht, ihn aus dieser Welt ins Jenseits zu ziehen? Ich strecke meinen roten Zeigefinger aus, deute auf ihn, und ein roter Tropfen fällt auf das weiße Laken.

Dad reißt die Augen auf.

»Zeit für die Wahrheit«, verkünde ich düster wie in einem abgeschmackten Horrorfilm, aber Dad nickt ernst, wobei seine Schultern zusammensinken.

»Dann nimm mich mit dir«, sagt er resigniert.

»Erlöse dich, indem du deine Schuld gestehst«, intoniere ich theatralisch und wünschte, ich hätte Reece' Improvisationstalent.

»Aber nimm nur mich – und lass ihn«, fleht er.

Das erwischt mich unvorbereitet in meinem Horror-Drehbuch. »Wen?«

»Es war nicht seine Schuld. Nimm nur mich«, fleht er erneut.

Ich verliere den Faden. »Was war nicht wessen Schuld?«, frage ich, beuge mich vor und senke den Arm.

»Er wollte es nicht tun.«

Ich weiß nicht, wie ich weiter verfahren soll.

»Reece!«, heult er auf. Dann kippt sein Kopf nach hinten, er starrt zur Decke hoch, sein Körper völlig starr. Er atmet nicht.

»Dad? Bist du okay?«

Nichts. Keine Reaktion. Ich habe ihn umgebracht.

Ich greife nach meinem Handy und wähle den Notruf.

»Wie können wir Ihnen helfen?«, fragt die Stimme am anderen Ende der Leitung.

»Ich ...«

Da schnappt er tief nach Luft, sein Kopf schnellt nach vorne und er ... lächelt.

»Hannah«, sagt er, als die Farbe wieder in sein Gesicht zurückkehrt.

»Oh, tut mir leid, falscher Alarm«, entschuldige ich mich und lege auf.

»Wir müssen ihm einen Badmintonschläger kaufen«, sagt Dad ganz ruhig und heiter.

»Wem?«, frage ich und flehe stumm, dass er in die Vergangenheit von gerade eben zurückkehrt.

»Reece. Er braucht einen neuen Badmintonschläger«, antwortet er, belustigt ob meiner Verwirrung. Dad befindet sich wieder mal auf einer völlig neuen Spur, während ich noch auf der anderen hinterhereiere.

Um mich zu sammeln, gehe ich in die Küche und spiele die Sprachaufnahme ab: »Es war nicht seine Schuld.« Dann sein geheultes »Reece!«. Dann weiter zu den Badmintonschlägern. Hat das verzweifelte »Reece!« noch zu der ersten Gedankenspur gehört, wo er darauf bestand, dass irgendwas nicht die Schuld von irgendwem war – oder doch zu der zweiten Gedankenspur, wo es um die unschuldige Neuanschaffung eines Badmintonschlägers geht?

Ich rufe Reece an, der sogar direkt rangeht.

»Hannah? Alles in Ordnung?«

»Ja, mir geht's gut. Aber hör mal. Dad öffnet sich allmählich. Er hat gerade irgendwas gesagt, dass es nicht deine Schuld sei – aber es könnte auch um Badmintonschläger gegangen sein. Sagt dir das was?«

Schweigen.

»Reece? Hast du gehört, was ich sagte?«

»Hast du schon einen Termin bei dem Arzt gemacht?«, erwidert Reece steif.

»Nein, mir geht's gut, das sagte ich dir schon. Was glaubst du, hat Dad damit gemeint?«

Die Leitung ist tot. Ich rufe gleich noch mal an, aber mein Anruf wird nach einmaligem Klingeln weggedrückt. Jedes Mal, wenn ich es wieder versuche, werde ich aktiv abgewürgt.

Ich probiere es mit der Tracking-App, die ich auf seinem Handy installiert habe, und sehe sein Pünktchen in Soho blinken. Google Earth verrät mir, dass es sich bei der Adresse um einen Bürokomplex am Soho Square handelt. Mir fällt die graue verschnörkelte Schrift auf der Webseite seiner Agentin ein, und ich schaue nach. Ja, das Büro der Anastasia Rudd Agency liegt am Soho Square.

Es ist ein hoher, schmaler weißer Bau an der oberen Ecke des Platzes. Reece' Punkt leuchtet da immer noch, als ein Taxi mich zwanzig Minuten später in strömendem Regen davor absetzt. Als ich in der obersten Etage klingeln will, verlässt gerade ein junger Mann in schnittigem Anzug das Gebäude, also schlüpfe ich hinter ihm hinein. Ich steige das schmale Treppenhaus hoch, wobei ich an einer Sprecheragentur, einem Patisserie-Unternehmen und diversen anderen Firmennamen und -logos vorbeikomme. In diesen alten Gebäuden ohne Fahrstuhl gibt es nur einen Weg rein und raus – also wird er schon an mir vorbeimüssen, um zu entkommen. Oben angelangt erblicke ich schwer keuchend eine weiße Tür mit dem bescheuerten Schnörkelschriftzug von der Webseite: *Anastasia Rudd Agency*. Sie öffnet sich zu einem kleinen Eingangsbereich mit Rezeption, alles sehr geschmackvoll in zarten Blau- und Grautönen gehalten und von mehreren kleinen, durch Glastrennwände separierten Büros gesäumt. In einem tippt ein junger Mann, und einen kurzen Flur runter befindet sich eine geschlossene Bürotür. Wer könnte da wohl drin sein?

»Hallo, kann ich Ihnen helfen?«, erkundigt sich ein hübsches Mädchen hinter dem Empfangstisch, ihr Haar blond und geglättet wie das ihrer Chefin.

»Könnten Sie Anastasia mitteilen, dass Ryans Schwester gerne ein Wörtchen sprechen würde – mit Ryan«, sage ich angespannt.

»Hier ist eine Dame, die sagt, sie sei Ryans Schwester?«, spricht sie in ihr Headset. Dann schluckt sie und blickt gedrückt drein. »Ich fürchte, weder Anastasia noch Ryan sind im Moment hier – möchten Sie eine Nachricht hinterlassen?«, fragt sie, um einen autoritären Tonfall bemüht.

»Nur keine Umstände, ich werde einfach warten. Außerdem habe ich nicht gefragt, ob Ryan da ist«, bemerke ich spitz und lasse mich auf einen der drei gepolsterten Stühle neben der Tür plumpsen. Der Blick des Mädchens huscht zur geschlossenen Tür. Wir wissen beide, dass die beiden da drin sind.

»Ich habe alle Zeit der Welt«, verkünde ich laut.

Die geschlossene Tür geht auf, und Anastasia kommt rausgerauscht. Bei der Lesung steckte sie in einem gedeckten grauen Kleid, doch heute ist ihre hohe, schlanke Gestalt in ein wunderschön geschnittenes fuchsiarotes Kleid gehüllt.

»Herrgott noch mal, Suzie, ich werde mich darum kümmern. Miss Davidson, meine Agentur ist kein Nachrichtendienst für Ihren Bruder.«

»Aber er geht nicht ran, wenn ich anrufe.«

»Was wohl vermuten lässt, dass er nicht mit Ihnen reden möchte.«

»Ist er hier?«

»Nein.«

Ich will meine Tracking-App nicht verraten, also kann ich ihr damit nicht kommen.

»Sind Sie sicher? Ich sollte Sie warnen, dass dieses Gespräch aufgenommen wird«, sage ich und hebe mein Handy, um ihr das rote »ON« der Stimmenrekorder-App zu zeigen.

Sie hebt bloß eine Augenbraue, zückt ihr eigenes Handy und drückt ebenfalls auf Aufnehmen.

»Das ist jetzt ein bisschen *Reservoir Dog*-mäßig«, bemerke ich.

Sie bedenkt mich mit einem vernichtenden Blick. »Ich werde

Mr Patterson das nächste Mal, wenn ich ihn sehe, raten, seine Rechtsanwälte darüber in Kenntnis zu setzen, dass Sie ihm nachstellen.«

»Bitte tun Sie das – die Presse wird mir die Tür einrennen.«

»Ich denke, Sie werden feststellen, dass meine Beziehungen zur Presse Ihren Einfluss weit übertreffen, Miss Davidson.«

»Tja, Twitter ist etwas schwer unter Druck zu setzen«, entgegne ich und trete auf sie zu.

»Bitte kommen Sie nicht näher«, sagt Anastasia, wobei sie seltsam verängstigt klingt, als würde ich sie bedrohen, und dabei direkt in ihr Mikro spricht.

Da ertönt ein lauter Knall, als Anastasias Tür aufgestoßen wird und Reece raustritt.

»Ich hab dir doch gesagt …«, ruft er, als er in den Flur marschiert, bleibt jedoch wie angewurzelt stehen, kaum dass er mich sieht. »Was zur Hölle hast du mit deinem Haar gemacht? Und hast du da etwa Mums Klamotten an?« In meiner Eile, Reece noch zu erwischen, habe ich vergessen, meinen Mum-Look abzulegen und mich umzuziehen.

»Suzie, Max, raus hier!«, stößt Anastasia aus.

»Aber …«, sagt die Rezeptionistin.

»Sofort!«, blafft sie. »Und denkt an eure Geheimhaltungsvereinbarungen.« Die Rezeptionistin und der junge Mann hinter der Glaswand hasten davon.

Mir ist heiß nach den vielen Treppen, und ich knöpfe die Jacke auf.

»O mein Gott, bist du okay?« Reece kommt mit ausgestreckten Armen auf mich zu.

Ich schaue an mir runter, und da wird mir klar, dass ich immer noch die verkleckerte Bluse anhabe.

Reece hält abrupt inne und riecht an seinen Fingern.

»Ketchup? Was zur Hölle! Ich kann mich nicht länger mit deinem Irrsinn auseinandersetzen, Hannah.«

Anastasia holt tief Luft und streckt ihre schöne maniküre Hand aus, um mir die Tür zu weisen. Ich schlage sie genervt weg, woraufhin Reece mich grob wegstößt. Ich taumle rückwärts – völlig ausgeschlossen, dass ich diese Woche noch Mal zu Boden gehe. Ich werfe mich nach vorne, um mich irgendwo festzuhalten, als auch schon ein reißendes Geräusch ertönt und Anastasias fuchsiarotes Kleid unter meinem Griff nachgibt, die Naht am Träger aufklafft und die schmale Schulter samt weißem BH-Riemen entblößt, wie rotes Fleisch, das vom Knochen gelöst wird.

»Alles okay bei dir, Stasia?«, fragt Reece.

Und was ist mit mir?

»Mir geht's gut«, sagt sie beinahe gelangweilt. Sie hebt das Handymikro, bevor sie an der ausgefransten Naht ihres Kleides zerrt, sodass es hörbar weiter aufreißt. »O mein Gott, Miss Davidson, Sie haben mein Kleid zerrissen.«

»Was ist eigentlich dein Problem?«, knurrt Reece und bohrt mir brutal den Finger in die Brust. Ich trete ihm erbost gegen das Schienbein, und er hüpft jaulend rückwärts. Anastasia schaltet ihr Aufnahmegerät aus.

»Hört auf, ihr beide«, sagt sie entschlossen, wobei sie zwischen uns tritt wie eine Mutter, die ihre zankenden Kinder trennt, und dann Reece gut zuspricht, ihr Gesicht ganz nah an seinem. »Tief atmen«, flüstert sie ihm zu. »Geh wieder in mein Büro.«

»Aber ...«, murmelt er.

»Ist schon gut, ich kümmere mich um sie.« Sie schiebt ihn behutsam Richtung Tür, und er wendet sich ab.

»Reece!«, rufe ich, »Dad sagte, dass irgendwas nicht deine Schuld gewesen sei. Was hat er damit gemeint?«

Er dreht sich langsam um, seine Augen beinahe schwarz. »Dad ist senil – er brabbelt Unsinn. Hast du schon meinen Therapeuten angerufen?«

Ich ziehe ein Gesicht.

Er blickt finster zurück.

»Ich trinke nicht mehr, und ich brauche keinen Therapeuten, okay?«

»Ich war wirklich verständnisvoll, ich habe dir Hilfe angeboten – aber diese ganze Mum-Maskerade, das ist zu viel. Es ist offenbar ein Risiko, dich weiter um Dad kümmern zu lassen. Und da du keine Hilfe annehmen willst, nehme ich mein Angebot für dich, bei ihm wohnen zu bleiben, zurück. Ich werde Pfleger organisieren.«

»Aber, Reece, ich ...«

»Ich bin nicht mehr Reece«, faucht er. Dann stapft er ins Büro zurück und knallt die Tür zu.

Anastasia klappt den angerissenen fuchsiaroten Stoff hoch und steckt ihn unter ihrem BH-Träger fest. »Ich werde meinen Klienten anweisen, eine einstweilige Verfügung zu beantragen. Bitte gehen Sie jetzt.«

Ich drehe mich um und wanke das schmale Treppenhaus runter; meine Hand reibt die schmerzende Stelle, wo Reece seinen Finger in meine Brust gebohrt hat. In all den Jahren spielerischer Kämpfe hielten wir uns immer an unsere sorgsam ausgelotete Kunst, einander ohne bleibende Wirkung wehzutun. Gerade eben jedoch wollte er mir größtmöglichen Schmerz zufügen. Er hat recht – das eben, das war nicht mein Bruder Reece.

Der Regen hat aufgehört, und der Platz glänzt in dem grellen Sonnenlicht. Ich überquere die Straße zu der Grünfläche in der Mitte und breche auf einer nassen Parkbank hinter dem Zaun zusammen. Dann rufe ich Chris an.

»Ich bin's«, sage ich.

»Alles okay?«

»Je mehr ich herausfinde, desto weniger ... desto weniger weiß ich, wer ich bin ... wer überhaupt irgendwer ist.«

»Du meinst Reece?«

»Wie konnte er sich nur so verändern?«

»Was ist geschehen?«

»Dads Gedächtnis ist heute wie üblich hin- und gesprungen, aber dann hat er eine komische Bemerkung bezüglich Reece und Mum gemacht, also wollte ich herausfinden, ob Reece weiß, was er damit meinte. Doch er sah mich nur an wie eine Fremde und hat mir einen Stoß verpasst – richtig feste.«

»Was für ein Arsch«, sagt Chris.

»Ich habe das Gefühl, ganz nah an was dran zu sein, aber ich kriege es nicht richtig zu fassen.«

»Du musst jetzt durchatmen und irgendwas tun, um dich zu beruhigen. Versuch gar nicht erst zu verstehen, was du gerade denkst. Dein Hirn wird von selbst draufkommen, ohne dass du dich anstrengst. Als ich früher bei einer Ermittlung feststeckte, bin ich immer schwimmen gegangen.«

»Ich auch! In Brighton, im Meer.«

»Tja, das wird hier schwierig, aber mach etwas Ähnliches, irgendwas, wo du nicht grübeln kannst. Deine Gedanken werden sich von allein fügen, okay? Hannah?«

»Ja.« Ich nicke. »Du hast recht. Danke.«

»Wir telefonieren bald?«

»Ja.«

Ich stelle mir vor, wie Reece in seinen herrlichen weißen Palast zurückkehrt, sich in seinen bequemen weißen Sessel setzt und zu seinem erquicklichen roten Rothko-Kunstdruck hochblickt. Vielleicht kann ich ja auch Frieden in diesem Bild finden, das er so liebt. Ich google »Gemälde Rothko«, klicke den Bilder-Tab an und scrolle mich durch die sich endlos wiederholenden Farbblöcke. Reece' besondere rote Rechtecke kann ich nirgends finden und will beinahe schon aufgeben, aber plötzlich entdecke ich sie – auf einer Webseite namens »Last Ever Paintings«. Meine Brust schnürt sich zusammen.

Ich klicke den Link an. Ja, es ist das Gemälde – exakt die gleichen leuchtend roten Rechtecke, so kräftig und lebensbejahend. Wie bitte kann das Rothkos letztes Gemälde sein, wo er doch so viele andere, um einiges deprimierendere Bilder gemalt hat? Ich lese den Begleittext: *Untitled 1970 – Das pulsierende Rot steht in merklichem Kontrast zu den trüberen Braun-, Schwarz- und Rosttönen seiner vorangehenden Werke. Doch obgleich es so lebendig und dynamisch wirkt, ist dieses letzte Gemälde Rothkos alles andere als das. Am 25. Februar 1970 fand Rothkos Assistent den Künstler tot auf dem Küchenboden liegend vor, blutüberströmt, dieses Gemälde nur wenige Schritte entfernt. Er hatte eine Überdosis Barbiturate eingenommen und sich mit einer Rasierklinge die Pulsader an seinem rechten Handgelenk aufgeschnitten. Es gab keinen Abschiedsbrief, aber vielleicht war es diese intensive Komposition, gemalt in den Tönen verschmierten Blutes, die seine letzten Gefühle ausdrückte.*

Warum um alles in der Welt hat Reece genau dieses Gemälde mit seinen suizidalen Konnotationen ausgesucht, um es sich über den Kamin zu hängen und jeden Tag anzuglotzen? Hat es was mit Mum zu tun? Oder mit ihm selbst? Er führt das perfekte Traumleben, warum sollte er Selbstmordgedanken hegen?

Verwirrt blicke ich auf und ducke mich rasch weg, als ich Reece aus Anastasias Bürogebäude treten sehe. Ich befinde mich auf der Straßenseite gegenüber, verdeckt durch den Zaun und ein paar Büsche, also sieht er mich nicht. Er schlägt den Kragen seiner

Jacke hoch, schiebt die Mütze tiefer ins Gesicht und blickt sich verstohlen um; dann begibt er sich mit seinem vertrauten schlendernden Gang zur Tottenham Court Road.

Was verbirgt er?

KAPITEL FÜNFUNDZWANZIG

Daheim kippe ich als Erstes den Papiereimer in Mums Schlafzimmer aus und durchwühle den Inhalt auf der Suche nach dem zusammengeknüllten Taschentuch mit Reece' Haaren aus dem Garderobenwohnwagen. Ich muss wissen, ob Reece und ich zu hundert Prozent Bruder und Schwester sind. Also schicke ich diesmal eins von Dads dünnen grauen Haaren gemeinsam mit einem ungebleichten von mir, das ich aus einer Bürste zupfe, und Reece' dunkel gelockten Haaren los. Eigentlich bin ich mir sicher, in der Vergangenheit Eigenarten und Spuren von Dad in Reece und mir gesehen zu haben, aber womöglich war das nur meine Einbildung, die wieder mal versuchte, Muster zu finden, um das vorausgesetzte Ergebnis zu erfüllen.

Mein Magen krampft, meine Haut kribbelt wie verrückt, aber Chris hatte recht: Mein Hirn geht mit mir durch. Reece hat die Vorsorgevollmacht an sich gerissen, weil ich der Sache zu nahe kam. Offenbar weiß er viel mehr über Mums Tod, als er mir gegenüber durchblicken ließ. Deswegen kommt er auch nicht hierher zurück, an den Ort des Verbrechens, deswegen beharrt er ohne Erklärung auf Dads Schuld – und deswegen will er mich hier rausschmeißen und von Dad abschneiden. Ich muss mit jemandem reden, der Reece wirklich kennt, um einen anderen Blick auf ihn zu bekommen.

Ich wähle Mrs Roberts' Nummer, und sie nimmt sofort ab.

»Hannah?«

»Ich ... ich ...«, stammle ich schluchzend.

»Ich komme vorbei, bleib, wo du bist.«

Ich öffne die Haustür, und sie drückt mich an sich. »Ist ja gut, ist ja gut, komm, lass uns hinsetzen.«

Wir gehen in die Küche und hocken uns an den Esstisch.

»Was bedrückt dich?«, sagt sie sanft.

»Okay. Ich weiß, das klingt jetzt absurd, aber glaubst du … dass Reece mehr über Mums Tod wissen könnte, als er durchblicken lässt?«

Sie legt den Kopf schief und wirkt verdutzt. »Wie kommst du denn darauf?«

»Ich …« Als ich die Worte ausspreche und ihre Bestürzung sehe, fühle ich Scham und Erleichterung zugleich. »Es ist nur so, dass Reece seit Jahren nicht das geringste Interesse an Dad gezeigt hat, im Grunde seit er nach Cambridge gegangen ist, nicht mehr, aber kaum fange ich an, mich damit zu befassen, was mit Mum passiert ist, hat Reece auch schon die Vorsorgevollmacht für ihn an sich gerissen und mich komplett rausgedrängt. Außerdem ist er so distanziert … sogar aggressiv. Und dann hat Dad heute etwas Seltsames über Reece gesagt.«

»Was denn?«

»Er meinte, dass ein gewisser ›er‹ nicht schuld daran sei – und ich bin sicher, er meinte Reece damit. Also trägt Reece an irgendwas nicht die Schuld – aber was?«

»Dein Dad ist zuweilen sehr verwirrt und springt von einem Gedanken zum nächsten. Seine Worte haben keinen Zusammenhang, wohingegen du versuchst, eine Ordnung darin auszumachen. Wie diese Tintenkleckstests, bei denen jeder was anderes erkennt – also ich sehe immer Fledermäuse!«

»Ist dir nie der Gedanke gekommen, dass Reece … dass er etwas Düsteres an sich hat?«

Sie wendet den Blick ab.

»Was?«, frage ich scharf.

»Nichts«, erwidert sie, an den Maschen ihres Strickpullovers zupfend.

»Was nichts?«

»Ich ...« Sie steht abrupt auf und geht zur Terrassentür. Als sie sich nicht umdreht, folge ich ihr und stelle mich neben sie. Sie blickt zu den Bäumen hinaus, die sich dunkel vor dem Himmel abzeichnen.

»Ich war mir unschlüssig, ob ich mit dir über all das reden sollte«, beginnt sie langsam, »aber ich nehme an, jetzt muss ich es.«

Ich sage nichts.

»Als du zur Welt kamst, waren Philip und ich von Anfang an sehr vorsichtig. Ich habe mich vom ersten Tag an um dich gekümmert. Du hast all die Zuwendung und Liebe bekommen, die ein Kind in diesem Alter braucht. In jedem Alter. Aber davor, mit Reece, da war uns nicht klar ...«

»Was?«

Sie blickt ernst zu mir, bevor sie fortfährt: »In dem Monat nach seiner Geburt sah ich Jen mit ihm im Garten sitzen und ging erst davon aus, dass sie zurechtkam. Aber Reece wirkte so kränklich und weinte ständig. Ich schaute immer wieder vorbei, doch sie meinte, es ginge ihr gut. Dein Dad machte sich wirklich Sorgen. Wenn er da war, morgens und abends, erledigte er die ganze Arbeit rund um das Baby, aber er musste natürlich zur Uni, also war sie tagsüber mit Reece allein daheim. Zwei Monate später bekam Philip einen Anruf von Jen im Büro und hörte sie aufschreien – dann war die Leitung tot. Als er zurückrief, ging niemand ran. Er bekam Panik und versuchte, mich zu erreichen, aber ich war an dem Tag unterwegs, also fuhr er überstürzt heim.«

Sie schluckt, doch ich nicke, damit sie fortfährt.

»Er fand sie im Wohnzimmer sitzend vor – blutüberströmt. Sie wiegte sich vor und zurück, ein Küchenmesser vor sich auf dem Boden, neben Reece, der ebenfalls voller Blut war und wie am Spieß schrie.«

Ich fasse mir an den Hals, bedeute Mrs Roberts jedoch, fortzufahren.

»Philip rief den Notarzt, verband Jens Handgelenk und suchte Reece hektisch nach Wunden ab, fand jedoch nichts. Sie hatte Glück, der Schnitt war nicht allzu tief. Das Krankenhaus diagnostizierte eine schwere Wochenbettdepression; sie bekam starke Medikamente und einen Therapeuten, und ich erklärte mich bereit, auf Reece aufzupassen. Reece hatte keine Verletzungen davongetragen, aber er war unterernährt und apathisch. Jen gab dem Therapeuten gegenüber zu, dass sie Reece jeden Tag oben eingeschlossen hatte, ungefüttert und in seinem eigenen Schmutz, weil sie Angst davor hatte, was sie ihm antun könnte. Und dann, an jenem Tag, erreichte sie den Punkt, wo sie dachte, die Welt sei ohne sie besser dran.« Mrs Roberts nimmt ein paar tiefe Atemzüge und sammelt sich. »Mit unser aller Hilfe ging es ihr allmählich wieder besser. Reece nahm an Gewicht zu, und ich tat mein Bestes, ihm Liebe zu vermitteln, aber ... Nun ja, diese ersten Monate massiver Vernachlässigung in einer entscheidenden Phase, in der Kinder Bindungen aufbauen müssen ... und dann der Anblick seiner blutüberströmten Mutter ...« Sie schüttelt sich. »Ich sagte mir damals, dass er noch so klein gewesen war, dass er keine langfristigen Schäden davontragen würde. Und in vielerlei Hinsicht wuchs er zu einem lieben Kind und einem anständigen jungen Mann heran. Aber ...«

»Aber was?«

»Ich will hier nichts aufbauschen – und, na ja, ich nehme an, es ist der Grund, warum er ein so guter Schauspieler wurde –, aber Reece ist durchaus kompliziert, manipulativ und impulsiv.«

Ich ziehe ein Gesicht.

»Nein, es ist wahr. Als Jugendlicher ist er oft mit deinem Vater aneinandergeraten, weit über das Übliche hinaus, er begab sich ständig in Auseinandersetzungen, bis er lernte, es zu kontrollieren – was auch immer es war – und das zu sein, was die Leute von ihm wollten. Deine Mutter nahm ihn immer in Schutz, sagte, er sei eine Künstlernatur. Sie waren so eng. Und dann, als er sie verlor – seine Beschützerin, seine Seelenverwandte –, da zerstörte ihn das.« Sie wendet sich zu mir um. »Was ich damit wohl sagen will, ist, dass du ihm vergeben musst für all die Mauern, die er aufrichtet. Natürlich will er nicht, dass du dich mit dem Mord beschäftigst, weil es zu schmerzhaft für ihn ist. Aber das ist auch schon alles … nichts Finsteres oder Böses.«

Ich spüre, wie etwas jenseits aller Worte in mir aufsteigt. »Aber dass Reece so hartnäckig darauf besteht, dass Dad es getan hat, wäre das nicht die perfekte Tarnung – falls er damit zu tun hatte?«, sage ich langsam. Der Gedanke ist so schlüpfrig, dass ich ihn nicht so recht zu fassen bekomme. Ich muss an etwas denken, das Dad mir einmal sagte: »Wir können nicht außerhalb der Dimensionen denken, die unser Geist uns gewährt, aber die Welt könnte über mehr Dimensionen verfügen, als wir erfassen können.«

»Nein, meine Güte, das wollte ich damit nicht andeuten«, sagt Mrs Roberts. »Natürlich hatte er nichts mit dem Tod eurer Mutter zu tun. Ich meine damit, dass das Erlebnis ihn stärker traumatisiert hat als irgendwen sonst, wegen des schwierigen Starts, den er erwischt hat.«

»Aber Reece war so merkwürdig nach Mums Tod, hat komplett dichtgemacht. Hast du denn nie …?«

»Du machst mir Angst«, sagt sie mit zittriger Stimme.

»Aber wäre es möglich?«

»Ich kann nicht …« Sie schluckt. »Am Abend, nachdem deine

Mutter beerdigt wurde, waren wir da im Garten«, sagt sie mit ihrer Hand nach draußen deutend, »und Reece hatte viel zu viel getrunken. Er sprühte förmlich vor Zorn. Ich wollte meinen Arm um seine Schultern legen, doch er schüttelte mich grob ab und sagte: ›Hast du nie gedacht, dass sie es vielleicht … verdient hat?‹. Seine Stimme war so kalt. Ich war wirklich geschockt. Am nächsten Tag zog er nach Cambridge fort. Aber das heißt nicht, dass er damit zu tun hatte.«

Sie zwingt mich förmlich, zu widersprechen.

»Es würde alles Sinn ergeben«, sage ich langsam, »wenn er es getan hätte.«

Sie schüttelt den Kopf.

»Und wenn es wahr ist, dann ist er ungeschoren davongekommen«, schiebe ich hinterher.

»Aber …« Sie fährt sich mit den Händen durchs Haar, wobei die rechte Hand in einem Knoten hängen bleibt, an dem sie reißt. »Falls, und das ist äußerst unwahrscheinlich, aber falls er damit zu tun hatte, hätte das an dem Stress der ersten Lebensmonate gelegen, verstärkt durch die pubertären Hormone, die zu einem kurzzeitigen Aussetzer führten.« Sie saugt scharf die Luft ein. »Er ist wie mein eigener Sohn«, fährt sie verzweifelt fort. »Er hat sich ein gutes Leben aufgebaut. Warum solltest du das zerstören wollen?«

»Ich?«, erwidere ich fassungslos.

»Wenn du weiter in der Vergangenheit gräbst, wenn du ihn zur Rede stellst – falls da auch nur die geringste Möglichkeit besteht, dass es stimmt … wirst du sein Leben zerstören.« Sie umklammert meine Hände. »Du warst von euch beiden die Glückliche, die später in eurer Familie aufwachsen durfte – du musst das hinter dir lassen.«

Ich starre sie ungläubig an. *Ich, die Glückliche?*

»Natürlich stimmt es nicht – aber willst du wirklich das Risiko eingehen?«, fährt sie fort, während sie langsam zum Tisch zurückkehrt und sich auf einen Stuhl fallen lässt. Ich folge ihr, besorgt, wie bleich sie auf einmal geworden ist.

»Es tut mir leid«, sage ich sanft und gehe vor ihr auf die Knie. »Alles in Ordnung?«

Sie hustet und räuspert sich. »Das ist doch absurd. Wir lassen zu, dass die Fantasie mit uns durchgeht«, stößt sie keuchend aus.

»Du hast recht«, lenke ich ein, um ihre Panik einzudämmen. »Es tut mir leid. Ich war einfach viel zu lang allein. Du solltest heimgehen und dich etwas hinlegen ...«

Sie lächelt matt und tätschelt meine Hand. »Ja, das mache ich vielleicht. Kommst du zurecht?«

Ich nicke, und sie steht mühsam auf, küsst mich auf die Stirn und schleppt sich dann hinaus, wobei sie zehn Jahre älter aussieht als bei ihrem Eintreffen vorhin.

Ich, die Glückliche? Ist denn jetzt alles verkehrt?

Als Kind war ich oft so gefrustet von den Hausaufgaben, so erbost, dass man mir nicht genug Informationen gegeben hatte, um die Dichte irgendeines dummen Gases herzuleiten, dass ich mit meinem gespitzten 2HB-Bleistift auf mein Übungsheft einstocherte und kleine Krater hineinbohrte, bis die Mine abbrach. Dad schüttelte dann den Kopf, während er mir einen frischen weißen Bogen Papier reichte.

»Komm schon, Hannah, vergiss, was du meinst zu wissen, und fang ganz woanders an. Was hat Einstein gesagt?«

Ich verdrehe die Augen, während ich seinen Ratschlag nachplapperte: »Die Definition von Wahnsinn ist, immer wieder das Gleiche zu tun und andere Ergebnisse zu erwarten.«

Vielleicht muss ich also an einem anderen Punkt ansetzen. Ich bin es so leid, mein Autoscooter-Gehirn im Kreis zu lenken und ständig nur die Gummibande der Fahrbahn zu rammen, das Lenkrad wieder in die entgegengesetzte Richtung herumzureißen und das Pedal bis zum schmuddeligen Boden durchzudrücken. Mir war klar, dass mein Autoscooter abseits der Bahn, getrennt von der funkensprühenden Elektrizität des Metallgitters über mir, nicht funktionieren würde, aber ich kam nie auf die Idee, den Wagen zu verlassen.

Jetzt jedoch ziehe ich den zerfransten Sicherheitsgurt über meinen Kopf, schäle meinen zusammengekauerten Körper aus dem niedrigen schwarzen Sitz und klettere aus dem Auto.

Reece ist nicht auf meiner Seite.

Ich marschiere über den zerschrammten Boden der Bahn, trete über die Gummibande hinweg und spaziere über das verfilzte, sonnengetrocknete Gras zwischen den Fahrgeschäften davon.

Reece weiß mehr über Mums Tod, als er mir verrät.

Ich schaue ein letztes Mal zu den bunt blinkenden Autoscooter-Lichtern zurück, schiebe mich dann durchs Drehkreuz und verlasse den Rummelplatz.

Reece hat Mum getötet.

Ich war durch Reece' Zorn auf Dad so fehlgeleitet gewesen. So festgefahren durch meine eigene Überzeugung, dass Reece Mum geliebt habe. So verblendet von meinem Glauben, dass mein Bruder ein besserer Mensch sei als ich.

Nach Reece' Lesung habe ich mich selbst wegen meiner reflexhaften Opferhaltung gerügt, dafür, mir eingebildet zu haben, dass Reece direkt zu mir sprach, mich verhöhnte, indem er sagte, dass er nicht den Fehler beging, sein Leben damit zu verbringen, nach hinten zu schauen.

Aber was, wenn er das alles *vor allem* für mich geschrieben hat?

Reece hat seine Autobiografie *Solving Me* genannt. Ich habe mich über seine Ichbezogenheit aufgeregt, aber was wenn es sich bei dem Titel gar nicht um theatralische Selbstverherrlichung handelt? Was wenn es eine direkte Herausforderung ist? An mich?

Was wenn Reece sich die ganze Zeit in voller Sicht verborgen gehalten hat? Und sich für so clever und mich für so dumm hielt, dass ich niemals die Wahrheit erkennen würde?

Die, dass er Mum umgebracht hat.

KAPITEL SECHSUNDZWANZIG

Als wir noch klein waren, schaffte ich es kaum je, Reece bei unseren Spielen im Wald zu schlagen. Bei den rein körperlichen Herausforderungen war er einfach um Längen besser: die Wettrennen; das exzessive auf einem Bein Hüpfen, bis zum betäubten Zusammenbruch; das allzeit beliebte Versteckspiel, bei dem er mich finden, fangen und mit dem Finger in die Seite stupsen musste, wobei er immer kreischte: »Ich stech dich durch, bis ich wieder rauskomme!«

Bei den mentalen Ausdauerspielen hingegen schlug ich mich hervorragend: die Nicht-blinzeln-Wettbewerbe mit aufgerissenen Augen; das superschmerzhafte Haare-einzeln-Rausreißen; und bei der Kitzel-Folter besiegte ich ihn praktisch immer.

Der Erfolg bei der Kitzel-Folter liegt allein in der Vorbereitung.

Wird man unversehens vom Kitzeln überrascht – vergiss es, man ist verloren.

Zu wissen, was kommt, macht es noch viel schlimmer. Man nimmt die nahende Tortur vorweg, spannt die Muskeln an und erhöht die Empfindlichkeit, bestätigt damit das unausweichliche Scheitern. Und beim ersten Zucken eines Fingers – BÄMM – überrollt einen die entsetzliche, alles beherrschende, praktisch unerträgliche Intensität, und man hechtet kreischend davon.

Aber man kann gewinnen. *Wenn* man weiß, dass es kommt, und *wenn* man sich vorbereitet. Ich legte mich barfuß auf einer abgelegenen Stelle im Wald hin, während Reece sich Zeit ließ, mich zu umkreisen.

»Gott, wie kannst du auf diesen rosa Schweinsfüßen nur laufen – *grunz, grunz*«, spottete er, meine Füße inspizierend.

»Besser als deine Lulatsch-Latschen, *ha, ha, ha*«, gab ich zurück.

Dann schlängelte er mit seinen genauso langen Fingern über mein Gesicht, um die Spannung zu erhöhen. Aber ich atmete nur aus, ließ meine Füße nach außen sacken und entkoppelte alle meine Muskeln. Nicht einfach nur locker hängen lassen. Ich sammelte mich innerlich, erhob mich komplett aus meinem eigenen Körper und blieb über meinem Kopf in der Baumkrone sitzen.

»Bereit?«, fragte dann Reece mit einem Feixen.

»Leg schon los«, feixte ich zurück.

Und – *wuusch* – sauste Reece nieder und scharrte mit seinen Fingern über meine nackten Sohlen wie ein Hund, der hektisch nach einem Knochen gräbt. Mein alter Körper registrierte die harkenden Bewegungen seiner Finger, aber dann rief ich mir in Erinnerung, dass diese unerträglichen Empfindungen bloß an meiner abgelegten Hülle stattfanden: »Ich bin hier«, sagte ich mir, »hallihallo, hier oben. Die da unten ist nicht ich.«

»Wie machst du das?«, fragte er dann schmollend und kitzelte nur noch wilder. Ich quittierte es mit einem gelangweilten Schulterzucken. Schließlich gab er mit einem Schnauben auf, und ich konnte triumphierend wieder in meine alte Hülle schlüpfen.

Um Reece heute zu schlagen, werde ich vorausdenken und mich komplett aus meinem Körper herausnehmen müssen, damit ich ihn manipulieren und selbst unversehrt bleiben kann. Ich habe mich verkleidet, um Dad zu jenem Tag in der Vergangenheit zurückzubefördern – wo ich doch die ganze Zeit über hätte versuchen sollen, Reece dorthin zurückzubringen. Und ich muss es jetzt tun, bevor er mich hier rauswirft. Ich habe bei seiner Agentin die Macht meiner schlampigen Mum-Imitation auf ihn gesehen. Nun muss ich aufs Ganze gehen.

Ich muss für Reece zu Mum werden.

An nächsten Morgen liegt ein neuer dicker Umschlag auf dem Türvorleger. Das zweite DNA-Ergebnis: **übereinstimmende *Geschwister-DNA mütterlicherseits; unterschiedliche Geschwister-DNA väterlicherseits; Vaterschaft bei beiden Geschwistern zu 100 % ausgeschlossen.*** Reece und ich haben verschiedene Väter, und keiner von beiden ist »Dad«. Habe ich immer schon gewusst, dass wir nicht ganz Bruder und Schwester sind? Weder biologisch noch was die Erziehung betrifft. Unterschiedliche DNA schwirrt durch jede einzelne unserer Zellen, und obwohl wir im selben Haus aufgewachsen sind, haben wir unterschiedliche Kindheiten erlebt. Wer ist er, und wozu ist er in der Lage?

»Reece kommt heute vielleicht vorbei«, sage ich zu Dad, als ich ihm seine Frühstücksflocken bringe.

Er nickt. Ich weiß nicht, ob er es versteht.

»Der verlorene Sohn kommt endlich nach Hause.«

Ich checke meine Tracking-App, um nachzusehen, wo Reece sich gegenwärtig aufhält, und er ist in seinem Privatpalast in Chelsea. Ich checke die Google-Alerts, ob es Neuigkeiten von ihm gibt, aber er ist für keine öffentlichen Events gebucht. Es heißt: jetzt oder nie. Da ist kein Boden mehr unter meinen Füßen. Ich befinde mich im freien Fall.

Den Vormittag verbringe ich mit Einkäufen, danach schwelge ich in Mums Badeölen. Beim Mittagessen formuliere ich eine WhatsApp an Reece, um ihn herzulocken. Ich könnte behaupten, Dad sei verstorben, aber er wäre nur erleichtert, dass alles vorbei ist. Jegliche Bitten um Hilfe würden abgeschmettert werden. Schließlich verlege ich mich auf: *Dad hat deine Beteiligung an Mums Tod zugegeben. Wenn du was dazu zu sagen hast, ich bin gegen 17:30 Uhr zu Hause. Wie auch immer, morgen gehe ich zur Polizei. Hannah.*

Ich will nicht, dass er früher kommt. Halb sechs war die Uhrzeit, als ich damals heimkam und auf Mum, Dad und Reece traf, die sich tödliche Blicke zuwarfen, bevor Mum überstürzt das Haus verließ, dicht gefolgt von Reece. Das war der Moment, in dem alles merkwürdig kippte und wo Reece in seiner Autobiografie anfing zu lügen. Ich schaue zu, als die kleinen Häkchen am Ende der Nachricht erscheinen.

Ein Häkchen, Nachricht gesendet.

Zweites Häkchen, Nachricht empfangen.

Die Häkchen werden blau, die Nachricht wurde gelesen.

Aber keine Antwort.

Ich habe noch ein paar Stunden, um mich vorzubereiten. Angenommen, er kommt.

Ich muss alle fünf Sinne ansprechen, um die volle Wirkung zu erzielen.

Sehen – check. Das Haus sieht geradezu unheimlich aus wie an jenem Nachmittag. Ich habe alles weggeräumt, was damals nicht da war: meinen ganzen Erwachsenenkram, Klamotten, Bücher, Taschen sowie Dads neue Utensilien, Gehstock, Pillendose, Pillentrenner, Bettpfanne, Windeln – alles bis aufs Krankenbett, das ich so weit ins Eck schiebe wie möglich. Den Großteil des Betts bedecke ich mit einer uralten Wolldecke. Dad schaut perplex zu. Zum ersten Mal überhaupt bin ich froh, dass er diesen Ort wie ein Mausoleum erhalten hat, bereit für den heutigen Tag.

Hören – check. Im Haus herrscht die gleiche bleierne Stille, unterbrochen nur vom gelegentlichen Verkehrsrauschen meiner Kindheit. Ich lege für Reece' Ankunft Mums »Wagner-Klassiker« und Madonna-CDs neben die Musikanlage. Für den Moment lasse ich auf meinem Handy Dads Musik aus der Zeit laufen – Nirvana, Green Day, Blur.

Tasten – check. Sämtliche Oberflächen sind eine Braille-Landkarte unserer Jugend: das klobige Sofa mit den glänzenden abgewetzten Stellen im Bezug, die Parkettdielen, der schwere Samt der Vorhänge. Ich kann keine Hand irgendwo ablegen, ohne dass eine Erinnerung meinen Ärmel hochkriecht. Dad streichelt Attrappen-Schro auf seiner flauschigen Tottenham-Hotspurs-Decke. Und weil das kühle Wetter heute genauso ist wie an jenem Freitag im Oktober, fühlt es sich sogar an, als würden sich meine Härchen in der gleichen Luft aufstellen.

Riechen – check. Ihr Parfum werde ich erst später auftragen. Des exotischen Duftes wegen habe ich einen Haufen Quitten in die Schale auf dem Sofatisch gelegt. Ich habe Makrele gebraten, den Grill gereinigt, um den Gestank zu beseitigen, und den Fisch für später luftdicht in einer Tupperdose verpackt. Mums liebste *Embassy*-Zigaretten konnte ich nicht finden, aber ich nehme einen Aschenbecher mit nach draußen und rauche mehrere *Benson & Hedges*, wobei ich sorgfältig die Asche sammle und dann den vollen Aschenbecher ebenfalls in einer Tupperdose verschließe. Ich möchte meine Hände waschen und meine Zähne putzen, aber ich lasse das vertraute holzige Aroma an mir verweilen.

Schmecken – check. Ich habe einen Teller mit Keksen von früher bereitgestellt: Bourneville, Custard Creams, Jaffa Cakes. Nicht, dass irgendwer von uns was essen wird. Aber Geschmack wird auch durch Gedanken und Erinnerungen heraufbeschworen. Der Speichel schießt mir in den Mund, als ich die Folienverpackung von ein paar Tunnock's Teacakes entferne. Außerdem habe ich Honig und Pfannkuchen für Reece' Ankunft bereitstehen.

Ich muss die ganze Zeit aufs Klo rennen, so nervös bin ich. Auf einem von Mums Kirchenschildern steht: GIB NICHT AUF – AUCH MOSES HAT SICH MAL TREIBEN LASSEN. Oh, nein, ich gebe nicht auf. Ich bin voll dabei. Kommt nur her.

Sobald die Kulisse steht, erwecke ich sorgsam Mum wieder

zum Leben. Ich lackiere mir die Zehennägel knallrot und ziehe ihren silbernen Zehenring über; ich lege ihr volles Make-up auf – die glatte blasse Grundierung, den dicken schwarzen Eyeliner, mehrere Lagen Wimperntusche, einen Hauch Rouge und, ihr Markenzeichen, den knallroten Lippenstift. Ich toupiere mein Haar krass auf, da Mum an jenem Tag so eine wilde, zerzauste Mähne hatte. Auf meinem Handy läuft »Zombie« von den Cranberries, und ich singe lauthals mit, spüre, wie Mum den Song mit mir rausschmettert, während sie im Spiegel mit mir verschmilzt.

Die Klamotten, die Mum an jenem Tag trug, wurden zu forensischen Zwecken einbehalten und liegen, zweifellos eingetütet und beschriftet, immer noch im Lagerraum irgendeiner Polizeidienststelle, aber ich suche das zusammen, das dem, was sie an jenem letzten Morgen anhatte, am nächsten kommt: eine cremefarbene Bluse mit zartem, filigranem Halsausschnitt und ein pastellgrüner Rock. Das Outfit ist beinahe identisch mit jenem, das sie beim Frühstück und beim Auffinden ihrer Leiche anhatte. Ich bereite zudem die Kleidung vor, die sie am Nachmittag trug, und verstecke sie im Flurschrank.

Ich habe mir sogar ein neues Fläschchen Chanel No. 5 gekauft, unfassbar teuer, selbst in der kleinsten Ausführung, aber es ist sein Geld wert, denn der pudrige Duft ist um einiges stärker und üppiger als Mums verbliebener Rest. Als ich das Parfüm schließlich auflege, ist es, als hätte ich ihren Geist aus der Flasche befreit.

Um fünfzehn Uhr dreißig bleiben mir noch zwei Stunden. Ich checke Reece' Standort auf der App. Er hat die Wohnung verlassen. Ich betrachte sein Pünktchen eingehend. Geht er einen Kaffee trinken? Aber nein, er bewegt sich Richtung U-Bahn-Station. Falls er herfährt, könnte er in nicht mal einer Stunde da sein. Ich beeile mich mit den Vorbereitungen, werfe eine von Mums fransenbesetzten Handtaschen auf den Wohnzimmerboden und stelle ein paar Weinflaschen neben dem Sofa auf, während ich immer wieder Reece' Position überprüfe. Eine halbe Stunde lang ist er vom Radar verschwunden – unter der Erde vielleicht? Dann blinkt er plötzlich wieder auf – Haltestelle Highgate. Es ist erst sechzehn Uhr dreißig – Reece kommt, während er denkt, dass ich außer Haus bin. Er ist nur wenige Straßen entfernt und kommt auf uns zu. Ich habe maximal zehn Minuten, falls er zu Fuß unterwegs ist.

»Okay, Dad, die Show beginnt. Sollen wir dich ordentlich hinsetzen, um unseren Gast zu empfangen?«

»Hmmm?«

Dad ist geistig woanders, aber er widersetzt sich nicht. Sobald er auf seinem Platz auf dem Sofa hockt, ziehe ich die schweren Vorhänge zurück, sodass das Wohnzimmer in helles Sonnenlicht gebadet wird.

Ich gehe ein letztes nervöses Mal im Erdgeschoss-Klo pinkeln; beim Rausgehen bleibt mein Blick über der Tür hängen und ich lese: WAS FEHLT IN DER K-R—E? DAS I-CH. Tja, heute Abend aber keine Kirche, Mum. Du bist jetzt hier, bereit für die Party.

Ich schiebe zwei gekaufte Pfannkuchen in den Toaster, und als sie wieder herausspringen, trage ich sie samt einer Plastikflasche Akazienhonig ins Wohnzimmer. Ich entferne Dads Nirvana-CD und lege Mums Wagner ein, als ich auch schon Reece' Punkt vor dem Haus leuchten sehe.

Er ist da.

Ich spule die Musik auf die zwanzigste Minute vor, sodass Mums Lieblingsstelle genau dann erreicht wird, wenn Reece reinkommt – das Stück, das Mum in dem Sommer ihres Todes immer und immer wieder spielte: Das Ende des Liebesduetts aus *Tristan & Isolde, 2. Akt*, »O sink hernieder, Nacht der Liebe«.

Ich bleibe neben der Wohnzimmertür am CD-Player stehen. Die Musik wirbelt und wogt durch den Raum; die Stimmen überlagern sich, während sie umeinander kreisen und verschmelzen, Welle um Welle schwillt die Musik orgasmisch Richtung Höhepunkt.

Ich höre Reece' Schlüssel in der Haustür. Er klingelt nicht? Ich drücke auf meinem Handy auf Aufnahme und schiebe es in meine Rocktasche. Die Tür geht knarzend auf. Schritte bewegen sich über den Flur. Ich blicke zu dem zerkratzten knollenartigen Türknauf und schaue zu, als das geschwärzte Metall sich langsam dreht. Reece wird von der Tür verdeckt, als sie aufgeht, aber ich beobachte ihn durch den Spalt und spähe dann daran vorbei, als er den Raum betritt. Er trägt einen engen schwarzen Jogginganzug, eine schwarze Mütze und hat eine schwarze Sporttasche bei sich. Er blickt direkt Dad an und bemerkt meine Anwesenheit hinter sich nicht.

»Hi, Dad«, grüßt er und übertönt mit seiner Stimme die Musik.

»Reece?«, sagt Dad und hebt die Hand an die Augen, wie um sie abzuschirmen.

»Tja, ich habe gehört, du hast mit Hannah geplaudert.« Dad kräuselt die Stirn, und Reece beugt sich vor. »Hast du mich gehört?«, fragt er kühl. Er richtet sich auf. »Warum lässt du diese dämliche Musik laufen? So kann doch kein Mensch klar denken.« Er dreht sich zu dem CD-Player hinter sich.

»Hi, Reece«, hauche ich in Mums Stimmfall.

»Was zur Hölle …«, stößt er aus.

»Du bist früh zurück, mein Schatz«, imitiere ich Mum.

Er weicht zurück, als ich die Arme über den Kopf strecke, so wie Mum es immer an dieser Stelle dieser absurd sexuellen Musik tat. Ich schwinge mein Haar nach hinten, biege und wölbe meinen gesamten Körper, ein breites Grinsen in meinem Gesicht. Reece versucht, zur Anlage zu gelangen, aber ich tanze vor ihm her und drehe die Lautstärke noch auf. Die Musik entlädt sich in einem letzten krachenden Akkord.

In der darauffolgenden Stille drehe ich mich zu Reece um. »Na, hat es dir den Atem geraubt?«, frage ich. »So wie dem armen Schro übrigens, er wurde diese Woche eingeschläfert – das einzig anständige Mitglied dieser Familie ist nun fort. Wobei du das wahrscheinlich von deinen heimlichen Besuchen hier weißt.«

»Wovon redest du? Ich war seit der Uni nicht mehr hier, das habe ich dir gesagt. Hannah …«

»Ich bin nicht Hannah, siehst du das nicht?«

Er runzelt die Stirn. »Hör zu, du bist total am Abdriften, lass mich dir ein Wasser holen«, sagt er und macht sich auf den Weg zur Küche.

»Halt, Sohn!«, rufe ich, und er bleibt wie angewurzelt stehen. »Du bist krank.«

»Setz dich, Reecey«, sage ich unbeirrt, Mums Kosenamen für ihn verwendend.

Er lässt sich aufs Sofa fallen, ans andere Ende von Dad.

»Die Temperatur war ein wenig gefallen an jenem letzten Morgen, als Mum noch lebte«, beginne ich, als würde ich ein Märchen vorlesen. »Am Tag, bevor du nach Cambridge aufbrechen solltest. Ich hatte Schule, und ihr drei wolltet auf Shoppingtour gehen, um die letzten Einkäufe für die Uni zu erledigen. Aber am Morgen sagte Mum, sie habe nicht gut geschlafen und würde daher nicht wie geplant zum Einkaufen mitkommen. Dad wollte sie aufmuntern, und so machte er ihr, bevor wir alle aufbrachen, ihr Lieblingsfrühstück, bestehend aus Pfannkuchen mit Honig.« Ich öffne den Verschluss der Plastikflasche mit dem Honig und gieße ihn auf die vorgewärmten Pfannkuchen auf dem Sofatisch.

»Mhm, dieser köstliche, süße Geruch! Mum ließ Wagner laufen, wieder mal. Sie stand am Fenster und tanzte. Alles war ganz normal, das Zimmer hell, die Luft süß vom Honig – der letzte Augenblick von Normalität für unsere …«

»Warum bin ich hier?«, unterbricht Reece, doch ich ignoriere ihn.

»Nach unserem honigsüßen Frühstück bracht ihr beide in die Stadt auf, um dort einzukaufen und gemeinsam zu Mittag zu essen, während die kleine, brave Hannah fröhlich zur großen Schule davonspazierte.«

Reece blickt starr auf den Boden.

»Und nun zum Nachmittag«, verkünde ich heiter. Ich ziehe den Deckel von der Tupperdose mit den gegrillten Makrelen, und der Gestank zieht durch den Raum.

»Igitt, was ist das?«, sagt Reece, und Dad rümpft die Nase.

»Ja, das ist genau das Gesicht, das ich machte, als ich am Nachmittag heimkam – früher als gedacht, da der Chor ausgefallen war. Mum hatte sich zum Mittagessen Makrele gemacht und ihren fettigen Teller auf dem Küchentresen stehen lassen. Wir räumten ihn erst am Tag, nachdem ihre Leiche gefunden wurde, weg, und seither hasse ich diesen Geruch – als wäre es Mums Verwesungsgestank.«

»Grundgütiger«, murmelt Reece.

»Oh, die Vorhänge darf ich nicht vergessen«, fällt es mir ein, und ich ziehe sie beinahe ganz zu, sodass es düster wird im Zimmer – genau wie an jenem Nachmittag. Ich knipse die Art-déco-Lampe neben Dad an, und sie wirft ihren Fächer aus diffusem gelblich-grünem Licht, wie ich es erinnere, vor sich auf den Tisch.

»Und so kam die kleine, brave Hannah vom fünften Tag ihrer achten Klasse nach Hause, überglücklich, weil sie in den Matheförderkurs für besonders gute Schüler gekommen war. Sie kam hereinspaziert zu euch drei hier in dem Dämmerlicht mit der kleinen Lampe, die brannte, und niemand wollte was von ihren aufregenden Mathe-Neuigkeiten hören, nicht wahr? Oh, ich vergaß den Soundtrack.« Ich wechsle die CDs und lasse Madonnas gehauchtes »Justify My Love« laufen. Die langen Akkorde und das scheppernde Schlagzeug tönen durch den Raum. »Weißt du noch? Ihr standet beide genau da, vor dem Sofa, wo du gerade sitzt, und blicktet finster drein, während der ölig-schwere Geruch der gegrillten Makrele durch den dunklen Raum waberte – ach ja, und überall die verstreuten Flaschen«, sage ich und kicke mit dem Fuß die Reihe von Weinflaschen um, die ich neben dem Sofa aufgestellt hatte. »Und umgeworfene Aschenbecher«, füge ich hinzu, öffne die zweite Tupperdose mit der Zigarettenasche und kippe sie auf den Boden. »Und Mum? Sie ... *ich* ... stand hier und hatte mich aus irgendeinem Grund umgezogen und trug meinen weißen chinesischen Morgenmantel.«

»Rot«, platzt Reece heraus.

»*Ding, ding, ding* – volle Punktzahl, mein Sohn.«

»Ich bin nicht dein verdammter Sohn.«

Ich flitze in den Flur, reiße die Garderobentür auf und ziehe Mums langen roten Morgenmantel mit den weiten Ärmeln heraus; ich erschauere unter dem seidigen Stoff. Ich spaziere ins Wohnzimmer zurück, und beide sehen mich entsetzt an.

Dads Hände haben sich zu Fäusten geballt.

»Hör auf damit«, sagt Reece, »das ist grausam.«

»Ich, grausam?«, platze ich heraus. »Du bist doch eine Stunde zu früh hier, gekleidet wie ein Serienkiller.«

»Ich ... O Gott, nein, ich wollte nur nicht erkannt werden. Und ich wollte ohne dich mit Dad reden.«

»Ach, wirklich«, erwidere ich ironisch.

»Ja, wirklich. Was dachtest du ...?«

»Okidoki, und weiter geht's. Reece, du hast die CD ausgemacht, als du Hannah reinkommen sahst. Weißt du noch?« Ich drehe Madonnas Gestöhne ganz kurz auf, bevor ich es abrupt ausschalte. »Und ihr drei standet da, keiner sagte ein Wort. Dann verließ Mum das Zimmer. ›Also dann, Schätzchen‹, sagte sie zur kleinen, braven Hannah, als sie an ihr vorbeikam, und strich ihr übers Haar. Das war das letzte Mal, das Mum mich berührte. Dann blickte sie zu euch beiden zurück und sagte: ›Es war nichts‹, griff nach ihrer Handtasche, spazierte aus dem Zimmer und aus dem Haus. Nun denn, ich lege los: ›Es war nichts‹«, wiederhole ich und hebe die Fransentasche vom Boden auf. »Was war nichts?«, frage ich an die beiden gewandt und mustere ihre Gesichter.

Sie starren mich an.

Ich spaziere aus dem Zimmer, damit einer von ihnen reagiert. Aber da ist nur Stille.

Alles war sinnlos – ich werde es nie erfahren.

KAPITEL SIEBENUNDZWANZIG

»Du miese Schlampe. Tot wärst du besser dran!«, höre ich Dad auf der anderen Seite der Tür brüllen.

»Schhh, Dad.«

Ich kehre sofort ins Zimmer zurück. Reece sieht mich aus gehetzten Augen an.

»Du miese Schlampe«, murmelt Dad, worauf Reece' Blick unvermittelt nach oben links zuckt.

Zu den vielen Dingen, die Dad faszinierten, gehörte »Neurolinguistische Programmierung«, oder kurz NLP – »Wenn Menschen nach oben links schauen, erinnern sie sich gerade an ein tatsächliches Bild oder eine Erfahrung«, erklärte er mir mal.

»Du miese Schlampe«, wiederholt Dad. Reece fällt vor ihm auf die Knie.

Ich umklammere meinen Oberkörper, um mich selbst zusammenzuhalten.

»Ich werde es niemals verraten«, flüstert Dad, auf Reece hinabschauend, und tätschelt seinen Kopf. »Niemals.«

»Was ist geschehen?«, frage ich.

Dad sieht mich mit leerem Blick an.

»Was ist geschehen? Reece? Hast du … sie umgebracht?«

Seine Schultern fangen an zu beben, und ich denke schon, er weint. Aber dann erhebt er sich, und ein ätzendes Lachen steigt grollend aus ihm auf.

»Raus hier!« Er schiebt mich durch die Tür.

»Nein«, protestiere ich und stoße ihn zurück.

»Ich meine, raus aus dem Wohnzimmer«, sagt er mit einem

Blick zu Dad. »Lass ihn in Frieden. Ich werde es dir sagen, aber geh hier raus«, knurrt er, mich in den Flur bugsierend.

Ich stolpere mit ihm hinaus, wobei ich mir den Arm an der scharfen Türkante anschlage, doch ich bin unempfindlich für Schmerz. Was hat Reece getan? Was hat er vor?

»Du wirst keine Ruhe geben, solange ich es dir nicht erzählt habe, stimmt's?«, sagt er dumpf. Er sackt mit dem Rücken gegen die Wand, und ich lasse mich auf die Treppe nieder.

»Was für ein beschissener Fehler!«, schnaubt er.

»Was denn?«

Er hebt die Hand, damit ich schweige.

»Früher heimzukommen. Mum dachte, sie wäre an jenem Nachmittag allein«, sagt er mit einer hässlichen Grimasse. »Dad und ich sollten eigentlich noch was einkaufen, und ich wollte danach direkt zum Fußball. Dad hatte geplant, auf ein Konzert in die Wigmore Hall zu gehen, und du hattest Chorprobe nach der Schule. Sie dachte, sie hätte das ganze Haus für sich.« Er holt tief Luft, wappnet sich. »Aber nach unserem Mittagessen in der Stadt war Dad müde, also kürzten wir unsere Einkaufstour ab. Für Fußball war es zu früh, also gingen wir nach Hause, wobei wir den Weg durch den Wald nahmen, um durch das Gartentor reinzukommen. Wir diskutierten gerade die Aussichten für die Tottenham Hotspurs in der nächsten Saison.« Er stößt einen leisen Seufzer aus und lächelt. »Dad hatte sich richtig ins Zeug gelegt, um diesen Tag zu etwas ganz Besonderem zu machen, bevor ich zum Studieren wegzog; er hatte mir sogar diesen schicken neuen Badmintonschläger gekauft, dunkelblau mit Carbonlegierung, superleicht. Er war der Trendigste, den ich je gesehen hatte.« Er lächelt noch einmal, dann verdüstert sich sein Gesicht. »Es war gegen fünf und immer noch hell, als wir durch das Tor kamen, aber die Wohnzimmervorhänge waren zugezogen. Ich ließ den neuen Schläger auf meinem Handballen hüpfen, genoss das Ping-Geräusch der gespannten Saiten … Und dann fiel mir auf, dass ich zeitgleich zu etwas anderem klopfte … eine Art Rhythmus.« Er schaut zu mir. »Ich kam nicht dahinter, was es war. Irgendein Echo, das von der Mauer abprallte? Aber es ging weiter, auch als ich selbst mit dem Schlagen aufhörte. Quietsch, quietsch. Irgendeine Art … Sprungfeder? Als ich näher kam, hörte ich sie. Stöhnen.« Er schließt die Augen. »Ich öffnete die Wohnzimmertür, zog die Vorhänge zurück … und da waren sie. Er auf dem Sofa sitzend, sie rittlings auf ihm drauf.«

»Wer?«, wispere ich.

»Mum.«

»Mit?«

Er öffnet wieder die Augen und sieht mich unvermittelt an. »Marcus.«

Ich schüttle wie betäubt den Kopf.

»O ja«, er reckt das Kinn, »Marcus, unser aller Traummann. Dad kam hinter mir rein, und ich versuchte noch, mich ihm in den Weg zu stellen, zu verhindern, dass er es sieht, aber …« Er stößt ein leises Schnauben aus. »Die Leute labern immer von diesem Klischee, dass alles wie in Zeitlupe geschieht, aber es stimmt – ich sah die beiden, dann drehte ich den Kopf ein Stückchen und registrierte den Ausdruck auf Dads Gesicht, gerade als er sie erblickte, konnte förmlich zuschauen, wie er kapierte, was sich da vor ihm abspielte.« Reece hat sich in der Erinnerung verloren, wiederholt, wie er sich dreht, Dad sieht. »Die beiden hatten uns nicht mal bemerkt. Sie hüpfte einfach weiter mit fliegendem Haar auf ihm herum, und sie gaben dieses widerliche Stöhnen von sich. Wie brünftige Tiere, immer weiter … bis ich sie anbrüllte. Da hatte ich ihre Aufmerksamkeit. Marcus erstarrte. Und Mum – sie schien wie benebelt, sie … lächelte sogar.« Seine Stimme bricht.

Ich strecke meine Hand nach ihm aus, aber er winkt ungehalten ab, als müsse er ganz dringend alles rausbekommen, nun, da er angefangen hat.

»Sie sprang auf, und Marcus schnappte sich ein Kissen und hielt es vor sich wie in so einer beschissenen Verwechslungskomödie. Ich stürzte auf ihn zu, wobei ich Aschenbecher und Flaschen umstieß, und schlug ihm mit dem Badmintonschläger in seine Fresse.« Reece fegt mit der geballten Faust durch die Luft. »Er versuchte, mich abzuwehren, aber ich schlug immer wieder auf ihn ein, überall war Blut. Dann wich er aus, und ich traf die Kommode, wobei der Schläger zerbrach. Er sprang in seine Jeans und verpisste sich.« Er schenkt mir ein düsteres Lächeln. »Seine Feinrippunterhose mit Eingriff ließ er auf dem Boden liegen – da, mitten auf dem Teppich«, setzt er angewidert hinzu.

»Was war mit Mum?«, frage ich leise.

»Sie stand einfach nur da mit diesem glasigen Blick, den sie hatte, wenn sie richtig betrunken war. Als die Haustür zufiel, trat Dad auf sie zu – und ich dachte, er würde sie anbrüllen, doch er klang einfach nur geschlagen. ›Gibt es nicht genug Männer da draußen – musstest du ihn auch noch haben?‹, winselte er. Ich meine, das war seine Frau, mit dem Jungen von nebenan. Wie erbärmlich. ›Es hat nichts zu bedeuten, nur ein dummer Fehler‹«, äfft Reece Mums hauchende Stimme nach. »›Das sind nur Körper‹, sagte sie, und sie legte ihre Hand auf meine Brust, als sie es sagte. ›Einfach nur schöne Körper.‹ Ich stieß sie fassungslos von mir weg und brüllte sie an: ›Du miese Schlampe, tot wärst du besser dran!‹«

»Du?«

Er nickt, krümmt die Schultern und wendet sich von mir ab. Die ganze Zeit über hat Dad nur beschrieben und nachempfunden, was er gesehen und gehört hat, nicht, was er selbst getan oder gesagt hat.

»Dann hörten wir einen Schlüssel in der Haustür, und du kamst fröhlich plappernd hereinspaziert, und wir starrten dich alle nur an.«

Ich sehe das Bild von Mum, Dad und Reece in angespanntem Schweigen vor mir, wie es all die Jahre in meiner Erinnerung festgefroren war, und endlich ergeben die verkrampften Mienen, die einsilbigen Erwiderungen, die düstere Energie im Raum Sinn.

»Warum hast du mir das nicht früher erzählt?«, will ich wissen.

»Weil du ein Kind warst.«

Ich schnaube frustriert. »Aber warum nicht später?«

Er zuckt die Achseln und senkt den Blick.

»O Gott, Reece. Was hast du getan?«

Er sieht mich fragend an und zuckt zusammen, als es ihm dämmert. »Nein! Ich habe sie nicht umgebracht. Wie kannst du das bloß denken? Ich habe dir die ganze Zeit gesagt, wer es getan hat.«

»Das weißt du nicht«, erwidere ich automatisch, sehe dann aber seinen Blick. »Oder weißt du es? Was ist dann geschehen?«

»Dad und ich versuchten für dich, auf normal zu machen – Mum war ja fort. Und sobald ich sicher war, dass Dad nichts Schlimmes tun würde, musste ich auch da raus. Ich spielte an jenem Abend das aggressivste Fußballspiel meines Lebens, verletzte die anderen Jungs richtig übel, und danach schoss ich mich komplett ab. Du und Dad saßt im Wohnzimmer, als ich besoffen zu Hause einlief, von Mum keine Spur ... Und du faseltest irgendwas von gegrillten Käsetoasts.«

»Lasagne«, berichtige ich ihn matt.

»Ach, echt? Wie auch immer, ich ging hoch und knackte sofort weg.«

»Und weiter?«

»Gegen Mitternacht wachte ich mit einem höllischen Brand auf und ging nach unten, um was zu trinken. Durch das Fenster an der Treppe sah ich jemanden aus dem Wald durch das Gartentor kommen.«

»Dad?«, flüstere ich.

»Ja. Er kam heillos betrunken durch die Tür gestolpert. Ich kriegte ihn irgendwie auf einen Stuhl. Er lallte: ›Sie ist fort.‹ Immer wieder. Er sabberte. Ich hatte ihn noch nie in so einem erbarmungswürdigen Zustand gesehen. Und ich Idiot hatte Mitleid mit ihm.« Reece lacht. »Der gehörnte Ehemann, der von seiner jüngeren Frau im Bett durch den besten Kumpel seines Sohnes ersetzt wird. Es war wie eine beschissene Shakespeare-Tragödie.« Er verengt die Augen zu Schlitzen. »Aber am Morgen dann begriff ich, was er getan hatte.«

»Dieser Blick.«

»Welcher Blick?«

»Zwischen euch beiden, als Detective Manning uns mitteilte, dass es Mums Leiche war.«

Ein hässliches Lächeln zuckt um seine Lippen. »Ich habe sofort die schiere Panik in seinen Augen gesehen – er wusste, dass ich wusste, dass er es getan hatte.«

»Aber hast du ihn denn nie direkt gefragt?«

»Musste ich nicht.«

»Und Marcus?«

»Mit dem Abschaum habe ich seither kein Wort mehr gesprochen. Ich würde ihm nur die Visage polieren.«

»Aber warum hast du mir nichts von alldem erzählt?«

»Ich habe dich beschützt. Fühlst du dich etwa besser, nun, da du es weißt? Dass Dad ein Mörder ist. Dass er Mum abgestochen hat, weil sie den Jungen von nebenan gebumst hat, mit dem wir aufgewachsen sind. Dass sie nichts und niemanden verschmäht hat. Gibt das Wissen dir den inneren Frieden, Hannah? Denkst du, du wirst in der Lage sein, es zu verarbeiten und weiterzumachen?«, fragt er bitter. »Ja, nun, viel Glück dabei. Ich habe massenweise Therapien gemacht, und ich saufe immer noch und pfeife mir jede Droge ein, die geht, um meine Gedanken abzublocken, wenn sie zu schlimm werden.« Er wirft einen Blick zu Dad ins Wohnzimmer, dann wendet er sich wieder mir zu. »Verstehst du jetzt, dass meine Autobiografie der reinste Ponyhof war, verglichen mit dem, was wirklich passiert ist? Du würdest ein richtig fettes Honorar bekommen für diese Art Klatschpressefutter.«

»Das würde ich nie tun.«

Er zuckt mit den Schultern. »Deine Entscheidung.«

»Nein! Denn du hast mir nie eine Wahl gegeben«, schäume ich. »Und es ergibt immer noch keinen Sinn. Wenn du nachvollziehen konntest, warum er sie umgebracht hat, warum hasst du Dad dann so sehr?«

Reece wirft den Kopf in den Nacken und stößt ein kehliges Schluchzen aus. »Weil er es für mich getan hat. Verstehst du denn nicht? Ich war so außer mir, als ich die beiden zusammen sah. So angewidert, als sie mich auf diese Weise berührte. Wo es ihr doch nichts bedeutet hat. Nichts«, beschwört er mich. »Du hast es selbst immer wieder gesagt: Dad würde sich niemals zu einem Mord hinreißen lassen. Und du hattest recht.« Tränen strömen nun sein Gesicht runter. »Ganz allein hätte er es geschluckt, so wie er es mit allen ihren irren Eskapaden tat – doch an jenem Tag riss ich ihm mit meinem Ekel und meinem Zorn das Sicherheitsventil weg. Ich habe sie angebrüllt, dass sie tot besser dran wäre, und er hat sie umgebracht … für mich.« Er lässt den Kopf sinken, und seine Schultern beben.

Ich lege meinen Arm um seine Schultern, und dieses Mal lässt er mich gewähren, während die Schluchzer aus ihm hervorbrechen.

»Ich denke nicht, dass das stimmt. Er hat sie umgebracht, weil er schließlich genug hatte – weil sie ihn mit einem Jungen betrogen hat, den sie von Kindesbeinen an kannte.«

»Nein, ich habe ihn dazu getrieben.«

»Aber warum hast du es mir nicht erzählt? Ich hätte dir helfen können.«

Reece stößt ein ersticktes schwaches Lachen aus. »Weil du zur Polizei gegangen wärst und Dad angezeigt hättest.«

»Und? Man hätte ihn dafür zur Rechenschaft ziehen sollen, natürlich hätte man das.«

»Nur noch ein Tag«, murmelt er.

»Was?«

»Nur noch ein Tag, und ich wäre für immer von dieser Familie befreit gewesen, weit weg in Cambridge mit meinem schicken neuen Badmintonschläger«, sagt er, wobei ihm die Spucke aus dem Mund fliegt.

»Du bist doch gegangen.«

»Aber wenn Dad ins Gefängnis gekommen wäre, hätte ich überhaupt nicht fortgekonnt. Ich hätte zu Hause bleiben müssen, um mich um …«

Ich starre ihn an, während die Wahrheit in mir dämmert. »Um dich um mich zu kümmern«, murmle ich.

O mein Gott. Nach all diesen Verbrechen … war es die ganze Zeit *meine Schuld*? Meine Schuld, dass Dad sich nie seiner gerechten Strafe stellen musste. Weil Reece sich die Last nicht aufbürden wollte – mich. Die grauenvolle Wahrheit, die ich immer gefürchtet habe, ist real. Alles ist meine Schuld – ich habe den Atem nicht lange genug angehalten, und nun hat sich das Universum gerächt.

»Ich habe Dad dazu gebracht, sie umzubringen«, beharrt Reece, sich von mir abwendend. »Ich habe dich im Stich gelassen«, sagt er, sich auf die Tür zubewegend. Ich denke, dass er gehen will, also folge ich ihm, um ihn aufzuhalten. »Und das Letzte, was ich zu Mum sagte, war: ›Du miese Schlampe, tot wärst du besser dran.‹«

Er dreht sich um und hebt die Faust. Ich ducke mich nicht. Ich will es. Aber er holt aus, und seine Faust stößt durch die Buntglasscheibe in der Tür. Sie zersplittert, und Reece' Arm reißt auf.

»Nein!«, schreie ich.

Reece torkelt rückwärts und bricht am Fußende der Treppe zusammen, sein Arm schlaff in einer größer werdenden Pfütze aus Blut.

Ich zerre einen Schal von der Garderobe und knote ihn oberhalb der Wunde um seinen Arm, wie ich es in zig Krimis gesehen habe. Ich schnüre den improvisierten Druckverband fester, hebe seinen Arm, sodass er auf der Stufe oberhalb seines Körpers liegt, und übe dann Druck auf die Stelle aus, wo das meiste Blut herzukommen scheint. Er trägt ein langärmliges schwarzes Shirt, also ist es schwierig, das Ausmaß der Wunde auszumachen, da das Blut in dem dunklen Stoff versickert. Ich nehme seine heile Hand und presse sie auf die Wunde.

»Drück feste drauf. Ich rufe den Notarzt«, sage ich, doch Reece packt mich mit der unverletzten Hand am Arm, wobei er vor Anstrengung aufstöhnt.

»Nein«, keucht er, »kein Notarzt.«

»Ich muss.«

»Bist du bescheuert? Denk an die Presse.«

»Vergiss die Presse, du könntest sterben.«

»Werd jetzt bloß nicht melodramatisch«, sagt er mit einem schwachen Lächeln. Angestrengt fummelt er mit dem linken Arm was aus seiner rechten Hosentasche. »Jetzt steh nicht so blöd rum, hol mein Handy aus der Tasche.«

Ich ziehe das Handy raus und wische die Blutschlieren an meiner Brust ab.

»Entsperren«, befiehlt er. Ich kenne den Code, warte jedoch, bis er ihn mir sagt. »041096«, sagt er dumpf. Unsere Blicke begegnen sich, als wir beide das Datum von Mums Todestag zur Kenntnis nehmen. »Geh in die Kontakte. Unter Doc. Ruf an.«

Ich folge seinen Anweisungen.

»Schalt auf Lautsprecher und halt hoch«, sagt er mit bleichem Gesicht.

Jemand hebt ab, während ich an den schlierigen Lautstärkeknöpfen herumfummle, und eine leise blecherne Stimme meldet sich. »Hallo? Hallo, Ryan, hörst du mich?«

Endlich finde ich das Lautsprecherfeld.

»Ryan? Ryan, bist du da?«, meldet sich eine besorgte irische Stimme.

»Patrick, ich bin's«, sagt Ryan. »Du musst sofort kommen.«

»Okay«, erwidert die Stimme scheinbar gefasst. »Wo bist du?«

»Highgate Wood – ich schicke dir die Adresse per WhatsApp«, sagt er mit fragend gehobenen Augenbrauen in meine Richtung. Ich nicke.

»Was hast du genommen?«

»Das ist es diesmal nicht. Ich habe meinen Arm durch eine Glasscheibe gerammt.«

»Herrje, Ryan – du brauchst einen Notarzt.«

»Nein, sind nur Kratzer, aber sie müssen versorgt werden.«

»Ich bin in zehn Minuten da – sicher, dass es nicht ernst ist?«

»Mir geht's gut, meine Schwester ist da.«

»Gib sie mir, ich bin unterwegs«, sagt der Mann, der offenbar eine Tür zuschlägt und während er telefoniert nach draußen geht.

»Hi«, melde ich mich zögernd.

»Du musst den Arm über der Wunde abbinden«, sagt er ohne Umschweife.

»Ja, hab ich gemacht.«

»Ist er dabei, das Bewusstsein zu verlieren?«

»Nein, er hat nur ziemlich viel Blut verloren.«

»Schnür den Verband so fest es geht. Ich bin in ein paar Minuten da. Falls er das Bewusstsein verliert, rufst du den Notarzt.«

Ich schicke ihm die Adresse, dann lege ich das Handy neben Reece auf die Treppe und ziehe den Verband fester. Er stöhnt auf. So viel Blut. Bitte, bitte, bitte, mach, dass er wieder gesund wird. Ich übe so viel Druck wie nur möglich aus. Ich bin meinem Bruder seit Jahren körperlich nicht mehr so nahe gewesen. Nicht mehr, seitdem wir nachts unter der Decke lagen und unseren Geheimvorrat Schokolade verputzten, während wir über die Schule abkackten. Reece hat die Augen geschlossen.

»Und Schro ist also tot?«, fragt er leise.

»Ja, Krebs, es war richtig schlimm, ich hatte keine Wahl.«

»Er war ein braver Kater«, sagt er mit leicht erstickter Stimme.

»Ein pummeliges, moppeliges Katerchen«, zitiert er unseren alten Kosenamen. Er verzieht das Gesicht, und sein Arm zuckt unter meinem Griff.

»Was ist?«, frage ich panisch.

»Ich schätze, das Adrenalin verpufft.«

»Er wird gleich hier sein. Ist der Typ immer so schnell für dich da?«

»Er ist ein Medizin-Kommilitone aus Cambridge, wohnt in Crouch End, der es – im Gegensatz zu mir – durchgezogen hat und Arzt geworden ist. Er hat mir hin und wieder bei einem … Drogenproblem geholfen.«

»Gott.«

Ein paar Minuten später klopft es laut. Ich springe auf, wobei meine Sohlen auf dem zersplitterten Glas knirschen, öffne die Tür, und vor mir steht ein großer Kerl mit wuscheligem Haar und runder Brille.

»Patrick?«, frage ich.

»Die Schwester?«

»Ja, Hannah.«

»Wer hätte gedacht, dass der gute alte Ryan eine Schwester hat«, bemerkt er, als er auf Reece zugeht.

»Geht's gut, Kumpel?«, grüßt Reece mit einem matten Lächeln.

»Besser als dir«, erwidert Patrick lapidar und packt einen prallen Rucksack auf dem Boden aus.

»Schließ die Tür, Hannah«, sagt Reece.

Ich schiebe sie zu, und ein paar weitere Glasstücke fallen aus dem Loch.

Patrick zieht Reece' Jacke aus und schneidet das schwarze Shirt auf. Sein linker Arm ist mit Schnitten übersät, und eine besonders hässliche Wunde zieht sich innen über seinen Unterarm.

»Du hattest verdammtes Glück, dass du keine größeren Adern erwischt hast«, meint Patrick. »Das meiste ist oberflächlich, aber den großen Schnitt an deinem Unterarm werde ich jetzt nähen müssen. Das hier ist eine lokale Betäubung, aber es wird immer noch wehtun. Und ich kann dir nicht garantieren, dass es keine Narben gibt.«

»Mach einfach«, sagt Reece, den Kopf abwendend. »Schau nicht hin, Hannah.«

Aber ich kann den Blick nicht von seinem schockierend dünnen Körper lösen. Meine Augen wandern über die kantig hervorstehenden Rippen unter seiner haarlosen Brust, über den straffen Bauch und bleiben schließlich an der vertrauten, gewundenen Mulde seines Bauchnabels hängen.

»Du bist so dünn«, entfährt es mir.

»Magenband«, sagt er.

»Was?«

»Ja, hab's mir einsetzen lassen, weil ich dabei war, die Zähne wegen meiner Bulimie zu verlieren.«

»Jesus!« Zum ersten Mal sehe ich nicht den fitten Filmstar von den Plakaten, sondern einen zerbrechlichen Mann mittleren Alters, der versucht, sich an seiner jugendlichen Schönheit festzuhalten.

»Hast du die Wahrheit gesagt«, beginne ich, »als du behauptet hast, du wärst seit Cambridge nicht mehr hier im Haus gewesen?«

»Natürlich. Wieso?«

»Nichts.«

Ich fege die Glasscherben auf und klebe ein Stück Pappe über das Loch. Reece stößt erstickte Laute aus, während Patrick ihn zusammenflickt.

»Das sind selbstauflösende Fäden, und ich arbeite so sauber ich kann, aber womöglich bleiben trotzdem Narben«, sagt Patrick.

»Mach mit deiner Flickarbeit weiter, einen Schönheitschirurgen kann ich immer noch aufsuchen«, erwidert Reece.

»Evel Knievel glaubte ja, dass seine Narben ihn für Frauen attraktiver machten«, bemerke ich.

»Tja, wollen wir's mal hoffen«, stöhnt er und drückt vor Schmerz den Rücken durch.

»Halt den Arm still«, ermahnt ihn Patrick. »Kannst du ihm Wasser bringen, Hannah? Er braucht Flüssigkeit.«

Ich hebe ein randvolles Glas an Reece' Lippen, damit er nippen kann.

»Danke. Das machst du toll«, raunt mir Patrick zu. Er legt ein großes Stück Gaze über die Wunde und verbindet sie. »Bitte schön«, sagt er zu Reece, »nicht ganz wie neu, aber du solltest klarkommen.«

»Danke, Kumpel.«

»Bist du grad auf was, Ryan?«, erkundigt sich Patrick mit einem Seitenblick zu mir.

»Nö«, erwidert Reece, »das hier habe ich komplett clean und stocknüchtern geschafft.«

»Beeindruckend«, meint Patrick. »Also gut, dann wirst du heute Nacht Wache halten müssen«, sagt er an mich gewandt.

»Oh, ich bleibe nicht hier«, wirft Reece sofort ein. »Ich gehe mit dir, Pat«, schiebt er hinterher. Diskussion vorbei.

Patrick tritt zurück und zuckt mit den Schultern.

Ich öffne benommen die Haustür.

»Alles okay?« Reece mustert mich stirnrunzelnd.

»Ja, schon«, sage ich.

»Hannah, ich …«

»Ist schon gut – ich weiß.« Ich berühre sanft seine Schulter und lächle. Er nickt zur Antwort. »Hier, nimm eine Jacke mit.« Ich hänge eine von Dads Jacken über seinen mageren nackten Oberkörper. Ein Körper, der einen nach innen gewundenen Bauchnabel hat, keinen nach außen gestülpten.

»Auf Wiedersehen«, verabschiedet sich Patrick. »Schön, dich kennengelernt zu haben, wenn auch unter wenig wünschenswerten Umständen.«

Er stützt Reece auf dem Weg zu seinem Auto, das direkt vor dem Eingang parkt. Als ich wieder ins Haus zurückkehre, bemerke ich, wie die Vorhänge nebenan zufallen und die Person verbergen, die zugeschaut hat.

Dad sitzt in dem verdunkelten Zimmer und gibt merkwürdig stöhnende Laute von sich.

»Geht es dir gut, Dad?«

»Es tut weh«, sagt er und umklammert seinen Bauch. Seine langsam freisetzenden Morphintabletten für die Nacht hat er schon bekommen, aber der Arzt meinte, dass der Schmerz zunehmen würde. Ich gebe ihm noch zwei schnell wirkende Pillen, helfe ihm ins Bett und setze mich neben ihn, streichle seine Hand, bis die Wirkung des Medikaments eingesetzt hat und er wegdämmert.

Sobald ich sicher bin, dass er tief und fest schläft, steige ich die klapprige Kellertreppe zu Mums Dunkelkammer hinab. Ich ziehe einen Bogen mit Negativen aus dem Ordner und richte das Licht der Taschenlampe auf die sepiabraunen Bilder. Wunderschöne Aufnahmen eines schlanken, athletischen Körpers, der sich nach vorne beugt, einen Bogen beschreibt, sich streckt. Reece und Marcus waren einander körperlich so ähnlich – die gleiche Statur, die gleichen breiten Schultern. Aber es war Marcus, der einen knubbeligen, nach außen gestülpten Bauchnabel hatte.

All diese Michelangelo-Fotos sind Bilder von Marcus.

Und auch jene letzte Filmrolle auf Reece' Kaminsims war von Marcus, nicht von Reece. Und Reece wusste das. Rief es sich jedes Mal wieder in Erinnerung, wenn er sich in seinen weißen Sessel setzte und den Rothko betrachtete. Es war eine Filmrolle von dieser letzten Michelangelo-Serie.

So viele Fotos von Marcus in so vielen unterschiedlichen Settings. Was auch immer damals zwischen Marcus und Mum lief, es war kein einmaliger Ausrutscher im Suff.

KAPITEL ACHTUNDZWANZIG

Am nächsten Morgen blicke ich zu dem asiatisch anmutenden Wandgemälde hoch, das Dad, nachdem Mum ihn beschwatzt hatte, an die Decke über ihrem Bett malen ließ – vermutlich unter hohem Kostenaufwand. Zart blühende Bäume, wogende Hügel und geschnitzte Holzbrücken über gurgelnden Bächen mit wunderschönen Frauen, die darüber hinwegtrippeln. Wobei ihre langen Gewänder sich an ihre perfekten Körper schmiegen, die sittsam blickenden Augen schwarz umrandet, das dunkle Haar hoch aufgetürmt, mit einzelnen Strähnen, die sich im Wind lösen. Als Kind hielt ich es für eine magische Welt, friedlich und wohlduftend, mit hübschen, leichtfüßig dahinschwebenden Damen – doch heute erblicke ich nichts weiter darin als Mums rassistische, stereotype Fantasie von glamourösen Konkubinen, die zu ihren Stelldicheins hasten – und dabei abgeschmackte rote Seidenkimonos tragen wie Mum an jenem letzten Nachmittag.

Mum war wohl sexsüchtig oder so was. Nicht exotisch und mysteriös. Sondern einfach nur unfassbar egoistisch in ihrer Bedürfnisbefriedigung. Bin ich jetzt antifeministisch, wenn ich Mums ungezügelte Sexualität nicht akzeptieren kann? Nein, andere Menschen derart zu verletzen, lässt sich nicht damit abtun. Aber vielleicht konnte sie nicht anders. Ich weiß, dass ein gesteigerter Sexualtrieb das Symptom einer bipolaren Störung sein kann, und ich frage mich, ob Mum einfach nur nie diagnostiziert wurde. Als ich ganz kurz zu einer Therapeutin an der Uni ging, zog sie das als mögliche Diagnose für mich in Betracht, weil ich so manisch war und, wie sie es ausdrückte, »ein überhöhtes Bedürfnis nach sexueller Befriedigung an den Tag legte«. Ich war zu beschämt, um zu erklären, dass ich einfach nur nicht nachts allein sein wollte.

Aber wer findet sich nicht auf diesem Bild über mir? All jene Männer, zu denen diese klischeehaften Konkubinen eilen. Was ist mit den Entscheidungen, die sie trafen? Egal wie attraktiv Mum war, egal wie manipulativ – was ist mit ihnen? Ich taste nach meinem Handy und schicke Marcus eine WhatsApp: *Können wir uns heute Abend treffen? Gleiche Zeit, gleicher Ort?*

Die Nachricht erhält sofort zwei blaue Häkchen, also hat er sie gelesen, aber es kommt keine Antwort. Er rätselt wohl, wie er höflich die schmachtende Tochter einer ermordeten Ex-Liebhaberin abservieren kann – aber ich schätze, für diesen Fall gibt es schlicht zu wenige Beispiele in der Schnittmenge dieses sehr speziellen Venn-Diagramms. Schließlich antwortet er doch.

Ping. *Ich glaube nicht, dass das nach dem letzten Mal eine gute Idee ist. Sorry.*

Komm einfach. Senden.

Ping. *Tut mir leid, nein.*

Das solltest du aber besser, tippe ich, beiße mir auf die Lippe und füge hinzu: *Mutter-Ficker!* Senden.

Es folgt eine noch längere Pause. Ich spüre förmlich die Luft schwirren bis hin zu den Sendemasten, die unsere Nachrichten zwischen uns hin- und herschicken.

Endlich – Ping. *Ich werde da sein.*

Ich ziehe mir Pulli und Jogginghose über und stapfe dann nach nebenan. Mr und Mrs Roberts öffnen sofort die Tür.

»Hallo, Liebes«, sagt sie lächelnd. »Alles in Ordnung?«

Mr Roberts starrt mich mit unverhohlenem Entsetzen an.

»Nein«, erwidere ich trocken. »Nichts ist okay, Mrs Roberts, ich muss Ihnen sagen ...«

Mr Roberts reißt die Augen auf, seine Lippen teilen sich.

»Was denn?«, fragt Mrs Roberts. Wie ist es möglich, dass sie das schlechte Gewissen, das ihrem Ehemann dick und fett im Gesicht geschrieben steht, nicht sieht? Und wie ist es möglich, dass keiner von beiden die Wahrheit von Marcus' lügendem Gesicht ablesen konnte? Oder an meinem Gesicht gerade eben – die Unaufrichtigkeit dünstet aus meinen Poren wie Knoblauch.

»Ich ...«

»Ja?«, drängt Mrs Roberts.

Aber ich habe nicht vor, ihr Leben in diesem Moment exponentiell zu zerstören. Ich muss mich erst um Marcus kümmern.

»Mir wächst das alles ein bisschen über den Kopf, und ich müsste mal durchschnaufen – also habe ich mich gefragt, ob einer von euch sich heute Abend zu Dad setzen könnte?«

»Aber natürlich«, sagt Mr Roberts, auf dessen Gesicht sich schiere Erleichterung breitmacht.

»Kein Problem, Liebes, um wie viel Uhr?«

»Gegen sieben, also, wenn es euch wirklich nichts ausmacht?«

»Natürlich nicht«, erwidert Mrs Roberts lächelnd. »Hast du etwa ein Rendezvous?«

»Ähm, ja ... ein echt guter Fang.«

Als ich um zehn vor sieben im Pub eintreffe, ist Marcus bereits da, fährt mit dem Daumennagel eine Rille im Tisch nach und nippt an einem beinahe leeren Bierglas. Er steht abrupt auf, als ich näher komme, und glättet sein Hemd wie ein kleiner Junge.

»Du weißt es«, sagt er leise.

»Ich weiß es.«

»Woher?«

»Reece hat es mir gesagt.«

»O Gott.« Er setzt sich wieder und kippt den letzten Schluck Bier. Sein sonst so offenes, entspanntes Gesicht ist rot gefleckt.

»Ich hol noch was zu trinken«, sage ich und wende mich ab. Ich wünsche mir verzweifelt einen harten Drink, bestelle mir jedoch ein Wasser und einen weiteren Pint für ihn. Tatsächlich ist Konfrontation nie so, wie man sich Konfrontation vorstellt.

»Es tut mir so leid«, platzt er heraus, als ich zurückkehre.

»Du hast mir wegen deines schlechten Gewissens geholfen, stimmt's?«, fauche ich. »Kein Wunder, dass du sämtliche Arbeiten am Haus fertig haben wolltest, bevor Dad heimkam.«

»Ich wollte helfen.«

»Ich will alles wissen, was zwischen dir und ihr passiert ist.«

Er verzieht das Gesicht und weicht zurück, aber ich packe seinen Arm. »Keine Geheimnisse mehr«, knurre ich. »Ich war viel zu lange ahnungslos.«

Er nimmt einen ausgiebigen Schluck von seinem Bier, dann beginnt er zu sprechen, wobei er den Blick auf den Tisch gerichtet hält.

»Den ganzen letzten Sommer über ließ sie mich für diese verdammten fallenden Fotos springen. Mit Reece zusammen. Und ich dachte bloß, es sei ein Riesenspaß.« Er blickt zu mir, doch ich nicke nur, damit er fortfährt. »Aber dann, eines Tages, hatte Reece ein Spiel, und ich musste wegen meiner Knieverletzung aussetzen, und sie lud mich zu euch ein, um ein Shooting allein mit mir zu machen. Dein Dad war oben, daher schien es mir nicht komisch. Aber dann wollte sie ein anderes Foto mit mir machen – nachts, im Wald.« Er schaut wieder zu mir, doch ich verziehe keine Miene. »Ich wusste, dass es schräg war, dass es Reece nicht gefallen würde ... aber, na ja, ich war damals unfassbar neidisch. Dass Reece dieses Leben hatte, das sich glitzernd vor ihm auftat – lauter Einsernoten, ein Studienplatz in Cambridge, alles so mühelos, während ich mich abstrampelte, um gerade so durchzukommen, nur um mir danach einen öden Job zu suchen. Sie brachte eine Flasche Whisky mit. Auch wenn ich weiß, dass es nichts entschuldigt, dass ich so betrunken war.« Er rammt seinen Daumennagel so fest in die Tischrille, dass er zu bluten anfängt. »Wir tranken gemeinsam, ich zog allmählich die Klamotten für die Fotos aus, und irgendwie ...« Er kippt den Rest von seinem Bier. »Und dann machten wir es nachts im Wald. Und ich sperrte es einfach in einer Kiste in meinem Kopf weg.«

»Wie lange ging das Rumgebumse?«

»Ungefähr einen Monat.«

Ich denke an die Grillparty mit den Roberts in jenem Monat, an Mum und Mrs Roberts, die gemeinsam kochten und sich gegenseitig anstachelten, Cocktails mit albernen Namen wie »Sex on the Beach« und »Slippery Nipple« zu trinken; an Marcus, der oben ohne mit Reece rangelte, während Mum sie fotografierte; an Marcus, der lachend mit Dad die Fußballergebnisse diskutierte und ihn spielerisch in den Arm knuffte; und an mein vierzehnjähriges Ich, das sabbernd Marcus' Körperbau bewunderte.

»Und an dem Tag?«

»Ich hatte an dem Morgen einen Riesenstreit mit meinen Eltern gehabt. Es ging darum, dass ich Miete zahlen sollte, um bei ihnen wohnen zu bleiben. Und da ging ich bei Jen vorbei, zu euch nach Hause, wo wir uns sonst nie trafen. Sie meinte, ihr drei wärt noch ewig unterwegs. Ich dachte nicht nach, und irgendwann waren wir richtig betrunken und fingen an ... du weißt schon.«

»Red weiter«, sage ich ruhig.

Er schließt die Augen. »Gott, ich kann alles so klar vor mir sehen.« Seine Stimme bricht, und er sackt in sich zusammen. »Sie war auf mir drauf, und plötzlich standen da Reece und dein Dad im Zimmer ... Der Ausdruck auf Reece' Gesicht ...« Erneut gerät er ins Stocken.

»Und dann?«

»Reece schlug auf mich ein, erwischte mich direkt zwischen den Augen« – er befummelt die Narbe, die mir auf unserem »Date« aufgefallen war –, »aber irgendwie entkam ich, betrank mich noch mehr und pennte in der Nacht bei einem Kumpel. Und als ich am nächsten Tag zurückkam ... war deine Mutter tot.«

»Kein Wunder, dass du so angewidert warst, als ich dich küssen wollte«, sage ich mit einem bitteren Lachen.

»Ich habe nur nie so von dir gedacht. Du bist für mich wie eine kleine Schwester.«

»Und ich dachte, es wäre ein Date – scheiße, wie traurig ist das denn.«

»Warum musstest du genau das rosa Kleid anziehen.«

Ich zucke zusammen. »Das hat sie für dich getragen?«

Er nickt. »Es war so schräg, als du mich darin geküsst hast.«

»Aaargh!«, entfährt es mir verzweifelt, und ich werfe den Kopf in den Nacken.

Er blickt sich betreten zwischen den glotzenden Leuten um.

Ich atme tief durch und ziehe mich in meine Härte zurück. »Ich kann mich nicht so recht entscheiden: Ist es eine Erleichterung, dass du nicht aus reinem Ekel vor mir zurückgewichen bist? Ist doch so viel besser, dass es daran lag, dass ich dich an meine Mutter erinnerte.«

Er stößt ein leises Stöhnen aus.

»Deine Eltern haben keinen Schimmer?«, frage ich.

»Gott, nein.«

Ich möchte ihn niederschmettern, indem ich ihm das von seinem Vater und meiner Mutter erzähle, aber als ich schon den Mund öffne, um zum vernichtenden Schlag auszuholen, fange ich mich wieder. Alle anderen hatten über die Jahre so viel Macht über mich mit ihren kleinen schmutzigen Geheimnissen. Nun habe ich die Geheimnisse, und ich werde sie schön für mich behalten, bis ich beschlossen habe, wie ich sie in ihrer ganzen zerstörerischen Wirkung einsetzen kann.

»Ich wette, du hast dir vor Angst in die Hose geschissen, als wir in Mums Dunkelkammer runter sind«, sage ich mit einem bissigen Grinsen.

Er windet sich unter meinem Blick.

»All diese Fotos von dir, nackt, dich rekelnd, dich für ihre Kamera brüstend. Du musst dich köstlich amüsiert haben, als ich erst dachte, sie seien von Reece.«

»Nein, ich ... du tatst mir leid.«

»Wage es nicht, mich zu bemitleiden!« Ich knalle die Hand auf den Tisch, dass die Gläser hochspringen. Die anderen Gäste schauen auf. »Hattest du denn nicht früher schon Angst, dass man sie findet?«

»Ich ...«

Er sieht mich an, und da kapiere ich. »Du warst das, stimmt's? Du warst es, der eingebrochen ist ... und nach ihnen gesucht hat. Nicht wahr?«

Er nickt verhalten. »Ich kam vorbei, als du außer Haus warst. Benutzte Mums Schlüssel. Aber ich konnte sie nirgends finden.«

»O mein Gott – du warst das in der Nacht, nachdem Dad ins Krankenhaus kam. Du hast die ganzen Fotos im Wohnzimmer durchwühlt.«

»Ich dachte, du wärst noch im Krankenhaus bei deinem Vater, weil sich nichts rührte. Du hast mir einen Heidenschreck eingejagt, als du da praktisch bewusstlos im Flur lagst. Ich musste ganz schnell machen, konnte nicht aufräumen, da du gestöhnt hast, als würdest du gleich aufwachen.«

Er hat mich so dort liegen gesehen – völlig abgeschossen und sabbernd und, o Gott, jetzt fällt es mir ein … ich hatte mich eingenässt. Die Demütigung schlägt wie ein Feuerwerk in den See meiner bloßgelegten Ahnungslosigkeit und zischt nur noch müde, als es in dem dunklen Wasser erlischt.

»Ich sollte dich anzeigen, weil du eingebrochen bist und herumgeschnüffelt hast, du perverses Schwein«, fahre ich ihn an.

»Ich war verzweifelt. Ich dachte, das Geheimnis würde mit deinem Vater sterben – aber dann erwähnte Mum, dass du wieder eingezogen seist. Mir wurde das Risiko schlagartig klar, also begann ich, nach den Negativen zu suchen, wenn du mal außer Haus warst. Dein Dad sah mich zwar ein paarmal, aber er war viel zu wirr, um etwas zu schnallen – er nannte mich immerzu ›Reece‹.«

Deswegen also dachte Dad, Reece würde ihn besuchen.

»Und dann, als dein Vater ins Krankenhaus kam, da sah ich meine Chance, sie zu holen. Wenn diese Fotos je in die Hände der Polizei gekommen wären, hätten sie das Motiv gehabt.«

»Wessen Motiv?« Sitze ich gerade Mums Mörder gegenüber?

»Na, von Reece oder von deinem Dad. Einer von beiden wird deine Mutter umgebracht haben.«

»Du hattest doch selbst ein ziemlich gutes Motiv.«

Er wirkt aufrichtig verdutzt. »Wie kannst du nur …? Ich war bei meinem Kumpel, Phil Williams, auf der anderen Seite von London, falls du es unbedingt überprüfen willst. Aber du musst wissen, dass ich niemals dazu in der Lage gewesen wäre«, fleht er. Er wirkt absolut aufrichtig, aber wie kann ich überhaupt noch sagen, wer hier lügt und wer nicht?

»Du bist aber mit den Beweisen gegen Dad und Reece nicht

zur Polizei gegangen. Also bist du entweder schuldig, oder du lässt sie damit durchkommen, um deinen eigenen jämmerlichen Arsch zu retten.«

Wieder sieht er mich perplex an. »Nein, das war es nicht … Ich habe es der Polizei nicht erzählt, weil ich sie schützen wollte. Ja, einer von beiden hat es getan. Aber ich war die Ursache. Ich konnte sie nicht leiden lassen für meine eigene Schwäche.«

Genau wie Reece und Mr Roberts hat Marcus aus Schuldgefühlen und zum Selbstschutz meinen Vater davon abgehalten, sich der Justiz zu stellen.

Ich stehe auf, stoße meinen Hocker nach hinten und marschiere ohne ein weiteres Wort davon.

Als ich zurück bin, ist das ganze Haus voll vom tröstlichen Duft nach frischem Gebäck, und Mrs Roberts' berühmte Chocolate-Chip-Cookies stehen auf dem Nachttisch neben Dad. Sie würde unserer Familie nicht so helfen, wenn sie wüsste, was Mum ihrer Familie angetan hat.

»Oh, hallo, Liebes, du bist früher zurück als erwartet. Kein gutes Rendezvous?«

»Ach, du weißt schon, Männer«, winke ich ab.

»Ja«, erwidert sie mit einer wissend angehobenen Augenbraue.

»Danke«, erwidere ich, selbst verwundert, dass ich diese Parodie eines höflichen Geplänkels noch durchziehen kann. »Hat er heute Abend was gegessen?«, frage ich, zu Dad deutend, der tief und fest schläft.

»Kaum was, dabei habe ich einiges ausprobiert, um ihn zu ködern. Vielleicht kannst du es mit einem Cookie versuchen, wenn er aufwacht. Ich mache euch noch schnell eine warme Milch dazu, dann bin ich weg.«

Als sie fort ist, sehe ich, dass im Fernseher eine weitere Folge

Muerte läuft. Ich mümmle an meinem Cookie, während ich Reece auf mich zurennen sehe. Er schert auf der Jagd nach einem stämmigen dunkelhaarigen Kerl auf ein Flachdach aus, während der Flüchtige zwischen zwei Gebäude springt und sich dann umdreht, um Reece ein höhnisches Grinsen zuzuwerfen.

»Wer nicht wagt«, murmelt Reece, als er Anlauf nimmt und einen Satz macht, wobei sich ein Schub Dachziegel unter ihm löst und hinabfällt. Er ringt den Kerl zu Boden, obwohl er nur halb so groß und kräftig ist – aber das ist nun mal die Welt seichter Krimis, wo die Hauptfigur immer gewinnt.

»Warum bist du weggerannt, Mario?«, fragt Reece, während er den nun mit Handschellen gefesselten Mario auf die Füße zerrt.

»Ich sehen Polizei, ich rennen«, erwidert Mario in zähem spanischem Akzent. »Ist Instinkt.«

Reece tippt sich an die Stirn. »Geht mir genauso. Hab einen Blick auf deine windige Visage geworfen – und ich wusste Bescheid!«

Was für ein Stuss. Ich schalte den Fernseher aus und lege die restliche Hälfte von dem pappsüßen Cookie weg. Instinkt wird immer angepriesen als jene profunde, unbestechliche Wahrheit, zu der wir alle Zugang haben, wenn wir nur tief genug graben. Schwachsinn. Alle meine Instinkte haben mir gesagt, dass Dad nichts mit Mums Tod zu tun hatte. Aber ich habe bewiesen, dass Dad es getan hat. Will heißen: ein gewöhnliches Küchenmesser. Motiv: Mum hat ihn mit der halben Stadt betrogen, einschließlich des Nachbarn und des Nachbarsohns, und hat ihn die Kinder zweier anderer Männer großziehen lassen. Gelegenheit: Er war zur passenden Zeit im Wald, kam betrunken zurück und sagte: »Sie ist fort«. Meine Instinkte sind wunschgetriebene Lügen. Reece, Marcus und Mr Roberts hatten zwar allesamt Motive, aber egal wie ich das große Ganze angehe, das

Schmutzwasser von Mums Untreue und Lügen strudelt schließlich immer in den gleichen stinkenden Abfluss, nämlich Dad.

Er rührt sich mit einem schmerzerfüllten Stöhnen, dann murmelt er: »Es tut mir leid, Jen.«

Ich öffne den Pillenspender aus Plastik und gebe Dad seine abendliche, langsam wirkende Morphintablette, wobei meine Hand über dem Rest verharrt. Wie einfach es doch wäre, ihm mehr zu geben – ihn zu erlösen, ihn hinzurichten. Aber das wäre eine zu leichte Ausflucht für ihn – und für alle anderen mit ihren gärenden Geheimnissen.

Im Moment bin ich zu erschöpft, doch morgen früh werde ich Chris anrufen, ihm die Geheimnisse aller verraten und dafür sorgen, dass Dad wegen des Mordes an Mum angeklagt wird. Ich hole mein Handy hervor und schreibe ihm.

Können wir morgen früh reden? Dads Zeit ist abgelaufen.

KAPITEL NEUNUNDZWANZIG

Ich bin hellwach. Meine Kehle ist staubtrocken, mein Kopf schwummrig. Warum fühlt sich Nichttrinken nur so schrecklich an? Mums Schlafzimmer liegt in elfenbeinfarbenem Mondlicht, und die Schatten der Bäume strecken ihre Klauen über das Bett hinweg nach mir aus. Mir ist warm unter der Daunendecke, doch die Härchen auf meinen Armen sind gesträubt. Irgendwas im Haus stimmt nicht. Nein, das ist bestimmt nur mein Hirn, das mir Streiche spielt. Diese Einbrüche, das war Marcus, er hat es selbst zugegeben, er würde nicht wiederkommen.

Bumm.

Das war nicht in meinem Kopf – das war unten.

Schro? Aber Schro ist tot. Dad? Er kann nicht aus dem Bett, nicht bei den Medikamenten, die er intus hat. Ich versuche, tief Luft zu holen, ersticke aber beinahe an dem schweren Duft von Chanel No.5, der in der Bettwäsche hängt. Als ich die Füße auf dem Boden abstelle, unterdrücke ich den Impuls, über die schattenhaften Hände und Ranken hinwegzuspringen, die unter dem Bett nach mir greifen. *Werd erwachsen, Hannah.* Auf den Fußballen schleiche ich durchs Zimmer, wobei ich mich seltsam leicht und entkoppelt fühle, und spähe durch den Türspalt. Der Mond fällt durch das Fenster am Treppenabsatz und erhellt den leeren oberen Flur. Natürlich, das war nur das alte Gemäuer.

Dann ertönt ein Rascheln von unten.

Ich trete in den Flur, und eine Diele knarzt.

Das Rascheln verstummt.

Ich erstarre, doch ich höre nichts außer meinem Atem.

Langsam gehe ich die hölzernen Stufen hinab. Meine Haut

prickelt, mein Magen krampft, mein Herz rast. Alles fühlt sich falsch an, wie aus einer anderen Welt. Ich habe die Augen aufgerissen, doch meine Sicht ist seltsam verschwommen, meine Zunge pelzig und viel zu groß in meinem Mund; ich muss meine Beine aktiv antreiben, sich überhaupt zu bewegen.

Ich biege an der Treppenkehre ab, unter mir eröffnet sich der dunkle Schlund des Flurs. Ich halte inne, klatsche fest in die Hände, und der Knall splittert durch die Finsternis. Die Luft ist unnatürlich kalt. Ich spähe in den schwarzen Abgrund. Ist da jemand ... oder etwas? Natürlich nicht. Wenn man tot ist, ist man tot. So was wie Geister gibt es nicht.

Während der Hall meines Klatschers verebbt, gehe ich die letzten acht Stufen runter. Doch ein plötzlicher Schwall kalter Luft lässt mich heftig zusammenschrecken, und mein Fuß verpasst die nächste Stufe. Ich werde nach vorne gerissen, in die Luft katapultiert, und für einen kurzen Moment hänge ich in der dunklen Leere, die Arme seitlich ausgestreckt wie ein Filmdieb, der an einem Lichtstrahl von der Decke schwebt. Jetzt bin ich auch eins von Mums fallenden Fotos – nichts über mir, nichts unter mir.

Dann setzt die Schwerkraft wieder ein, und ich stürze ungebremst auf den Boden, meine Arme klappen wieder vor mir zusammen, gerade als ich krachend aufkomme. Der harte Holzboden presst alle Luft aus mir, mein Körper starr vor Benommenheit.

Im Dunkel neben mir verschieben sich die Schatten.

»Wer ist da?«, flüstere ich in die wabernde Schwärze. Ich recke den Kopf, horche in die undurchdringliche Stille, versuche, irgendwas auszumachen.

Plötzlich taucht eine dunkle Gestalt vor mir auf und beugt sich vor.

»Mum?«, keuche ich.

Ich spüre ihren Atem an meiner Wange und strecke meine Arme aus. Aber sie verfügt über keine körperliche Materie, und meine Hände fahren haltlos durch die Luft.

»Mum, bitte, geh nicht wieder fort. Mum!«

Doch die Erscheinung weicht mit einem Schlag vor mir zurück, als würde sie in ein anderes Reich gesogen, und entfernt sich in dem spitz zusammenlaufenden Blickfeld meiner Augen. Ich greife noch ins Leere, als eine Woge von Dunkelheit über mir zusammenfällt.

Ich höre ein Klicken und öffne die Augen. Wie lange war ich bewusstlos? O Gott, war das Dad? Sämtliche Muskeln kreischen vor Schmerz auf, doch ich schaffe es, mich auf die Hände und Knie zu rollen und unter Qualen ins Wohnzimmer zu kriechen. Als ich das Bett erreiche, sehe ich, dass Dads Brust sich hebt und senkt. Er liegt sicher im Bett, genau so, wie ich ihn zurückgelassen habe. Er war nicht außerhalb vom Bett. Was oder wer war das also – diese seltsame Erscheinung? Durchlebe ich gerade eine paranoide Entzugsphase, weil der Alkohol von Jahren aus meinem Körper getilgt wird?

»Tut mir leid, Jen«, murmelt Dad. Ich strecke mich hoch und schalte Attrappen-Schro ein, um ihn zu beruhigen. Er muss überleben, bis ich dafür gesorgt habe, dass er für den Mord an Mum belangt wird. Er darf der Gerechtigkeit nicht entfliehen. Während er den Kater streichelt, kommt er zur Ruhe und murmelt einen letzten Satz, bevor er wieder einschläft: »Es tut mir leid, dass ich dich geheiratet habe.«

Mein Kopf ist benebelt, und ich frage mich, ob ich mir bei dem Sturz eine Gehirnerschütterung zugezogen habe, aber ich bin zu müde, um Hilfe zu rufen, zu zerschlagen, um mich vom Fleck zu rühren, zu verängstigt, um allein zu bleiben – und so ziehe ich ein

Kissen vom Sofa, rolle mich auf dem Boden zusammen und ergebe mich dem Sog meiner Erschöpfung.

Meine Augen öffnen sich und fokussieren sich auf die Unterseite des Metallgestells von Dads Bett; erst da realisiere ich, wo ich bin. Mir ist kalt, alle meine Gliedmaßen schmerzhaft steif, aber das Tageslicht hat die Schatten vertrieben, und die vergangene Nacht erscheint wie ein Traum. Ich bin die Treppe runtergestürzt und habe mir mit meinen üblichen überspannten Gedanken selbst Angst eingejagt. Reece hat recht. Ich muss raus aus meinem wirren Kopf, ich muss mir professionelle Hilfe suchen. Und ich muss Chris anrufen, damit er die Polizei benachrichtigt, um Dad zu verhaften. Stöhnend und mit schmerzverzerrtem Gesicht hieve ich mich an Dads Bett hoch.

Ich weiß sofort, dass er tot ist.

Er ist vollkommen reglos. Grau. Eingesunken.

Das ist nicht Dad – es ist eine Hülle, etwas, das abgestreift wurde. Ich hasse Religion, Mystik und alles Brimborium rund um die Seele, aber irgendeine Essenz ist entschwunden.

Und Dad ist seiner gerechten Strafe entkommen.

Das hier ist real. Dad ist tot. Aber ich kann es nicht begreifen. Was machen normale Menschen unter diesen Umständen?

Trotz des merkwürdigen Blaustichs seiner Lippen gehe ich mechanisch alle Anzeichen für Leben durch: seine knochige Brust bleibt flach; kein Atemhauch an meiner Wange; seine brüchige Hand ist kalt und starr.

Er ist schon eine Weile tot.

Und er ist direkt neben mir gestorben.

Während ich nichts unternommen habe.

Ich muss mich bewegen, also gehe ich um das Bett herum auf die andere Seite ... und sauge die Luft ein, als etwas Spitzes sich in meine nackte Sohle bohrt und knistert. Ich ziehe eine Blisterverpackung ab, auf der die unverkennbaren silber-blauen Streifen der schnell wirkenden Morphintabletten prangen. Jede der kleinen Plastikvertiefungen, die eine Pille enthalten sollten, ist … leer.

Überall auf dieser Seite des Betts liegen leere Blisterpäckchen auf dem Boden herum. Ich strecke mich zum Kaminsims und taste hinter der Kutscheruhr nach dem Schlüssel für den Tablettensafe. Er ist nicht da. Als ich herumwirble, sehe ich den Pillenspender mit den Wochentagen offen auf dem Boden liegen – alle Morphintabletten sind weg, und die Metallkassette für die Pillen wurde aufs Sofa geworfen, der Schlüssel noch im Schloss.

Ich blicke zu Dads geöffnetem Mund. Seine Lippen sind nicht blau angelaufen – sie sind blau gefleckt –, und ich kann da etwas in seinem Mund ausmachen. Ich beiße die Zähne zusammen und schiebe den Zeigefinger zwischen seine dünnen Lippen. Meine Fingerkuppe stößt in einen schwammig nassen Kreideklumpen. Rasch ziehe ich die Hand zurück und starre die blau-weiße Pampe halb aufgelöster Morphintabletten auf meinem Finger an. Ich muss würgen, als die Galle mir in den Mund schießt, und wende mich ab, um mich auf den Boden zu übergeben.

Dad ist an einer gewaltigen Überdosis Morphin gestorben. Aber wie?

Hat Dad es getan? Ausgeschlossen, dass er an den Schlüssel gekommen ist, die Kassette entsperrt und die Packungen mit den Tabletten geöffnet hat, um sie sich selbst zu verabreichen. Auch in seinen Momenten übermenschlicher Stärke verfügen – verfügten – seine arthritischen Finger nicht mehr über ausreichend Geschicklichkeit.

Hat diese Erscheinung es getan? Das war kein eingebildetes Gespenst von Jen – das war ein Mensch aus Fleisch und Blut. Eine Person, die Angst vor dem hatte, was Dad über ihre Beteiligung an

Mums Tod oder die Beteiligung eines nahestehenden Menschen wusste. Aber woher wusste diese Person, wo sich der Schlüssel befand, und wie hat sie die Kassette geleert und Dad die Pillen verabreicht, ohne mich aufzuwecken, während ich direkt danebenlag?

Habe ich es getan? Habe ich das irgendwie in meinem Dämmerzustand getan, angetrieben von meinen flüchtigen Überlegungen zu Sterbehilfe, zu Mord? Oder spiele ich nicht länger die Rolle von Jen – die Rolle spielt vielmehr mich, und Jen hat endgültig Rache an ihrem mörderischen Ehemann genommen? Ich habe schließlich schon Betrug und Brandstiftung begangen, Geld von Dad geklaut, mich für meine tote Mutter ausgegeben und Dad und Reece mithilfe grausamer Tricks dazu getrieben, ihre Geheimnisse zu enthüllen. Und jetzt Mord?

Dads eingefallene Augen klagen mich an.

»Ich hab's nicht getan!«, rufe ich laut.

Aber es sieht so aus, als hätte ich das.

Die Beweise sind überwältigend. Wenn die Notfallsanitäter kommen und die leeren Tablettenpackungen und Dads vor Morphin überschäumenden Mund sehen, werden sie denken, dass ich ihn umgebracht habe, noch bevor das Krankenhaus ihnen von Dads vorangegangenem suspektem Sturz erzählt, für den sie mich verdächtigt haben. Im besten Fall werden sie mich für einen selbstherrlichen Gnadenengel halten, im schlimmsten für eine kaltblütige Mörderin, die Dad aus dem Weg geräumt hat, um an sein Erbe zu kommen – zumal wenn Reece ihnen erzählt, dass ich Dads Konto angezapft habe, um meinen immensen, durch Betrug und Brandstiftung entstandenen Schuldenberg abzuzahlen.

Aber wenn ich es nicht getan habe, dann war es jemand anders – jemand, der mir eine Falle gestellt hat, um mir die Schuld anzuhängen.

Ich bewege mich unablässig hin und her, taub, aber rastlos, auf

Handlungen fokussiert, noch bevor ich eine Entscheidung formulieren kann. Ich sammle alle Päckchen samt dem Pillenspender und der Metallkassette auf und stopfe sie unter einem Haufen dreckiger Klamotten in den Wäschekorb oben im Bad. Ich zerre den roten runden Henry-Hoover-Staubsauger hervor und sauge sämtliche verbliebenen Pillen vom Boden auf. Ich fülle eine große Plastikrührschüssel mit warmem Wasser und kehre mit einer dicken Rolle Küchenpapier zu Dad zurück. Dads Pupillen sind winzige Punkte, die Oberfläche seiner Augen unheimlich trüb. Tränen strömen mir übers Gesicht, und ich hebe meine Fingerspitzen an Dads papierne Lider, um sie zu schließen. Doch es ist nicht wie in den Filmen – sie legen sich nicht sanft nieder, und ich brauche mehrere Versuche, um das rechte Auge zu schließen, während das linke halb geöffnet bleibt und mich anstarrt.

Ich lege das Küchenpapier behutsam um seinen Kopf herum aus; dann rolle ich zwei weiße Quadrate zusammen, tränke sie mit dem warmen Wasser und schiebe das eine Ende in Dads Mund. Tränen verschleiern meine Sicht, und Galle schießt immer wieder meine Kehle hoch. Behutsam wische ich die Mundhöhle aus und entferne das krümelig feuchte Tuch. Ich wiederhole es zig Male, murmle in einem fort »Tut mir leid«, bis Dads Mund von den blau-weißen Überresten befreit ist. Dann entferne ich die Küchenpapiere um ihn herum und werfe den Ballen morphinverklebter Tücher in den Küchenmüll, wobei ich erst ein Loch in den Haufen faulender Essensreste grabe und dann die stinkende Masse drüberhäufe. Ich wasche meine Hände dreimal mit Seife, doch ich rieche und schmecke immer noch die Chemie der Pillen.

Ich verbrauche einen ganzen Haufen Feuchttücher, um meine Kotze auf der anderen Seite des Betts aufzuwischen, hebe mein Kissen vom Boden auf und beende schließlich meinen manischen Vertuschungsversuch. Ich bleibe neben Dad stehen, lege meine

Hand auf seine kühle Hand, beuge mich vor und küsse ihn auf die Stirn. Dabei war ich so wild entschlossen gestern, absolut bereit, ihn der Polizei auszuliefern. Dann, als ich ihn tot vor mir liegen sah, war ich aufgebracht, weil er sich der Gerechtigkeit entzogen hatte. Und nun vertusche ich seine Ermordung, überwältigt von den Schuldgefühlen, weil Dad gestorben ist, während ich an ihm zweifelte – wo er doch womöglich genauso gut unschuldig war. Ich bin entweder eine Mörderin oder das Opfer einer grausamen Falle. Wie auch immer, ich habe die Beweise für den Mord vernichtet, daher bin ich mitschuldig. Ich war so wütend auf alle wegen ihrer Vertuschungsversuche, ihrer egoistischen Schutzmaßnahmen, und nun tue ich nichts anderes – bin einfach so umgeknickt durch den instinktiven Drang zu überleben.

Ich schwanke, während ich auf Dads Leichnam hinabblicke.

Ich muss weiter in Bewegung bleiben, muss anfangen, das zu tun, was ein normaler Mensch tun würde. Nach einer letzten panischen »Wo ist Walter?«-Suche nach etwaigen Beweisen, die mich überführen könnten, wähle ich die 999.

»Hallo, welchen Dienst benötigen Sie?«

»Den Notarzt.«

»Welcher Art ist Ihr Notfall?«

»Es geht um meinen Vater.« Ich schraube meine Stimme höher, um aufgebracht zu klingen, obwohl ich mich bloß betäubt und verängstigt fühle. »Ich glaube, er ist tot. Ich bin gerade aufgewacht, und er atmet nicht, bitte kommen Sie schnell.«

Ich stammle die Informationen runter, wobei ich mich im Flurspiegel betrachte. Meine Augen sind geweitet, mein Haar zerzaust, aber schlimmer noch, ich habe von meinem Sturz gestern Nacht einen riesigen, fleckigen Bluterguss über meinem kompletten rechten Arm, der Schulter und dem Hals. Nachdem ich aufgelegt habe, flitze ich in Mums Zimmer hoch und ziehe ihren weißen Rollkragenpulli über. Ich sehe komisch aus für einen so milden Morgen, aber komisch ist immer noch besser als grün und blau geprügelt wie nach einer Kneipenschlägerei.

Zehn Minuten später trifft der Notarztwagen ein.

»Bitte, machen Sie schnell!«, rufe ich den Sanitätern zu, die den Gartenpfad hocheilen.

Sie beugen sich über Dad, während ich hinter ihnen stehen bleibe voller Angst, dass sie sich gleich umdrehen und mich vorwurfsvoll anschauen werden.

»Ich fürchte …«, beginnt die Sanitäterin, zu ihrem Kollegen blickend – *nein, nein, nein, bitte nicht –*, »… dass Ihr Vater verschieden ist. Es tut mir sehr leid.«

Ich bin in Sicherheit. Fürs Erste.

»Was … was geschieht als Nächstes?«, frage ich stockend.

Sie schaut zu Dad, mustert das Krankenhausbett und die Bettpfanne, registriert den Geruch nach altem Menschen. »Zunächst wird ein Totenschein ausgestellt, danach können Sie die Vorbereitungen für die Bestattung treffen. Eine reine Formalie.« Sie drückt meinen Arm, wobei sie einen wissenden Blick mit ihrem Kollegen tauscht.

Dads Leichnam wird in einen großen Sack gelegt, der Reißverschluss zugezogen, und dann wird er auf eine Trage gelupft.

Nach einigen weiteren Formalien geht die Haustür zu, und ich bin allein.

Ich versuche, Luft zu holen, doch meine Kehle ist wie zugeschnürt. Ich sauge verzweifelt den Atem ein, schlucke vergeblich, wobei ich zucke wie ein Fisch auf dem Trockenen und meinen Körper vor- und zurückwerfe. Schließlich schlage ich mir gegen die Brust in dem Versuch, meine Lunge zu öffnen, doch ich bin wie erstarrt, dem Zusammenbruch nahe. Ich werde hier sterben, panisch und ganz allein.

»Ich schiebe nie Panik«, habe ich zu Chris gesagt.

»Ha«, hat er geantwortet.

Und mit dieser Erinnerung lasse ich mich auf den Boden sinken, den Kopf zwischen den Knien, wie er mich angewiesen hat, wobei ich meine Hände über dem Gesicht wölbe, um meinen eigenen Atem einzuatmen, so, wie ich es mit der zerknautschten Papiertüte gemacht habe, die Chris mir hingehalten hat. Ich sehe seine breite, entschlossene Hand vor mir, höre seine besänftigende Stimme und schmecke die Schoko-Sticks auf seinem Katzenfoto-Teller. Mein Atem wird langsamer.

Dann zerschmettere ich im Geiste den Teller und setze mich auf. Ich muss es Reece sagen. Aber traue ich ihm über den Weg? Jemand hat Dad umgebracht, jemand, der die Schlüssel zum Haus hat.

Ich kehre ins Wohnzimmer zurück, um mein Handy zu holen, und hocke mich aufs Sofa. Er geht direkt ran. Das sieht ihm gar nicht ähnlich.

»Hi, Hannah, mir geht's gut, du musst dich nicht um mich kümmern«, meldet er sich genervt.

»Deswegen rufe ich nicht an.«

»Oh. Also ist er tot«, sagt er ausdruckslos. Ist das überhaupt eine Neuigkeit für ihn?

»Er ist letzte Nacht gestorben. Die Sanitäter haben ihn gerade mitgenommen.«

»Geht es dir gut?« Er klingt fürsorglich. »Willst du, dass ich rüberkomme?«

»Ich bin okay, ich sollte mich ausruhen. Ich möchte lieber allein sein.«

»Okay«, sagt er unsicher. »Also dann, meine Leute werden alle … Vorkehrungen treffen.«

»Wenn du meinst.«

»Und zu gegebener Zeit kümmern wir uns um das Haus und alles, okay?«

»Ja, klar«, erwidere ich und staune, wie schnell er zum organisatorischen Teil gewechselt hat. »Wie geht es deinem Arm?«

»Dem geht's gut. Aber hör mal – vielleicht erwähnst du lieber niemandem gegenüber, dass ich gestern da war. Und auch nichts wegen dem Arm. Es bringt nichts, eine Story zu machen, wo keine ist. Okay?«

Ich knipse den Schalter am Bauch von Attrappen-Schro an und streichle meinen schnurrenden orangefarbenen »Gefährten«.

»Sicher. Warum irgendwen damit behelligen, was wirklich geschehen ist«, erwidere ich.

»Wie meinst du das? Alles gut bei dir?«

Während ich Attrappen-Schro streichle, werde ich zum gestrigen Abend zurückkatapultiert, als ich ihn Dad auf den Schoß setzte, um ihn zu beruhigen, und mir fallen seine letzten Worte ein.

Es tut mir leid, dass ich dich geheiratet habe.

O mein Gott. Das hat er die ganze Zeit mit seinem »tut mir leid« gemeint. Er bedauerte nicht, sie getötet zu haben. Er bedauerte ... Mum geheiratet zu haben. So als hätte er ihr durch ihre Ehe die Flügel gestutzt und dadurch erst all das Chaos verursacht, das sie anzettelte. Er hat sie nicht umgebracht – er verspürte nur eine Art ultimativer Verantwortung für alles.

»Hannah? Bist du noch da?«, ruft Reece.

»Ich muss los, mir geht's nicht so toll. Ich ruf dich an.«

Ich lege auf.

Dad hat sich nicht selbst umgebracht. Wer dann? Jeder, der mit Mums verworrenem Leben zu tun hatte, ist ein Verdächtiger, aber die Pappe an der zertrümmerten Haustürscheibe ist unbeschädigt, und nur wenige haben einen Schlüssel: Reece, Marcus, Mr und Mrs Roberts ... und ich.

KAPITEL DREISSIG

»Es tut mir so leid«, sagt Chris, als ich ihn am Nachmittag des nächsten Tages anrufe, um ihm das von Dad zu erzählen. »Geht's dir ... Entschuldige, dumme Frage.«

»Tatsächlich geht's mir ganz gut, nur ein bisschen ... durch den Wind. Aber immerhin ist er jetzt frei.«

»Hast du das mit deiner Nachricht gestern Abend gemeint?«

»Was? O ja. Ich hatte das Gefühl, dass Dads Zeit gekommen war. Und ich hatte recht.« Jesus, die Nachricht könnte mich ganz schön schuldig dastehen lassen, falls der Verdacht auf mich fällt – ich muss sehr vorsichtig sein. »Ich weiß, dass du mich nicht gut kennst«, platze ich heraus, »aber ...«

»Bei dem Aber pflichte ich dir bei«, unterbricht er.

»Okay. Also. Was hältst du von mir?«

»Pfuuuch. O Gott. Entschuldige, ich sollte in so Momenten keine Witze reißen.«

»Nein, im Ernst – hältst du mich für, du weißt schon, geistig gesund?«

»Natürlich«, sagt er, »ausgesprochen gesund sogar.«

»Und du hast einen guten Riecher für so n' Mist?«

Er lacht. »Ja, schon, normalerweise entgeht mir kein Misthauch. Warum fragst du?«

»Ich war das letzte Jahr ziemlich neben der Spur, hatte ein paar heftige Phasen, völlig ausgeklinkt – laborrattenmäßig irre.«

»Ist das die medizinisch korrekte Diagnose?«

»Komm schon, du weißt, was ich meine ... Wenn man sein eigenes Hirn nicht mehr kennt. Meinst du, ich könnte etwas getan und es komplett verdrängt haben?«

»Oh, da erzählst du mir was. Du bist eben der Unglaubliche Hulk, und wenn du sauer wirst, kommt dein anderes Ich hervor und richtet Chaos und Verwüstung an.«

»Bitte, Chris.«

»Natürlich weißt du, was du tust. Aber du hattest seit dem Tod deiner Mutter eine echt heftige Zeit, und vielleicht ist gelegentlich die Fantasie mir dir durchgegangen. Aber wer bitte hat unter enormem Stress schon keine absonderlichen Gedanken?«

»Du.«

»Ha.«

»Aber ich habe ein paar ziemlich ... abgefahrene Dinge gedacht.«

»Ja, ja, so schräg bist du nun auch wieder nicht«, sagt er freundlich.

»Aber ich ...«

»Weißt du, noch lange Zeit nachdem ich angeschossen wurde – als ich wirklich begriffen hatte, dass ich meine Beine nicht mehr würde nutzen können –, habe ich darüber fantasiert, wie ich in meinem Rollstuhl die Hauptstraße runterfahre und Verbrecher mit Maschinengewehren abknalle. Ich fand es eine sehr tröstliche Vorstellung.«

»Wie bitte?«

»Ja. Und sie war wirklich detailliert: Wie ich zufällig bei einem brutalen Raubüberfall dazustoßen, den Angriff im Alleingang vereiteln und die Angreifer töten würde. Ich schwelgte richtig in der Vorstellung – genoss das Gewicht meiner Knarre, den Rückstoß, als ich den Abzug drückte, das Spritzen ihres Bluts, als ihre von Kugeln zerfetzten Körper in die Luft gerissen wurden und ihre Augen vor Entsetzen hervorquollen. Und dann metzelte ich jeden auf meinem Weg ab, schuldig oder nicht – und zwar brutal. Ich fand es eine sehr beruhigende Vorstellung … Ich spielte sie jeden Abend vor dem Schlafengehen in meinem Kopf durch.«

»Nett.«

»Gedanken sind keine Taten. Aber manchmal müssen wir Dinge ausleben – um diesen instinktiven Rückprall zu spüren.«

»Dann glaubst du also nicht, dass ich gefährlich bin?«

»Natürlich nicht. Das Leben ist hart. Und unser Hirn schießt manchmal in den Orbit raus, um überhaupt damit klarzukommen – um es zu überdenken, zu experimentieren. Aber es sind eben nur Gedanken, keine Handlungen. Ich bin ein guter Menschenkenner, und ich … mag dich.«

Ich atme auf unter dem Vertrauen, das er in mich hat. Chris' Glaube an mich verankert mich wieder auf dem Boden der Tatsachen. Ich weiß, dass ich Dad nicht umgebracht habe. Eine andere, eine reale, lebende Person hat das getan – und mich reingelegt.

»Du bist ein anständiger Kerl«, sage ich verlegen.

»Autsch. Wo ist mein ›dunkel und mysteriös‹ geblieben?«

Ich schnaube. »Danke dir.«

»Jederzeit«, erwidert er mild.

»Aber«, meine Stimme bricht, »Dad ist gestorben, während ich ihn immer noch für einen Mörder hielt – doch mittlerweile glaube ich, dass es nicht stimmt.«

»Du warst für ihn da. Du hast zu ihm gehalten, selbst als du an ihm gezweifelt hast – das ist es, was zählt.«

Ich weine leise, während er am anderen Ende der Leitung lauscht. Ich möchte ihm erzählen, dass irgendwer Dad ermordet hat, aber ich kann nicht zugeben, dass ich das Verbrechen vertuscht habe, ohne mich verdächtig zu machen. Ich stehe zu offensichtlich wie die Schuldige da. Meine Nachricht an ihn gestern Nacht wäre der letzte Beweis. Ich muss den Mörder von Mum und Dad dazu bringen, sich zu offenbaren.

»Bist du noch da?«, fragt er.

»Ich habe noch nicht aufgegeben, herauszufinden, was mit Mum passiert ist, weißt du.«

»Was hast du vor, Hannah?«, fragt er nervös. »Falls du echte Beweismittel hast, musst du es der Polizei sagen. Möchtest du vielleicht mit mir durchgehen, was du gerade denkst?«

»Noch nicht. Aber bald.«

»Okaaay … Aber du hast nicht vor, irgendwas Dummes zu tun, oder?«

»Nein.«

Er räuspert sich betont aufgesetzt. »Du erfüllst mich nicht gerade mit Vertrauen. Es würde … mich schon kümmern, wenn dir etwas zustößt. Sei vorsichtig, ja.«

»Das werde ich. Versprochen.«

Als ich auflege, höre ich, wie jemand sich mit einem Schlüssel an der Haustür zu schaffen macht. Ich spähe durch die neue Milchglasscheibe, die jene ersetzt hat, die gestern von Reece zerschmettert wurde.

»Wer ist da?«, rufe ich.

»Ich bin's nur, Liebes.«

Ich ziehe die Tür auf und sehe Mrs Roberts mit einem Teller Haferkekse.

»Oh, Hannah, danke für deinen Anruf heute früh. Ich weiß, du sagtest, dir ginge es gut, aber ich wollte dich nicht allzu lang allein lassen. Es tut mir so leid wegen deinem Dad.«

»Danke, aber ich …«

»Möchtest du vielleicht ein wenig reden?«, fragt sie freundlich und tritt einen Schritt vor, aber ich weiche nicht vom Fleck.

»Es tut mir leid, aber ich habe kaum geschlafen«, sage ich. »Ich werde mich eine Weile hinlegen.«

»Natürlich. Ähm, mein Schlüssel scheint nicht mehr zu

passen?«, fragt sie stirnrunzelnd und schüttelt klimpernd den Bund.

»Oh, ja, ich … habe gestern meine Handtasche im Bus liegen lassen, mit meinen Schlüsseln und meiner Adresse drin, also dachte ich mir, ich lasse den Zylinder sicherheitshalber schnell austauschen.«

Sie nickt.

»Ich lasse einen Zweitschlüssel anfertigen, sobald ich mich dazu in der Lage fühle.«

»Natürlich, gute Idee, aber bitte ruf mich oder Frank an, falls wir dir mit irgendwas helfen können. In Ordnung?«

Sie drückt mir die Haferkekse an die Brust und geht.

Ich habe eben erst ein Vermögen ausgegeben, damit der Notfallschlüsseldienst Schlösser an sämtlichen Türen und Fenstern im Erdgeschoss anbringt und die Glasscheibe in der Eingangstür ersetzt. Jeder, der Zugang zum Haus hatte, muss draußen bleiben, solange ich nachdenke – und plane. Das hier ist meine kleine Festung, der Ort, an dem ich meinen finalen Feldzug ausarbeiten werde.

Chris meinte, er habe Verdächtige überführt, indem er sie unvorbereitet mit Anschuldigungen aus dem Blauen heraus konfrontierte. Ich werde meine Gedanken ganz langsam sacken lassen – bis zur Beerdigung. Ich kann's nicht riskieren, davor in Aktion zu treten, für den Fall, dass ich sonst verhaftet werde und bei der Trauerfeier nicht anwesend sein kann. Ich muss mich von Dad verabschieden, und dann werde ich seinen und Mums Mörder demaskieren.

Mums Mörder muss ein Mann gewesen sein, da Chris meinte, nur ein Mann würde über die Größe und Kraft verfügen, das Messer in dem gegebenen Winkel in Mums Brust zu rammen. Doch Dads Mörder könnte derselbe Mann sein – oder aber ein

Mann beziehungsweise eine Frau, die jenen Mann beschützt. Ich spiele die aufgezeichnete Unterhaltung zwischen Reece und Dad noch mal ab. »Ich werde es niemals verraten«, sagt Dad. Ich dachte, es ginge um den Mord an Mum. Aber was, wenn Dad glaubte, Reece hätte es getan, und Reece glaubte, Dad hätte es getan, und sie beide haben einander all die Jahre nur gedeckt? Und falls es keiner von beiden war – war es dann ein Mord aus Leidenschaft durch Marcus oder Mr Roberts? Und hat Mrs Roberts herausgefunden, dass einer von ihnen Mum umgebracht hat, und dann Dad beseitigt, um sie zu beschützen?

Online lese ich eine Benachrichtigung, dass Reece die Dreharbeiten zur neuen *Muerte*-Staffel aufgrund »des traurigen Hinscheidens seines Vaters« bis auf Weiteres verschiebt. Mr und Mrs Roberts schauen immer wieder vorbei – sie, um Essen zu bringen, das ich »schnell in den Ofen schieben kann«, er, um mit verlegenem Dackelblick zu sagen, dass er verfügbar sei, falls etwas »erledigt werden muss«. Marcus kommt ebenfalls, um die Abholung des gemieteten Krankenhausbetts zu überwachen, wobei er mir »sein tiefes Beileid« ausspricht, ohne mir in die Augen schauen zu können.

Ich mustere sie alle drei prüfend – *Warst du es?*

Anastasia hat eine Firma beauftragt, um das Haus ratzekahl zu entrümpeln. Sie kommen vorbei, um einen Kostenvoranschlag zu machen, und verkünden, dass wir ihnen fünfhundert Pfund zahlen müssten, um alles zu räumen. Anscheinend verfügt unsere Familie über einen negativen Wert. Ich mache einen Termin für die folgende Woche.

Ich sortiere wie eine Verrückte aus. Dads Klamotten sind besonders schwierig auszumisten. Ich raffe alle seine T-Shirts in einem Schwung von der oberen Kleiderstange und breche auf dem Boden zusammen, Stoff und Kleiderbügel überall um mich herum verstreut. Ich ziehe sein geliebtes 1994er-Retro-Fußballtrikot raus, weiß, mit dem blauen *Holsten*-Aufdruck auf der Brust, das er immer trug, wenn Tottenham spielte, auch wenn er nach Mums Tod zu keinem Spiel mehr ging; sein schlammgrünes Che-Guevara-Shirt, von dem er behauptete, dass es beim Waschen ständig einlief (während er dicker wurde); sein weinrotes Polohemd – »wie schick kann das Restaurant schon sein, Jen, ein Polohemd reicht völlig« (tat es nicht); das neongelbe Hemd, von dem er behauptete, dass es mit gebräuntem Teint gut aussah (tat es nicht); und sein 1936er Bester Jahrgang-T-Shirt, das ich ihm zu seinem letzten Geburtstag schenkte (es war der beste Jahrgang).

Das ganze Zeug von Reece und mir lasse ich für die Söldner von der »Putzkolonne« liegen, die vermutlich alles von Wert verschachern und den Rest auf eine Deponie kippen werden. Sämtliche Klamotten und Habseligkeiten von Mum werfe ich in ihre Dunkelkammer – gemeinsam mit ihren Fotos. Ich halte das gerahmte Bild von ihr in dem grünen Kleid hoch, das Jeremy in seinem Studio aufgenommen hatte, und bewundere ihre Schönheit, bevor ich meinen Fuß hindurchstoße und die flatternden Überbleibsel mit dem Rest die Kellertreppe runterschmeiße.

Dads Schreibtisch ist mit Manuskripten und Aufsätzen vollgestopft, die Seiten mit seiner kleinen, peniblen Handschrift bedeckt. Am Ende behalte ich nur das Originalmanuskript seines ersten populärwissenschaftlichen Physikbuchs, *Unwirklich, aber wahr: An einer Million Orte zugleich* – über die Theorien mehrerer Universen. Das war eine Idee, die erstmals 1952 von keinem Geringeren als dem guten, alten Erwin Schrödinger aufgeworfen wurde, der postulierte, dass seine Gleichungen verschiedene Entwicklungen beschrieben, die »keine Alternative waren, sondern alle wirklich gleichzeitig passierten«. Ich hatte schon meine Mühe mit Schrödingers Katzenrätsel – dass Mum sowohl von Dad umgebracht als auch nicht von Dad umgebracht wurde –, aber nun habe ich auch noch mehrere Erklärungen, die alle gleichzeitig nebeneinander existieren.

Die Tage verstreichen. Mein Kopf ist nun, da ich nicht mehr trinke, klarer. Nachts schlafe ich tief, die Tage über wälze ich wie wild Gedanken, wobei mein Hirn sich auf einen Verdächtigen einschießt, nur um gleich wieder zum nächsten abzuschweifen, und dann wieder zum nächsten. Es ist gleichermaßen glaubhaft wie unglaubhaft, dass Reece, Marcus, Mr oder Mrs Roberts schuldig sind. Hat eine Person beide umgebracht, oder war es eine Art gruselige familiäre Teamarbeit im Wechsel?

Eines Tages, als ich gerade so unter Strom stehe wegen meiner herumschwirrenden, kollidierenden Gedanken, dass ich beinahe vom Boden abhebe, begebe ich mich auf die Suche nach einer Axt und fange an, auf meine Zwillingsschwester, die Quitte, einzuhacken, die bei jedem Hieb ihr vertrocknendes Laub abwirft. Der Stamm ist zu fest, um durchzukommen, also säble ich nur ein paar Seitenäste ab, um mich abzureagieren.

Danach kann ich nicht schlafen, also google ich »Quitte« und finde einen Eintrag voller Rezeptideen mit dem Titel »An alle Quittenliebhaber«. Diese durchgeknallten »Liebhaber«, die behaupten, Quittenmarmelade zu vergöttern, gehören wahrscheinlich zu denselben Leuten, die an Sternzeichen (Schwachsinn), Reiki (unfassbarer Schwachsinn) und »Verbindung aufnehmen zu den Ahnen« (aaargh!) glauben. Facebooks undurchschaubarer Algorithmus hat wohl spitzgekriegt, dass ich diese Woche schwarze Beerdigungskleider gesucht habe, und ist sofort dazu übergegangen, mir Kurse vorzuschlagen, die anbieten, mit dem »Jenseits« in Kontakt zu treten. *Tätärätääää.* Schön wär's. Wenn ich einfach so kurz bei Mum und Dad durchklingeln könnte und sie fragen: »Wer hat euch auf dem Gewissen?« Ich hinterlasse einen Post im Kommentarbereich: »*Es ist unmöglich, die Toten zu kontaktieren, weil sie verdammt noch mal tot sind. Und es gibt nicht das Fünkchen eines Beweises, dass es ein Jenseits gibt, wo Hitler herumschwebt und fröhlich mit Mutter Teresa plaudert, bis so eine lebende Dumpfbacke verblendet genug ist, 49,99 hinzulegen, um zu lernen, wie sie es auch auf die Party schafft. Wie können es diese Kursleiter überhaupt wagen, die von der Trauer gebeutelten Menschen noch auszunehmen?*« Was eine Lawine von Antworten zur Folge hat, die mir allesamt meine geistige Gesundheit, meine Aufgeschlossenheit und das Recht auf Leben absprechen. Ich verbringe ein paar erquickliche Stunden damit, mich mit diesen Vollpfosten zu streiten.

Reece ruft am Mittwoch an, um mir mitzuteilen, dass der Rechtsmediziner Dads Leiche zur Bestattung freigegeben und einen Totenschein ausgestellt hat, auf dem als Todesursache »Herzversagen« vermerkt wurde. Keine Erwähnung von Morphin. Vielleicht war Dad so alt, dass sie keine Obduktion gemacht haben; oder vielleicht fallen so hohe Morphindosen bei Todkranken in den Graubereich sanfter Sterbehilfe?

»Hannah? Bist du noch da? Willst du oder nicht?«, blafft Reece durch den Hörer.

»Ob ich was will?«

»Mitkommen, um mit mir den Sarg auszusuchen?«

»Nimm einfach das Übliche.«

»Es gibt kein ›Übliches‹ – da gibt es alle möglichen Ausführungen, Materialien und Spezifikationen.«

»Spezifikationen?«

»Ja, Holzart, Griffe, Deko, Polsterung.«

»Was auch immer du meinst.«

»Dann einen Müllsack«, erwidert er.

»Wenn du willst. Aber angesichts der horrenden Gage, die du für den Piratenfilm letztes Jahr erhalten hast, kommt das womöglich nicht gut in der Presse.«

Einen Moment lang schweigen wie beide.

»Du bist echt merkwürdig, weißt du. Ich dachte, wir hätten ...«

»Dad ist gerade erst gestorben«, erwidere ich brüsk.

»Ich weiß, ich dachte nur, wir hätten ... Schon gut, ich such es aus.«

»Gut.«

»Willst du, dass ich rüberkomme, oder willst du herkommen?«

»Nee, lass gut sein«, erwidere ich, wobei ich mich innerlich zusammenreißen muss, um nicht von seiner Wärme und von meinem verzweifelten Bedürfnis nach Verbindung eingesogen zu werden. »Wann ist die Beerdigung? Wir sehen uns dann dort.«

»Na ja, ich will nicht zu pragmatisch klingen, aber ich sollte spätestens nächste Woche wieder bei den Dreharbeiten sein, also würde Freitag dir passen?«

»Aber das ist doch ...«

»Ja, ich weiß, der Vierte, Mums Todestag. Das ist nur der einzige Tag, an dem das Finchley-Krematorium so kurzfristig noch eine Lücke hat – um 15 Uhr.«

»Der gleiche Ort, an dem Mum eingeäschert wurde, am selben Datum, wie sie umgebracht wurde, am selben Wochentag, an dem sie umgebracht wurde?«, frage ich ungläubig. »Bisschen arg nah dran, oder nicht?«

»Du hattest doch sonst immer was für Muster übrig«, erwidert er ironisch.

»Okay, stimmt.«

»Ich schalte die Anzeige in der *Times*. Es kommen nur wir und die Nachbarn. Wir können es kurz halten – ich suche die Musik aus, aber falls du meinst, wir brauchen eine Trauerrede, musst du das übernehmen.«

»Dad hätte nur Musik gewollt«, sage ich, an alle seine Alben denkend.

»Cool. Also … das war's dann wohl.«

»Bis auf den Leichenschmaus danach, in seinem Haus.«

»Brauchen wir den echt?«, fragt er genervt.

»Ja, brauchen wir«, beharre ich. »Ich organisiere alles. Aber du musst kommen. Ich will, dass alle dabei sind.«

»Na schön, von mir aus. Ich bestelle ein Taxi, das dich abholt.«

»Nein, ich komme allein. Der 102er fährt direkt dorthin.«

Wieder schweigen wir einen Moment.

»Wirst du klarkommen bei der Beerdigung, Hannah? Du klingst echt seltsam.«

»Auf jeden Fall. Ich freue mich schon.«

KAPITEL EINUNDDREISSIG

Es ist sonnig, und eine kühle Brise liegt in der Luft. Perfektes Wetter für eine Beerdigung. Die Blätter des Waldes leuchten in intensivem Rot, Orange und Braun. Dad liebte im Herbst die an den Spalieren herabhängende Kletterpflanze in unserem Garten, und heute hat sie sich in jenes herrlich tiefe Rot gefärbt, das sie nur wenige Tage im Jahr trägt, als wäre es für ihn. Ich staubsauge, räume auf und schiebe die Möbel im Wohnzimmer für den Leichenschmaus beiseite. Die Anwesenden bei dem Begräbnis werden sein: ich und Reece, Mr und Mrs Roberts und ein unwilliger Marcus. Ich bestand auf seiner Anwesenheit, drohte ihm, dass ich ansonsten seinen Eltern von seinen unrühmlichen Taten berichten würde.

Ich nehme ein langes Bad, wobei ich Mums orientalisch duftendes Badesalz verwende, und zum letzten Mal überhaupt werde ich zu Mum. Ich ziehe ihr liebstes »kleines Schwarzes« an – ein kurzes Satinkleid im Schnitt der Goldenen 20er, mit winzigen Reihen schwarzer Fransen besetzt, die bei jeder meiner Bewegungen mitschwingen. Ich erinnere mich an Dads Blick, der Mum folgte, als sie mit einem Cocktail in der Hand darin durchs Wohnzimmer tanzte, bevor sie zu einer ihrer Fotoausstellungen aufbrachen. Ich knote mein Haar straff nach hinten, zupfe seitlich zwei Strähnen heraus und garniere das Ganze mit ihrem schwarzen Pillbox-Hut mit dem kurzen schwarzen Schleier. Die Haarnadeln ziepen, aber ich lasse sie drin, gestärkt durch den Schmerz. Ich schaue aus wie eine krampfige blonde Audrey Hepburn. Ich lege mein übliches Make-up auf und ziehe dann noch extradicke schwarze Kajalstriche um die Augen. Schließlich steige ich in ihre schwindelerregend hohen Stilettos mit den roten Sohlen und schiebe mein Handy in ihre schwarze Satin-Clutch.

Die Roberts haben mir angeboten, bei ihnen mitzufahren, doch ich genieße es, allein ganz vorne auf dem oberen Deck des 102er-Busses zu sitzen, während er an all den großen Häusern und schnieken Gärten vorbei nach Finchley zuckelt. Ich checke meinen Punkt auf der Tracking-App-Karte, um zu sehen, wann ich aussteigen muss, und sehe, dass ich mich dem Krematorium nähere. Aber Reece ist von der Karte verschwunden. Er muss die App gefunden haben. *Uups.*

Am Tor drückt sich bereits eine Handvoll Fotografen herum; ich lächle ihnen aus der Entfernung zu, solange sie mich noch knipsen können, aber als ich seitlich an ihren langen Objektiven vorbeigehe, forme ich für jeden von ihnen ein stummes »Fick dich«. In der Kapelle findet noch eine andere Trauerfeier statt, also spaziere ich drumherum in den Garten dahinter. Ich besehe mir gerade die Blumenkränze und stakse in meinen High Heels unbeholfen durchs Gras, wobei ich an Mum denken muss, deren Absätze bei Feynmans Beerdigung im Rasen versanken, als ich in einiger Entfernung einen dunkel gekleideten Verschnitt aus Mafioso und Gigolo erblicke. Es ist Reece, bereit für die Kameras, tadellos herausgeputzt in einem exquisit geschnittenen schwarzen Anzug samt schwarzem Hemd, schmaler schwarzer Krawatte und schwarzem Taschentuch – das Haar stylish frisiert und glänzend. Er lächelt. Mit einem Ausdruck aufrichtiger Wärme. Er ist eben Schauspieler. Nachdem er unsere Eltern umgebracht hat – spielt er nun die Rolle des betroffenen Sohnes und verständnisvollen Bruders, bis hin zu dem wissenden Aufflackern geteilten Leids in seinem Blick. Er tritt vor, um mich zu umarmen, aber ich tätschle nur seinen Arm und weiche mit einem Schritt aus.

»Schickes Outfit«, bemerkt er, auf meine Aufmachung deutend. »Dad hätte es gefallen.«

»Wir werden es nie erfahren.«

»Nein, natürlich nicht.«

»Nein. Ich meine ... wir werden es nie erfahren, weil der liebe Kerl, den wir heute zu Grabe tragen, nicht unser Dad war.«

Reece blinzelt. »Komm schon, Hannah. Ist der heutige Tag nicht schwer genug?«

»Ich werfe hier nicht mit Metaphern um mich. Ich präsentiere präzise biologische Fakten.«

»Ich verstehe nicht ...«

»Laut einer Studienfreundin von Mum war Dad unfruchtbar.«

»Wie bitte?«

»Dein Vater ist, laut ihrer Aussage, einer von Mums Lovern, vielleicht von der Uni. Mein Vater ... keine Ahnung. Aber ganz sicher nicht der ›Dad‹, von dem wir uns heute verabschieden.«

»Das ist einfach nur widerliches Geschwätz.«

»Nein, es ist Fakt. Ich habe deine, meine und Dads Haare zu einer Genanalyse geschickt. Er ist weder dein noch mein Vater ... wir beide haben unterschiedliche Erzeuger.«

»Gott«, murmelt er und wirkt aufrichtig verloren.

Ich spüre die Nachmittagssonne auf meiner Haut, doch innerlich ist mir kalt, und ich mache weiter.

»Dieses ›Ich werde es niemals verraten‹, das Dad letzte Woche zu dir sagte, da ging es überhaupt nicht um seine Taten – sondern um deine, stimmt's?«

»Nicht das schon wieder, Hannah.«

»Ich habe mir die Betonung seiner Worte immer wieder angehört – er meinte damit, er würde niemals verraten, was *du* getan hast. Offenbar glaubte er, dass du Mum umgebracht hast.«

»Das ist doch verrückt. Er hat sie umgebracht.«

»Nein, hat er nicht, Reece!«, schreie ich ihn an.

Ein Mann in langem schwarzem Mantel am Eingang der Kapelle schaut missbilligend zu uns rüber. Ich dämpfe meine Stimme. »Dad hat sie nicht umgebracht. Er dachte, du hättest es getan – das meinte er mit ›Ich werde es niemals verraten‹.«

»Aber das kann nicht …«

»Doch. Er hat dich die ganze Zeit über geschützt. Er muss in all den Jahren gewusst oder zumindest vermutet haben, dass du nicht sein Sohn warst, und dennoch hat er dich beschützt, hat zugelassen, dass seine Karriere ruiniert wurde, dass er alle seine Freunde verlor, selbst dich verlor … Alles, um dich zu beschützen.«

»Aber ich habe sie nicht umgebracht – ich schwöre es bei meinem Leben.«

Ich schüttle den Kopf. »Wie kann ich jemals wissen, wann du lügst und wann nicht?«

»Weil …«

»Du hast mich dreiundzwanzig Jahre lang belogen. Du bist verdammt gut darin. Du hast dir daraus eine Karriere aufgebaut.«

»Hannah, du musst mir glauben.«

»Warum?«

»Weil ich dein Bruder bin.«

»Halbbruder. Und ein sehr guter Schauspieler – zumindest privat.«

»Ich habe es nicht getan, ich schwöre es bei Mum, bei Dad, bei Feynman und Schro.« Seine Stimme bricht. »Aber wenn ich es nicht getan habe, und er es nicht war …«

»Ganz genau«, sage ich düster.

Der Mann in dem langen schwarzen Mantel bedeutet uns, nun einzutreten.

»Gott, es ist an der Zeit, wie sollen wir …?«

»Wir tun es einfach. Dad war trotz allem der Mann, der uns großgezogen hat, der uns geliebt und beschützt hat. Außerdem sind da nur wir und die Roberts – wir können das durchziehen.«

»Nein, es sind viel mehr Leute gekommen als erwartet – daher habe ich ein paar Worte vorbereitet –, aber ich weiß nicht mehr, ob ich das kann.«

»Komm schon, das ist auch nur ein Auftritt, das kriegst du hin.«

Und zum ersten Mal überhaupt bin ich es, die ihn an der Hand nimmt und ihn zur Kapelle führt. Er scheint völlig überwältigt von dem, was ich ihm gerade erzählt habe. Aber werde ich hier bloß von einem Psychopathen zum Narren gehalten?

Mr und Mrs Roberts drücken sich in schäbigen schwarzen Klamotten am Eingang herum; neben ihnen steht ein zusammengesunkener, betretener Marcus, der nicht aufschaut.

»Was will der Wichser hier?«, zischt Reece leise.

»Ich habe darauf bestanden«, sage ich und lege mahnend die Hand auf seinen Arm. »Komm schon, wir müssen das hier tun, für Dad.«

»Jesus«, murmelt er.

Die Roberts gehen in die Kapelle, während wir noch auf den Leichenwagen warten. Reece, oder einer seiner Lakaien, hat mit allem übertrieben. Eine elegante, hochglanzpolierte Karosse biegt auf den Kapellenvorhof, und die Fotografen mit ihren langen Objektiven lassen ein Blitzlichtgewitter los. Im Inneren der glänzenden gläsernen Ladefläche thront ein Sarg der Spitzenklasse aus dunkel schimmerndem Holz mit goldenen Handgriffen und wild verschlungenen goldenen Blätterranken. Er wurde in eine Wagenladung teurer Blumen gebettet, samt drei buchstabenförmigen Kränzen, die das Wort D-A-D bilden. Männer in langen schwarzen Mänteln und seidigen Zylindern versammeln sich in einer gut einstudierten Formation hinter dem Leichenwagen. Reece schließt sich ihnen an, um den Sarg auf ihre Schultern zu wuchten. Es sind allesamt große, stämmige Männer, aber ich kann sehen, dass Reece das meiste Gewicht auf sich nimmt, den Sarg mit seinen starken Armen hochstemmt – Arme stark genug, um ein Messer in einen Brustkorb zu rammen und eine Rippe zu zerschmettern?

Und los geht's. Ich folge dem Zug, genauso wie ich es dreiundzwanzig Jahre zuvor mit Reece bei Mum tat. Ich bin größer, älter, besser gekleidet, aber im Inneren bin ich immer noch dasselbe Kind, das dem Sarg seines toten Elternteils folgt.

Beim Eintreten erblicke ich im Augenwinkel rechts das Rad eines Rollstuhls und sehe Chris in einem dunklen Anzug darin sitzen. Er bedenkt mich mit einem knappen Nicken. Ich drücke im Vorbeigehen leicht seine Schulter.

Die Kapelle ist voll – voll mit Dads alten Kollegen vom King's College. Sie hatten ihn offenbar doch nicht ausgestoßen. Er selbst hatte sich wohl nach all den Zweifeln und Vorwürfen zurückgezogen, dennoch haben sie ihn nicht vergessen. Ich muss fest meine Kiefer zusammenpressen, um meine Emotionen zu bezähmen.

Während der Sarg den Mittelgang entlangschwebt, spielt irgendeine klischeehafte düstere Trauermusik – wie von so einer »Greatest Hits für Beerdigungen«-CD. Oh, gut gemacht, Reece, da hast du dir ja richtig Gedanken gemacht – was ist mit der Musik, die Dad liebte? Nachdem der Sarg an seinem Platz abgelegt wurde, setzen wir uns, nur Reece bleibt neben einem riesigen Blumenkranz aus lila Blüten stehen. Er wirkt zögerlich, doch dann schenkt er den Anwesenden sein einnehmendes Lächeln, während er ein paar Notizen hervorholt. Das dürfte interessant werden.

»Ich danke Ihnen allen für Ihr Kommen. Mein … Vater, Philip Davidson, war ein Physiker und ein Lehrender, und es ist wundervoll, heute so viele seiner Kollegen hier zu sehen. Seine Bücher brachten so vielen die Wunder der Wissenschaft nahe, machten die Themen auch Laien zugänglich …« Reece hört auf vorzulesen und verstaut die Notizen wieder in seiner Tasche. »Dad … mein Dad war ein hingebungsvoller Familienmensch. Er liebte uns alle sehr, viel mehr, als mir je klar war …« Eine einzelne Träne gleitet an seiner Wange hinab. Er ist nicht in der Lage, fortzufahren.

Ich stehe auf, stelle mich neben ihn und spreche.

»Wir sind beide sehr dankbar, dass Sie alle gekommen sind, um Dad zu verabschieden. Ich würde gerne etwas vorlesen, einen kleinen Moment.« Ich ziehe mein Handy aus Mums Clutch und suche. »Hier ist es. Der Wikipedia-Eintrag … zum ersten Hauptsatz der Thermodynamik.«

Ein leises Lachen geht durch die Reihe der versammelten Wissenschaftler.

»Der Erste Hauptsatz der Thermodynamik beschreibt die Energieerhaltung in thermodynamischen Systemen. Er sagt aus, dass die Energie eines abgeschlossenen Systems konstant ist.« Ich senke das Handy und fahre fort: »Das heißt, Energie kann weder erschaffen noch zerstört werden. Jedoch kann Energie ihre Form ändern, Energie kann von einem Ort zum nächsten fließen.« Ich halte inne. »Dad war Wissenschaftler durch und durch. Er hielt nichts von der Idee eines Lebens nach dem Tod, von einem Reich im Jenseits, aber ich …« Ich nehme Reece' Hand. »… wir finden Trost in der Vorstellung, dass Dads Energie uns nicht verlassen hat – sie wurde nur in der Welt freigesetzt. Gemeinsam mit der Energie unserer Mutter, Jennifer.«

Irgendwo ertönt ein scharfes Luftholen. Mein Blick huscht zu

Mr Roberts, Mrs Roberts und Marcus, bevor er auf Reece verweilt.

Er nickt, und wir kehren zu unserer Bank zurück.

»Danke«, flüstert er.

»Ich habe es für Dad getan«, sage ich.

Das schreckliche Trauergedudel setzt wieder ein. Ich eile zur Anlage und stoppe die Jammermusik mittendrin. Reece folgt mir mit panischem Blick.

»Dad hat viele Jahre im selbst auferlegten Exil gelebt«, erkläre ich an die Versammelten gerichtet, während ich an meinem Handy rumfummle. »Jetzt ist er frei und schlendert wieder Händchen haltend durch den Park.« Ich finde meinen Mix von Dads Lieblingssongs, drehe die Lautstärke voll auf und drücke Play. Gitarrenakkorde ertönen, dann ein Schlagzeug und ein »Oi«. Die meisten Leute blicken verwirrt drein, doch Reece lächelt mich an. Phil Daniels' Cockney-Ballade hallt von den steinernen Mauern wider. Blurs »Parklife« von einem von Dads Lieblingsalben läuft, als der Sarg sich von uns entfernt. Ich erinnere ihn, wie er in jenen Monaten vor Mums Tod war – das Wissen liebend, die Musik liebend, uns liebend. Alle lachen und weinen gleichzeitig, und der Song begleitet das Verschwinden des Sargs und das Schließen der kleinen roten quastenbesetzten Vorhänge.

Wir stehen auf, um die Kapelle zu verlassen, als ein Scheppern und schräge Laute aus meinem Handy ertönen. Es ist das nächste Stück in meinem Mix, die Synthesizer-Melodie vom The-Who-Song »Who are You«. Die Gitarren und das Schlagzeug setzen ein, und Reece streckt den Arm, um es auszuschalten, aber ich ziehe das Handy weg und lasse das Stück weiterlaufen. Ich erinnere mich noch so gut, wie Dad es in seinem Büro laufen ließ – aber noch besser kenne ich es von betrunkenen Serienmarathons, denn es ist auch der Soundtrack für die US-Serie *CSI: Crime*

Scene Investigation. Wie passend, sowohl für Dads Abschied als auch mein heutiges Motto.

Ich schüttle die Hände von Mr Roberts, Mrs Roberts, Marcus und schließlich Reece, während Roger Daltrey immer wieder singt: »Who are you?«

Wer bist du?

KAPITEL ZWEIUNDDREISSIG

Ich werde in Reece' schnittiger schwarzer Limousine heimgefahren, wobei ich versuche, nicht den satten, erdigen Muff der Ledersitze einzuatmen. Aber in der Luft liegt mehr als nur der erstickende Gestank gegerbter Tierhäute. Endlich, ohne mich anzusehen, bricht Reece die sperrige Stille. »Hab deine kleine Tracking-App auf meinem Handy gefunden, Jane Bond.«

»Ich war gefrustet, weil ich dich nie erreichen konnte.«

»Aber du hast meine Handynummer, und jetzt ist es doch gut zwischen uns, oder?«

Als ich nicht antworte, dreht er sich zu mir.

Ich zucke mit den Achseln.

Er lässt ein ungläubiges Schnauben los: »Wie kannst du mit mir in diesem Wagen sitzen, wenn du immer noch glaubst, dass ich ein Mörder bin? Was, wenn ich austicke?«

»Der Fahrer wäre Zeuge«, entgegne ich.

»Ja, aber vielleicht ist es mir egal, weil deine Beschuldigungen mich zu einem mörderischen Wutausbruch treiben«, erwidert er.

»Und, bist du wütend?«, frage ich an seine glatt rasierte Wange gewandt, während er zum Fenster rausstarrt.

»Ich habe Mum nicht getötet«, murmelt er.

»Warum hast du den Rothko in deinem Wohnzimmer hängen?«, frage ich leise.

»Wie bitte?« Er schwingt wieder zu mir rum.

»*Untitled 1970* – sein letztes Bild, bevor er sich umbrachte.«

Er schnaubt.

»Hegst du Selbstmordgedanken, weil du nicht mit dem leben kannst, was du getan hast?«

Er verdreht die Augen. »Ich finde es ... beruhigend«, sagt er, an der Schlaufe der Armlehne herumfummelnd. »Wenn ich wieder das Gefühl habe zu explodieren angesichts meiner miesen, krampfigen Existenz. Einfach zu wissen, dass« – er holt tief Luft – »es einen Ausweg gibt.«

»Aber du würdest ihn nie nehmen?«

»Hab ich zumindest noch nicht«, sagt er mit seinem komischen schiefen Grinsen.

Wir starren einander an, als der Wagen vor dem Haus stehen bleibt.

Die drei Roberts laufen zwischen unseren beiden Häusern hin und her, wobei sie wie Riesen über die kleine Trennmauer steigen und Platten mit Sandwiches, Quiches und Kuchen tragen. Marcus späht blinzelnd zu unserem Wagen mit den getönten Scheiben, ohne zu ahnen, dass Reece ihn beobachtet.

»Was macht das Arschloch noch hier?«, will Reece wissen.

»Reece, bitte, ich möchte, dass alle, die Dad kannten, beim Leichenschmaus dabei sind. Tu mir bitte diesen einen Gefallen.«

Er sieht mich finster an und springt dann aus dem Wagen, während ich noch Mühe habe, meinen glänzenden schwarzen Sicherheitsgurt zu lösen. Ich sehe zu, wie Reece wild gestikulierend Marcus anbrüllt. Endlich bin ich den Gurt los und flitze die Rampe hoch, gerade als Reece Marcus ein Tablett mit Sandwiches aus der Hand schlägt, sodass es durch die Luft fliegt.

»Verpiss dich!«, schreit Reece.

»Sie hat darauf bestanden, dass ich dabei bin«, sagt Marcus, zu mir deutend. »Aber danke. Ich bin hier raus.«

Ich packe seinen Arm. »Nein. Du musst jetzt bleiben. Ihr beide. Außer du willst, dass ich mich mit deinen Eltern unterhalte. Und du, willst du, dass ich mit der Presse rede, Reece?«

»Na schön, aber halt den Wichser von mir fern«, sagt Reece und stapft ins Haus.

»Mach mit dem Servieren weiter«, knurre ich Marcus an, der Reece folgt.

Im Haus wurden die Seitenteile des Esszimmertischs zum ersten Mal seit dreiundzwanzig Jahren ausgezogen, und er biegt sich unter einem bacchantischen Festmahl aus Quiches, Salaten, Sandwiches, Lachshäppchen, Chips, Dips, Erdbeerkuchen, Shortbread-Keksen, Wein, Bier und Saft. Daneben steht ein großer Stapel Teller und Besteck – eine chaotische Mischung aus unserem Zeug und dem von nebenan. Das Familiengeschirr unserer beiden Häuser, zu einem letzten Fest vereint.

Ich beobachte Reece, der wieder in seine Rolle verfallen ist, ganz der perfekte Gastgeber, der Dads alte Freunde in angeregte Gespräche verwickelt. Entweder ist er ein toller Hecht oder ein Teufel. Ich gieße mir ein Glas Mineralwasser nach.

»Nichts Hartes heute?«, fragt Chris, der neben mir aufgetaucht ist.

»Ich experimentiere mit dem weichen Zeug«, erwidere ich und hebe mein Glas.

»Harte Drinks werden gemeinhin unterschätzt. Ich wäre ohne sie tot. Prost«, erwidert er, sein Weinglas hebend, und wir stoßen an. »Wie hältst du dich?«, erkundigt er sich.

Ich zucke mit den Achseln.

»Ich sehe schon, du bist mit der Haarbleiche in die Vollen gegangen. Interessante Strategie für eine Frau, die völlig entsetzt war, dass man sie mit ihrer Mutter verwechselt.«

»Ich ... probiere etwas aus.«

Er kräuselt die Augenbrauen. »Tja, du warst zwar eine heiße Brünette – aber du bist auch eine heiße Blondine.«

Ich lache.

»Ich bin hier, falls du mich brauchst«, sagt er, dann rollt er davon, um sich mit Dads Freunden zu unterhalten.

»Ich sehe, dass du das Gartentor geöffnet hast?«, bemerkt Reece, der an mir vorbeikommt, um sich noch was zu trinken zu holen.

»Jepp, ab sofort steht alles weit offen!«, rufe ich ihm nach.

Das Licht verblasst, und mir ist leicht schwummrig im Kopf, da ich den ganzen Tag nichts gegessen habe.

Marcus tut sein Bestes, Dads tattrigen alten Kollegen Getränke auszuschenken. Er schnappt sich die nächste Kiste Wein und hebt sie auf den Tisch, als wäre es ein leerer Karton. Was für eine physische Kraft – wie einfach für ihn, ein Messer in einen Brustkorb zu rammen, eine Rippe zu zerschmettern. Er sieht mich näher kommen und verschüttet etwas Wein, der sich rot in das weiße Tischtuch saugt.

»Welchen willst du?«, fragt er.

»Tja, Hannah trinkt ihn eher rot, aber Mum lieber weiß – wen siehst du, wenn du mich anschaust?«

Er knallt die Flasche auf den Tisch, marschiert in den Garten hinaus und verlässt ihn durch das Tor. Ich drehe mich in das Zimmer zurück und kreuze Mr Roberts' Blick. Er schluckt; ich winke und puste ihm einen Luftkuss zu, so, wie Mum es früher tat. Dann flitze ich los, Marcus hinterher, in den Wald.

Es wird allmählich dunkel, und unter dem dichten Blätterdach kann ich ihn kaum noch ausmachen.

»Marcus, warte!«

Er bleibt wie angewurzelt stehen, jedoch ohne sich mir zuzuwenden. Ich gehe in einem Bogen um ihn herum und sehe Tränen sein Gesicht runterströmen.

»Du siehst ihr so ähnlich«, sagt er. »Es ist, als wäre sie zurück, um Rache zu nehmen.«

»Für das, was du getan hast«, stelle ich fest.

»Ich werde es mir nie verzeihen. Ich wusste, dass es falsch war. Ich war Reece' bester Freund, und trotzdem habe ich ihm das angetan.«

»Kümmere dich nicht um Reece – was ist mit dem Mord an Mum?«

»Bist du wahnsinnig? Ich schwöre bei meinem Leben, dass ich es nicht war.«

»Warum bist du dann in der Nacht von Dads Tod wieder in unser Haus eingebrochen?«

»Bin ich nicht.« Er wirkt aufrichtig verwirrt. »Ich war seit dem Abend mit dir im Pub nicht mehr da.«

»Hey!« Ein lauter Ruf hinter uns.

Wir drehen uns beide um – es ist Mr Roberts, der schwer keuchend zu uns aufschließt.

»Hört auf damit!«, brüllt er und blickt hektisch zwischen uns hin und her.

»Dad, bitte geh«, sagt Marcus. »Das hier ist etwas zwischen Hannah und mir.«

»Nein, ihr müsst damit aufhören«, fleht er.

»Was können Sie nur damit meinen, Mr Roberts?«, frage ich aufgesetzt unschuldig.

»Bitte, Hannah, du hast es versprochen!«, beschwört mich Mr Roberts.

»Was versprochen?«, fragt Marcus.

»Tu's nicht«, bettelt Mr Roberts.

»Tu was nicht?«, fragt Marcus und schaut erst zu seinem Vater, dann zu mir. »Weiß er es?«

»Weiß ich was?«, fragt nun Mr Roberts.

»Ihr zwei habt mir beide ein Geheimnis erzählt. Aber der Preis, es zu hören, würde darin bestehen, es jeweils zu verraten. Das nennt man wohl eine Pattsituation, nicht wahr.«

Einen Moment lang sagt keiner was, dann tritt Mr Roberts auf Marcus zu. »Marcus, du darfst nichts mit ihr zu tun haben.«

»Oh, kommen Sie!«, schnauze ich ihn an. »Sie sind ernsthaft eifersüchtig auf Ihren eigenen Sohn? Ich darf bloß nicht mit Marcus ausgehen, weil ich Sie zu sehr an Ihre Liebhaberin erinnere – meine Mutter.«

»Was?!«, ruft Marcus aus.

Mr Roberts schlägt seine Faust in den Baum neben sich, die schiere Wucht hinterlässt eine Bruchstelle in der Rinde. Er ist definitiv stark genug, ein Messer in einen Brustkorb zu rammen und eine Rippe zu zerschmettern. Er umfasst seine blutende Faust, während er seine trüben Augen hebt und knapp nickt.

»Du verficktes Arschloch!«, brüllt Marcus ihn an.

»Ja, Marcus, ganz genau«, sage ich. »Wobei du dir wohl kaum ein Urteil erlauben kannst.«

Er schüttelt panisch den Kopf, aber ich winke ab. »Meine Mutter war ganz klar ein großer Fan der Roberts-Männer – ihr habt beide mit ihr geschlafen.«

Mr Roberts dreht sich langsam zu Marcus. »Marcus, das ist doch nicht wahr?«

Marcus senkt den Kopf.

»O mein Gott.«

»So, euer beider Geheimnis ist gelüftet. Obwohl ich sagen muss – Marcus hatte wenigstens den Anstand, aufgrund meiner Ähnlichkeit zu seiner Liebhaberin von mir abgestoßen zu sein.«

»Ich ...«, platzt Marcus hervor, doch ich hebe die Hand, um ihm Einhalt zu gebieten.

»Mach dir keine Mühe, Marcus, ich erkenne Abscheu, wenn ich ihn sehe. Aber Sie, Mr Roberts«, sage ich und trete direkt vor ihn. »Sie können gar nicht damit aufhören, mich anzuglotzen, mich zu berühren, mir nachzustellen, jede Chance zu nutzen, um allein mit mir zu sein. – Ist das bloße Eifersucht, oder liegt es daran, dass Sie Mum getötet haben und ich ihr Ersatz bin?«

Er blinzelt mich an. »Du hast das alles missverstanden.«

Er beugt sich nach vorn und stößt ein schweres Stöhnen aus. Marcus und ich blicken einander erschrocken an. Dann lässt er abrupt die Arme sinken, richtet sich auf und hebt den Kopf. Er sieht erst zu Marcus, dann zu mir.

»Ich schaue dich an«, sagt er leise, »weil du meine Tochter bist.«

Eine Ratte huscht zwischen uns hindurch in die Büsche.

Ich denke an all die Male zurück, als Mr Roberts mich angesehen hat, mich angelächelt hat, mir geholfen hat, Dinge zu tragen, sich Sorgen um mich gemacht hat …

»Aber Sie … Sie sagten doch, es sei passiert, als Reece gerade in die weiterführende Schule gekommen war …« Ich stocke. Aber natürlich – die besten Lügen enthalten immer konkrete Details.

»Es war ein One-Night-Stand. Ich war betrunken und dumm.«

»Sie ist meine Schwester?«, entfährt es Marcus ungläubig.

»Halbschwester.«

»Aber sie könnte doch trotzdem das Kind von Philip sein«, sagt Marcus verzweifelt.

»Nein. Mein Dad war aller Wahrscheinlichkeit nach unfruchtbar«, erwidere ich langsam. »Und ein DNA-Test hat ergeben, dass er nicht mein biologischer Vater war.«

»Jen gestand es mir selbst«, erklärt Mr Roberts, »meinte jedoch, dass sie es nie jemandem verraten würde, und ich dachte, ich könnte es einfach verdrängen.«

All das perverse Interesse, das ich meinte, bei Mr Roberts zu erkennen, zerfließt und fügt sich neu zu Sorge – die Sorge eines Vaters. Ich bin seine Tochter.

Mr Roberts tritt auf mich zu, aber ich weiche zurück.

»Nicht«, sage ich düster.

»Es tut mir leid, Hannah, ich konnte es dir nicht erzählen. Aber als mir der Verdacht kam, dass du und Marcus … da musste ich.«

»Sie sind nicht mein Vater, Sie sind nur ein Samenspender. Ich habe meinen Dad beerdigt«, entgegne ich, während mir die Tränen übers Gesicht laufen. »Was für eine schäbige kleine Familie ihr doch seid. Verpisst euch, ihr beide. Ihr seid nicht mehr bei uns willkommen, keiner von euch, nie wieder.«

Ich renne fort, so schnell mich meine Beine tragen.

So viel zu meinem Plan, einen von ihnen so zu überrumpeln, dass sie mir etwas über Mums Tod verraten. Wann werde ich je lernen, dass ich nie alle Karten in der Hand halten kann? Kaum dass ich denke, dass ich etwas in Erfahrung gebracht habe, und mich dem Zorn der Gerechten hingebe, bestätigt sich wieder mal meine jämmerliche Unwissenheit. Immer wieder glaube ich, dass ich trotz schmerzhafter Landung überlebt habe.

Dabei falle ich nur immer weiter.

KAPITEL DREIUNDDREISSIG

Ich stolpere durch den Wald, bis es zu dunkel ist, um zu erkennen, wohin ich gehe. Als ich schließlich wieder durch das Tor trete, wirft das Haus sein Licht in den Garten, doch die Räume sind so gut wie leer. Dads alte Kollegen sind fort. Im Wohnzimmer hängt Reece in einem Sessel, ein Glas in der Hand, während Chris ein altes Fotoalbum durchblättert. In der Küche ist Mrs Roberts am Aufräumen. Ich sehe ihr an, dass sie fix und fertig ist; sie hat Mühe, einen Stapel Teller anzuheben. Aber ich empfinde nichts. Sie ist die Letzte der Verdächtigen. Ich glühe wie die weißen Holzstücke in einem von Dads herbstlichen Lagerfeuern, zerbrechlich, aber immer noch heiß.

»Hallo, Liebes, hast du Frank und Marcus gesehen?«, fragt sie, als ich über die Terrasse die Küche betrete.

»Ich denke nicht, dass sie noch mal herkommen«, sage ich unheilvoll.

»Oh«, macht sie und schreckt bei meinem Tonfall zusammen.

Sowohl ihr Sohn als auch ihr Ehemann haben mit meiner Mutter geschlafen. Ihr Ehemann hat mich gezeugt. Das ist ein mehr als hinreichendes Motiv, um die Identität von Mums Mörder zu vertuschen. Und Dad beiseitezuschaffen, um das Geheimnis zu bewahren.

»Sie sind zu aufgewühlt«, schiebe ich hinterher.

Sie fährt damit fort, Essensreste von den Tellern in den Müll zu kratzen.

»Natürlich«, erwidert sie langsam. »Sie hatten deinen Vater gern, wir alle.«

»Ach wirklich?«, knurre ich.

Sie sieht mich blinzelnd an und wischt sich mit dem Handrücken über die Stirn, wobei sie Sahne darauf verschmiert.

»So gern hatten sie ihn auch wieder nicht«, sage ich ruhig, trete auf sie zu und wische ihr die Sahne weg.

»Ich weiß, dass das alles furchtbar anstrengend war ...«

»Sie hatten ihn nicht gern genug, um nicht mit meiner Mutter zu schlafen.«

Sie erstarrt, die tellerkratzende Gabel verharrt inmitten der Bewegung.

»W...was?«, stammelt sie und knallt den Teller so fest auf die Anrichte, dass ein Stück vom Rand abplatzt. »Wie meinst du das?« Alle Farbe weicht aus ihrem Gesicht; sie taumelt rückwärts und bricht auf einem Küchenstuhl zusammen. Ich sehe ihr an, dass diese Information völlig neu für sie ist.

»Du wusstest es nicht«, stelle ich das Offenkundige fest.

»Ich ... ich verstehe nicht«, murmelt sie.

Ich kann meine Worte nicht zurücknehmen. Ich fühle mich schmutzig und grausam, als ich auf die Frau niederblicke, die ich soeben zerstört habe.

»Was meinst du damit?«, fragt sie bebend. »Dass Jen mit Frank ... und mit Marcus geschlafen hat?« Sie schüttelt den Kopf, ihr Mund hängt offen.

Ich habe das Werk vollendet, das meine Mutter begonnen hat – ich habe diese Familie unwiederbringlich ruiniert. Ich bin wahrhaft die Tochter meiner Mutter. Es bedarf keines Gentests, um das zu beweisen.

»Ja«, antworte ich leise. »Es tut mir leid. Du solltest besser nach Hause gehen.«

»Aber ... ich verstehe nicht.« Sie starrt mich an.

»Du musst mit deiner Familie reden.« Ich will sie am Arm nehmen, als sie sich mühsam erhebt, doch sie zuckt mit leerem Blick vor mir zurück. Ich habe ihr das Herz gebrochen. Mum ließ Menschen zerstört zurück, während sie selbst durchs Leben rauschte – es waren Kollateralschäden. Aber ich zerstöre Menschen mit Vorsatz.

Langsam dreht Mrs Roberts sich um, wankt zur Tür hinaus und verschwindet.

All das war die ganze Zeit über eine einzige schäbige Geschichte männlichen Begehrens und männlicher Kontrollsucht. Mr Roberts und Marcus, indem sie betrogen, Dad und Reece, indem sie Mums Verhalten begünstigten und dann die Beweise zurückhielten – und das Ganze hatte nur das Leiden der Frauen dieser Familie zur Folge: Mum wurde ermordet, Mrs Roberts betrogen und ich missachtet und in meiner Entwicklung gehemmt.

Als ich ins Wohnzimmer zurückkehren will, begegne ich Chris im Flur.

»Bist du okay?«, fragt er.

»Klar. Wieso?«

»Klar? Wieso?«, ahmt er mich nach und hebt eine vielsagende Augenbraue.

»Ach, du weißt schon«, erwidere ich. »Noch so ›Dinge, die passieren‹. Du bist aber lange geblieben für jemanden, der Menschen hasst.«

»Nicht alle Menschen«, erwidert er, immer noch besorgt dreinblickend. »Erzähl es mir. Denk dran, mich schockt so schnell nichts.«

»Ich …«

»Alles klar?«, fragt Reece, der ebenfalls in den Flur kommt. »Ah, Detective Manning, immer noch hier? Tja, letztendlich hat das Leben sich Dad geschnappt, da Sie es nicht geschafft haben.«

»Reece, nicht«, werfe ich ein.

»Ist schon gut, Hannah«, sagt Chris. »Mir ging es nie darum, euren Dad zu ›schnappen‹. Nur die Wahrheit ans Licht zu bringen.«

»Tja, da haben Sie gnadenlos versagt«, entgegnet Reece, »genau wie meine ›Schwester‹«, fügt er hinzu, wobei er Gänsefüßchen in die Luft setzt. »Dabei ist sie voller Theorien.«

»Die Wahrheit ist ein flüchtiges Gut«, erwidert Chris heiter. »Es ist wie mit Wasser zu jonglieren.«

»Ich denke, Sie sollten gehen«, sagt Reece.

»Du bist unhöflich«, ermahne ich ihn.

»Oh, ich denke, wir bewegen uns mit Detective Manning jenseits höflicher Finessen. Soll ich Ihnen ein Taxi rufen, Detective?«

»Ich komme zurecht, danke.«

Ich winke Reece fort, und er kehrt ins Wohnzimmer zurück.

»Tut mir leid wegen meines Bruders.«

»Hör zu, ich habe draußen ein Taxi warten, aber ich kann bleiben, falls du mich brauchst?«, sagt er, Richtung Wohnzimmer deutend.

»Ich komme zurecht«, erwidere ich. »Danke für alles.«

»Übrigens, ich habe ein Kaufangebot für mein Elternhaus akzeptiert.«

»Oh, wow. Das ist super. Aber ich hoffe, ich habe dich da nicht zu etwas gedrängt, zu dem du nicht bereit warst?«

»Ich war mehr als bereit. Und ich habe mich gefragt, ob du beizeiten nicht Lust hättest, mich bei der Wohnungssuche zu begleiten?«, fragt er verhalten.

»Vielleicht, doch ich werde jetzt eine Weile ziemlich beschäftigt sein.«

»Du wirst aber nichts Riskantes unternehmen, ja?«

»Natürlich nicht. Nur das Haus räumen.«

»Okay. Also, du rufst mich morgen früh an – gibst mir Bescheid, dass es dir gut geht, ja?«

Ich nicke. Ich will ihn nicht anlügen, aber ich weiß, dass Wohnungssuche mit ihm ein unmöglicher Traum ist, und dass ich morgen nicht da sein werde, um ihn anzurufen. Er will gerade mit dem Rollstuhl wenden, ich packe die Armlehne, beuge mich vor und küsse ihn auf die Wange. Als ich wieder zurückweiche, blinzelt er mich verwirrt an, dreht sich langsam um und verlässt das Haus.

»Wie überaus vertraulich mit dem Feind«, bemerkt Reece aus der Wohnzimmertür, als ich mich umdrehe.

»Wie überaus schwierig zu sagen, wer hier der Feind ist«, entgegne ich.

»Will heißen?«

»Bleibst du heute Nacht hier? Dein altes Zimmer ist frei.«

»Zusammen mit meinen Oasis-Postern? Ich denke, eher nicht.«

»Na schön.«

»Tja, das war's dann wohl«, sagt er endgültig.

»Jepp, das war's.«

Wir blicken einander einen langen Augenblick an, dann geht er davon.

Das wird es als Lebewohl tun.

Ich schalte die Lichter aus und trete in den Garten.

Der Himmel ist klar, der Mond voll, genau wie in jener Nacht, in der Mum starb, heute vor exakt dreiundzwanzig Jahren. Die Schatten der Bäume sind kristallscharf umrissen und locken mich, ihnen zu folgen. Mum ist tot und eingeäschert. Dad ist tot und eingeäschert. Er starb, während ich an ihm zweifelte. Ich habe die Roberts vollkommen zerstört. Ich habe die letzten Stränge meiner ohnehin schon dürftigen Beziehung zu Reece gekappt. Unsere Haustiere sind tot. Das Haus wird verkauft werden. Die Wahrheit wird für immer verborgen bleiben.

Ich bin fertig. Heute Nacht werde ich mich endlich dem Wald übergeben. Ich rufe auf meinem Handy ein Bild von Reece' blutrotem Rothko auf. Er hat recht: Es gibt eine Option, wenn man seine Gedanken nicht mehr ertragen kann. Ich werde in den Wald gehen, und ich werde mich mit einem von Mums Schals am Ort ihres Mordes erhängen.

Ich gehe zurück ins Haus. Die weißen Strahlen des Mondlichts erhellen die Überreste des Leichenschmauses im Zimmer. Wen juckt es, ob ich noch aufräume oder den Inhalt des Hauses der Entrümpelungsfirma überlasse, um es auf die Müllhalde zu kippen – das Gebäude darf gerne verkauft, entkernt und in schnöde magnolienweiß gestrichene Wohnungen umgebaut werden. Aber mein in Muster verliebtes Hirn drängt mich, das Haus meiner peniblen Schreibwarenhandlungs-geprüften Ordnungswut zu unterziehen.

Ich kehre in die Küche zurück und schalte das Licht ein. Die Wanduhr zeigt dreiundzwanzig Uhr. Ich schabe die breiigen Reste von den Tellern, die Mrs Roberts nicht mehr geschafft hat, und räume alle in die Spülmaschine. Die Servierplatten und Schneidebretter wasche ich von Hand. Ich spüle das restliche Besteck und sortiere es zum Trocknen aufrecht im halb gefüllten Besteckkorb – die Gabeln unter sich, die Messer unter sich, die Löffel unter sich. Als ich die letzten Löffel verstaut habe, fühle ich mich erlöst, leichter. Jetzt kann ich loslassen. Das Schmutzwasser fließt langsam ab, als ich bemerke, dass sich ein einzelnes Besteckstück noch in der fettigen Brühe versteckt hat.

Ich spüle es sauber.

Es ist ein kleines Messer, recht schwer für seine Größe, scharf, teuer, kaum genutzt – mit einem asiatisch anmutenden Griff.

Mir kommt das wellige Foto der Mordwaffe in den Sinn, das Chris mir gezeigt hat – viel größer als dieses Exemplar, aber der Griff war exakt gleich. Dieses Messer stammt aus demselben Set. Und ja, ich habe es zuvor schon gesehen – es war das kleine quadratische Bild aus dem Fries in der Küche, das von der Wand entfernt worden war. Jemand ist ins Haus gekommen, um ebendieses Bild abzuhängen.

Es ist keines von unseren Messern, also muss es von … nebenan kommen.

Mums Mörder war ein großer, kräftiger Mann mit Zugang zum Nachbarhaus: Mr Roberts, Marcus oder Reece. Und dann hat einer von ihnen – oder Mrs Roberts, die einen von ihnen beschützt – Dad umgebracht.

Ich sitze reglos da.

Dann formuliere ich sorgfältig drei identische Nachrichten – für Reece, Marcus und Mr Roberts:

Ich habe ein Messer aus dem Set gefunden, das du benutzt hast. Gleiche Zeit, gleicher Ort, heute Nacht?

Der wahre Mörder wird wissen, was ich meine. Die anderen werden sich nicht angesprochen fühlen. Mein Finger verharrt über dem grünen Senden-Symbol … dann drücke ich.

Senden.

Senden.

Senden.

Ich muss ihm in die Augen blicken. Was mit mir geschieht, ist jetzt egal. Ich ziehe den grünen Rock und die weiße Bluse an, die ich schon für meine Nachstellung von Mums letztem Tag mit Reece und Dad benutzt habe. Ich schlüpfe in ein Paar hoher Sandalen wie die goldenen, die Mum an jenem Tag trug.

Mir bleibt etwa eine halbe Stunde bis zum Zeitpunkt des Mordes.

Mitternacht.

Der Mörder wird mit Sicherheit noch wach sein, gepeinigt von Schuld, am Jahrestag seines Verbrechens.

Ich peppe mein Make-up auf, indem ich meine Augenhöhlen schwarz ausmale, mein Haar wild auftoupiere und den tiefroten Lippenstift so dick auftrage, dass mein Mund zu einer blutig klaffenden Wunde wird.

Ich prüfe die Nachrichten.

Gelesen.

Gelesen.

Gelesen.

KAPITEL VIERUNDDREISSIG

Heute Nacht fügen sich die Muster zu einem Ganzen.

Um zehn vor zwölf steige ich die ächzende Treppe des leeren Hauses hinab. Ich bin siebenunddreißig, dasselbe Alter wie Mum, als sie, vor exakt dreiundzwanzig Jahren, an ebendiesem Tag, zu ebendieser Uhrzeit in den Wald hinauslief, wo sie starb. Ich bin ihre Doppelgängerin – ihre Zellen, ihr Aussehen, ihre Kleidung, ihr Duft –, sie strömt komplett von mir aus. Ich haste über die Terrasse, schiebe das Gartentor auf und trete durch dieses Portal in die Vergangenheit.

Der Wald ist mittlerweile pechschwarz. Das mickrige, unheimliche Licht meiner Handy-Taschenlampe reicht kaum ein paar Schritte weit. Es ist gar nicht so einfach, in Mums Riemchensandalen zu gehen, meine Knöchel knicken immer wieder auf dem unebenen Grund um. Aber ich folge beharrlich dem äußeren Rundweg und biege dann nach innen zum Zentrum des Waldes. Das kleine asiatische Messer habe ich fest in meiner rechten Hand gepackt.

Ich höre ein leises, hohes Quietschen. Fledermäuse. Ich kenne das Geräusch noch so gut aus meiner Kindheit und erinnere mich, wie Dad mir sagte, ich solle es genießen, da ich irgendwann da rauswachsen würde – Erwachsene können die Frequenz angeblich nicht hören. Aber aus irgendeinem Grund höre ich sie immer noch – vielleicht weil ich mit vierzehn in meiner Entwicklung stoppte.

Meine Schritte knistern auf dem Waldboden, als würde ich unter mir die Erde versengen. Riesige gespenstische Bäume ragen um mich herum auf. Laub raschelt. Ein Ast knackt in der Nähe.

Alles in mir sträubt sich, als mich das Gefühl überkommt, beobachtet zu werden. Ich schwinge herum, um angestrengt in die Finsternis zu spähen. Doch falls jemand da ist, wird er von der Dunkelheit eingehüllt. Speichel schießt mir in den Mund, mein Hals schnürt sich zu. Jeder Schritt trägt mich weiter in die schwarze Leere, während der Wald mich weiter in sich hineinsaugt, mich vorwärtsziehend und sogleich den Weg hinter mir verschluckend.

Schließlich erreiche ich die Ecke des Zauns, der den Kinderspielplatz umgibt; meine linke Hand ertastet die harte Kälte des eisernen Geländers. Ich lasse sie von Strebe zu Strebe hüpfen, und ein metallenes rhythmisches Klingen ertönt. An den Rändern des Waldes ist ein schwacher Lichtschein auszumachen, aber in der Richtung, in die ich muss, ist nichts. Plötzlich sind da Schritte in der Nähe. Ich erstarre, halte den Atem an, aber es hat aufgehört. Vielleicht war es nur ein Echo meiner eigenen Schritte?

Mein Handy geht aus, und mit ihm meine Taschenlampe, sodass ich in eine stumme, schwere Schwärze getaucht werde. Die Finsternis hat sich so dicht über alles gelegt, dass jemand direkt neben mir stehen könnte, und ich würde es nicht merken – bis er mich gepackt und mit sich gerissen hätte.

Aber jetzt kann ich nicht mehr zurück. Ich muss die kühle Sicherheit des Metallzauns hinter mir lassen und mich in die teerige Düsternis hineinbegeben, in Richtung der gespaltenen Hainbuche. Ich schiebe mich mit ausgestreckten Armen vorwärts.

Etwas Hartes streift mein Gesicht. Ich stürze unsanft nach vorne, rolle mich weiter, um dem nächsten Hieb auszuweichen, und knalle gegen einen Holzstamm. Aber nichts passiert. Ich muss gegen einen Ast gelaufen sein. Ich bleibe reglos liegen und höre einen gequälten Schrei. Ein Fuchs? Oder Gelächter? Früher witzelten wir, dass jaulende Füchse klangen wie Mum, wenn sie lachte. Ich drehe mich auf alle viere herum und zwinge mich, aufzustehen. Ich habe die Orientierung verloren, aber ich schiebe mich wieder vorwärts, in die Richtung, in die ich gestürzt bin. Das Baumkronendach über mir wird lichter, und ich kann die Umrisse der zweigeteilten Hainbuche, die himmelwärts gerichtete Gestalt und den niedrigen, kriechenden Zwilling, vor mir ausmachen.

Ich bringe die letzten Meter hinter mich und bleibe stehen.

»Ich weiß, dass du da bist!«, rufe ich in die tintenschwarze Nacht. »Komm schon. Hier bin nur ich.«

Das Kreischen eines Fuchses jault verzerrt zu meiner Rechten los, und mein Kopf wirbelt herum. Dann leuchtet ein gleißend helles Licht mich von links an, und ich wirble wieder herum, wobei ich meine Augen abschirme, um zu sehen, wer es hält.

»Und der mysteriöse Gast ist ...«, beginne ich.

Der Taschenlampenstrahl schnellt nach oben und erleuchtet das fratzenhafte Gesicht von ...

»Ich«, sagt Mrs Roberts mit einer entschuldigenden Grimasse, ihre Augen weit aufgerissen.

»Aber ich habe dir doch gar nicht geschrieben«, erwidere ich gleichermaßen schockiert wie verwirrt. Der Mörder muss doch ein Mann gewesen sein?

»Frank schläft wie ein Stein. Das Muttersein hat meinen Schlaf für immer ruiniert, ich bin auf jeden noch so leisen Schrei gepolt ... und jedes Handypiepen mit einer Nachricht über ein Messer. Wie hast du es gefunden?«

»Es war unter dem Geschirr von der Feier heute«, sage ich und hebe die Klinge, während sie ihren Lichtstrahl suchend darauf richtet.

»Aber natürlich ... ich hätte Marcus nicht mit dem Besteck beauftragen dürfen«, sagt sie seufzend. »Das dämliche Foto in eurer

Küche habe ich abgehängt, aber es war dumm von mir, das verbliebene Messer im Andenken an sie zu behalten. Marcus war so verzweifelt darum bemüht, es dir recht zu machen, dass er den alten Messerblock ganz hinten aus dem Küchenschrank ausgegraben haben muss – den, in dem ein Messer fehlt.« Sie seufzt. »Ich habe den Block in jener Nacht dort verstaut, nachdem das Set nicht mehr vollständig war. Hätte es schon damals entsorgen sollen, aber es war eine teure Anschaffung gewesen. Ich habe deiner Mum in ihrer Vorliebe für asiatische Dinge ein bisschen nachgeeifert«, setzt sie verschämt hinzu.

Sie hat sich kaum merklich auf mich zubewegt. Ich trete rückwärts über den am Boden entlangwachsenden Baumstamm, sodass er zwischen uns liegt. Ich hebe meine kleine Klinge in ihre Richtung. Sie schwenkt den Lichtstrahl von mir weg zu ihrer rechten Hand, die ein großes Küchenmesser gepackt hält.

»David besiegt Goliath nur im Märchen«, sagt sie.

»Also hast du Mum umgebracht? Warum?«

»Es war ein Unfall – das schwöre ich«, erwidert sie, wobei sie weiter nach vorne tritt und in meine Richtung stochert, während ich zurückweiche. »Ein einziger Moment des Hasses in einem halben Leben aufopferungsvoller Treue.«

»Bitte, lass mich gehen.«

»Ich kann nicht«, stößt sie verzweifelt aus, »du würdest uns alle zerstören.«

»Nein, würde ich nicht. Bestimmt nicht.«

Sie geht im Kreis um den höheren Baum herum, und ich bewege mich im Uhrzeigersinn von ihr fort, wobei ich zwischen ihrem Messer und ihren gehetzten Augen hin- und herblicke.

»Aber sie war doch deine beste Freundin?«

»Ja, und ich habe sie seither jeden einzelnen Tag vermisst. Selbst nach all den Jahren fühle ich mich kaum noch wie ich selbst – ohne sie habe ich niemanden, in dem ich mich spiegeln kann.«

Sie macht einige weitere Schritte auf mich zu, und ich kreise im Gleichtakt von ihr weg.

»Weißt du, du bist ihr wirklich recht ähnlich, Liebes«, sagt sie gütig, während sie den Strahl ihrer Lampe an mir auf und ab schweifen lässt. »Es ist, als sei sie jung und schön geblieben, während ich alt und dick wurde.« Sie macht ein paar Schritte vorwärts, aber ich weiche aus und beschreibe einen Bogen, sodass wir uns wieder auf gegenüberliegenden Seiten des Baumes befinden.

»Aber warum solltest du deine Freundin töten?«

»Du findest nicht, mir Frank und Marcus zu stehlen, sei Grund genug?«

»Also wusstest du es ... als ich es dir vorhin in der Küche gesagt habe? Du warst so glaubhaft ... am Boden zerstört.«

»Ich schätze, Reece ist nicht der einzige Schauspieler unter uns«, sagt sie mit einem merkwürdigen Lachen, wobei sie kein bisschen an die Frau erinnert, von der ich vorhin glaubte, sie zerstört zu haben. »Aber nein, deswegen ist es nicht passiert. Irgendwann hätte ich ihr vergeben können, sich Marcus genommen zu haben, selbst nachdem ich ihr bereits Frank gegeben hatte.«

»Gegeben?«

»Und dich. Dich habe ich ihr auch gegeben«, sagt sie böse.

»Du wusstest, dass ich sein Kind bin? Die ganze Zeit, die ich bei euch ein und aus ging? Auf all den gemeinsamen Familienfeiern?«

»Ich habe es ihr sogar vorgeschlagen«, antwortet sie mit einem stolzen Lächeln.

»Was?!«

»Oh, ich hatte es nicht vor. Jen jammerte in einem fort, dass sie mit deinem Vater nicht schwanger werden konnte – egal wie sehr sie es versuchten.«

Ich winde mich innerlich.

»Er war der Fels in der Brandung, der sie ihr zügelloses Leben führen ließ, und sie hatte Angst, ihn zu verlieren. Aber ein zweites Kind, das hätte die Sache besiegelt.« Sie hält inne, dann fährt sie versonnen fort: »Eines Abends lagen wir draußen in ihrem Garten auf den grünen Sonnenliegen, beide ziemlich betrunken von Cocktails – Sex on the Beach, Slippery Nipples.« Sie scheint völlig in der Erinnerung verloren.

Ich bleibe möglichst reglos stehen, schiebe jedoch mit der linken Ferse das Riemchen an meiner anderen Sandale runter und lasse mich unmerklich sinken, bis ich mit dem rechten Fuß auf dem Boden stehe.

»Ich habe nicht viel für Alkohol übrig«, fügt sie hinzu, »aber ich trank mit, weil es sie glücklich machte. Ich witzelte: ›O Gott, du solltest Frank ausprobieren, ich bin gleich beim ersten Mal schwanger geworden.‹ Es war nur so dahergesagt. Aber ein paar Abende später kam er nach Hause und roch nach ihrem süßlichen Parfüm. Und ein paar Wochen später kommt sie, sagt mir, dass sie schwanger ist, und schenkt mir dieses ganz spezielle Lächeln. Als wäre sie meinem Ratschlag gefolgt.«

»Aber wie konntest du mit ihm zusammenbleiben – weiterhin neben uns wohnen?«, frage ich und verlagere mein Gewicht ganz langsam, sodass es voll auf meinem rechten, nackten Fuß ist, während ich das linke Fersenriemchen Stück für Stück runterschiebe.

»Oh, ich war außer mir – aber ich glaube, sie dachte wirklich, ich hätte ihr die Erlaubnis gegeben. Und tatsächlich rettete sie auf komische Weise sogar meine Ehe. Frank und ich waren dabei, uns voneinander zu entfremden, vor allem nach dem Stress meiner Gebärmutterentfernung bei Marcus' Geburt. Frank traf die Entscheidung, als ich noch unter Narkose war, und ich wachte unfruchtbar daraus auf. Wir waren auf dem besten Weg zur Scheidung, aber nach seinem ›Techtelmechtel‹ fühlte er sich so schuldig, dass es wie in den guten alten Zeiten war. Nur dass ich keine Kinder mehr bekommen konnte. Aber sie hatte nun gleich zwei, die sie nicht großziehen konnte.«

Es ist mir gelungen, den linken Fuß zu befreien, und ich senke die Sohle ganz langsam auf die Erde.

»Jen war eine unglaubliche Person, aber eine wirklich schreckliche Mutter – sie hatte nicht die Absicht, sich in ihrem Lebenswandel durch Kinder einschränken zu lassen. Also durfte ich euch beide großziehen – ihr wart meine Belohnung.«

»Aber war ich nicht eine ständige Erinnerung daran, dass dein Mann dich betrogen hatte?«

»Ach, du hast eine so kindische Sicht aufs Leben, Liebes. Hast du nicht gelernt, dass es im Erwachsenenleben lediglich um Kompromisse und Prioritäten geht? Ich bin ein plumper Trampel und musste im Leben immer hart arbeiten – aber dann tauchte Jen auf, so glamourös und so charismatisch, und alles lief so leicht. Wir waren ein großartiges Team. Yin und Yang. Wir hatten einen unausgesprochenen Pakt laufen: Ich passte auf die Kinder auf, sorgte mich um das glückliche Heim; sie führte dieses aufregende Leben, und ich durfte mich in ihrer herrlichen Energie sonnen. Bis …«

Meine Hand schließt sich fester ums Messer. »Marcus.«

Sie nickt. »Reece hat es dir also gesagt?«

Ich nicke.

»Sie haben meinetwegen die Hölle durchgemacht«, sagt sie traurig. »Reece und dein Vater glaubten beide, der jeweils andere hätte Jen umgebracht, und indem sie einander beschützten, niemandem erzählten, was mit Marcus vorgefallen war … beschützten sie mich.«

»Marcus denkt, du weißt es nicht.«

»Er hat keinen blassen Schimmer. Jen hat es mir selbst erzählt, kam gegen Mitternacht vorbei und warf Steinchen an mein Fenster, wie sie es oft tat, wenn sie ausgegangen war, damit sie mit mir plaudern und runterkommen konnte. Mir machte es nichts aus.« In Mrs Roberts' Stimme schwingt die gleiche Begeisterung mit, die ich an Mary Stanton gesehen habe – noch eine trutschige Frau, die meine Mutter bezirzt hatte. »Aber in jener Nacht war sie betrunken und in einem schlimmen Zustand, brabbelte irgendwas, dass sie dieses Mal zu weit gegangen sei … traute sich nicht, nach Hause zu gehen. Sie entschuldigte sich nicht mal, so gefangen war sie in ihrer Panik. ›Es war nichts, nur ein kleines Techtelmechtel mit Marcus‹, sagte sie zu mir, ›aber dann kamen Phil und Reece rein und sahen mich, und, o Gott, was soll ich nur tun? Ich weiß, dass er mich diesmal verlassen wird.‹ Es ging um sie, sie und noch mal sie. Gerade du müsstest verstehen, warum ich es getan habe.«

Ich beobachte sie starr, als sie die Hände hebt und sie dann runterreißt.

»Denn ich erkannte, dass ich ihr rein gar nichts bedeutete!«, schreit sie, wobei die Messerspitze ihren Oberschenkel trifft.

Ich staune angesichts Mrs Roberts' schillernder Wut – sie ist die lebende Verkörperung all meiner angestauten Verzweiflung, meines Zorns darüber, von Mum ignoriert worden zu sein. Die ganze Zeit über hatte ich mich auf Mums Wirkung auf die Männer in ihrem Leben eingeschossen, wo doch die tückischsten, die gefährlichsten Beziehungen jene zu den Frauen in ihrem Leben waren. Ich kenne selbst nur zu gut die Hochs, in denen ich Mum abgöttisch verehrte, gefolgt von den qualvollen Tiefs, ausgelöst durch ihre Gleichgültigkeit.

»Ich bin nicht nichts«, knurrt Mrs Roberts, wobei sich das Blut wie eine Blüte auf ihrem Rock ausbreitet.

»Natürlich nicht ...«

»Also habe ich ihr eine schallende Ohrfeige verpasst ... dort in meiner Küche.« Sie schnaubt höhnisch. »Du hättest ihr Gesicht sehen sollen – der schiere Unglaube, dass der kleine Wurm sich endlich aufgebäumt hat. Da griff sie nach meinem teuren Küchenmesser und richtete es auf sich selbst. ›Es tut mir leid, Libs, du musst mir vergeben, ich hasse mich selbst‹, jammerte sie. Aber ich wusste, dass es nur Show war. Wie ihr erbärmlicher Selbstmordversuch Jahre zuvor – jeder weiß doch, dass man längs schneiden muss, aber sie schnitt quer, nur um Phil dazu zu bringen, sie von der Kindererziehung zu befreien, und sich wieder ihrem Lotterleben zuzuwenden, ohne ihn zu verlieren. Und nun versuchte sie, mich zu manipulieren. Mich! Ihre Vertraute, ihre Mitwisserin. Ich kannte sie besser als sie sich selbst. Sie dachte, sie könnte mich manipulieren, wie sie es mit jedem Mann in ihrem Leben getan hat.«

Rhythmisch sticht sie jetzt auf ihren Schenkel ein, und die Blutung verschlimmert sich.

»Bitte ... leg das Messer weg«, flehe ich.

Sie scheint mich nicht zu hören.

»Dann lief sie aus der Küche raus und durch das Gartentor ... rannte hier in den Wald, behauptete, sie würde sich umbringen, wenn ich ihr nicht vergeben würde. Ich hätte sie lassen sollen. Aber ich war so eingefahren in meiner Rolle der getreuen Dienerin, der quasselnden, eifrigen Zofe, die hinter ihr aufräumt, ihre Probleme löst. Also folgte ich ihr. Es war dunkel, aber ich konnte problemlos mit ihr Schritt halten, da sie die ganze Zeit auf ihren Nuttentretern umknickte. Sie humpelte weiter – bis zu diesem

Baum hier ... Ich komme manchmal her, um mich mit ihr zu unterhalten.«

Mit der freien Hand fährt sie zärtlich über die glatte Rinde des aufragenden Zwillings.

»Jen hatte dieses asiatische Messer mit beiden Händen gepackt und auf ihre Brust gerichtet. ›Ist es das, was du willst?‹, heulte sie. Und in jenem Moment wusste ich, dass unsere besondere Beziehung ihr rein gar nichts bedeutete. Wir alle waren nur Spielzeug. Keine kostbare Familie, die man umhegte und pflegte. Ich wollte zurück nach Hause, zu meiner Familie, Frank, Marcus, Reece ... und dir. Ich ging an ihr vorbei, ohne sie eines Blickes zu würdigen, doch sie sagte mit weinerlicher Stimme: ›Ich bringe mich um, wenn du mich verlässt. Ich tu's.‹ Da wirbelte ich herum und verpasste ihr einen Stoß in den Rücken.« Mrs Roberts' Augen sind weit aufgerissen, aber sie sieht mich nicht. »Sie stieß einen kleinen Schrei aus und stürzte nach vorne.«

Aber natürlich ... so kam es zu dem hohen Winkel und der Krafteinwirkung. Nicht durch einen großen Mann, der sie von oben niederstach. Sondern durch eine kleine, verbitterte Frau, die all ihre Wut und Ohnmacht aus sich rausstieß und auf ihre Freundin richtete ... und die Schwerkraft.

»Erst dachte ich, sie würde nur so tun«, erklärt sie mit kindlichem Staunen, »ich sagte ihr, sie solle damit aufhören. Aber sie blieb ganz still da liegen. Ich benutzte meinen Fuß, um sie herumzurollen, und sah sofort, dass sie tot war. Sie hatte das Messer bei dem Sturz an ihre Brust gehalten. Sie sah aus wie eine Puppe, die Augen so groß, das blonde Haar um sie herum ausgebreitet. Ich habe das nicht gewollt. Niemals hätte ich ihr mit Absicht was getan. Sie war meine zweite Hälfte.«

Ich nicke verstehend, während ich mit dem rechten Fuß die körnige Erde und die winzigen Zweige unter meinen nackten

Sohlen zu einem Häufchen zusammenschiebe; dabei löse ich kein einziges Mal den Blick von ihr, während sie fortfährt.

»Ich habe eine Ewigkeit gewartet, sie innerlich angefleht, mich anzuhauchen, habe in ihren Augen nach einem Fünkchen Leben Ausschau gehalten. Aber sie war fort. Und so ließ ich sie schließlich liegen, ihren leeren Blick auf die Kronen des Waldes gerichtet.«

Mrs Roberts schaut auf zu den Wipfeln über uns. Ich schaue ebenfalls auf, aber als ich den Blick wieder senke, sind ihre Augen unmittelbar auf mich gerichtet. Jetzt ist sie wieder bei mir, vollkommen anwesend.

»Das war ein Moment des Wahnsinns, ein nachvollziehbarer Aussetzer«, sage ich sanft.

Sie runzelt die Stirn. »Du versuchst, sie zu sein, nicht wahr? Die Frisur, die Kleidung ... Und ich habe gesehen, wie du dich heute Nachmittag mit Marcus und Frank davongeschlichen hast ... um sie dir ebenfalls zu nehmen.«

»Nein, wir haben nur geredet. Ich bin nicht wie sie«, widerspreche ich verzweifelt.

Mrs Roberts gibt ein ersticktes Keuchen von sich. »Natürlich bist du nicht wie sie! Du bist ein farbloser Abklatsch. Es war eine Qual, dir die letzten Wochen dabei zuzusehen, wie du versuchtest, dich in sie zu verwandeln. Jen ist in jener Nacht gestorben – bei einem schrecklichen Unfall. Ich habe so sehr versucht, den Schaden möglichst gering zu halten und alle zu beschützen. Aber jetzt gibst du mir keine andere Wahl. Ich muss dich töten. So wie ich Philip töten musste. Endlich.«

»Endlich?«, flüstere ich.

»Ich stieß ihn vor zwei Wochen die Treppe runter, dachte, ich hätte ihn umgebracht.«

»Du?«

»Danach wollte ich der Natur ihren Lauf lassen, aber du wolltest ja nicht aufhören, in seinen Erinnerungen zu wühlen ... also musste ich es noch mal versuchen.«

»Das warst du im Dunkeln.«

Sie nickt bekümmert. »Es hat mich aus dem Konzept gebracht, als du mich für Jen hieltst. Du hättest doch überhaupt nicht wach sein sollen, Liebes. Ich hatte zerstoßene Schlaftabletten in die warme Milch und die Cookies gegeben. Dein Vater wollte kaum was essen, aber du, du hast meine Kekse immer geliebt, also dachte ich, du würdest genug essen, um dich die ganze Nacht ruhigzustellen. Du hast mir einen furchtbaren Schreck verpasst, als ich dich die Treppe runterkommen sah. Es war beinahe, als wäre Jen ins Leben zurückgekehrt.«

Ich hatte einen halben Keks gegessen. Deswegen hatte ich mich so seltsam benebelt gefühlt. »Du warst die ganze Zeit über im Haus?«

»Ich vergewisserte mich, ob es dir gut ging, dann wartete ich in der Küche, um sicherzugehen, dass du komplett ausgeknockt warst, aber als ich die Klinke der Küchentür drückte, da bist du wieder aufgewacht. Glücklicherweise warst du so benommen, dass du mich nicht erkannt hast, und als du endlich neben ihm weggedämmert bist, habe ich ihm die Pillen in den Mund geschoben.«

»Aber woher wusstest du, wo der Schlüssel für den Tablettensafe war?«

»Deine Eltern haben wichtiges Zeug immer hinter der Uhr verwahrt. Du bist eben die Tochter deiner Mutter.« Sie stockt und starrt mich aus gehetzten Augen an. »Ich hatte keine Wahl. Siehst du das nicht? Ich bin es immer wieder durchgegangen, und am Ende beschloss ich, der einzige und der sanfteste Weg, wie ich alles für immer unterbinden könnte, wäre, Philip sein Ende zu erleichtern und Beweise zu hinterlassen, die eine Anklage für dich zur Folge hätten – nur eine Anklage, und ich hätte dich auch im Gefängnis besucht. Aber selbst mit all den Beweisen, den gestreckten Keksen, den leeren Tablettenschachteln und der hohen Morphindosis in deinem Dad ... kam es zu keinen Ermittlungen. Irgendein fauler Gerichtsmediziner ließ die Sache wohl unter den Tisch fallen. Und da dachte ich, es war vielleicht besser so, und ich wollte dich in Ruhe lassen, aber als du Frank diese dumme kleine Nachricht geschickt hattest, hast du mir keine Wahl gelassen.«

»Aber ich hatte die Wahrheit nicht herausgefunden ... nicht die über dich.« Ich tue so, als würde ich stolpern, und rapple mich wieder auf, nachdem meine linke Hand sich fest um den kleinen Erdhaufen geschlossen hat, den ich zusammengeschoben habe.

»Du hattest alle Puzzleteile – irgendwann hättest du sie zusammengefügt.«

»Ich schwöre, dass ich es niemandem sagen werde.«

»Ich habe dich großgezogen, Hannah, Liebes – ich kenne dich in- und auswendig. Du denkst in Schwarz-Weiß, in festen Mustern und Strukturen. Alles muss ganz klar und ordentlich sein. Deine liebsten Spiele waren immer die, wo du was organisieren und sortieren musstest. Und du warst schon als Kind immer die Petze. Du wirst es ausplaudern.«

»Aber deine DNA wird überall sein.«

»Ja und? Das hier ist ein Messer, das ich auf dem Weg aus eurer Küche mitgenommen habe. Ich werde behaupten, du hättest deinen Vater umgebracht, weil er den Mord an Jen gestanden hatte, und dass ich dich davon abhalten wollte, dich selbst zu töten, aber du warst zu stark für mich. Alle haben mitbekommen, wie verwirrt du die letzten Monate warst. Dein Bruder hat mir erst auf der Feier heute Abend erzählt, wie besorgt er um dich ist. Es wird alles zusammenpassen.«

»Bitte, Libbie!«

»Endlich! Jetzt nennst du mich also so? Oh, das hier ist alles so unerträglich«, schluchzt sie auf. »Aber ich habe keine Wahl. Frank, Marcus und Reece – meine Verurteilung würde sie zerstören. Und sie brauchen mich.«

»Aber was ist mit mir?«

Sie holt tief Luft und kehrt zu einer unheimlichen Ruhe zurück. »Ich muss die größte Zahl beschützen. Es tut mir so leid.«

Als hätte jemand einen Startschuss abgegeben, rast sie mit erhobenem Messer um den Baum herum direkt auf mich zu.

KAPITEL FÜNFUNDDREISSIG

Dies ist der Standhochsprung meines Lebens, wie ich ihn als Kind mit Reece geübt habe. Ich kippe ein winziges Stück nach hinten, hole tief Luft, beuge meine Knie und spanne jeden Muskel an, um mich hochzukatapultieren. Mitten im Flug schwenke ich um, als sie gerade um den liegenden Baum herumrennt, und lande genau in der Mitte des Stamms. Ich bin ihr zugewandt, als sie auf mich zurast, ihr Messer nur Zentimeter entfernt. Ich trete mit dem Fuß brutal gegen ihre Brust und schleudere ihr die bröckelige Erde, die ich aufgesammelt habe, ins Gesicht. Bevor sie auf dem Boden aufkommt, bin ich schon weg und sprinte auf den dunkelsten Teil des Waldes zu, in dem es zwar keine Wege mehr gibt, den ich aber aus meiner Kindheit wie meine Westentasche kenne. Ich sprinte etwa dreißig Sekunden, weiche aus und strauchle, als mir Äste ins Gesicht peitschen und Wurzeln sich in meine Füße graben; erschrocken registriere ich den Krach, den ich veranstalte, indem ich so durchs Unterholz trample. Dann werfe ich mich in ein dichtes Gestrüpp ... und bleibe wie erstarrt liegen.

Meine Handflächen sind zerschrammt, mein Gesicht zerschnitten und meine Lunge fleht mich an, Luft zu holen, aber ich halte sie an, so, wie ich es vor all den Jahren bei dem Fußkitzelspiel geübt habe. Ich entkopple mein Hirn von sämtlichen unerträglichen Empfindungen. Ich beobachte die Bedürfnisse meines Körpers, aber ich bin nicht diese Bedürfnisse. Ich höre Mrs Roberts schnaufend an mir vorbeistampfen.

Ein Raster vom Wald samt allen seinen Pfaden und Hindernissen kommt mir ins Bewusstsein – die Erinnerung unserer endlosen Fang- und Versteckspiele von früher. Ich fokussiere mich auf Mrs Roberts' keuchenden Atem und kalkuliere ihre Position, schätze ihre Entfernung zu mir und was zwischen uns liegt. Sie ist zu nah. Ihre spießigen Faltenröcke und Strickjacken haben mich ihre Fitness unterschätzen lassen. Oder ist es der Wahn, der ihr ungeahnte Kräfte verleiht? Nicht einmal die Stiche, die sie sich selbst in den Oberschenkel zugefügt hat, scheinen sie aufzuhalten. Die schwenkenden Bögen des Taschenlampenstrahls kommen immer näher.

»Hannah!«, ruft sie.

Ich lasse winzige Atemstöße entweichen, während ich mit den Händen über den Boden taste. Da ist nur Farn, Gestrüpp und Erde. Ich ignoriere das Brennen einer Brennnessel an meinem Unterarm. Diese Hülle, das bin nicht ich. Ich registriere den Schmerz, aber ich bin nicht der Schmerz. Da schließen sich meine Finger um einen großen Stein. Ich drehe meine Handfläche und wiege ihn still. Als der Lampenstrahl wieder relativ weit weg von mir ist, werfe ich den Brocken in die diametral entgegengesetzte Richtung, in die ich muss. Er landet mit einem dumpfen Knall, und in der Nanosekunde, da ich sie losstapfen höre, stemme ich mich hoch und eile auf den Weg zu, wo ich schneller sein werde. Ich spüre die Veränderung des Bodens unter mir, von unebenem Waldgrund zu knirschendem Schotter. Aber die regelmäßigen Schläge meiner nackten zerschrammten Sohlen werden begleitet von abweichenden fremden Schritten. Ich wage es nicht, mich umzuschauen, aber sie ist nicht weit hinter mir. Mich tot zu stellen hat keinen Sinn mehr. Ich trommle weiter über den Boden, wobei ich so laut schreie, wie ich kann.

»Hilfe! Ich bin im Wald! Hilfe!«

Als die Silhouetten der angrenzenden Häuser vor mir auftauchen, schere ich vom Weg fort und presche wieder direkt durchs

Unterholz. Ich bin so nah dran – dort, wo man mich hören könnte, wo man mich retten könnte –, als mich etwas mit unglaublicher Kraft am Rücken erwischt und ich der Länge nach auf den stacheligen Boden falle. Ich rolle mich auf den Rücken und sehe ihre dunkle Gestalt über mir aufragen; ihr Gesicht verzerrt, das Messer erhoben.

»Es tut mir so leid«, murmelt sie, bevor sie sich, die Klinge auf meine Brust gerichtet, auf mich wirft. Sie sieht aus wie auf einem von Mums fallenden Fotos: Sie hängt in der Luft, das Messer mit beiden Fäusten gepackt, ihr Haar nach allen Seiten abstehend. Aber sie ist nicht frei in der Luft, sie ist ihre Gefangene – sie kann die Richtung nicht ändern, da sie keine Hebelkraft hat. Zu fallen bedeutet nicht immer, frei zu sein. Ich liege unter ihr, mit der Erde verbunden, verletzlich – aber ich habe den Boden, um mich abzustoßen. Ich stütze mich mit der rechten Hand gerade so hoch, dass ich es schaffe, mich halb nach links zu drehen, raus aus ihrer Bahn. Doch ich lasse den rechten Arm ausgestreckt und drehe das Handgelenk, um mein kleines Messer aufzurichten, sodass es direkt zu ihr aufschaut.

Ihr Messer saust hinab, mitten durch meinen Unterarm, und pfählt ihn am Boden fest. Mein Kopf blendet den Schmerz aus, als gleichzeitig meine kleine Klinge sich in ihre Brust bohrt. Sie stößt einen leisen Schrei aus, ihr Körper spannt sich krampfhaft an … bevor alles aus ihr weicht. Mein Arm ist unter ihrem Körper aufgespießt. Sie ist auf meinem Messer aufgespießt.

Dann dreht sie langsam das Gesicht zu mir um, wobei ihre Nase die Erde streift. Ihre Augen blicken erschrocken wie die eines Rehs. Sie nimmt einen kleinen Atemzug und flüstert mir leise zu: »Ich bin so stolz auf dich.«

Ich löse den Blick nicht von ihr, während ich zusehe, wie das Leben langsam aus ihr sickert, ihre Augen glasig und starr werden.

Ich bin allein, im Dunkeln, gefangen. Der Wald um mich herum raschelt und rauscht. Ihr Messer hat meinen Unterarm vollständig durchdrungen und wird durch das Gewicht ihres Körpers dort festgehalten. Ich versuche, sie mit meinem anderen Arm wegzuschieben. Aber sobald ich den heilen Arm bewege, flammt mein gepfählter Arm vor Schmerz auf. Ich bin der Ohnmacht nahe und lasse mich zurückfallen, bis die Benommenheit wieder verflogen ist. Sie ist viel zu schwer, um sie zu verlagern. Ich bin hier aufgespießt wie ein Schmetterling in einem Glaskasten. Mein Handyakku ist leer. Und selbst wenn Mrs Roberts eins hat, komme ich nicht an ihre Unterseite heran.

»Hilfe!«, schreie ich matt, aber es ist hoffnungslos. Ich weiß genau, wie weit Klänge in diesem Wald wandern, und ich bin noch ein gutes Stück von jeglicher Hoffnung entfernt. Als meine Atmung sich beruhigt, bemerke ich, dass Mrs Roberts' Gesicht leuchtet. Nur dass es nicht von innen leuchtet, sondern von etwas angestrahlt wird. Ich kann sehen, dass ihre Taschenlampe oberhalb meines Kopfs auf der Erde liegt. Knapp außer Reichweite. Langsam strecke ich meinen Arm und heule laut auf, als die Klinge an meinem Fleisch zerrt, woraufhin mich erneut eine Woge der Übelkeit überkommt. Ich werde meinen rechten Arm weiter aufreißen müssen, um an die Taschenlampe zu kommen – mir bleibt keine Wahl. Es heißt, langsam, aber sicher hier verrecken, oder aber schnell sterben und wenigstens versuchen zu leben.

Ich denke an Reece, Dad, Marcus, Mr Roberts, selbst Mrs Roberts – sie alle versuchten, auf ihre Weise einander zu beschützen, viel zu verängstigt, um je etwas zu unternehmen. Ich denke an Dad und sein geliebtes Tottenham-Hotspurs-Motto »To Dare is to Do«; an Reece' bescheuerten Fernsehspruch »Wer nicht wagt, der nicht gewinnt«; an Boudiccas »Sieg oder Untergang«. Ich stemme meine Füße in die Erde und stoße mich ab, spüre Haut und Muskeln an meinem rechten Arm reißen.

Nachdem ich kurz das Bewusstsein verloren habe, komme ich wieder zu mir und schließe die linke Hand um die Taschenlampe. Meine rechte Hand ist immer noch unter Mrs Roberts gefangen, aber der Stich wurde nun über die Länge des Unterarms aufgerissen, und ich muss heftig bluten. Bald werde ich mein Bewusstsein für immer verlieren. Ich richte den Strahl auf die Rückfenster der Häuser und stelle die Taschenlampe fest auf dem Boden auf. Ich bedecke die Lichtquelle mit meiner Hand und löse sie rhythmisch. *Hi-hi-hi, o mein Gott, hi-hi-hi.* Kurz, kurz, kurz, lang, lang, lang, kurz, kurz, kurz. *SOS.* Immer wieder von vorne, während die Zeit sich zäh auseinander- und wieder zusammenzieht wie klebriges Karamell.

Mein gepfählter Arm wird allmählich taub, satt getränkt in der dickflüssigen Suppe aus meinem und Mrs Roberts' Blut, das hinabsickert und sich mit dem Waldboden vermischt. Meine linke Hand kribbelt und fühlt sich seltsam geschwollen an, als meine Finger komplett den Geist aufgeben. Natürlich haben meine dummen kleinen SOS-Hilferufe niemanden erreicht.

Aber das ist egal.

Die ganze Zeit über habe ich mich in dieser Geschichte als das Opfer betrachtet – das arme kleine, traurige Mädchen, für immer gezeichnet von seinem tragischen Verlust. Und so geschockt, als sie später als Erwachsene herausfinden muss, wie sehr sie doch ihrer furchtbaren Mutter ähnelt. Ich habe Rechtfertigungen gefunden, mein Haar zu blondieren, ihre Kleider anzuziehen, ihr Chanel aufzutragen. Alles nur, um sie voll und ganz zu verkörpern, wie ich mir sagte, so geschmacklos es auch sein mochte. Weil ich es tun musste, um herauszufinden, was passiert war – nicht wahr?

Hör auf zu lügen, Hannah. Nur ein Moment der Wahrheit, bevor du stirbst. Ich grinse zu den Baumkronen hinauf, die über mir in der Brise schwanken, mich locken.

Ich liebte es, Mum zu sein. Liebte diesen Kitzel, wenn ich in ihre Beine und in ihren Körper hineinschlüpfte wie in einen Neoprenanzug, die Woge von Erregung, wenn ich ihren Körper über meine Arme und Schultern rollte, den Kick, meine Fingerspitzen tief in ihre Handschuhe zu schieben, und schließlich die Explosion von Lust, wenn ich endlich ihre Kapuze aufsetzte, ihre Maske runterzog und durch ihre Augen hindurch die Reaktionen der anderen auf mich sah. Ja, sie war eine Lügnerin, eine Betrügerin, eine Schlampe – und es ist mir egal. Endlich habe ich mein dummes, plumpes, wertloses Ich ausgelöscht. Ich wurde bewundert wie sie, begehrt wie sie, ich habe ihre Macht über die Männer erlebt, über die Frauen und – über mein altes Ich.

Ich bin Jen.

Mein Körper ist willenlos, schwerelos. Mein Atem geht flach. Meine Augenlider flattern. Nun, da ich vollkommen bin, eine Einheit, kann ich endlich nachgeben, einen letzten Atemzug nehmen und dem dunklen Wald seine Belohnung überlassen.

Doch gerade als ich spüre, wie die Welt sich zurückzieht, nimmt mein Körper einen plötzlichen Atemzug, mein Rücken drückt sich durch, mein Kopf ruckt nach hinten und meine Augenlider reißen auf. Aber natürlich ... jetzt verstehe ich.

Mein gesamter Körper zuckt unter heftigen Krämpfen, und ich stoße ein Heulen aus ... als ich spüre, wie Mum mich für immer verlässt.

Mein verdrehtes, gespanntes Gerippe erbebt auf dem Gipfel des Bogens, den es beschreibt – dann, als hätte jemand eine Nadel rausgezogen, fallen meine Knochen wieder auf die Erde zurück.

Ich musste ganz und gar Mum werden ... um sie gehen zu lassen.

Mein Kopf landet auf der Seite, meine Wange schrammt über die staubige Erde, meine Sicht verblasst. Mein Blick folgt dem dahingestreckten Taschenlampenstrahl – zum Schattenriss unseres Hauses –, und ich denke an die Zeit, als wir noch eine Familie waren. Ich spüre Steinchen und Zweige, die sich in meinen Rücken bohren, so wie damals, als Reece mich bei einem unserer Spiele damit pikste. Ich rieche das modrige Farnkraut um mich herum, die feuchte Rinde dieses herrlichen Waldes um mich herum. Ich denke an Mums fallende Fotos … daran, wie sie mir von dem Moment zwischendrin erzählte: »Nichts über dir, nichts unter dir, frei.«

Und als ich einen letzten Atemzug der kühlen Nachtluft nehme, in diesem allerletzten Moment, bin ich ganz Ich.

Ich bin Hannah.

Ich stoße ein leises, schnaubendes Lachen aus, als die Schwärze sich über mich legt.

KAPITEL SECHSUNDDREISSIG

Meine Augen öffnen sich flackernd unter einer gleißenden Helligkeit. Reliefverzierte Fliesen und lange Neonlichtröhren tauchen in meinem Sichtfeld auf. Ich bin wieder bei Dad im Krankenhaus – ein weiterer Tag mit Feynman und Badmintonschlägern.

Aber die Fingerspitzen meiner linken Hand ertasten das steife Gewebe sauberer, gestärkter Laken. Meine rechte Hand fühlt sich seltsam von mir entkoppelt an ... und als ich unter Schmerzen den Kopf drehe, sehe ich, dass der ganze Arm zu einem riesigen weißen Klumpen verbunden wurde und ich an einem Tropf hänge.

Ich bin im Krankenhaus, aber ich bin nicht die Besucherin – ich bin die Patientin.

Als ich meinen Klumparm bewegen will, überwältigt mich ein rasender Schmerz.

»Aaargh.«

»Hannah?«, höre ich Chris' Stimme.

»Aua«, sage ich und wende den Kopf zu ihm.

»Es lebt«, sagt er und äugt mit einem nervösen Halblächeln zu mir rüber, »wir sollten besser die Dorfbewohner warnen.«

Unsere Blicke begegnen sich, und ich erwidere das Lächeln.

»Dann bin ich ja gar nicht tot«, krächze ich.

»Oje, wenn das hier das Jenseits ist, was für ein Nepp.«

Ich muss lachen, zucke aber unter dem Schmerz zusammen.

»Mach langsam«, sagt er und zieht sich mit seinem Rollstuhl zu mir, sodass sein Gesicht meinem ganz nahe ist. »Du hast uns einen Heidenschreck eingejagt«, fügt er heiser hinzu.

Wir blicken einander an, dann lehnt er sich weiter vor, sodass unsere Stirnen sich berühren.

»Gott sei Dank geht es dir gut«, flüstert er.

Wir verweilen einen Moment schweigend, dann richtet er sich auf. »Das Versprechen, das du mir gegeben hast, nichts Riskantes zu unternehmen, war übrigens einen Scheiß wert«, bemerkt er.

Ich grinse. »Wie viel Uhr ist es?«

»Zehn nach elf«, sagt er mit einem Blick auf seine Armbanduhr. »Sie haben dich in aller Herrgottsfrühe operiert, und seitdem hast du geschlafen.«

»Wie … bin ich hergekommen?«

»Ach, nun ja, eine echt abgeschmackte Story, die ich nicht geglaubt hätte, hätte ich sie nicht direkt von der Quelle. Und mit Quelle meine ich Reece, diese trübe Tasse. Er behauptet, er hätte eine schräge Nachricht von dir bekommen, sei zu eurem Haus gefahren und hätte durch das Fenster an der Treppe einen Pfadfinder-Morsecode im Wald gesehen.«

»*Hi-hi-hi, o mein Gott, hi-hi-hi*«, flüstere ich, wobei mir die Tränen in die Augen schießen.

»Ja, du solltest auch heulen – das ist so was von Netflix Original«, sagt er, meine Augen mit einem Taschentuch abtupfend. »Reines Glück, dass er den Wald so gut kannte. Er fand dich bewusstlos unter Mrs Roberts, mit einem Messer auf den Boden gespießt. Sie hat dich in der Nähe einer Pulsader erwischt, und dein Arm war schlimm aufgerissen. Du hattest viel Blut verloren. Die Ärzte meinen, er sei gerade noch rechtzeitig zu dir gelangt.«

»Und sie?«

»Tot«, erklärt er nüchtern. »Die Polizei hat Fragen an dich, sobald du in der Lage bist.«

Ich nicke. »Wie kommt es, dass du hier bist?«

»Du sagtest, du würdest mich heute früh anrufen, und als du

das nicht getan hast, wusste ich, die einzig logische Erklärung ist, dass du dem Tode nahe bist.«

Ich lächle.

»Also rief ich Reece an und fand heraus, dass ich mit meiner Annahme richtiglag.«

»Wo ist Reece?«

»Im Café, mit seiner Freundin.«

»Freundin?«

»So eine gruselige Eiskönigin.«

»Tja, ist das jetzt ein Kompliment oder eine Beleidigung?«, fragt Anastasia, die neben einem erschöpft wirkenden Reece ans Bett kommt, beide mit Kaffeebechern in der Hand.

»Ein gut geschärftes Kompliment?«, schlägt Chris grinsend vor.

Anastasia knufft ihn in die Schulter.

»Gott, Hannah, ein Morsecode, echt jetzt?«, sagt Reece. »Ich kam mir vor, als wäre ich in einer Folge meiner bescheuerten Serie gelandet!«

»Wie ich höre, hast du mich gerettet«, erwidere ich leise.

»Ja, tja, ich hab da diese schräge Nachricht von dir bekommen«, erwidert er. »Und da war mir klar, dass du was im Schilde führst. Das Haus war zwar leer, aber dann sah ich dieses blitzende Licht im Wald ... Und hol mich der Teufel, wenn das nicht das gute alte SOS war, das Dad uns beigebracht hat!«

Ich nicke.

»Was sollte denn die Anspielung auf das Messer?«, will er wissen.

»Mrs Roberts hat Mum mit einem Messer aus einem Küchen-Set getötet, das sie immer noch bei sich versteckt hatte. Und Marcus hat unwissentlich ein anderes Messer aus dem Set für den Leichenschmaus mitgebracht.«

»Ha!«, macht er düster. »»Es sind immer die kleinen Dinge‹ –

wie meine Figur, Detective Pennington, gleich in der ersten Folge der ersten Staffel *Muerte* sagte«, fügt er triumphierend an Anastasia gewandt hinzu. »Dabei war es laut der *Guardian*-Kritik ein ›reichlich klischeehafter Dialog‹.« Er nickt mir zu, damit ich fortfahre.

»Sie hatte die für Mr Roberts bestimmte Nachricht gelesen und wusste, dass ich der Sache nahekam, also folgte sie mir, um mich zum Schweigen zu bringen.«

»Du dachtest immer noch, dass ich es vielleicht war?«, fragt er angespannt.

»Du, Marcus oder Mr Roberts.«

Er nickt und schluckt.

»Aber natürlich dachte sie das«, mischt sich Anastasia in heiterem Tonfall ein, »logisch betrachtet war es eine Möglichkeit. Vernünftiges Mädchen – alle Eventualitäten zu bedenken.« Sie schenkt mir ein Lächeln, und ich erwidere es. »Entschuldigt, aber ich muss ins Büro zurück. Du kommst zurecht?«, fragt sie Reece, eine Hand auf seine Schulter gelegt. »Ich bin froh, dass es dir gut geht«, sagt sie sanft zu mir.

Als sie davongeht, sehe ich zu meinem Bruder und hebe eine Augenbraue, woraufhin er betreten blinzelt.

»Du und sie?«

Er nickt und blickt drein wie der Teenager, als den ich ihn kannte.

»Wie lange?«

»Zwei Jahre.«

»Aber all die Frauen, mit denen du in den Zeitungen posiert hast?«

»Nur zu Showzwecken.«

»Wir wissen echt nicht mehr viel übereinander, oder?«, bemerke ich.

Er schluckt, und unsere Blicke kreuzen sich. Ich sehe ihn am Sporttag in der Schule in Shorts; das Gesicht mit Schlamm verschmiert in unserem Versteck im Wald; und im Dunkeln unter der Decke heimlich Schokolade mampfend.

»Einiges wissen wir«, sagt er leise. »Tut mir leid, dass ich dich so mit ihr überrumpelt habe – ich war etwas geschockt nach gestern Nacht, und sie kam vorbei, um zu helfen.«

»Also ich bin immer noch geschockt, dass du vorbeigekommen bist, um nach mir zu sehen«, sage ich.

Er bedenkt mich mit einem merkwürdigen Blick.

»Was denn?«

»Ich habe tief und fest geschlafen, als du mir geschrieben hast. Hab nichts gehört. Aber ich hatte diesen Traum … von Mum, die durch den Wald rennt. Davon wachte ich auf – ohne den Traum hätte ich deine Nachricht nicht gelesen.«

»Ja, oder vielleicht waren es nur die Synapsen in deinem Hirn, die wie wild herumfeuerten, weil du versuchtest, dein begründetes Gefühl von Unbehagen zu unterdrücken?«, entgegnet Chris.

»Du warst doch selbst so beunruhigt, dass du heute früh nach ihr gesucht hast«, gibt Reece zurück.

»Ja … das nennt man logisches Schlussfolgern – nicht Geister, die mich riefen!«

»Mrs Roberts sagte, dass sie Mum in einem Anfall von Wut gestoßen habe – sie hat sie nicht mit Absicht umgebracht«, kehre ich zum eigentlichen Thema zurück.

»Aber dich wollte sie mit Absicht umbringen«, merkt Chris an.

»Ja …« Ich bringe einen Schluchzer hervor, und mein Körper wölbt sich unter einer Woge aus Schmerz.

Chris legt seine Hand auf meine Schulter und lässt sie dort, bis mein Weinen verebbt.

»Du kannst uns die Einzelheiten später erzählen«, sagt er. »Komm schon. Du warst doch bisher ein exzellenter Sherlock-Holmes-Pfadfinder-Verschnitt. Halt durch für die Ehrenrunde.«

*

Zwei Monate später fliegt Reece extra für das Abendessen anlässlich meiner letzten Nacht in Dads Haus von den Dreharbeiten in Spanien zurück. Er trudelt in einem riesigen Parka ein, dessen Kapuze er tief ins Gesicht gezogen hat, obwohl die Journalistenmeute schon ewig nicht mehr in der Straße campt. Ich habe mein Haar zu einem kurzen, strubbeligen Pixie-Bob schneiden und in mein natürliches Braun zurückfärben lassen. Ich trage immer noch Jeans, aber ein neues Paar, das auch ohne Gürtel sitzt; dazu eine weiße bestickte Bauernbluse mit herabbaumelnden roten Quasten, in die keine zehn Pferde meine Mutter reingekriegt hätten.

Wir essen am Küchentisch; die Terrassentüren zum Garten bleiben an diesem kalten Dezemberabend geschlossen. Die Bäume hinter der Gartenmauer haben ihr dichtes Laub mittlerweile abgeworfen. Sie geifern nun weniger selbstsicher zu uns rüber als in der vollen Pracht ihrer sommerlichen Tücke. Sie werden mir gewiss nicht fehlen.

»Danke, dass du zu diesem Anlass hergekommen bist, Bruderherz.«

»Halbes Bruderherz«, erinnert er mich.

»Ja, stimmt, leider teile ich immer noch ein paar Gene mit dir. Man kann ja nicht alles haben.«

Er zieht eine Grimasse.

Wir sind immer noch unbeholfen im Umgang miteinander, aber er ist heute hier.

»Hast du mit … deinem echten Vater gesprochen?«, fragt er zögerlich.

Ich schüttle den Kopf. »Eines Tages vielleicht. Aber während ich mich um das Haus hier gekümmert habe, wollte ich nur an Philip denken. Hast du vor, deinen ausfindig zu machen?«

»Philip war mein echter Vater – in jeglicher Hinsicht, bis auf die biologische … Ich brauche keinen anderen«, sagt er leise.

»Die Presse zumindest liebt unsere gestörte kleine Familie«, bemerke ich in Anspielung auf den mehrseitigen Bericht, der Mrs Roberts gewidmet war und in dem unsere komplette schmutzige Familienwäsche für alle sichtbar an die Luft gehängt wurde. Dad wurde von der Presse endlich entlastet, wenn auch ohne jegliche Entschuldigung für die vorangegangenen Unterstellungen. Und Reece ist zu einer Art verwegenem Nationalhelden mutiert. Die erste Schlagzeile lautete *Detective Pennington – Retter in Not*. Außerdem hat er eine fette Vorauszahlung für seine neue aufgemotzte, ungeschminkte Autobiografie bekommen.

»Stasia hat heute angerufen, um mir mitzuteilen, dass jetzt, wo ich so ein Kassenschlager bin, noch zwei verfluchte *Muerte*-Staffeln bewilligt wurden. Aber gut, immerhin werde ich mich so noch zwei weitere Jahre ins Ausland absetzen können. Ich bin übrigens dabei, mir eine Villa außerhalb von Torremolinos zu kaufen. Wobei ich nicht weiß, warum irgendwer dort hinziehen sollte, bei der galaktisch hohen Rate von Morden, die ich Woche für Woche lösen muss.«

Ich lache.

»Du könntest Weihnachten vorbeikommen«, schlägt er vor.

Ich schüttle den Kopf. »Ich werde Weihnachten mit Chris feiern«, sage ich, wobei ich versuche, nicht rot zu werden, und gnadenlos versage.

»Oh, du meinst also, ihr …?«

Ich nicke.

»Wow, das freut mich für dich. Wie …«

»Ich habe einen Blick auf seine windige Visage geworfen – und da wusste ich es.«

Er grinst, als er das Zitat aus seiner Serie wiedererkennt. »Und wie geht es ihm damit, eine Verbrecherin zu daten?«, fragt er.

»Er hat beeindruckend niedrige moralische Standards.«

»Hervorragend. Dann könntet ihr doch beide kommen?«

»Ja, sobald wir uns richtig in Brighton eingerichtet haben.«

Ich berühre meinen Hals und spüre den Umriss des kleinen Steins an meiner Dolores-Halskette – den, den ich nach dem Brand am Strand aufgelesen hatte. Ich habe ihn während der letzten grauenvollen Monate über dem Herzen getragen, aber bald kann ich ihn wieder an seinem Platz ablegen. Ich kehre an einen alten Ort zurück, gehe aber im Leben nach vorne.

»Wir haben ein kleines Haus mit Meerblick gefunden, damit ich jeden Tag schwimmen gehen kann. Kein Wald weit und breit.«

»Du solltest Stasia bald mal richtig kennenlernen – sie ist ein guter Mensch, weißt du. Sie hat mich nur beschützt.«

»Ich weiß. Ich bin froh, dass du sie hast.«

Er nickt. »Dann hast du es also geschafft, alles auszumisten«, sagt er, sich in dem leeren Raum umblickend.

»Ja, aber deine Räumungsfirma habe ich dann doch nicht genommen. Ich habe die letzten zwei Monate damit verbracht, alles an Wohltätigkeitsläden zu verschicken, abholen zu lassen und zu verschenken. Die gesamte Fotoausrüstung samt Dunkelkammer ging an ein örtliches Jugendprogramm.«

»Gut.« Er blickt zu Boden. »Und die Fotos?«, fragt er leise.

»Vieles zerstört.«

Er nickt kaum merklich.

»Aber ein paar Familienfotos habe ich für uns beide behalten.«
»Danke.«
»Und auch ein paar von ihr.«
Er schluckt.
»Sie war nicht die, für die ich sie hielt, kein bisschen«, sage ich. »Sie hatte ein ganzes Leben abseits davon, unsere Mutter zu sein, und sie hat uns im Stich gelassen. Aber ... es gibt eben ein Aber. Aber – Eltern dürfen ein Leben abseits ihrer Kinder haben. Aber – Mr Roberts und Marcus trifft in dieser Sache die gleiche Schuld. Und – sie hat nicht verdient, was passiert ist.«
»Aber ... hasst du sie jetzt?«, will Reece wissen.
»Nein, ich hasse sie nicht. Sie war schlicht das ultimative Mädchen mit dem kleinen Löckchen.«
Er sieht mich verdutzt an, als ihm der Kinderreim einfällt, den unsere Mutter uns früher in ihrer Singsangstimme vorgesagt hatte, wenn sie uns gelegentlich vor dem Schlafengehen zudeckte.

»Es war einmal ein Mädchen, das hatt' ein kleines Löckchen, inmitten ihrer Stirn«,

beginnt er, gerät jedoch ins Stocken, also beende ich es für ihn.

»Wenn sie lieb war, war sie ach so lieb, wenn sie bös war ... war sie fürchterlich.«

»Es tut mir leid ... alles«, sagt Reece.
Ich lächle.
Seine Mundwinkel verziehen sich ebenfalls, aber das Lächeln erhellt seine Miene nicht.
»Wie machst du das nur – bloß mit deinem Mund zu lächeln, und so asymmetrisch? Ich weiß, dass deine Fans auf den grüb-

lerischen Typus abfahren, aber früher hast du das doch nie getan?«

»Botox.«

»Neeeein!«

»Doch. Auf der einen Seite ein bisschen mehr – beim ersten Mal war es ein Versehen, aber es gab so viele positive Kommentare, dass ich dabeiblieb. Der Rest von meinem Gesicht ist von hier ab tot«, sagt er nach oben deutend.

Ein Lachen gluckst in mir hoch, und wir müssen beide kichern, wobei sich mein Gesicht definitiv mehr kräuselt als seins.

Die Luft ist geschwängert vom aromatischen Duft vor sich hinköchelnder Quitten. Am Tag, nachdem ich aus dem Krankenhaus entlassen wurde, habe ich die Früchte in Mums altem Korb geerntet und sie in ordentlichen gelben Reihen im Küchenschrank verstaut, sodass sich im gesamten Haus der zitronig-milchige Geruch staute, wie damals, als Mum das noch tat. Dann begann ich, mit ihnen zu kochen, nahm mir Zeit für den Vorgang selbst, experimentierte mit Mums altem Marmeladenrezept und entdeckte allerhand neue Verwendungszwecke. Die verbliebenen Früchte kochte ich in Gläsern ein, bevor sie kaputtgehen konnten.

Nun ist es Dezember, und die Quitte ist bloß noch ein Bündel kahler Holzstöcke, die auf den Frühling warten. Eine einsame schwarz angelaufene, verschrumpelte Quitte hatte sich bis heute an einen der obersten Äste geklammert. Aber heute früh beobachtete ich ein akrobatisches Eichhörnchen dabei, wie es an der Spitze herumbalancierte und sie abpflückte. Selbst mein masochistisches Ich hätte sich geweigert, den fauligen Batzen zu essen.

Reece und ich haben soeben einen Hauptgang aus Schweinebraten mit Marsala, garniert mit gebratenen und in Butter, Zitrone und Zucker geschwenkten Quitten verspeist, wobei das süße, langsam gegarte Schwein perfekt durch die samtig weich geschmorte, glasierte Quitte ergänzt wurde. Nun serviere ich ihm einen saftig kernigen Kuchen aus Quitten, Mandeln und Orangen, dazu einen Klecks rosa, mit Quitten verfeinerter Sahne, das Ganze begleitet von einer Auswahl würzigen Käses mit pikant eingelegten Quitten.

»Da steht dieser verdammte Baum all die Jahre in unserem Garten, und keiner von uns ahnte, dass die öde, olle Quitte so fantastisch schmecken kann«, sagt Reece, der gerade einen Riesenhappen von dem herrlich klebrigen Kuchen verspeist und sich die aromatisierte Sahne von den Lippen leckt. »Das war ein köstliches Essen, danke. Ich werde kilometerweit rennen müssen, um das wieder loszuwerden.«

»Und nun einen Quitten-Ingwer-Lorbeer-Likör zur Verdauung«, verkünde ich, während ich eine trübe rosa Flüssigkeit in zwei Champagnerflöten gieße. »Prost – auf Feynman und Schro!«

»Du bist echt vernarrt in Quitten. Wenn du was tust, bist du richtig besessen«, sagt er, als ich ihm ein Glas mit dem schlierigen Trank reiche. »Was eine gute Sache ist«, fügt er hinzu. »Auf Feynman und Schro!«

Wir stoßen mit den hohen Gläsern an.

»Wer nicht wagt ...«, meint er lachend, und wir nippen.

Gleichzeitig reißen wir die Augen auf; dann greift er nach der Tür, stürzt in den Garten hinaus und spuckt den Inhalt seines Mundes auf die Terrasse. Ich spucke meinen in die Spüle. Den Likör hatte ich in der Hektik meines Quitten-Kochens nicht probiert.

»Das ist echt übel«, lacht Reece, als ich zu ihm nach draußen komme

»Wie verwässertes, schales Parfüm«, bestätige ich und kippe den gesamten Kübel in die Büsche.

»Ja, wie dieses eklige Parfüm, das du früher aus zermahlenen Rosenblüten gebraut hast. Du wolltest es ständig an mir ausprobieren. Wie alt warst du da? Sechs? Sieben?«

»So was herum«, überlege ich, während ich zu einem trägen Familiennachmittag im Garten zurückgetragen werde, wo ich gerade versuche, meine braune pampige Rosenblütentinktur auf den gestreckten Hals meines viel größeren Bruders zu pinseln. Ohne diesen sensorischen Schlüssel wäre mir diese lebhafte Erinnerung nie wiedergekommen.

Ich betrachte meinen berühmten Bruder, als er in die Küche schlendert und zwei Gläser mit Wasser füllt, um den üblen Geschmack des Likörs runterzuspülen.

Dann wandert mein Blick zum Grab unserer Haustiere.

»Die Tierärztin meinte, dass Dad Feynman ermordet hätte!«, rufe ich ihm zu.

»Hat Mum das behauptet?«, ruft er zurück.

»Jepp.«

»Nein«, sagt er, als er mit dem Wasser wiederkommt. »Ich war dabei. Feynman lag im Sterben, hat sich gewunden vor Schmerz; Dad ertrug es nicht mehr, also hat er ihm seine Lieblingsdecke ein paar Sekunden über den Kopf gelegt, um ihn von seinem Leid zu erlösen. Mum hat nach außen hin übertrieben wie üblich ... Uff, ist es kalt hier draußen, lass uns reingehen.«

»Nein, lass uns ein bisschen bleiben. Dem Garten Lebewohl sagen.«

»In Ordnung, ich hole nur unsere Jacken«, sagt er und flitzt ins Haus.

Ich entscheide mich dafür, Reece' Version zu glauben – nicht die von Mum verdrehte Geschichte der Tierärztin. Ich werde niemals die vollständige »Wahrheit« der Vergangenheit erfahren können, aber ich habe von Dad gelernt, dass Erinnerung weder linear noch passiv ist – sie hüpft umher, weiß wieder und vergisst, schreibt um. Mit dem Reece meiner linearen Erinnerung kann ich mich nicht entspannen, kann ihm weder vertrauen noch mir eine zukünftige Beziehung mit ihm vorstellen. Aber dieser Reece ist etwas sich Wandelndes – eine fließende Verbindung meiner unvereinbaren Erinnerungen mit frischen Versionen alter Erinnerungen, Abwesenheiten, Missverständnisse, vorenthaltenen Erzählungen, Enthüllungen und andersartigen zaghaften Verknüpfungen. Wie Dad, der sich mit seinen ständigen Wiederholungen an etwas Sicheres zu klammern versuchte, möchte ich versuchen, meine unvollständigen, einseitigen, neu geschriebenen und umgedeuteten Erinnerungen an Reece mit den kommenden zu verschmelzen, die ich hoffentlich werde hinzufügen können – und dann sehen, ob eine Beziehung möglich ist.

Ich habe mir während meiner Genesung Reece ausgiebig im Fernsehen angeschaut: als Serienkiller, als geckenhaften Casanova in einem Historienschinken und als Anführer von Mutanten-Aliens, die versuchen, den Planeten zu unterjochen. Er schlüpft mühelos in all diese Rollen, aber mir wird klar, dass das nur ein Teil seiner Fähigkeit ist. Die Rolle steht und fällt mit dem Ausmaß, in dem die Zuschauer beschließen, ihn glaubwürdig zu finden, indem sie ihre Vorstellungskraft bemühen. Reece als fürsorglichen Bruder zu akzeptieren, hängt somit zu einem Teil daran, was er für mich darstellen will, aber auch daran, was ich gewillt bin, von ihm zu glauben.

Für uns beide gibt es kein Zurück. Aber womöglich einen Weg nach vorn.

»Okay, aber ab morgen keine Quitten mehr«, verkündet Reece, als er mit den Jacken zurückkommt.

»Nicht ganz. Ich habe mir einen Steckling abgezweigt, um ihn in unserem Garten in Brighton einzupflanzen«, sage ich, als wir die Jacken überziehen. »Mir ist klar geworden, dass Quitten ihren Nutzen haben.«

Er zuckt mit den Schultern und fläzt sich dann auf eine der rostigen grünen Gartenliegen. Ich setze mich neben ihn, meinen rechten Arm auf der Lehne, sodass er der Länge nach neben seinem linken Arm liegt. Er streckt seinen Zeigefinger aus und tippt vier kurze Punkte auf meine Hand. Ich lächle und tippe Punkt-Strich-Punkt auf seine. Ich schiebe meinen Ärmel hoch und bedeute ihm, das Gleiche zu tun. Wir schauen beide auf unsere Arme. Die tiefrote Linie meiner wulstigen Narbe, die sich über meinen Unterarm zieht, verläuft parallel zu der dünneren, längeren Erhöhung auf seinem.

»Hey, schau«, sage ich, »Narben im Partnerlook.«

Er schnaubt grinsend.

Ich schließe die Augen, und meine Lider glühen rot unter dem Licht, das aus der Küche fällt. Wir liegen gemütlich Seite an Seite. So wie wir es hier vor vielen Jahren taten unter dem schwirrenden Sonnenlicht eines trägen Nachmittags, als wir noch Kinder waren.

DANKSAGUNG

Ein Riesendankeschön an meine Agentin Madeleine Milburn für ihren Glauben an mich und an mein Buch. Danke schön auch an Agentin Liv Madiment für ihre Unterstützung sowie an alle bei der Madeleine Milburn Literary, TV & Film Agency, insbesondere an Liane-Louise Smith, Georgina Simmonds und Valentina Paulmichel bei den Auslandslizenzen und an die hausinterne Lektorin Georgia McVeigh sowie an Rachel Yeoh.

Danke auch an alle bei meinem britischen Verlag Allison & Busby – vor allem an meine Verlegerin Susie Dunlop, meine Lektorin Lesley Crooks sowie an Claire Browne und Sara Magness.

Danke für die wundervolle Umschlaggestaltung von Christina Griffiths und an meine Pressebetreuerin Helen Richardson, und ein Dankeschön an Christina Storey und Daniel Scott.

Danke auch an meine Webseiten-Designerinnen, Naomi Adamas und Faith Tillerays, und an den Fotografen Ben Wilkin.

Ein gewaltiges Dankeschön an Jon Appleton, Kay Holmes, Wendy Lee und Anna Jean Hughes — die mir bei den frühen Entwürfen unschätzbare Anmerkungen und Ermunterungen spendeten.

Ein Riesendankeschön an meine fantastische Schreibgruppe vom Faber Novel Writing Course: Jo McGrath, Katherine Tansley, Marija Maher-Diffenthal und Sarah Lawton – allesamt sehr talentierte Schriftstellerinnen –, die mir den gesamten Schreibprozess dieses Buches hindurch so geniale Tipps und Ratschläge gaben. Unsere wöchentlichen Zoom-Treffen während des Lockdowns haben mir in vielfachster Weise geholfen.

Danke an all die anderen Schriftsteller, die ich auf meinem

Weg bei diversen Schreibkursen kennengelernt habe, ganz besonders an die wundervollen Tutoren: Martina Evans und Neil Fergussin, deren Schreibkurse ich vor vielen Jahren bei The City Lit machte; Joannna Briscoe vom 6-monatigen Faber-Schreibkurs 2019; den Organisatoren des NaNoWriMo 2019, wo ich die meisten Bücher schrieb; Anna Davis und Erin Kelly (und Anna Freemans Gutachten) von den verschiedenen exzellenten kurzen Onlinekursen, die ich mit Curtis Brown machte; Kirsten Martins inspirierende Videos; und an den wunderbaren Sophie Hannahs Dream Author Course.

Danke an Alex Olive für seine Kindheitsgeschichten aus Highgate Wood bei unseren Spaziergängen dort; an Rebecca Harrison für ihre von der Stadt London organisierte Führung durch Highgate Wood; an meine aufbauende litauische Freundin Loreta Bugiene; an Dr. Berry Beaumont für ihre Ratschläge; an Bühnenautorin Charlotte Jones, die mir vom Schwimmen im Meer erzählte; an Camilla Sacre-Dallerup für ihre inspirierende Buchvorstellung im Foyles; an die Immobilienmaklerin von Prickett und Ellis, die mir eine Führung durch ein an Highgate Wood angrenzendes Haus gab; an Martine Paulmier für die liebevollen Mahlzeiten in ihrem atemberaubend schönen Wohnzimmer; an Scott Newman für seine fröhlichen Handwerker-Visitenkarten und -Vans; an meine ehemalige Sprecheragentin Sue Terry für die Inspiration durch ihr ehemaliges Bürogebäude; an Sue Cowan-Jenssen für ihre Freundlichkeit; an Dichterin und Dramatikerin Claudine Toutoungi für ihre Freundschaft und Inspiration; an meinen Bruder und meine Schwester, die überhaupt nicht sind wie die Figuren in diesem Buch, aber mit denen ich umso lieber aufgewachsen bin; an alle Angestellten und Autoren, mit denen ich bei BBC Radio Drama gearbeitet und von denen ich so viel gelernt habe, und an all die unermüdlichen, wundervollen

Angestellten im UCH Krankenhaus, die ich während meiner Besuche dort traf.

Und schließlich danke an meinen Mann Andy und meinen Sohn Archie für ihre Liebe, vorbehaltlose Unterstützung und ihren unaufhörlichen Zuspruch.

Autor

Liz Webb hat eine Ausbildung zur klassischen Tänzerin absolviert, arbeitete dann unter anderem als Sekretärin, Managerin eines Schreibwarenladens, Modell für Kunstkurse, Cocktailkellnerin, Stand-up-Comedian, Synchronsprecherin, Drehbuchautorin und Hörspielproduzentin, bevor sie ihr Thrillerdebüt »Das Waldhaus« schrieb. Sie lebt im Norden Londons.